魔法無用のマジカルミッション

シャンナ・スウェンドソン

㈱MSIのマーケティング部長ケイティは退屈していた。魔法の悪用を企てる輩に勝利をおさめたのはいいが，競争相手のいない市場でのマーケティングなど，サルでもできる。そんなとき，魔力を失ったのを好機と，魔力をもつ者が読むと正気を失う古写本の解読にいそしんでいたオーウェンが，とんでもないことに気づいた。権力への渇望を生み出し，他者を支配する力を与える危険な石〈月の目〉が，こともあろうにニューヨークのティファニーに現れたというのだ。放っておけば，世界中が大混乱に陥ってしまう。オーウェンはケイティとともに追跡を開始する。日本オリジナル書き下ろし。大人気シリーズセカンド・シーズン開幕。

登場人物

ケイティ（キャスリーン）・チャンドラー……㈱ＭＳＩのマーケティング部長
オーウェン・パーマー……㈱ＭＳＩの元研究開発部理論魔術課の責任者。ケイティのボーイフレンド
マーリン（アンブローズ・マーヴィン）……㈱ＭＳＩの最高経営責任者《ＣＥＯ》
ロッド（ロドニー）・グワルトニー……㈱ＭＳＩの人事部長
サム……㈱ＭＳＩの警備担当責任者
ミネルヴァ・フェルプス……㈱ＭＳＩのプロフェット＆ロスト《予言＆失せ物捜査》部の責任者
グラニー（ブリジット・キャラハン）……ケイティの祖母
シルヴェスター……エルフロード
ライル・レッドヴァース……エルフ
アール……エルフ
トールソン・ギルトハマー……地の精《ノーム》
ミミ・パーキンズ……ケイティの以前の職場の上司
ジョナサン・マーティン……財界の大物。億万長者

㈱魔法製作所

魔法無用のマジカルミッション

シャンナ・スウェンドソン
今　泉　敦　子　訳

創元推理文庫

NO QUEST FOR THE WICKED

by

Shanna Swendson

魔法無用のマジカルミッション

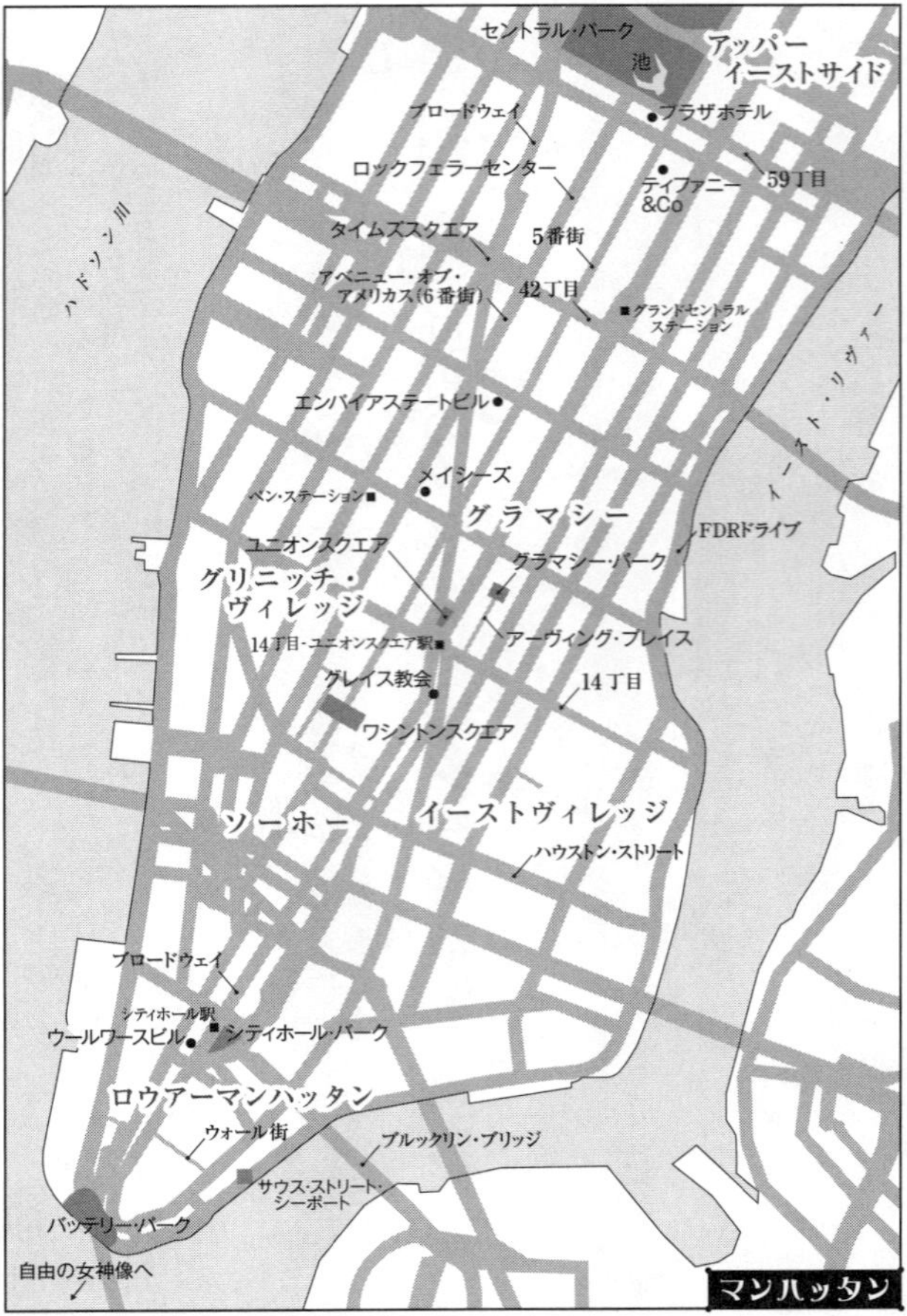

セントラル・パーク
池
アッパー
イーストサイド
ブロードウェイ
プラザホテル
ロックフェラーセンター
ティファニー
&Co
59丁目
タイムズスクエア
5番街
アベニュー・オブ・
アメリカス(6番街)
42丁目
グランドセントラル
ステーション
ハドソン川
イースト・リヴァー
エンパイアステートビル
メイシーズ
ペン・ステーション
グラマシー
FDRドライブ
ユニオンスクエア
グラマシー・パーク
グリニッチ・
ヴィレッジ
アーヴィング・プレイス
14丁目-ユニオンスクエア駅
グレイス教会
14丁目
ワシントンスクエア
ソーホー
イーストヴィレッジ
ハウストン・ストリート
ブロードウェイ
シティホール駅
ウールワースビル
シティホール・パーク
ロウアーマンハッタン
ウォール街
ブルックリン・ブリッジ
サウス・ストリート・
シーポート
バッテリー・パーク
自由の女神像へ
マンハッタン

メトロポリタン美術館
82丁目ストリート
79丁目ストリート
79丁目横断路
5番街
マディソン・アベニュー
パーク・アベニュー
ランブル
ボウ・ブリッジ
湖
ベセスダ・テラス
レキシントン・アベニュー
72丁目ストリート
テラスドライブ
ザ・モール
65丁目横断路
動物園
65丁目ストリート
池
セントラル・パーク(南)

1

　ここが正念場だ。任務の成功は、この難関を突破できるか否かにかかっている。かすかな足音が、いや、呼吸の音さえも、命取りになりかねない。前方のドアがわずかに開いている。一見、だれでも簡単に入っていけそうだが、侵入者を阻止しているのはドアではない。あそこを通ろうとする者は皆、向かい側の壁にめり込んだ状態で目覚めることになる。

　正確には、わたしと同じ資質をもたない者は皆、ということだけれど……。わたしにとっては、わずかに開いたあのドアこそが、最大の障害だ。強力な魔法除け《ワード》の刺激に身震いしながら、隙間にそっとつま先を入れる。ゆっくり少しずつドアを押し開くと、動きを止め、息をひそめて耳を澄ます。紙の上を走るペンの音が、わたしの懸念を裏づける。やはり、先を越されたようだ。

　もう来てるの？　こんなに早く？　いったいわたしは何時に起きればよかったわけ？　まあ、いい。とにかく先へ進もう。体を横にしてドアの隙間をすり抜け、部屋のなかに忍び込む。さらに一歩踏み出した拍子に、くしゃっという乾いた音がして、思わず固まった。視線を落とすと、無造作に丸められた紙を踏みつけている自分の足が見えた。三秒ほど息を止めたまま様子をうかがう。幸い、部屋の主に反応はない。気を取り直し、足もとに注意しながらさらに奥へと進んでいく。

部屋の中央の紙と本に埋まったテーブルまであと少しというところで、部屋の主が顔をあげずに言った。「どうしたの、ケイティ?」

わたしは止めていた息をいっきに吐き出し、落胆のため息をついた。「あなたより先に来て、朝食でサプライズする予定だったの。でも、あなたの方が先に来てたから、せめて朝食で驚かそうと思ったんだけど、いまそれも言っちゃったから、ただ朝食をもってきただけってことになったわ。サプライズはなしで……」

「驚いたよ、ある意味……」オーウェン・パーマーは顔をあげると、伸びをしながら言った。「そろそろランチの時間かなって思ってたから……」

わたしはオーウェンの後ろに回って肩をもむ。「まだ朝の七時よ。もしかして、ひと晩じゅうここにいたの?」

「違うって言ったら、信じる?」

テーブルを回って、正面からオーウェンの顔をよく見る。「そうねえ、服は着がえてるし、ひげも剃ってるから、今回は信じてもいいわ。いったい何時に来たの?」

オーウェンは希少な書物を扱うための綿の手袋を外し、目をこすった。「何時だったかな。昨日はちゃんと家に帰って寝たんだけど、なんだか早く目が覚めてしまって……。どうせ起きてるなら、仕事をしようって思ったんだ」

「朝の七時でランチタイムだと思うなんて、あなたの〝早い〟はいったいどれだけ早いの？」

オーウェンはきまり悪そうに赤くなると、話題を変えた。「コーヒーはある？」

「コーヒーとシナモンロールよ」

「それなら、ちょっと休憩してもいいかな」オーウェンはにやりと笑って立ちあがると、わたしを抱きしめ、頰にキスをした。「ありがとう」

わたしたちは、オーウェンが古くて脆《もろ》くてきわめて危険な魔術書の解読に取り組んでいる貴重本保管庫から、休憩室として使っているアウターオフィスへ移動し、朝食をセッティングしておいたローテーブルの前に座った。ふたつのカップにコーヒーを注いで、シナモンロールをオーウェンに差し出し、自分にもひとつ取る。「で、どんな調子？」

「言語の特異性《イディオシンクラシー》が把握《はあく》できてからは、ずいぶんペースもあがったよ。昨日は、〈月の目〉に関する箇所を二ページ翻訳できた。〈月の目〉っていうのは、人々がもう何世紀も捜し続けてる恐ろしく強力な魔法の宝石なんだけど、その在処《ありか》について説明していると思われる記述を見つけたよ」

「本当？」わたしは身を乗り出す。「じゃあ、宝探しが始まるの？」

「まあ、すぐにではないね。説明は暗号風でかなり抽象的だし、たとえ解読できたとしても、その場所が記述どおりの状態で残ってる可能性はかなり低い。なにしろ、はるか昔、マーリンの時代に書かれたものだからね」

ここで、オーウェンが魔法使いだということを説明しておくべきだろう。正確には、魔法使いだった、ということになる。現在のオーウェンをなんと呼ぶべきかは、難しいところだ。彼は三カ月前の大規模な魔法対決《マジカルバトル》で、すべての魔力を失った。とはいえ、魔法使いとして培《つちか》ってきた知識はちゃんと残っている。こと魔法に関しては、おそらくマーリンを除いて、いま生きているどの魔法使いよりも詳しいと言えるだろう。その一方で、魔力がないという点ではわたしと同じく、完全に、まったくの、ゼロ。つまり、彼は魔法が使えないだけでなく、魔法にかかることもないということだ。

魔力を失ったことがショックでないはずはないと思うが、オーウェンはこの状況を利用して、きわめて危険なため魔力をもつ者や魔法の影響を受ける者はいっさい近づくことが許されない希少な古写本の研究に取り組んでいる。

「なあんだ、残念。面白そうなのに、宝探し……」少なくとも、また一日デスクの前で過ごすよりは面白いはず。

「〈月の目〉みたいなものは、たぶん見つからないままの方がいいんだ。悪の手に渡ったら、大変なことになる」オーウェンはコーヒーをすすりながら小さく身震いした。

「ねえ、でも、いい発見もあるんでしょ？　危険すぎて人に話せないことばかりじゃなくて……。これ、やる価値のある仕事なのよね？」

「まあね」オーウェンはそう言うと、一瞬黙ってから、ばつが悪そうにほほえんだ。「なんだかお説教になりそうな気配だな。仕事に没頭しすぎてるって……」

「お説教？　わたしが？　まさか。でも、一応、訊いておこうかな。今日がいつだかわかってる？」

オーウェンは深いブルーの瞳を見開いて、ヘッドライトに照らされた鹿のような表情をした。

「え、ちょっと待って……。きみの誕生日……は五月だし、いまは九月……ってことは、プレゼントを贈るような祝日はないはずだし……。ぼく、何か特別な日を忘れてる？　もしかして、これはそのため？」そう言って、朝食の方を見る。

なんだかかわいそうになって、わたしは言った。「大丈夫、そういうんじゃないから。今日が木曜日だってこと、ちゃんとわかってるか確かめたかっただけ。まあ、日付でもいいけど。朝食をもってきたのは、先に来て待ち伏せすれば、あなたが写本に没頭する前に顔を合わせられると思ったからよ」ふと心配になって訊いてみる。「まさか、あの本に取り憑かれちゃったわけじゃないわよね？　知らないうちに魔力が戻ってて、写本の邪悪な力に支配されてるわけじゃ……」

オーウェンは笑いながら言った。「それはないから大丈夫」

「じゃあ、つまり、これはいつもの没頭なわけね？」

「そんなに没頭してるかな」

「そんなに没頭してるわ。じゃなかったら、いつの間にか吸血鬼になってて、日光を避ける口実に没頭してるふりをしてるかだわ。わたしとしては、いつもの没頭の方がありがたいけど。吸血鬼には特に魅力を感じないから」

「まあ、若干没頭気味だってことは認めるよ」オーウェンは肩をすくめる。「でも、これはまたとないチャンスなんだ。しかも、どれだけ時間があるかわからない。もし魔力が戻ったら、続けられなくなる。中途半端でやめることになるのは悔しいからね。やれるうちに、できるだけ進めておきたいんだ」

　残念ながら、いずれ魔力が戻ると思っているらしいのは、オーウェン本人だけだ。でも、あえてそれを指摘するつもりはない。魔力の復活を信じることが前へ進む力になっているなら、わざわざ水を差すようなことはしたくない。「わかってる。だから文句を言う気はないわ」手を伸ばし、彼のひざをぽんぽんとたたく。「ただ顔を見にきただけよ」

「来てくれてうれしいよ」オーウェンはそう言って、わたしをとろけさせる笑顔を見せた。「ここにこもってると、ときどき流刑地にでもいるような気分になるからね」

「喜んでもらえて何より」腕時計をちらりと見る。「迷惑じゃなかったら、もう少しここにいられるわ。始業時刻にはまだずいぶん時間があるし、今日はそれほど忙しくないの」――というか、唯一の競合会社を裏で操っていた邪悪な魔法使いを倒して以来、株式会社マジック《魔法》・スペル《呪文》&イリュージョン《めくらまし》のマーケティングディレクターとしてわたしがやるべき仕事は、大してないというのが実状だ。独占市場でのマーケティングなど、訓練すればサルでもできる。それこそ、いまのわたしの仕事なら、おっちょこちょいのチャンピオンのようなわがアシスタントのパーディタでさえ、爪を磨いたり、電話で友達とおしゃべりしたり、新しいフレーバーのコーヒーを考案したりする合間に、できてしまうだろう。

オーウェンはナプキンで手をきれいに拭いた。「じゃあ、ちょっと来て。いまやってることを見せるよ」そう言うと、にっこり笑ってつけ加える。「この仕事をきみに会わない口実にしてるんじゃないっていう証拠をね」

わたしもよく手を拭いて――べたべたの手のままで貴重本保管庫に入るのは御法度だ――彼といっしょに、作業台となっている隣の部屋のテーブルへ向かう。オーウェンは、自分の椅子の横にもうひとつ椅子を引っ張ってくると、腰をおろして、綿の手袋をはめた。わたしが横に座ると、完璧にととのった手書きの文字で埋まった紙を一枚、わたしの前に置く。「これが、昨日訳したもの」

わたしは身をかがめて、〈月の目〉とその威力についての説明を読む。「ん～、これはたしかに行方不明のままの方がいいわね。魔力をもつ人がこの本を読めないっていうのはいいことだわ」

「読むことはできるよ。気が変になってもかまわないならね」

「すべてこんなふうに韻文で書いてあるの？」

「まあ、ほぼそうだね。しかも、判じ物や隠喩だらけで、すべて転記して翻訳したとしても、内容を解読するには、学者たちの研究グループを組織して、何年も取り組まなくちゃならないだろうね」

「それも、マーリンがそれを許せばの話でしょ？　危険なのが写本そのものだけじゃないとしたら？　写本にかけられた魔法は、なかに書かれている本当に危険な情報を守るためってことはない？」

「その可能性はある。マーリンには何かプランがあるような気がするんだ」

「くれぐれも、中身を知った者を本人の身の安全のために幽閉するっていうプランじゃないことを祈るわ」目を細めて続きを読んでみる。「〈せまい椅子の下に閉じ込められ、雲のなかを昇る〉——玉座の下ってことかしら。高い塔のなかの？」

「原語はもっと詩的なんだけど、ぼくに詩の才能はないから、翻訳では芸術性より正確性を優先してるんだ」オーウェンは写本を引き寄せると、開いてあるページを指さす。「これがその箇所だよ」

　紙は年月を経て黄色く変色しており、インクは色褪せて暗褐色になっている。先のとがった縦長の文字は、ヘビーメタルのアルバムのジャケットを連想させる。もちろん、ひとつとして読める文字はない。でも、邪悪な感じは十分伝わってくる。「一日じゅうこれとにらめっこしてるなんて信じられない。魔法にかからなくたって、十分頭が変になりそう。ひょっとして、これ、人間の皮膚に血で書かれてるとか？」

「人間の皮膚ではないよ」オーウェンはさらりと言ったが、血についてはコメントしなかった。う～っ。わたしなら、綿の手袋の下にゴム手袋をはめるだろう。ふいに、オーウェンが写本に顔を近づけた。「あれ、なんだこれ。おかしいぞ……」

「インクの供給源が出血多量で息絶えたんじゃない？」背筋に寒気を感じながら言う。

「いや、書き間違いとかじゃなくて、内容そのものが変わってる。この部分は昨日翻訳したばかりなんだ。椅子と雲の部分。いま、そこに違うことが書いてある」

「本が自発的に内容を書きかえてるってこと？」わたしはそう言って写本に顔を近づける。そうしたところで、違いがわかるわけではないのだけれど。「でも、それって、必ずしもはじめて聞く話じゃないわね」

「ああ、この本なら、そういうことができても意外じゃない。でも、ここに書かれている出来事ははるか昔に起こったことなんだ。いまさら中身が変わるはずはないんだけど……」

「もし、その部分が変わったのだとしたら、〈月の目〉はいま、違う場所にあるってことじゃない？」わたしは言った。「最初の訳では、まるで飛行機のなかにでもあるような感じだったけど……」

オーウェンはわたしを見た。顔の青ざめ具合から察するに、これはかなり深刻な事態のようだ。「だとしたら、問題だな……」オーウェンは控えめなセリフをつぶやく。

「いまどこにあるのかしら」

オーウェンはふたたび写本に向かうと、眉間にしわを寄せた。「ええと、光り輝く星々、立方体のコマドリの卵、あまたの金、銀、宝石、要塞のごとく強固な守り、断食を解く《ブレイク・ファストする》場所……というような言葉が並んでる」

「なんだかティファニーみたいね」わたしは茶々を入れる。

「え？」

「宝石店よ。あそこには金も銀も宝石もあるし、店の箱のあの青は、コマドリの卵の色に似て

『ティファニーで朝食を《ブレイク・ファスト・アット・テイファニー》』。ほら、夜遊びをして朝帰りするオードリー・ヘプバーンが、デニッシュを食べながら店のショーウインドウをのぞくじゃない」オーウェンはぽかんとしている。残念ながら、彼はこれまで、この名画を鑑賞する文化的機会に恵まれずに生きてきたらしい。「まあ、でも、それはあり得ないわよね。中世の魔法使いがティファニーを知ってるわけないもの」

「中世の魔法使いは、〈月の目〉の現在地をなんらかの可能なキーワードを使って伝える魔法をかけたんだよ。そもそも〈月の目〉が行方不明になったのは、最初に隠された場所の描写が実際の様子とマッチしなくなったからなんだ。〈月の目〉の位置はそのままでも、その場所の状態が変わってしまった。でも、〈月の目〉自体は動いていないから、写本の記述も変わらなかった。〈月の目〉がどこかへ移動すれば、キーワードもアップデートされるはずだ」

「つまり、ティファニーにあるっていう可能性もあながちないわけじゃないのね？」わたしはオーウェンの肩に手を置く。「ねえ、行きましょうよ。行って確かめるの！」

「うーん、それはどうかな。何世紀にもわたって行方知れずだったものが、突然ティファニーに現れるなんて、ちょっと考えにくいよ。ぼくの翻訳が間違ってるのかもしれない。いまのは読みながら適当に訳したから……」

「じゃあ、ちゃんと訳して！」さあ、どうぞ、というようにテーブルの方を指し示す。「待ってるから」

「正確に訳すとなると少し時間がかかるよ。きみはオフィスへ行った方がいい。何かわかったら電話するから」

「ほんとに?」

「ああ、必ず」

「わかったわ」かがんでオーウェンにキスをする。「ひと休みしたくなったときのために、コーヒーとシナモンロールは置いていくわね」そう言うと、わたしはしぶしぶ自分のオフィスへ向かった。さて、今日は何をして時間をつぶそうか。引き出しの整理はもういやというほどやったし……。

営業部まで来ると、皆に笑顔を向け、言葉を交わしながら、スタッフのオフィスの前を通っていく。おしゃべり好きな人たちばかりなので話題にはこと欠かないが、彼らはわたしに用があるわけではない。ある意味、それはよいことだ。ビジネスが滞りなく進んでいるということだから。その一方で、自分がまったくの無用な存在に思えてしまうというのも事実。ただ、忙しければ充実するのかというと、そうでもない気がする。前の会社ではマーケティングの仕事が嫌いだった。でも、それはひとえにあのひどい上司のせいだと思っていた。いまあらためてわかったのは、わたしはマーケティングの仕事自体が好きではないということだ。

故郷で家業の農業用品店を手伝っていたときは、マーケティングをけっこう楽しんでやっていた。でも、日々の業務となると、どうも違う。だからといって、ほかに何ができるだろう。もう二十七だというのに、いまだに自分のやりたいことがはっきりしない。わたしには魔力がないから、魔法の会社における仕事の種類はかぎられている。わたしのような資質をもつ人は、たいてい検証部に所属している。主な業務は、不正に使用されためくらまし《イリュージョン》を見破ることだが、これも面白い仕事とは言いがたい。もちろん、MSIを離れたくはない。でも、この会社にわたしが役に立ちそうな部署などほかにあるだろうか。

ありがたいことに、アシスタントはまだ来ていなかった。彼女もわたしに負けないくらい退屈していて、それをわたしとおしゃべりすることで解消しようとする。出社時間は日に日に遅くなっているが、あえて注意はしていない。する意味がないからだ。デスクに座って、インターネットのニュースサイトを見はじめる。非認可の魔法活動を疑わせるような出来事は、世界のどこにも見当たらない。はあ……。トラブルの兆候が見つかることを期待するなんて、これはかなり重症だ。

こうしてぐずぐずしていてもしかたがないので、今日の予定に入っている唯一の仕事をすることにした。ロッド・グワルトニーが企画した魔法のトレーニングプログラムのための広告だ。コンセプトを三つ考えて、それぞれに解説をつけ、eメールで彼に送る。時計を見ると、まだ十時前。今日の仕事はすべて終わってしまった。

電話が鳴って、あやうく額がデスクにぶつかるのをまぬがれた。「例の箇所を訳したよ。手もとにあるあらゆる関連書物と照合して、間違いないことも確認できた」オーウェンが言った。

「すぐそっちへ行くわ」椅子から立ちあがりながら言う。

「いや、いいよ。結局、最初の訳でほぼ正しかったんだ。言葉づかいは若干違うけど、重要な部分は同じだった」

「じゃあ、本当にティファニーにあるってこと？」

「それもひとつの見方だけど、ほかにもいろんな解釈の仕方がある」

「たとえば？」

「ドラゴンの財宝のなかとか」（ドラゴンは住処にしている洞窟に金銀財宝をため込んでいるという言い伝えがある）

「そんなところで朝食を食べたいと思う？」

「ドラゴンなら思うだろ？」

「念のためティファニーに行ってみましょうよ」

「どうして宝石店なんかにあるんだろう」

「だって一応、宝石でしょ？　もしそこにあるとしたら、急いだ方がいいわ。だれかが知らずに買ってしまったら大変だもの」

長い沈黙。顔は見えなくても、彼がいま何を考えているかはわかる。オーウェンは――そして魔法界一般は――最近、彼の実の両親がかつて魔法界を震撼《しんかん》させた犯罪者だったことを知った。背後には黒幕がいて、若かったオーウェンの両親は巧みに操られたというのが真相なのだが、彼らが魔法界を乗っ取ろうとしたのは事実であり、ふたりは魔法界の歴史に極悪人として名を刻むことになった。オーウェンはこれまで親の悪行を継ぐようなそぶりはみじんも見せたことがないけれど、魔力を失う前は並外れてパワフルな魔法使いだったため、魔法界には彼に疑いの目を向ける人たちもいる。オーウェンが持ち主に強大な力を与えるという危険な石を追っているとなれば、それを彼が両親と同じ道をたどろうとしている証《あかし》として見る人は決して少なくないだろう。

「もし行きたくないなら、わたしが行ってチェックしてきてもいいわ」オーウェンが黙ったままなので、そう言ってみる。

「いや……」オーウェンはため息をついて言った。「どんな危険があるかわからない。〈月の目〉はだれかに使われることを求めてる。だから、自ら人を引き寄せるんだ。魔法を使えない一般の人たちさえ、所有したいという欲望にかられてしまう。石の影響をまったく受けないのは、免疫者《イミューン》だけだ。ふたりで行こう」

「五分でそっちに行くわ」電話を切る前にすでにハンドバッグをつかんでいた。地下にある貴重本保管庫まで全速力でおりていく。部屋に駆け込んだとき、オーウェンは写本を金庫に入れて鍵をかけているところだった。「準備はいい？」わたしは肩で息をしながら言った。

オーウェンは片方の眉をくいとあげる。「大丈夫？　まさか石に引き寄せられてるんじゃないよね」

「やあね、仕事の名目でティファニーに行けるチャンスに燃えない女性がいる？」

「これ、きみにとって仕事になるの？　マーケティングとはあまり関係ないような気がするけど」

「ものすごく大きく括《くく》ったら、その範疇《はんちゅう》に入らなくもないわ。万が一だれかがその石を使って世界征服を試みたら、うちの広報活動は大打撃を受けることになるもの」わたしたちは会社の玄関に向かって歩きはじめる。「ねえ、このことだれかに報告しておかなくていいの？」

「できれば、報告する前に事実確認をしておきたい。翻訳か解釈のどちらかが間違ってる可能性も、まったくないわけじゃないからね。〈月の目〉が見つかったら、すぐに報告しよう。石をどうするかについては、マーリンが決めることになる」

地下鉄でアップタウンへ行き、駅から宝石店まで二ブロック歩く。店に入ると、慇懃《いんぎん》な物腰の店員に迎えられた。店員はわたしたちが手をつないでいるのを見ると、「婚約指輪は二階の方にございます。エレベーターへご案内しましょう」と言った。オーウェンは瞬時に真っ赤になる。わたしも負けずに赤くなっているに違いない。ちなみに、オーウェンはそれでもわたしの手を放さず、なかなか気概のあるところを見せた。

「いえ、今日は別のものを探しにきたんです」オーウェンは言った。「少し珍しいタイプの宝石を」

店員はうなずいて、それも二階にあると言った。オーウェンが今日は婚約指輪を探しにきたのではないと言ったことに対して、のぼせあがらないよう自分に言い聞かせる。わたしたちはまだそれほど長くつき合っているわけではない。しかも、その間ずっと、魔法界の悪党と戦うことで大忙しだった。それでも、わたしはすでに、この先の人生をほかのだれかと生きていくことは考えられなくなっている。彼も同じような気持ちでいてくれることを願わずにはいられない。

二階にあがると、カウンターにはすでに客がいた。オーウェンの翻訳とわたしの解釈は正しかったようだ。客はエルフだ。先客が魔法界の住人というのは、偶然にしてはちょっとできすぎている。エルフはハイライトを入れた金髪をソフトオールバックにし、パステルカラーの服で全身をコーディネートしている。すべてのアイテムがデザイナーのロゴ入りだ。プレッピーは八〇年代の終焉とともに消滅したのかと思っていたが、そうではなかったらしい。

さりげなく近づいて、会話に耳を傾ける。意外にも、エルフは〈月の目〉を捜しにきたのではないようだった。彼はケルト様式の金のブローチの話をしていた。「昨日、まさにそのようなブローチが入ってまいりました」店員は言った。「ただ、お客さまの説明とは少し異なりまして、宝石がはめ込まれています。スターサファイアです」

「サファイア？　それはたしかかい？　わたしが知ってるものには宝石はついていなかったはずだが……」

「はい、たしかについておりました。しかも、なかなか素晴らしい代物です」店員は夢見るような目つきになる。「いや、本当に、あれは実に美しい石でございます」

「それ、見せてもらえるかな」エルフは身を乗り出して言った。

オーウェンは彼らに歩み寄る。「それはひょっとして、色の濃い球形のサファイアですか？」

「はい、そのとおりです！」店員は言った。「あの品をご存じなんですか？」

「話を聞いたことがあります」オーウェンは横目でエルフの方を見ながら言う。エルフも怪訝《けげん》そうにオーウェンを見ている。「でも、ブローチにはめ込まれているというのは初耳ですね」

「ちょっと調べてまいります。あのような貴重な品は、通常、金庫に保管されておりますので」

店員がいなくなってから、わたしはオーウェンに訊いた。「例のものかしら」

「そんな感じだね」

「でもブローチについてるって、どういうこと？」

「さあ……」オーウェンはエルフの方を向く。「失礼ですが、あなたが捜しているブローチというのはなんですか？　エルフのつくったものですか？」

「なるほど、わたしの真の姿が見えるんですね」エルフはそう言って、軽く頭をさげた。「ライル・レッドヴァースです。〈アーンホルドの結び目《ノット》〉を捜しています。われわれエルフのもとから消えてもう何世紀もたつのですが、今朝、それがここにあるビジョンを見たんです」

「〈結び目《ノット》〉が？　本当ですか」オーウェンはそう言うと、わたしの方を向く。「伝説のブローチで、それを身につけたものは、事実上、不死身の体になると言われてるんだ」

店員がひどく意気消沈した様子で戻ってきた。泣いてでもいたかのように目の縁が赤くなっている。「お捜しの品はこれでしょうか」そう言って、一枚のデジタル写真を差し出す。重なり合った輪の中央に丸いサファイアがはめ込まれた金のブローチが写っている。写真はだれかが力いっぱい握ったかのようにしわくちゃだ。

オーウェンとライルは、同時に息をのんだ。「そう、これだ」ライルは店員に言った。声が震えている。「いますぐ買う。出してきてくれ」

「残念ながら、それは不可能です、お客さま」店員は悲しげにはなをすすりながら言った。「今朝、売れてしまいました。開店した直後に。ですので……」ついに泣き声になる。「もうここにはありません」店員はなんとか気を取り直すと、こわばった口調で言った。「ほかに何かご覧になりますか？　似たようなデザインのブローチはまだございます。もちろん、あのブローチと同じというわけにはいきませんが。そもそも、あんな美しいもの、この世にふたつとないでしょう……」また声が震えだす。そのとき、金庫室の方から大きな泣き声が聞こえてきた。まもなく、涙で顔をぐしゃぐしゃにした女性店員がよろよろと出てきて、男の店員から写真をひったくると、自分の胸にぎゅっと押しつけ、声をあげて泣きながら奥へ戻っていった。

「いや、けっこう」ライルはゆっくりあとずさりすると、方向転換し、エレベーターに向かって歩きだした。オーウェンとわたしは彼のあとを追う。店員から十分離れたところで、オーウェンが呼び止めようと手を伸ばすと、その手が体に触れる前に、ライルの方がこちらに向き直った。「あの宝石は、〈月の目〉だね？」

「ええ、おそらく」オーウェンは言った。

「〈結び目《ノット》〉に取りつけられたとなると……」

オーウェンは険しい顔でうなずく。「今朝それを買った人は、究極の権力と不死身の体を手に入れたことになりますね」

2

わたしはオーウェンのそでをつかんだ。「ちょっと待って。じゃあ、つまり、だれかがそのものすごくパワフルで、ものすごく邪悪な石を、つけてる人を不死身にするブローチにくっつけたってこと？　いったいだれなの、そんなばかげたことをしたのは？」

「それはあとから考えよう。いまはまず、ブローチを見つけることが先だ」

「それを買った人って、自分が何を買ったかわかってるのかしら」

「たとえわからなくても、影響は受ける。店員たちを見ただろ？」男の店員はいまや、さっきの女性店員と声を合わせて号泣していて、彼らの泣き声がフロアじゅうに響いている。「それほど長く手もとにあったわけじゃない。少なくとも、実際に石のパワーを使うところまではいってないはずだ。それでも、まるで運命の恋人を失くしたかのように嘆いてる。だれであれ、一度〈月の目〉を手にしたら、決して手放したくなくなる。そうしている間に、石は持ち主をとらえ、支配するんだ。一刻も早く取り戻さないと」

「〈結び目《ノット》〉はわれわれエルフのものだ」ライルが言った。

「それについて異論を唱えるつもりはありませんよ」オーウェンは言った。「問題は、〈結び《ノッ》目《ト》〉と〈月の目〉の両方が、いま、別のだれかの手にあるということです」

「きみはだれなんだ」ライルは怪訝《けげん》そうに訊いた。

「MSIの者です」オーウェンは答える。

ライルは眉をひそめた。「きみは……オーウェン・パーマーだね？　あれは本当なのか？」

オーウェンはため息をつく。「あれというのはなんでしょうか。具体的に言ってもらえませんか。最近は、ぼくに関してあらゆる噂が飛び交っているので、自分が何を否定して、何を肯定しているのか、答える前にちゃんとわかっておきたいんです。ちなみに、ぼくは極悪人ではありません、もしそれがあなたの知りたいことなら……。それと、魔法界を乗っ取るつもりもありませんから」

「だが、〈月の目〉を捜している」

「なんの役にも立ちませんよ」オーウェンはそう言って、力なく両手を広げた。「ぼくにはもう魔力がありませんから。ここへ来たのは、いま翻訳している『蜻蛉《かげろう》の古写本』のなかに、〈月の目〉の在処《ありか》についての記述を見つけたからです」

「魔力がない？」ライルのつりあがった眉がさらにあがる。

「ええ、まったく。ぼくはただ、〈月の目〉が悪用されるのを防ぎたいだけです。このことは上司に報告します。ボスに現状を知らせて、指示を仰がなければなりません。少々厄介な状況になりそうなので」

「〈結び目《ノット》〉はエルフのものだ。きみたちには渡さない」

「厄介な状況というのはまさにそのことですよ。今日、ぼくは独断でここに来ましたが、ボスも〈月の目〉が悪の手に渡ることは望まないはずです」

「マーリンの手に渡るというのも気に入らないね」

「彼は〈月の目〉を欲しがったりしませんよ。でも、どう対処すべきかは知っているはずです」

ライルは同意するかのようにうなずいた。と思ったら、いきなり人間の目にはとても追いきれないはやさで走りだし、ちょうどドアが開いたエレベーターに飛び乗った。わたしたちがわれに返ってあとを追ったときには、すでに彼の姿はなかった。魔力をもたないオーウェンには、ボタンを押すしかエレベーターを呼ぶすべはない。ライルはエレベーターに魔法で何か細工をしたようだ。次のエレベーターは、いっこうにやってこない。

オーウェンは頭から火を噴きそうな顔をしている。「やられた」吐き捨てるように言う。「油断してたよ」

エレベーターを待ちながら、オーウェンの気持ちを静めようと言ってみる。「彼はだれが買ったのかを突き止めずに行ったわ。これほどの品物なら、現金で買うってことはないと思う。きっと販売記録が残ってるはずよ」

「ああ、でも、店は普通、顧客の情報をそう簡単に開示しないよ」オーウェンは悔しそうに天を仰ぐ。「開示させる方法なら知ってるんだけど、ぼくにはいま……」わたしはオーウェンの腕をぽんぽんとたたいた。魔力の喪失が彼にとってどれほど大きなことか、わたしにはよくわかる。日常生活ではあまり魔法に頼らなかったとはいえ、無意識に使っていたちょっとした魔術は決して少なくなかったはずだ。

「でも、あの店員たち、とても普通とは言えない状態だったわ」わたしはカウンターへ引き返すと、泣いているふたりに呼びかけた。「あの、すみません」

「残念ですが、お役に立つことはできません」男の店員がしゃくりあげる。「さっきも申しましたように、ブローチは売れてしまったんです」

「ああ、ジョナサン・マーティンめ！」女の店員が吐き捨てるように言った。「彼なんかよりわたしの方がずっと大切にできるのに！」

「いや、ぼくの方が……」男の店員が言う。そしてふたりは抱き合っておいおい泣きはじめた。

オーウェンのところへ戻ると、ようやくエレベーターが到着したところだった。「魔法なんか必要なかったわ」わたしはにやりとして言う。「ライルは先を越したつもりでいるかもしれないけど、こっちは購入者の名前を手に入れたわ」一階でエレベーターをおりると、オーウェンの手をつかんだ。「行きましょう。会社に戻るなら地下鉄がいちばんはやいわ」電話で会社に状況報告をするオーウェンの手を引いて、歩道の人混みを縫っていく。

駅のホームまで来ると、オーウェンはトンネルの方を見つめてぶつぶつつぶやいた。「来い、来い、来い、来い、来い――」魔法で電車を呼び出そうとするかのように、指がぴくぴく動いている。

「言っとくけど、その呪文、効かないわよ」わたしはむなしく動き続ける彼の手をつかむ。

「わたしもついやっちゃうけど、急いでるときにかぎって、いつまでたっても来ないの。それで、ボスはなんて言ってた？」

「会社に着いたらすぐオフィスに来るようにって」

「わたしたち、まずいことになってるわけじゃないわよね？」

「なんとも言えないな。会社を出る前に何か言っておくべきだったかもしれないけど、あの時点では状況がわからなかったし、言って出てきたとしても何かが変わったわけじゃない」

ようやく電車が来た。最寄りの駅でおり、ＭＳＩの本社に到着すると、まっすぐ社長室へ向かう。マーリンはオフィスの入口で待っていた。そう、マーリンとは、あの伝説の大魔法使い、マーリンだ。長い間姿を消していたが、魔法界の一大事に際し、呼び戻された。陰謀は無事阻止されたが、いまのところ冬眠生活には戻らず、現場にとどまっている。

この会社に来て以来、わたしはマーリンがさまざまな事態に対処するのを見てきた。のっぴきならない状況にも何度か直面した。でも、これほど動揺した彼を見るのは、はじめてだ。ほとんど弱々しくさえ見える。もし、こんなマーリンを街なかで見かけたら、思わず手を差し伸べて道を渡るのを手伝っていただろう。「ああ、来ましたか」マーリンは言った。「さあ、お入りなさい。今後のことを話し合いましょう。すでにプロフェット＆ロスト《予言＆失せ物捜査》部に購入者の行方を追跡してもらっています」

社長室に入るなり、オーウェンは言った。「『蜻蛉の古写本』の記述が変わったことに気づいた時点で、報告するべきでした」校長室に呼び出された小学生みたいな顔をしている。

「わたしこそ、〈月の目〉の存在を感知した時点で、しかるべき対策を講じるべきでした」マーリンは言った。「勘違いだと思ったのです。いや、そう思いたかったのですな。そんなことはあり得ないと」

「感知した？」

「わたしが自分の創造物の動きを感じないと思いますか？」

オーウェンは心底驚いたような顔をした。「あなたの？」

「人生最大の過ちです」マーリンは椅子に腰をおろしながら、ため息をついた。「若く未熟で、実に愚かな魔法使いだったころ、わたしはさりげなく威厳を放つ宝石をつくろうと考えました。それを王冠にはめ込むことによって、王の権威を確実なものにしようと思ったのです。ところが、魔術は失敗し、恐ろしいものができてしまいました。権力への渇望を生み出すとともに、それを所持する者に他者を圧倒的に支配する力を与える――そんなとんでもない石が。魔術を解くことも、魔法で石を破壊することもできませんでした。当時可能だったあらゆる方法で物理的に破壊することも試みました。岩で押しつぶそうとしたり、鍛冶屋の加熱炉のなかに投げ込んだりもしましたが、すべてだめでした。なんとか石の魔力を遮断する容器をつくることに成功し、そのなかに入れてだれにも見つからない場所に――少なくとも当時はそう信じた場所に――埋めたころには、すでに石を巡って戦争が始まっていました」

「それがいま、このマンハッタンのどこかにあるわけですね？　身につけている者を不死身にするというブローチに取りつけられて……」わたしは顔をしかめる。「素敵な組み合わせだわ」

「大きな被害が出る前に、なんとしても取り戻さなければなりません」マーリンは言った。「あれから科学技術も大きく進歩しました。いまなら、完全に破壊できるかもしれません。もしだめなら、ふたたび隠す必要があります」

「〈結び目《ノット》〉はどうしますか?」オーウェンが言った。「あれはたしかにエルフたちのものです。破壊することに彼らが同意するとは思えません」

「落胆はするでしょうが、いずれ乗り越えられるでしょう」マーリンはあっさり言った。「この方法に不満があるなら、わたしに対して苦情を申し立てればよろしい。〈月の目〉を〈結び目《ノット》〉から取り外すには、まず両者を結合させている魔術の解き方を突き止めなければならず、それだけ長く石をもち続けることになります。そのような危険を冒すことはできません」

「エルフたちが先にブローチを手に入れたら、〈月の目〉をこちらに渡すとは考えにくいですね」オーウェンは言った。

「だからこそ、わたしたちが先に見つけなければならないのです。さらに、たとえ先に発見できたとしても、そこからが問題です。〈結び目《ノット》〉の魔力によって不死身同然となった新しい所有者から力でそれを奪い返すのは、ほぼ不可能でしょう」

「免疫者《イミューン》も影響を受けるのでしょうか」わたしは訊いた。「〈月の目〉をもったら、イミューンも邪悪になったり、権力を渇望するようになりますか?」

「それはないはずです」マーリンは言った。

「〈結び目《ノット》〉の魔力はどうですか? イミューンなら〈結び目《ノット》〉が所有者に与える魔法のガードを突破できるのでは?」

「これまでのところ、〈結び目《ノット》〉を身につけた者がイミューンに遭遇した記録はありません」マーリンは言った。「エルフ族にイミューンは発生しませんし、〈結び目《ノット》〉は彼らが人間と交流するようになるずっと前に行方不明になっていますから」

「つまり、理論上は、オーウェンやわたしなら〈結び目《ノット》〉を身につけている人を、その、たとえばパンチするか何かして、それを奪い取ることは可能だということですね？」

マーリンはあごひげを撫でながら考え込んでいる。あまりに長く黙ったままなので心配になってきたとき、ようやく口を開いた。「おそらく、可能でしょう。ただし、素手でなければなりません。武器はすべて魔力に跳ね返されます。そうですな、たしかに、それが唯一の方法かもしれません」マーリンはオーウェンに向かって言う。「ミスター・パーマー、あなたが魔力の喪失を残念に思っていることは承知していますが、この状況においては救いの神だと言えるかもしれません。あなたはこの任務を託せる唯一の魔法使いです。〈月の目〉を取り戻してきてください、一刻も早く。魔法にかかる者は、だれもこの石を手にするべきではありません」

このままどさくさにまぎれてついていけないかと、懸命に存在感を消してみる。この任務がいまの仕事となんの関係もないことはわかっている。オーウェンが有能な魔法使いだったころ、わたしたちはしばしばコンビを組んだ。彼の魔力とわたしの魔法に対する免疫が、互いの弱点をうまくカバーし合ったからだ。でも、オーウェンが魔法使いとして豊富な経験をもつイミューンとなったいま、はっきり言って、わたしは用なしだ。

「助っ人が必要ですな」マーリンは言った。「しかし、魔法の影響を受ける人は避けたい」思わず手をあげて、〝はい、はいっ！〟と叫びそうになる。わたしの心を読んだかのように、マーリンはこちらを向いた。「――となると、ミス・チャンドラーが最も適任でしょう」

「精いっぱい務めさせていただきます、サー」ほとんど敬礼しそうになりながら言う。危険で難しい任務になりそうなことはわかっているが、頬が勝手にほころんでくる。まったく危ない目に遭わない日々というのは、思いのほか退屈だった。

「でも、イミューンだけでこの任務を遂行するのは難しいと思います」オーウェンが言った。「エルフは魔法を使います。ぼくとケイティは、その点でかなり不利です。任務を遂行するには、交通渋滞をすり抜けたり、地下鉄を呼び出したりといった些細なことから、建物のセキュリティを突破したり、見物人の記憶を消したりといったことまで、さまざまな魔術が必要になります。それに、ブローチを巡って、エルフたちと戦うことになるかもしれません」

「ジレンマですな」マーリンは言った。「ブローチを見つけ出すには、魔力が不可欠。しかしながら、ブローチを発見したとたん、魔力は命取りになる」

「わたしたちに必要なのは麻酔銃ですね」わたしは言った。「ブローチの捜索には魔法使いにも加わってもらって、〈月の目〉を見つけたら、その時点で気を失ってもらうんです」

冗談のつもりで言ったのだが、オーウェンとマーリンは同時にわたしの方を向いて、にっこり笑った。「名案ですな、ミス・チャンドラー」マーリンが片方の眉をあげて言う。

「研究開発《R&D》部で用意できると思います」オーウェンはそう言って、マーリンのデスクの電話に手を伸ばした。「問題は、その条件でぼくたちに協力してくれる人が見つかるかどうかだな」

「まあ、たしかに、いよいよ面白くなってきたところで麻酔銃で撃たれることになるなんて、モチベーションはあがらないわよね」

「強い信頼関係が必要になりますな」マーリンはオーウェンの方をちらりと見ながら、一瞬顔を曇らせた。その意味がなんとなくわかって、わたしは唇を噛む。オーウェンが善良な人だということをわたしはみじんも疑っていないし、マーリンが彼を心から信頼していることにも疑問の余地はない。でも、社内には依然として、最近明らかになったオーウェンの出生について、割り切れない思いを抱く人たちがいる。彼らにとっては、オーウェンが魔力を失ったという事実が、彼の存在を容認する唯一の理由になっていると言ってもいい。きわめて危険な魔法の創造物をオーウェンとともに捜したいと思う魔法使いは、決して多くないはずだ。まして、オーウェンに麻酔銃で撃たれることになるとわかれば、志願者はさらに少ないだろう。仮に、麻酔銃に関わる仕事がわたしに託されたとしても、わたしは個人的にオーウェンとあまりに親しいので、彼らにすれば大した違いはない。

　オーウェンは電話を切って言った。「使えそうなものがあるそうです。それから、助っ人の件ですが、ロッドはどうでしょう。彼ならぼくを信用してくれるでしょうし、めくらまし《イリュージョン》と魅惑《チャーム》の魔術に関しては、彼の右に出る者はいません」ロッド・グワルトニーはオーウェンの幼いころからの親友だ。人事部長で、優秀な魔法使いでもある。

「よい人選ですな」マーリンはうなずき、かすかに安堵のため息をもらした。「警備部のガーゴイルに空からの偵察とサポートを頼みましょう。エルフの動きを追跡しつつ、われわれの進路を確保してもらいます。彼らは比較的、〈月の目〉の影響を受けにくい。ガーゴイルは魔力で操るのが非常に難しい生き物ですからな」

オーウェンは、ロッドと、警備部の責任者、サムに電話をした。彼らはただちにやってきて、状況の説明を受けた。サムはいつものようにまったく動じていないが、ロッドは〈月の目〉の話にかなり驚いているようだ。「ベストなチームを組んで対応しようというのはわかります。でも、本当に大丈夫ですか？」彼は心配そうにオーウェンの方を見る。「オーウェン、おまえのことはまったく疑ってないけど、おまえが〈月の目〉を追うっていう構図は世間的にどうなんだろう。世界征服をもくろんでるとかなんとか、また妙な憶測を生むんじゃ……」

「すべての責任はわたしが取ります」オーウェンが答える前にマーリンが言った。「ミスター・パーマー以上にこの任務に適した人はいません。彼は〈月の目〉の魔力に影響されないただひとりの魔法使いですから」

そのとき、オーウェンの元アシスタントのジェイクがペンケースのようなものをもって現れて、緊迫した空気がゆるんだ。「ここに麻酔ダーツが三本入ってます」ジェイクはケースを開けて、三本の細長いチューブを見せる。「皮下注射のように直接体に刺してもいいし、三メートル以内なら、離れたところから標的に向かって投げることもできます。標的は即座に意識を失い、体格にもよりますが、効果は約三十分持続します。いま手もとにあるのはこの三本だけなので、使うときは慎重にお願いしますよ。あらたに魔法薬を調合するには、およそ二十四時間かかるので」

「むだにしないよう十分注意するよ」オーウェンはジェイクからケースを受け取り、上着の内ポケットに入れた。

「さてと、あとはターゲットを見つけるだけね」ジェイクが出ていくのを待って、わたしは言った。

するとまるではかったかのように、予見者たちが所属するプロフェット&ロスト《予言&失せ物捜査》部の責任者、ミネルヴァ・フェルプスが、さっそうと部屋に入ってきた。もし別のだれかだったら、オフィスの前で劇的に登場するタイミングを待っていたんじゃないかと勘ぐっていただろう。でも、そこはミネルヴァだ。おそらく五分前には、部屋に入るべきころ合いを察知していたに違いない。ミネルヴァはもっていたフォルダーから写真と書類の束を取り出し、会議用テーブルの上に広げた。「残念ながら、ジョナサン・マーティンというのはかなりありふれた名前です」彼女は言った。わたしたちはテーブルの方へ移動する。「購入した品は相当高価だと思われるので、この名前の人物のうち、ウエイター見習いや自転車便メッセンジャー、そのほか、最低でも七桁の年収がない者は除外しました。それでも、まだかなりの人数が残ります。そこで、うちのハッカーと予見者が、今朝使用されたクレジットカードの記録を調べ、さらにオーラの変化を見たところ、有力な候補が二名浮上しました」

「そのふたりのいずれかが魔法使いである可能性は?」オーウェンが訊いた。

「それが、わたしも驚いたんだけど、魔法界の登録簿にジョナサン・マーティンという名の者はひとりも存在しないの。少なくとも、このふたりが魔法を使う者でないというのはたしかよ」

「ということは、ブローチを購入した人物は、それがなんなのか知ってて買ったわけではないという可能性が高くなりますね」オーウェンは言った。「つまり、これは権力の奪取を目的としたものでないと考えていいのでは……」

「まあ、少なくとも、魔法界での権力ではないわね」ミネルヴァはそう言って、白髪を短く刈り込み、冷酷そうな目をした男の写真を指さした。「いまのところ、この人物が最も有力な候補よ。彼の会社は今朝、別の会社を吸収合併したの。そのために、大規模なリストラが行われてるわ。彼のオーラはかなり濁ってる。完全な悪人とまでは言わないけど、清廉潔白でないのはたしかね」

「住所は？」オーウェンは訊いた。

ミネルヴァはプリントアウトした紙を一枚差し出す。「自宅、オフィス、買収した会社、すべてそこにのってるわ。新しいオフィスから来るバイブレーションがいちばん強いわね」

オーウェンはざっと目を通すと、言った。「すぐ近くだ。行ってみよう」

「おれが先に行って状況を見る。うちの連中に安全を確保させたら連絡する」サムはそう言うと、片手を振って窓を開け、そのまま飛び立った。わたしたちは階段をおりる。

会社を出たところで、オーウェンの携帯電話が鳴った。彼はしばし相手の話を聞き、「わかった。ありがとう」と言って、電話をポケットに戻した。「サムからだ。ちょっとした騒ぎが起きてるみたいだけど、エルフの姿はないらしい」

「ライルは購入者の名前が判明する前に店を出たわ。たぶんまだブローチの行方はつかめてないのよ」

小走りになって、なんとかふたりの男たちについていく。オーウェンがいつも人混みを軽々と縫っていけるのは魔法のおかげだと思っていたけれど、今日も難なくやってのけている。なるほど、こうして見ると、いかにも〝ただいま任務遂行中〟といった感じのオーラが出ている——まわりがつい道を空けたくなるような。

　目的地が見えてきて、サムの言った〝ちょっとした騒ぎ〟の意味がわかった。建物の正面玄関から段ボール箱を抱えた人たちが続々と出てくる。泣いている人もいれば、怒りに青ざめている人もいる。「ここの人事部はあまりいい仕事をしてないようだな」ロッドが言った。「これじゃあ、残った社員のなかにもいやな雰囲気が漂うよ」

「魔力のせいで権力志向の塊になってるとしたら、そんなこと気にしないよ。彼としては、かえって社員がビクビクしてくれた方がいいんだ」オーウェンは言った。「それじゃあ、さっそく頼めるかな。会社のなかに入って、社長室まで行きたい」

「彼らがまともなら、恨みを抱いた元社員たちが社長室に押しかけないようセキュリティを強化してるだろうね。まあ、おれには関係ないけど」ロッドはそう言うと、呪文をつぶやき、片手をさっとひるがえす。わたしたちはロビーの警備員たちのすぐ前を通り、エレベーターホールへ行った。エレベーターのドアが開いて、段ボール箱を抱えた人々がどっと出てくる。空になったエレベーターに乗り込むと、ロッドはコントロールパネルに向かって指を動かした。専用の鍵が必要になる社長室フロアまで直行できるよう、魔法でシステムを操作したのだろう。

　エレベーターはいっきに上昇し、わたしはあくびで耳抜きをする。このシナリオには何か釈然としないものがある。でも、それがなんなのかがわからない。エレベーターが減速しはじめた。「ねえ、魔法で権力志向の塊になってる人が、部下を片っぱしから解雇するかしら。逆に、自分の命令どおりに動く手下をできるだけ多く確保しようとするんじゃない？」

ふたりはしばし、わたしの顔を見つめる。「彼は手下を選んでるんじゃないかな。いまの人員をそのまま使うんじゃなくて。あるいは、彼らの忠誠心を試そうとしているのかもしれない」オーウェンが言った。エレベーターが止まってドアが開き、話はそこで中断する。「何か感じる？」エレベーターをおりながら、オーウェンがロッドに訊いた。

「つまり、権力に対する突然の欲求みたいなもの？　あるいは、何かに強く引き寄せられるような感覚？　いや、まったく」ロッドはふと片方の眉をあげ、にやりとした。「――と思ったけど、ぼくを引き寄せるものがひとつあったよ」

彼の視線をたどっていくと、金髪のグラマーな受付嬢がスペースシャトルさえ制御できそうな巨大なデスクの前に座っていた。わたしはひじでロッドのわき腹をつつく。「あなたはわたしのルームメイトとつき合ってるのよ」

「ごめん、ごめん。目が見える以上、これぱっかりはどうしようもなくて」ロッドはカフスをとめ、ネクタイの位置を直す。「ここはおれに任せて」そう言うと、とっておきのキラースマイルをつくって悠然と歩いていき、受付嬢のデスクに寄りかかった。

その様子を見ながらオーウェンがつぶやく。「あいつがこういうことをするたびにいつも感心してたけど、いまのぼくには、また一段と衝撃的だな」ロッドが女性にもてるのは、平凡な素顔をハンサムなめくらまし《イリュージョン》でカバーしているのと、女性に言い寄るとき、魅惑《チャーム》の魔術を使うためだ。わたしのルームメイト、マルシアとつき合いはじめたとき、だれかれかまわず魔法で魅了するのはやめたらしいのだが、めくらまし《イリュージョン》の方は相変わらず使っている。わたしは常に彼の素顔だけを見てきたけれど、魔法の効かなくなったオーウェンにとっては、長年の親友の顔が、突然、まったく別のものに変わったことになるのだ。

受付嬢は、何やらロッドの言ったことに対して、声をあげて笑った。ロッドは彼女の方に顔を寄せてにっこりほほえむと、こちらに戻ってきた。「ここじゃないな」ロッドは言った。「話を聞いた感じ、どうも違う気がする。だいたいボスのオフィスに〈月の目〉があったら、彼女みたいな子があんなふうに平然としていられるはずないよ」

ロッドが話し終わらないうちに、オーウェンはもうひとりの候補の情報を得るため、携帯電話を取り出していた。魔法でパワーアップされた彼の電話は、猛スピードで降下するエレベーターのなかでも問題なく機能する。オーウェンは電話を切ると、ロッドの方を向いた。「ここじゃないっていうのは本当にたしかか？　ミネルヴァによると、もうひとりのジョナサン・マーティンのオーラは、幸福感に満ちてるらしいけど……」

「究極の権力と不死身の体を手に入れたんだもの、ハッピーでも不思議じゃないわ」わたしは言った。

「そう言えば、ボス、〈月の目〉の魔力を遮断する容器の話をしてたよな」ロッドが言う。「ブローチを売ったとき、店がその箱に品物を入れて客に引き渡してたら、石の影響は受けないんじゃないか？」

「もしそうなら、こっちとしてもずいぶん助かる」オーウェンは言った。「それに、エルフたちが予見者の感知することを頼りに購入者を探しているとしたら、見つけるのはかなり難しいはずだ」

ロビーにおりると、あっという間に、段ボール箱を抱えて出口へ向かう人々の群れにのみ込まれた。「ここの社長がわたしたちの捜しているジョナサンじゃなくて残念だわ。もしそうだったら、彼からパワーを取りあげることで、この人たちを救えたかもしれないのに」

「ああ、でも一方で、ここのジョナサンは魔法で助長されなくてもこれだけのことをやってるんだ。この人物が〈月の目〉を手にしてたら、どんなことになってたか——」オーウェンはそこまで言うと、すばやく前に出て、文房具や写真立てや鉢植えやらを満載した箱を抱えた女性のために、正面玄関のドアを押さえた。

わたしは思わず身震いする。「それもそうね」

ランチタイムに入ったダウンタウンの歩道は、いつも以上に人であふれていた。サムが路地や脇道づたいに、わたしたちを次の目的地へ誘導する。彼はやがて、ある建物の入口の日よけの上にとまった。「周囲にエルフの姿はない。おれたちが先手を取ったようだな」

「あるいは、ここじゃないのかもしれない」オーウェンがため息まじりに言う。

「よう、なに弱気なこと言ってんだ」サムは言った。「あきらめるのはまだ早いぜ。一球じゃ三振は取れねえんだからな」

なかに入ると、機能性よりも豪華さを重視した贅沢《ぜいたく》なロビーがあった。建物自体は比較的新しいが、彫刻の施されたダークウッドの建具や金箔張りの額に入った油絵、布張りの家具といった内装が、さも歴史と伝統があるような錯覚を与える。わたしたちはロッドの魔法でロビーの警備をすり抜けると、エレベーターで部外者は通常立ち入ることのできない社長室フロアまでやってきた。

社長室フロアのロビーはメインロビー以上に豪華だった。男たちが葉巻をくゆらせてブランデーを飲むような会員制の高級クラブを彷彿させる。受付デスクの大きいこと！　受付でこれなら、社長のデスクはいったいどれだけ大きいのだろう。きっと軽く卓球ができるくらいはあるに違いない。

ここの受付は、いわゆる容姿で勝負のオフィス版トロフィーワイフではなかった。いかにもボスのブレーンとして、仕事と私生活のあらゆる詳細を把握《はあく》していそうなリアルワイフタイプ——トロフィーワイフはおそらく家の方にいるのだろう。ボスのブレーンは保守的な服装の中年女性で、かなり疲れがたまっているように見える。

彼女はやや警戒したような笑顔で、わたしたちを迎えた。「ご用件は？」

「ジョナサン・マーティンにお会いしたいのですが」ロッドが例によって魅惑《チャーム》の魔術を使いながら言った。

どうやらこの女性は、魔法に免疫があるか、愛想のいい男が生理的にだめかの、いずれかのようだ。彼女は、ロッドにチャームをかけられた多くの女性たちのようにうっとりと夢見るような目にはならず、逆に冷ややかな笑顔でこう言った。「ミスター・マーティンは昼食に出ております。今日はフィアンセの誕生日なので、しばらく戻らないと思いますが」

彼女の言い方にどこかなじみの響きを感じて、わたしはこの場を自分に任せるよう男たちに目配せした。「お話の感じだと、そのフィアンセ、なかなかやっかいそうな人ですね」共感をこめて言う。「あなたのこと、まるで自分の部下みたいに使ったりしません？　まだボスの奥さんでもないのに」

彼女はやれやれというように目玉を回す。「彼女のためにクリーニングを取りにいったり、予約を入れたり、それも、女王陛下に仕えるような低姿勢でやらなきゃならないわ」

「わかります。わたしもまさにそんなタイプの下で働いたことがあるので。誕生日の店選びなんか、もう大変。よほど特別なところじゃなきゃ、絶対納得しないんだから」

「同じよ。何週間も前に、〈21クラブ〉に予約を入れさせられたわ。もちろん、手柄はすべてボスのものよ。まあ、少なくとも、今回は自分でプレゼントを買ったけど。これだけでもずいぶんな進歩ね」

よし！「ひょっとして、小さな青い箱に入ってたりして？」

「女王陛下は最高級のものしか受け取りませんから」

ティファニーでプレゼントを買ったとなれば、この人物がわたしたちのターゲットに違いない。しかも、居場所まで突き止めることができた。「わかりました。それじゃあ、ミスター・マーティンには、またあらためて会いにきます」

「何か伝えておきましょうか？」

「いいえ、けっこうです。こちらの用件はご存じだと思いますから」

エレベーターに乗り込むと、ロッドが感心したようにうなずいた。「みごとだね。魔法も使わずに」

あまり得意げに見えないよう、小さく肩をすくめる。「彼女が〝フィアンセ〟っていう言葉を口にしたときの表情でピンときたの。前の会社の受付がわたしたちの上司の話をするとき、いつもあんな顔になったのよ」そう言いながら、思わず身震いする。「彼女と話したら、ミミの記憶がよみがえっちゃった」

「まだこの人がぼくらのジョナサン・マーティンだと確定したわけじゃないよ」オーウェンが言った。

「でも、ティファニーでプレゼントを買ってる」ロッドが指摘する。

「予見者たちがこの人から異常な権力欲を感じないのはそのためかもしれないわね」わたしは言った。「贈り物として買ったのなら、たぶんブローチはまだ例の魔力を遮断する容器に入ったままだわ。急いでアップタウンへ行って、なんとかフィアンセの手に渡る前に奪い取らないと。受付にあんな表情をさせるような女性に、このての力をもたせたくないもの」

サムが建物の外で待っていた。「アップタウンへ行く。いますぐだ」

「遅いな、サム。こっちはとっくにそのつもりだよ」ロッドが言った。

「ああ、だが、エルフたちはすでに向かってる。うちの連中によると、やつらはいま五十一丁目辺りを移動中だそうだ。どうやら探し物を見つけたらしい」

3

購入者の名前を知っているわたしたちは有利なスタートを切ったと思っていたが、どうやらエルフたちも、ブローチが箱から出されさえすれば、〈結び目《ノット》〉の場所を感知できるらしい。

「まずいわね……」低空飛行するガーゴイルを追って小走りする男性陣に必死についていきながら、わたしは言った。「エルフの予見者たちが〈結び目《ノット》〉を見つけたのだとしたら、おそらくミスター・マーティンはプレゼントをフィアンセに渡したということだわ。つまり、わたしたちは石のパワーでさらに凶悪化したドラゴンレディを相手にしなきゃならないってことよ」

「ロッドに彼女の相手をしてもらっている間に、ぼくたちで〈月の目〉を奪おう」オーウェンが言った。

「ねえ、車の方がはやいんじゃない?」わたしたちはいま、二本の通りの間を抜ける路地を走っている。「あるいは、せめて地下鉄に乗った方が……」

「もっといいのを手配済みだから安心しな、お嬢」サムが言った。「会社に戻ったら、絨毯《じゅうたん》が待ってるぜ」

空飛ぶ絨毯ならたしかにはやいが、お気に入りの交通手段とは言いがたい。空を飛ぶときは、何か硬くて丈夫なものでまわりを囲まれていたいものだ──たとえば、飛行機のように。空飛ぶ絨毯は、安全機能が徹底的に欠けている。シートベルトすらない。突然、オーウェンがかかとを地面にめり込ませるような勢いで急停止した。「絨毯はだめだ」

ロッドが足を止めて振り向く。「え？」

「おまえの運転は知ってる。おまえが舵を取る以上、絨毯に乗るのはお断りだ」

「魔力なしで運転する方法を知ってるなら、喜んでハンドルを譲るよ」

「どんなにはやくても、生きて目的地に到着できなきゃ意味がないだろう？」

なんだかますます不安になってきた。オーウェンがこれほど恐がることなら――ちなみに、彼はめったに恐がらない――わたしだってやりたくない。

「気をつけるから大丈夫だよ」ロッドは言った。「たしかに昔は無茶もしたけど、あれからおれもずいぶん成長したし――」

「去年は昔とは言わない」

サムが舞い戻ってきた。「よう、何してんだ！　まだ探し物は見つかってないんだぜ。おまえさんたちはどっちも運転しねえよ。運転席にはもう、おれんとこのやつが座ってる」

それもあまりうれしいニュースではない。ガーゴイルの運転する車には乗ったことがある。地上であれだ。空を飛ぶものを運転させたら、いったいどうなることか。幸いにも、わたしたちを待っていた運転手はガーゴイルではなかった。小妖精《ピクシー》みたいな小さな生き物で、プラスチックのゴーグルが顔の大部分を覆っている。絨毯のフリンジを二本体に縛りつけ、即席のシートベルトにしているが、それをどう解釈するかは迷うところだ。安全意識が高いとも取れるが、一方で、ワイルドな飛行が待っているとも読める。

オーウェンの手を借りて、ホバリングする絨毯の上にあがり、両手で毛羽をつかむ。オーウェンは隣に座ると、わたしの腰にしっかりと腕を回した。続いてロッドが運転手の後ろに乗り込むと、絨毯はいきなり上昇した。悲鳴をあげないよう必死に歯を食いしばる。

幸い、運転手はとてもプロフェッショナルだった。これみよがしの派手な運転はせず、むだなリスクも冒さない。とんでもない高速での飛行をむだなリスクと見なさなければ、ということだけれど。まわりの景色は完全にぼやけ、どこを飛んでいるのかさえよくわからない。数分後、絨毯は急に減速し、まもなく停止した。これまで経験したアップタウンへの移動時間としては、間違いなく最短だ。ほっとして絨毯をおりる。ひざまずいて歩道にキスしたい気分だ。続いておりたオーウェンが、地面に足が着くなり大きく息を吐いた。どうやら、わたしひとりが特別に小心者というわけではないようだ。

先に着いていたサムが、ガーゴイルの一団といっしょにガードレールにとまって待っていた。

「悪い知らせだ。エルフたちはすでになかにいる」サムは言った。

「マーティンとフィアンセは？　それと、ブローチはどうなった？」オーウェンが訊く。

「それに答えるのは難しいな」別のガーゴイルが低いしゃがれ声で言った。彼が恐怖におののいているのか、それとも、もともとこのような顔に彫られているのかはわからないが、いずれにしても、彼の表情はやけに不安をあおる。

「難しいって、どういう意味だよ」ロッドが訊く。「ここにあるかないかのどちらかだろ？」

「なかに入れなくちゃ、確かめることはできない」ガーゴイルはますます憮然とした表情になって言った。「魔法でバリアがかけてあって入れねえんだ。石を投げて窓ガラスを割ろうにも、そこまで近づくことすらできない。いずれにしろ、なかはちょっとした騒ぎになってるぜ」

「ということは、たぶんブローチはここにあるんだわ」わたしはそう言ってから、思わずかたずをのんだ。ガーゴイルたちが入れないとなると、オーウェンとわたしだけでレストランに乗り込まざるを得ない――魔法の援護なしで。

「何かに引きつけられるような感覚はないな」ロッドが言った。「もっとも、魔法除け《ワード》が石の影響をブロックしている可能性はある。あるいは、ブローチが箱に戻されたのかもしれない」

「ぼくが入ってみるよ」オーウェンが言った。「ぼくなら魔法除け《ワード》をすり抜けられる」

「ぼくじゃなくて、ぼくたち、でしょ?」わたしは訂正する。

わたしたちはレストランの入口へ向かった。店のトレードマークである騎手の列が目に入る。もちろん、魔法とはなんの関係もないただの人形だが、なんだか見おろされているような気分になる。運転手のピクシーは、絨毯の運転席に座ったまま、上着のポケットから小さな雑誌を取り出して読みはじめた。

オーウェンとわたしは鉄格子の門を抜けて、階段をおりる。皆は門から先へは進めないようだ。入口のドアを開けないうちから、なかの音が聞こえてきた。高級レストランのランチタイムにはおよそ似つかわしくない騒ぎだ。模型飛行機のエンジンのような甲高い音にまじって、ドスンという鈍い衝撃音が繰り返し聞こえ、そこにときおりガラスの割れる音が加わる。

ガラスの砕けるひときわ大きな音に顔をしかめてから、オーウェンはドアのノブに手をかけ、わたしの方を見た。「心の準備はいい？」

「いいえ」わたしは言った。「でも、やるしかないでしょ？　で、なかに入ったあとはどうするの？」

「〈月の目〉を見つけて奪う」

「まあ、簡単。それなら五分ですむわね」

「もちろんそうシンプルにはいかないだろうけど、突き詰めればそういうことだよ。すべては、ブローチがここにあるか、あるならだれがもっているか、箱に戻されているかどうかによって変わってくる。そのあと、この場所に魔法除け《ワード》をかけた者を見つけて、解除させる。どうもエルフの魔術のようだから、おそらく自分たちが〈結び目《ノット》〉を発見するまでこの場所を封鎖するつもりなんだろう」

「魔術がだれのものかわかるの？」

「きみも魔法の存在は感じるだろ？」

「ええ、でも、びりっという感覚だけよ。味もにおいもしないわ」

「そのびりっという感覚に、微妙な違いがあるんだ」

「さすがね。元魔法使いの免疫者《イミューン》って、ほんと使えるわ。魔法除け《ワード》がかかってるってことは、エルフたちはまだ〈月の目〉と〈結び目《ノット》〉を手に入れてないってことね？」

「ああ、たぶんね。でなきゃ、すでにここを出てるはずだよ」

悲鳴が聞こえて、わたしたちは同時に首をすくめる。「武器をもってくるべきだったかしら」

「ポケットナイフならあるよ」

「それは心強いこと」

「大丈夫だよ。ふたりとも、魔法では怪我をしないんだから」

「飛んできたものが当たればするわ」

オーウェンは苦笑いをしてから言った。「じゃあ、いい？　行くよ」不安をのみ込んで、わたしはうなずいた。オーウェンはドアをそっと開く。わたしたちはレセプションエリアに入った。支配人が受付デスクの上に突っ伏している。横にあるカクテルラウンジでは、客たちが皆、ソファに大の字になって、いびきをかいていた。まるで眠りの魔術をかけられた眠り姫の城のようだ。「みんな魔法にかかってる」オーウェンがささやく。

「この人たちをキスで起こすのはお断りよ。キスで魔法を解くと、いつもろくなことにならないんだから」わたしはささやき返す。もっとも、大声で叫んだところで、彼らが目を覚ますことはないだろう。

騒ぎは奥にあるメインのダイニングルームから聞こえてくる。用心しながら短い廊下を抜け、部屋の入口の前で立ち止まった。あらたな魔法除《ワード》けを感じる。入口からすぐのところで、数人がかたまりになって取っ組み合いをしている。十ヤードラインの内側でこぼれ球の奪い合いをするフットボールの選手たちみたいだ。

「ブローチは間違いなくここにあるわね。このての店のランチタイムに、普通こういう光景はあり得ないもの」

オーウェンは片方の眉をくいとあげる。「まあ昼間からよほど豪勢に飲んだのでなければね」

ディナー皿が飛んできて、わたしたちは反射的に身をかがめたが、皿は魔法除け《ワード》に跳ね返されて、取っ組み合いをしている人たちの体の上に落ち、そこから床の上に滑り落ちて割れた。

「――と思ったけど、もしかしたら、もうここにはないのかも。じゃなかったら、箱のなかに戻されたのね」わたしは言った。「この人たちの行動、あまりにランダムじゃない？　欲しいものを追ってるというより、なくしたものをただやみくもに捜してるって感じだわ」

「箱に入ってまだここにあることを祈ろう」

天井のデコレーションの一部だったと思われる小さな模型飛行機が、部屋を横切っていくエルフのグループをかすめるようにして飛んでいった。「ほら、エルフたちよ。でも、この部屋で魔法を使うのは彼らだけじゃないみたい」

「おそらく食事に来ていた魔法使いたちだろう。ここはかなり昔流儀の店で値段も張る。まさに、魔法使いを引き寄せる組み合わせだよ。彼らがしばらくエルフの手をわずらわせてくれるかもしれない。とにかく、ぼくらはまだ、エルフたちより有利だ。彼らが感覚だけで捜してるのに対して、こっちはブローチの所有者を知ってるわけだからね。マーティンの姿は見える？」

この場所から部屋全体を見渡すのは難しいが、まずは魔法除け《ワード》のこちら側から状況を把握《はあく》するのが賢明だろう。ジョナサン・マーティンについては、ミネルヴァが会議用のテーブルに書類を広げたとき、ちらりと写真を見ただけだが、ごく平凡な顔立ちの裕福な年配のビジネスマンという印象しかなかった。要するに、このての場所にはいくらでもいそうなタイプだ。

いずれにしても、この騒ぎのなかでだれか特定の人物を見つけるのは簡単なことではない。床の上でもつれ合う連中や、バトル中の魔法使いとエルフ以外にも、椅子の上に立って、あれは自分のものだと叫んでいる男性や、声をあげて泣いている人たちがいる。そんななか、ひと組だけ比較的まともな様子の人たちがいた。部屋の隅のテーブルにいる地味な服装をした年配のカップルで、この状況を不愉快きわまりないという顔で眺めている。きっと、食事が終わったらさっそく店の経営者に苦情を訴え、タイムズ紙にものすごく辛口のコメントを投稿したりするのだろう。ふたりはおそらく免疫者《イミューン》だ。でも、スカウトするのはやめておこう。およそいっしょに仕事をして楽しい人たちには見えない。

ふと、壁際のテーブルでひとり肩を震わせて泣いている男性が目に入った。写真で見た人によく似ている――写真の印象よりだいぶ弱々しい感じではあるけれど。わたしはオーウェンの肩をたたいて言った。「あれ、そうじゃない？」

オーウェンはわたしの視線をたどって男性の方を見る。「ああ、間違いない」

「どうやら、フィアンセに置いてきぼりにされたみたいね」

「でも、行き先を知ってるかもしれない。知らなくても、彼女の名前は言えるだろう。ただ、エルフたちに彼が購入者だと知られたくないし、ほかの魔法使いたちに状況を把握されるのも避けたい。ぼくが連中の気をそらすから、そのすきに彼のところへ行って話をしてくれるかな」

「気をそらすって、どうやって？」なんだかいやな予感がする。「あなたにはもう魔力がないのよ？　天井から雪を降らせるとか、そのてのことはできないんだから」

「魔法はいらないよ。ぼくが姿を見せればいいだけだ」オーウェンはため息をつく。「最近は、それだけで十分注目を集められるからね。ぼくが先になかに入るから、きみは皆がぼくに気づいてから入って」

悲しいかな、彼の言ったことは当たっている。オーウェンはいま、魔法界の多くの人たちから不倶戴天の敵のように思われている——本人は何も悪いことをしていないのに。わたしは歩きだそうとするオーウェンの腕をつかんだ。「十分気をつけてね」

「そのセリフを言うのはぼくの役目だと思ってたよ。ええと、そういうとき、いつもきみはなんて言い返してたっけ。ああ、そうだ。〝なーんだ、思いきり無茶しようと思ってたのに〟だ」

「あなたの場合、わざわざ宣言しなくても常に無茶するじゃない」

オーウェンはそれには答えず、ネクタイを直し、大きく深呼吸すると、魔法除《ワード》けを抜けて、ダイニングルームへ入った。相変わらず床の上でもつれ合っている連中を迂回し、エルフたちの方へ向かっていく。まもなく、魔法使いのひとりが、「オーウェン・パーマーだ！」と言った。すると、すべてのエルフと魔法使いたちが、戦うのをやめて彼の方を見た。いまがチャンスだ。わたしはひとつ大きく息を吐いて、そっと部屋に入った。

すぐにひとりのウエイターがやってきた。この混乱のなか、懸命に平静を保とうとしている。

「いらっしゃいませ」彼は言った。「ご予約は承っておりますでしょうか。本日は、その、少々いつもと勝手が違っておりまして……。ふだんどおりのサービスをご提供できない恐れがございます」

「かまいません。ちょっと人に会いにきただけですから」

「かしこまりました」ウエイターは礼儀正しくうなずく。「これに懲りず、次回はぜひお食事もお楽しみください」

泣いてもいず、けんかに加わってもいないということは、彼もイミューンだろうか。名刺を渡して、あとで電話するよう言おうかとも思ったが、これほど職務に忠実なウエイターは見たことがない。彼から天職を奪うことになっては忍びない。それに、ここで働いているなら、MSIの検証部よりかえって稼ぎはいいだろう。

ガラスや陶器の破片を踏まないよう気をつけながら、部屋を横切っていく。オーウェンのことが気になって振り返ると、さっきの飛行機が彼に向かって飛んでいくのが見えた。思わず声をあげそうになり、慌てて口をつぐむ。彼はいま陽動作戦の最中だ。わたしが叫んでは意味がない。幸い、オーウェンはエンジン音に気づいて、とっさに身をかわした。わたしは前を向き、任務に集中するよう自分に言い聞かせて、ふたたび歩きだす。

ジョナサン・マーティンに近づいていくと、顔の痛々しい傷が目に入った。トラにでもやられたかのような大きな引っかき傷。なるほど受付の女性が恐がるわけだ。彼のフィアンセは相当な猛獣らしい。「ミスター・マーティン?」おずおずと声をかける。

彼はロシア文学でさえ陽気に感じられそうな表情でわたしを見あげた。「取られてしまった。たしかにあれは彼女へのプレゼントだった。でも、あまりに美しくて、とても手放すことはできなかった。それを、彼女はわたしからむりやり奪って、行ってしまった……」

「彼女、どこへ行ったんですか？」

「さあ……とにかく行ってしまった。こんなばかげたことにつき合うのはごめんだと言って……」マーティンは激しくしゃくりあげ、息を詰まらせそうになる。「デザートも食べずに行ってしまったよ。この日のために特別なものを用意させたのに……」

わたしはハンドバッグからティッシュを取り出して彼に渡し、肩にそっと手を置いた。「大丈夫ですよ。きっと仲直りできますから」

マーティンは勢いよくはなをかむ。「彼女のいない人生など考えられない」

「別に永遠にあなたのもとを去ったわけじゃないでしょう？　またすぐに会えますよ」

「彼女はもうわたしなんか必要じゃないんだ。あれをもっているんだから。あれがあれば欲しいものはなんでも手に入る」

「そうでしょうか。あなたみたいな人を欲しがらない女性がどこにいます？」正確には、あなたみたいな人を欲しがらない玉の輿ねらいの女性が——とすべきだが、それを言うにはわたしは人がよすぎる。

彼の目にかすかな希望の光が灯った。「そうだろうか……」

「そうですよ。よかったら、わたしが彼女に言ってきかせます。彼女、どこにいるのかしら」本当は名前さえわかれば十分なのだが、彼に話をさせるために彼女の知り合いのふりをしているので、単刀直入に尋ねるわけにはいかない。

「今夜、何かイベントがあるらしい。例のプロジェクトのひとつだよ。今日、ランチに誕生日を祝うことにしたのは、そのためで……」

そう、その調子。「イベントって何かしら。ほら、彼女にはいつもたくさんプロジェクトがあるから……」そこでちょっと笑ってみせる。彼女の欠点はよーくわかっているというように。

「ガラだよ。わたしは行かないがね。深夜までかかるから、わたしには遅すぎると言うんだ。ハニーはいつも、わたしの健康を気遣ってくれるんだよ」

気の毒に。彼にはカウンセリングが必要だ。どうやらこの女性は、彼の財力を利用して社交界でのしあがりながら、彼のことはそこから締め出そうとしているらしい。「彼女、優しいですものね」われながら白々しいセリフを言う。「それで、そのガラはどこで行われるか、ご存じないですか？　あるいは、なんのためのガラか……」

「ハニーはわたしが気にすることじゃないと言っていた」

だから、そのハニーの名前はなんなのよ！　思わず叫びたくなったが、そんなことをして、また泣きだされたら困る。とりあえず、今夜開催されるガラになんらかの形で関わっている億万長者の婚約者、というところまでわかったから、あとはなんとか調べられるだろう。せっかくだから、もう少しだけ情報をもらっておこう。「彼女が出ていったとき、それは箱に入ってました？」

「ああ、黒いベルベットで内張りをされた宝石箱だよ」マーティンは夢見るような目つきになる。「実に美しかった。金とサファイアがベルベットに映えて……。やはり彼女に渡すべきじゃなかった。あれはわたしがもつべきものだったんだ」そう言うなり、またおいおい泣きはじめた。

部屋の向こうの方で魔力が高まり、続いて、どさっという音が立て続けに聞こえた。見ると、魔法使いと見られる人たちが、皆、床に倒れている。どうやらエルフ対魔法使いのバトルに決着がついたらしい。エルフを邪魔する者がいなくなったということは、急いでマーティンから離れた方がいいということだ——彼らに気づかれる前に。

もう一度彼の肩に優しく手を置いて、わたしは立ちあがった。ミスター・マーティンはさっき渡したティッシュを差し出す。わたしはにっこりほほえんで言った。「それはさしあげます」

「ありがとう」彼はしゃくりあげる。

「その傷、ちゃんとドクターに診てもらった方がいいですよ。化膿したら大変ですから」

マーティンはわたしの手をぎゅっと握った。「きみは実に優しい人だ」

彼を残していくことに後ろめたさを感じつつ、部屋を横切ってオーウェンのもとへ行くと、宝石店で会ったライル・レッドヴァースがいた。「われわれの邪魔をするためだけにここに来たわけではないよな、パーマー」彼は言った。

「実は、ここのランチがすごくおいしいと聞いたので」

「きみが何を追ってるかはわかっている」

「ああ、そうみたいだね。ティファニーでまかれたときにわかったよ。でも、ぼくたちはどちらも遅すぎたようだ。もうここにはない」

「どうしてわかる。魔力を失ったんじゃなかったのか」

オーウェンは依然として続いている混乱状態を指し示す。「ここにいるだれかが〈月の目〉をもっているように見えるかい？」

わたしは腕組みをしてライルをにらんだ。「そうよ。残念だけど、お探しの品はここにはないわ」

「逃げられたようだね」オーウェンが言った。

「〝逃げられた〟というのは正しい言葉の使い方ではないな」ライルは尊大に鼻を鳴らす。「この場所にあるのを感じて来たんだが、どうやらわれわれが到着したときには、すでにもち去られたあとだったようだ」

「いい気味だわ。宝石店でわたしたちを出し抜こうとなんかするからよ」

「きみたちならもっとうまくやれたとでも？」ライルはつりあがった眉をさらにあげる。

「ぼくたちには魔力がない。それでもここへ来た」オーウェンは言った。「お互い協力した方がうまくいくんじゃないかな。こっちには持ち主の情報があるし、〈月の目〉の魔力に免疫をもつ者もいる。あなたたちは〈結び目《ノット》〉の場所を感知できるし、ブローチを確保する際、必要になれば魔法を使うことができる」

「〈月の目〉はどうするつもりだ」別のエルフが訊いた。

「破壊する」

「〈結び目《ノット》〉は？」

「それはマーリンに訊いてもらった方がいい」

「きみたちを信用できる根拠は？」ライルが言った。

「こちらも同じ質問をしたいね。ブローチの危険な部分はこちらのものだ。悪の手に渡ることは絶対に阻止しなければならない」

「われわれは〝悪の手〟だと？」

「この石を手にすれば、どんな手も悪の手になり得るよ」

「きみの手以外は、ということか」

「だから、ぼくには魔力がないんだ。完全なイミューンだよ。石の影響は受けない」

「証拠は？」

オーウェンはいらいらしたように両手を振る。相手の首を絞めないよう懸命に自分を抑えているような感じだ。「さっき、魔法使いやきみたちエルフがぼくに魔術をかけようとして、まったく何も起きなかったのをその目で見ただろう？　だいたい、魔法除け《ワード》をすり抜けてここに入ってきたのが何よりの証拠だよ。ぼくには〈月の目〉を使うことはできない。それに、ぼくなら〈月の目〉を〈結び目《ノット》〉から分離することだってできるかもしれない——物理的に切り離す方法さえわかれば」

「きみの申し出については、よく考慮したうえでエルフロードに提案しよう」ライルは抑揚のない口調で言った。

「ぜひそうしてください。それじゃあ、さっそく魔法除け《ワード》を解いて、ここにいる人たちを解放してくれるかな」

「本当にそうすべきだと思うかい？」

わたしたちは、相変わらず取っ組み合いをしたり号泣したりしている人たちの方を見た。彼らが街に放たれ、〈月の目〉を求めてさまよう様子を想像する。「たしかに、いますぐはやめた方がいいかも」わたしは言った。「ねえ、彼らにも少し眠ってもらったらどうかしら。レセプションエリアの人たちやこの魔法使いたちみたいに。ついでに、記憶の方も若干調整してくれると助かるわ」

ライルは驚いたようにわたしを見たが、やがてうなずいた。「いいだろう」ライルが大きく腕を振ると、部屋のなかの全員が——エルフとオーウェンとウエイターとわたしを除いて——瞬時に眠りに落ちた。意外なことに、あの気難しそうなカップルも眠っている。絶対イミューンだと思ったのに……。世の中には驚くべき自制心の持ち主がいるものだ。「これからこの場所の原状回復をはかる。さっきの件だが、きみの申し出を受けることにしたら、会社の方に連絡する」

「ありがとう」オーウェンはそう言うと、わたしの腕を取り、出口へ向かって歩きだした。取っ組み合いの最中に眠りに落ちた人たちを見ながら、わたしは思わず身震いする。あの石と同じ部屋にいただけでこんなふうになってしまうなら、未来のマーティン夫人からそれを奪うのはたやすいことではないだろう。

ふと見ると、オーウェンの額から血が出ている。「それ、大丈夫？」

オーウェンは傷に手をやり、指先についた血を見て顔をしかめた。「ああ、さっきあの飛行機とヒッチコック的瞬間を体験したときのだな」

「『ティファニーで朝食を』は見てないのに、『北北西に進路を取れ』は見てるわけ？」

「当然だよ。〝北北西〟にはスパイが出てくるからね」

店の外で皆と合流する。わたしはマーティンとの会話から得た情報を伝え、オーウェンはエルフについて報告した。

サムは鼻を鳴らす。「エルフは信用できねえ」

「そうなの？　ＭＳＩにもエルフはたくさんいるけど……」

「ああ、あいつらのことは信用してるさ。だが、このエルフたちはエルフロードに仕える連中だ。あの男はろくなもんじゃねえ。やつらの言うことをまともに受け取ると、痛い目に遭うぞ。たとえ言ってることが事実だとしても、言葉の意味や解釈を巧妙にねじ曲げて、いつの間にか別のことになっちまっている。本当のことを言いつつうそをつくんだから、始末が悪いぜ」

サムがエルフの悪口を並べ立てている間、オーウェンは会社に電話をして、マーリンに現状を伝えた。「ミネルヴァたちがフィアンセについて調べてみるそうだ」電話を切ると、オーウェンは言った。

「わたしたちはどうする？」

オーウェンは肩をすくめる。「とりあえず、会社に戻って皆を手伝おう。ターゲットがはっきりするまでは、ほかにできることもないしね」

「ああ、そうするといい。おれたちは引き続きエルフ連中を見張る」サムが言った。「やつらが妙な小細工をしないよう監視してねえとな」

空飛ぶ絨毯に乗り込みながら、ふと視界の端で何かが動いたような気がして、レストランの方を振り返った。店に入るとき、入口に並ぶ騎手の人形を数えたわけではないけれど、なんだかさっきより増えたような気がする。見間違えでなければ、一体あごひげを生やしたのがいる。

騎手にあごひげ？　奇妙ではあるが、今日の流れを考えれば、奇妙のレベルは十段階の四くらいだ。オーウェンに声をかけようとしたとき、さらに奇妙なものが目に入った。季節外れの分厚いトレンチコートを着て、帽子を目深にかぶった男だ。絨毯はすでに動きはじめていて、オーウェンに男のことを指摘したときには、すでに通りの端まで来ていた。

「たぶん、いつもぼくを尾行している連中のひとりだろう」オーウェンは肩をすくめた。「ぼくが悪事を働かないよう常に監視してるんだ。もう慣れたよ」

「〈月の目〉があの店にあったことが知れたら、あなたが追ってることもわかってしまうんじゃない？」

「かまわないよ。〈月の目〉を使って何かするつもりはないし、逆に、石を捜す間、公的機関の人に随行してもらうのは悪くないかもしれない。彼らが証人なら、だれも妙な言いがかりはつけられないからね」

レストランはとっくに視界から消えているが、依然としてだれかに見られているような気がして、わたしは何度も後ろを振り返った。

4

空飛ぶ絨毯《じゅうたん》は会社の玄関の前には着陸せず、塔の部分にある社長室の窓の前で空中停止した。ここでおりると聞いて唖然とする。地面から数十センチ浮いた状態でおりるのさえ十分脚が震えるというのに、ホバリングする絨毯から地上十階の窓へ飛び移るなんて、この先一生夢に見そうだ。いちばん脚の長いロッドが最初に建物の方へ飛び移る。次にオーウェン、続いてわたしが、ロッドの手を借りて、絨毯と窓の間の恐ろしい隙間をまたいだ。建物のなかに入ったあとも、わたしは足の下に床があることを完全に実感できるまで、ロッドにしがみついていた。これまで高いところを特に恐いと思ったことはないけれど、この調子で空飛ぶ絨毯に乗り続けたら、高所恐怖症になるのも時間の問題という気がする。

会議用テーブルの上にサンドイッチをのせたトレイが置いてあるのを見て、いまがランチタイムだということを思い出した。でも、食べるのは胃が本来あるべき位置におりてくるまで待った方がよさそうだ。オーウェンもあまり食欲があるようには見えない。ロッドだけが、けろっとした顔でサンドイッチに手を伸ばすと、大きな口でかぶりついた。

そのとき、ミネルヴァ・フェルプスがまたもや劇的に登場した。「残念ながら、婚約は公的記録にのらないものなので、裁判所の書類を入手しても意味はありませんし、だれもがタイムズ紙の記事になるわけでもありません」彼女は言った。「とはいえ、できるかぎりのことはしていますよ。カードで彼の心を読んだり、ハッカーたちは結婚式の申込記録を調べて、今夜行われるガラとの相互参照を行っています。あら？　ケイティ、ルームメイトがあなたを捜してるみたい。華やかな方の子ね」

ミネルヴァとロッドが調査を続けるために部屋を出ていくと、入れ違いに社長室受付の妖精、トリックスが入ってきた。「ケイティ、パーディタから電話があって、ジェンマがあなたを捜してるそうよ。職場の方にいるって」

マーリンとオーウェンが〈月の目〉の破壊方法について話し合っている間に、わたしはマーリンのデスクの電話からジェンマの携帯に電話をした。「やっと捕まった。午前中ずっと外だったみたいね」電話を受けるなり、ジェンマは言った。

「宝探しに出てたの」

「あなたの場合、文字どおり解釈してもかまわなそうね」

「かまわないわ。で、どうしたの？」

「家の留守電をチェックしたら、ペン・ステーションに迎えにくるよう、ケイティ宛にメッセージが入ってたの。おばあさんから」

「は？」

「来るって知らなかったの？」

わたしは首を横に振る——ジェンマに見えないのはわかっているけれど。「知らないわよ。

電話はいつあったの？」
「三時間くらい前かな」
「やだ、じゃあ、おばあちゃん《グラニー》、朝からずっとペン・ステーションにいるわけ？　いったいな
んで来たのかしら」
「そりゃあ、電車だと思うけど」
「そうじゃなくて。うちのおばあちゃん《グラニー》、住んでる町を出たことすらほとんどないの。ニュー
ヨークに来るなんて、あの人にとってはそれこそ一世一代の大旅行だわ。何週間も前から大騒
ぎするはずよ。前もってわたしに連絡がないわけないわ」
「事情はよくわからないけど、とにかく、あなたのおばあさんからペン・ステーションにいる
ので迎えにきてっていうメッセージが入ってたのはたしかよ」
「ああ、よりによってこんなときに……」思わず天を仰ぐ。電話を切ろうとしたとき、ふと思
いついた。ジェンマはファッション業界で働いている。この街の浪費家たちについて何か情報
をもっているかもしれない。「ねえ、もし知ってたら教えてほしいんだけど、ジョナサン・マ
ーティンっていう財界の大物がいて、今夜、彼のフィアンセが大がかりなガラを催すみたいな
の。で、そのフィアンセっていうのが、億万長者の老人のコネとお金を使って社交界に入り込
もうとしてる、玉の輿ねらいの強者《つわもの》なのよ。うまくいけば、近い将来、優雅な未亡人生活が待
ってるわ。わたしたち、彼女の名前が知りたいんだけど、心当たりはない？」
「そのての話はよく聞くわ。でも、その名前に聞き覚えはないわね。とりあえず、まわりに訊

いてみる。何かわかった場合、どこに連絡すればいい？」

「オーウェンの携帯に」

「いつの日か、あなたが現代人の仲間入りをして自分の携帯をもってくれることを切に願うわ」

「でも、それじゃ雲隠れできなくなっちゃう」おどけて言う。「ありがとう、ジェンマ」

さて、祖母のことをどうしたものか。彼女は魔女だ。よりによってこのタイミングに、生まれてはじめてテキサスを出ることにしたというのは、何か問題を感知したからに違いない。〈月の目〉について何か感じたのだろうか。なんだか不安になる。この一年、これだけトラブルが続いたにもかかわらず、祖母がニューヨークに来ることはなかった。彼女がいまニューヨーク行きを決意したのは、それほどの一大事が起こるという意味だろうか。とにかく、なんとか時間を見つけて祖母を迎えにいかないと。〈月の目〉を捜す間、マーリンのもとに預けられないか訊いてみよう。祖母とマーリンはなかなか気が合うようだし、共通の話題もたくさんある。

祖母のことをオーウェンに伝えようとしたとき、突然、社長室のドアが開いて、床にドライアイスのような霧が立ちこめ、ケルト音楽をBGMに、三つの影がさっそうと部屋に入ってきた。三つの影は金色の光をバックに立ち止まり、ポーズを決める。彼らの後ろに窓はないから、自然光でないのは明らかだ。続いて、これもとってつけたように風が吹いて、霧を払い、彼らのマントをドラマチックにひるがえらせた。

先ほど見せた弱々しさはあとかたもなく消え、すっかりいつもの彼に戻っているマーリンが、さっと片手を振る。すると、音楽と光と霧と風が一瞬にして消え、とがった耳とつりあがった眉以外はいたって普通の姿をした三人のエルフが現れた。マントに見えたのは、ボタンを全開にしたトレンチコートだった。エルフのひとりはライルで、例によって八〇年代真っただなかという感じのプレッピーファッションで身を固めている——コートの襟はもちろん立ててある。中央にいる高級そうなスーツを着たエルフが親玉らしい。ウェーブのかかった髪をソフトオールバックにし、いかついあごが目を引くその姿は、八〇年代のマイケル・ダグラスを彷彿させる。いまにも企業買収について一席ぶちはじめそうだ。

　三人目のエルフは、グループのなかから仲間でないものを探す練習問題の答みたいな風貌をしている。ほかのふたりよりも若く——二十二くらいに見えるということは、まだせいぜい百歳くらいというところか——高級そうな服にトレンチコートという組み合わせのかわりに、色褪せた『ウォー・ゲーム』（一九八三年公開のSFサスペンス映画）のTシャツにだぼだぼのジーンズをはき、スウェットパーカーをジッパーを全開にして着ている。くしゃくしゃの髪からとがった耳の先が突き出たその姿は、本物のエルフというより、SF同好会の集まりのためにエルフに変装したオタク大学生のようだ。耳の先が取れないか、思わず引っ張ってみたくなる。

　マーリンにせっかくの特殊効果を消されて彼らが腹を立てているのかどうかは、表情を見てもわからない。相変わらずスポットライトを浴びているかのようにポーズを取ったまま、まるでどちらが先に瞬きするか——あるいは口を開くか——勝負でもしているように、マーリンを見据えている。ついにマーリンが、「シルヴェスター、今日はどういったご用ですかな」と言った。これは果たして、負けになるのか、勝ちになるのか……。

先に瞬きをしたのは、エルフの親玉の方だった。どうやらマーリンとは初対面で、彼が自分の名前を知っているのは意外だったようだ。「マーリンが戻ったと聞いたのだが……」彼は言った。「あなたがそうか？」

「いかにも」

「なるほど」

ふいに、ものすごいパワーの魔力がマーリンとシルヴェスターの間を飛び交いはじめ、腕の産毛がいっきに逆立った。と言っても、怒りや敵意は感じない。どちらかというと、互いを試しているという雰囲気だ。マーリンのまわりに光の輪ができ、体の輪郭がわずかにぼやける。すると、すぐにシルヴェスターのまわりにも同じような光が現れた。次の瞬間、突然、魔力が消えた。マーリンとシルヴェスターはいたって平然としているのに、見ていたわたしの方が息があがっている。横でオーウェンが大きく息を吐いた。かたずをのんでいたのはわたしだけではなかったようだ。

「あなたはマーリンだ」シルヴェスターは言った。

「ですから、そう申したはずです」マーリンはかすかにほほえむ。「どうぞ、こちらにお座りください。サンドイッチはいかがかな？」

三人のエルフは部屋を横切っていき、シルヴェスターとライルだけが会議用テーブルに座った。もうひとりのエルフは彼らの後ろに立ったまま、落ち着かない様子で右に左に体重を移し替えている。椅子は十分あるのだから、彼だけが立っている理由はない。「どうぞ、座ってください」わたしはにっこり笑って促した。

「彼は立ったままでいい」シルヴェスターの鋭い声に、若いエルフはびくりとする。シルヴェスターはわたしを見て眉をひそめた。「パーマーの社員です」マーリンは知っているが、彼女は？」

「ミス・チャンドラーはわが社の社員です」マーリンはそれしか言わなかった。「さて、何かお話があったのではありませんか？ あなたがたが〈アーンホルドの結び目《ノット》〉を捜していることは聞いています。なんとも不都合なことに、〈月の目〉と結合しているようですな」

「たしかに、今日はそのおかげで少々忙しくなっていますね」シルヴェスターは薄笑いを浮かべて言った。「あなたがたが〈月の目〉捜しで忙しいように」

「ええ、〈月の目〉は目下、わたしたちの最優先事項ですのでね。前回あれが世に放たれたときのことはよく覚えています。戦争が五つ六つ勃発し、何千もの命が失われた。同じことが起こってほしくはありません。ときに、あなたがたが〈結び目《ノット》〉を捜している理由は？」

「わたしのものだからですよ」エルフロードは憎々しげに言った。「〈結び目《ノット》〉は、われわれエルフのもとから盗まれたんだ」

「では、それ以外に特に理由はないということですな？」マーリンは穏やかに言った。「それを使って個人的に不死身の体を手に入れようとしている、というようなことはないと——たとえば、権力争いに勝つために？」

シルヴェスターはふたたび薄笑いを浮かべる。「少なくとも、すぐに使用する予定はありませんよ。〈結び目《ノット》〉は伝統的にエルフロードの象徴のひとつだという、ただそれだけのことです。英国女王が戴冠用の宝玉を実用目的に使いますか？」

「王冠の宝石に魔力はないわ」わたしは小声でつぶやいた。

「いまはもうね」オーウェンがささやく。

いまはもう？　あとでちゃんと説明してもらわなくちゃ……。シルヴェスターとマーリンの間に緊迫した空気が漂いはじめる。「こちらとしては、あなたが〈月の目〉をどうしようとしているかの方が気になりますね」シルヴェスターは言った。「あなたが言うように、あの石はきわめて危険だ」

「二度と害をおよぼさないよう、破壊するか、魔力を無効にするつもりです」マーリンは言った。

　シルヴェスターは片方の眉をあげてにやりと笑う。「いまはそう言うかもしれないが、いざ石を手にしたら、果たして本当にそんなことができますかね。いまのあなたにとって、究極の権力はかなり魅力的なのではないですか？　あなたはこの世紀において、あらたに地位を確立し直す必要がある。あのころのように、政治権力との密接なつながりはありませんからね。王の陰で糸を引くことができないのは、さぞもどかしいことでしょう」

「〈月の目〉に近寄るつもりはありません」マーリンは声色を変えずに言った。一年弱マーリンのそばで仕事をしてきたわたしは、この気味の悪いほどの落ち着きが嵐の前触れであることを知っている。「この任務に当たっている者たちは、魔力の影響を受けない免疫者《イミューン》です。彼らにとって〈月の目〉は、ただの石ころにすぎません」

シルヴェスターはオーウェンを横目でちらりと見る。「ああ、パーマーのことは噂に聞きました。事実ですか？」

「わたしがテストしました」ライルが言った。「もし魔力があったら、いまごろ死んでますよ」

後ろに立っているエルフが何か言いたげに口を開いたが、彼が言葉を発する前にライルが言った。「アール、おまえはいい」

「では、彼女もイミューンということかな」シルヴェスターがマーリンに訊く。

「さよう。このふたりなら魔力に惑わされずに〈月の目〉を見つけることができます」

「魔力に惑わされないとしても、石自体が高価な宝石であることにかわりはない。彼らがそういう意味での誘惑に負けないという確証はあるのですか」

「わたしでしたら、もともと宝石にはさほど興味はありませんので」わたしは肩をすくめてそう言うと、オーウェンの方を見る。「でも、あなたの瞳の色とはよく合いそうね」

「ぼくの好みからすると、ちょっとこれみよがしだな」オーウェンは言った。「邪悪なアクセサリーをつけるなら、もう少しさりげない方がいいよ」シルヴェスターの後ろでアールが一瞬にやりとしたが、すぐに真顔に戻った。

「とりあえず、彼らが〈月の目〉を私的に使用しないということを信じるとして――」シルヴエスターは言った。「魔法が使えなくて、どうやって石を破壊するんです？」

「滅びの山へ行って、亀裂に投げ入れるっていうのはどうでしょうか（『指輪物語』で主人公たちが邪悪な指輪を捨てるために目場所《指す》)」わたしが口をはさむと、アールがまた一瞬にやりとした。

わたしの軽口を無視して、マーリンは続ける。「魔法で破壊するのは不可能です。わたし自身あらゆる方法を試しました。たしかに時代とともに魔術は変化してきましたが、根本的には変わっていません。少なくとも、当時不可能だったことが可能になるような変わり方はしていない。一方で、科学技術は大きく進歩しています」

アールがふたたび口を開いたが、シルヴェスターが片手をあげてさえぎった。「アール、おまえの意見は聞いていない」そもそもエルフたちはなぜ彼を連れてきたのだろう。車に乗るときに踏み台にでもするのだろうか。同情をこめてほほえんでみたが、彼から反応はなかった。

「で、〈結び目《ノット》〉は?」シルヴェスターは言った。「〈月の目〉を破壊したら、〈結び目《ノット》〉はどうなるんです?」

「それは〈月の目〉を破壊するのにどの科学技術が有効かによりますな」マーリンは言った。

「無事に分離できれば、〈結び目《ノット》〉はあなたがたにお返しします」

「ただ、金の融点はサファイアより低いんですよね」オーウェンの指摘に、アールの顔がまたもやほころぶ。

「もちろん、残った部分だけでもお返しします」わたしも加勢する。

マーリンはたしなめるようにわたしたちをにらむ。「そもそも、ふたつがどのように接合されたかわかっていません。単に、魔法に免疫をもつ宝石職人が何も知らないまま物理的に接合したのか、それとも、何者かが両者の魔力を合体させるために魔法で結合させたのか……。

〈結び目《ノット》〉を盗んだ者について何か心当たりは？」

「わたしが生まれるはるか前のことですから……」シルヴェスターは肩をすくめる。ということは、つまり、ものすごく昔のことなのだろう。「ただ、ふたつの結合は最近のことかもしれません。〈月の目〉とくっついたことで〈結び目《ノット》〉のパワーが増し、ライルが感知できたのでしょう」アールの表情が変わった。でも、その表情が何を意味するのかはわからない。

「両者が結合したということ自体、魔法界全体にとってきわめて重大なことです」マーリンは言った。「だれが、なんの目的で？　この問いの解明は、ブローチを取り戻すのと同じくらい重要なことです」

「あなたの部下は――」シルヴェスターはオーウェンの方を見る。「互いに協力し合うことを提案したそうですが、われわれがそちらに手を貸さなければならない理由は？」

「わたしとしては、こちらがあなたがたに力を貸すという理解でしたが……」マーリンは穏やかに言った。「とにかく、一刻も早く〈月の目〉を見つけ、無害にすることが、こちらの最優先事項です。そのためにはたしかに、お互いの知識と能力を合わせた方がいい。もちろん、わたしたちと協力することを望まないとおっしゃるなら、それも理解できます」マーリンの口調がふいに厳しくなる。「ただし、心得ておいていただきたい。もしあなたがたが先にブローチを見つけても、〈月の目〉は返していただきます。どんな手段を講じてでも必ず取り戻しますので、そのつもりでいてください」

シルヴェスターはかなり長い間マーリンを見据えていたが、やがて先に視線を外した――椅子を後ろにずらす動作にかこつけて。「お互いの立ち位置を確認できてよかったです。おそらく一両日中にまた話をすることになるでしょう」シルヴェスターが立ちあがると、ライルもすばやく腰をあげた。アールは慌てて場所を空け、出口へ向かうふたりのあとを追う。彼らが部屋を出ていくのに合わせて、金色の光とエンヤの曲と霧と微風が復活した。マーリンは片手をひるがえしてそれらを消すと、そのままその手を軽く振ってドアを閉めた。

マーリンはオーウェンとわたしの方に向き直る。「なんとしても先に見つけなければなりません」

「サムの言うとおりです」わたしは言った。「わたしもあのエルフは信用できません」

「〈月の目〉を手に入れたら、間違いなく自分のために使うでしょうね」オーウェンが言う。

「彼には〈結び目《ノット》〉だってもってほしくないですよ」

「彼には〈結び目《ノット》〉を所有する正当な権利があります」マーリンは大きなため息をつく。「そういう意味でも、〈結び目《ノット》〉が〈月の目〉といっしょに破壊されるのは、実に遺憾なことです」

オーウェンとわたしは顔を見合わせる。どうやらいま、あらたな任務を命じられたらしい。

「エルフたちは喜ばないでしょうね」オーウェンは言った。

「いたしかたありません。彼らに文句があるなら、わたしのところに来ればよろしい。とにかく、見つけないことには破壊することもできませんぞ」

おなかが鳴った。絨毯飛行のあと、しばらくふらふらしていたわたしの胃はようやく本来の位置に戻ったらしい。サンドイッチに手を伸ばす。「ロッドとミネルヴァの方はどうなったかしら、フィアンセの追跡――」

もうさほど驚かなくなったが、そう言ったとたん、オフィスのドアが開いて、ミネルヴァがさっそうと登場した。彼女のたなびかせるお香のなかをロッドが続いて入ってくる。「難航しています」ミネルヴァは言った。「やっかいなことに、婚約中のジョナサン・マーティンは複数いました。どの女性がどのジョナサン・マーティンの相手なのか、まだ判明していません」

「今日が彼女の誕生日だという情報で絞り込めませんか？」わたしは訊いた。

「それが思うほど簡単じゃないの。そのての情報を入手するには、もう少しハッキングする必要があるんだけど、驚いたことに、社会保障庁も運転免許センターもかなり優秀な魔法のファイヤーウォールを使ってるのよ」

「それじゃあ、女吸血鬼に命を吸い取られたようなオーラが出てるジョナサン・マーティンを捜してみたら？」

ミネルヴァは悲しげにかぶりを振る。「残念だけど、裕福な年配男性の場合、それはあまり絞り込みの材料とはならないわ。たいていみんな、だれかに生気を吸い取られてるから。それに、今夜はチャリティーのためのガラがいくつもあるの。マーティンに会ったとき、彼女がそのガラの主催者なのか、それとも役員のひとりにすぎないのか、そのてのことは言ってなかった？」

「彼が言ってたのは、詳しいことは知らないってことと、就寝時間を過ぎてしまうから招待されてないってことだけです。ハニーは彼の健康をとても気遣ってくれるんですって」

ミネルヴァはもっている紙の束から一枚抜き取った。「じゃあ、これは違うわね。彼は共同主催者になってるから。共同主催者が招待されないのは変だもの。あと、グランドセントラルステーションで開かれるガラがあるってこともわかったけど、これも実際に始まるまでは動きようがないわね」

「そうだ！」〝ステーション〟と聞いて思わず手で口を覆った。「実は、祖母がペン・ステーションでわたしが迎えにくるのを待ってるんです」

「おばあさまがいらっしゃったのですか？」マーリンがやけにうれしそうに言った。

「はい、わたしも少し前に知ったばかりなんです。朝からずっと駅にいるみたいで。何か問題を起こしてなければいいんですけど……」

「それは、それは。早く行ってあげてください」マーリンは言った。「絨毯を使うとよろしい」

わたしはかぶりを振る。「いいえ、うちの祖母を魔法の絨毯に乗せるべきではありません。自分が運転するって言い張るに決まってます。まあ、それも、ああいう小型でスポーティなタイプに素直に乗ればの話ですけど。祖母の場合、リビングルームサイズの絨毯を要求しかねませんから」

オーウェンが、まあ落ち着いてというようにわたしの腕に手を置いた。彼は祖母に会っているので、彼女がどんな人か知っている。「少しでも早く到着できるよう駅までは絨毯で行って、そのあとタクシーで彼女を会社まで送り届けたらどうかな。いずれにしろマーティンのフィアンセがいるのはアップタウンだろうから、ミネルヴァから何か情報が入って移動することになった場合、かえって時間が節約できるよ」

「ま、いざとなったら、おばあちゃん《グラニー》をけしかけてエルフを懲らしめてもらえばいいわね」冗談もやけ気味になる。

「わたしとしては、彼らとはある程度友好的な関係を保ちたいと思っていますが……」マーリンが真顔で言う。

「だけど、おばあちゃん《グラニー》をどこに泊めたらいいかしら。うちにはゲストルームがないし。ニタのホテルにでも部屋を取るしかないわね」

「うちならゲストルームがあるよ」オーウェンが言った。「ぼくのところに泊まればいい」

「本当に？」

「ああ、全然かまわないよ」

「恩に着るわ」彼がわたしを愛してくれていることにもちろん疑念などなかったけれど、うちの祖母を自ら自宅に迎え入れてくれるのだとしたら、これ以上の愛の証《あかし》があるだろうか。これはもう、ほとんど捨て身とさえ言える無私の愛だ。

　社長室の窓の外にふたたび空飛ぶ絨毯が現れた。「さあ、行ってらっしゃい。何かわかったらすぐに連絡させます」マーリンは言った。「わたしの方は、だれが〈結び目《ノット》〉と〈月の目〉を盗み、ふたつを結合させたのか、それをし得た者はだれか、について調べを進めます。だれであれ、その者はきわめて危険だと言わざるを得ません。ブローチを世に放ったのも、何か大きな計略の一部かもしれない」

大きな計略？　これは空飛ぶ絨毯ごときで腰が引けてる場合じゃないかもしれない——とは言っても、塔の窓からホバリングする絨毯に飛び移るのは、やはり恐い。「これ用に搭乗ブリッジを設置したらどうかしら」勇気を振り絞り、先に乗ったロッドの手を借りながら、絨毯に向かってジャンプする。わたしが飛び乗ると、絨毯は大きく揺れた。続いてオーウェンが乗り込み、ふたたび揺れる。

「ペン・ステーションまでよろしく」ロッドが運転手のピクシーに言った。絨毯はブロードウエイの上空を北上する。ピクシーは一般の人々の目から絨毯を隠す魔法の覆い《ヴェール》だけでなく、魔法のフロントガラスも使っているに違いない。これほどの高速で飛んでいれば、風の抵抗はもっと強烈なはず。虫だって口に入るだろうし。髪はそれなりになびいているが、会話はオープンカーでハイウェイを走っているときよりずっとしやすい。

「おばあさんはどうして来たの？」オーウェンが訊く。

「さあ、まるで見当がつかないわ。うちの家族には、わたしのストレス度を察知する不思議な魔力があるのよ。そして必ずそれを悪化させるようなことをするの。たぶん、母が忙しくて来れないから、かわりにおばあちゃん《グラニー》を送ってよこしたんだわ」

「それはどうかな。きみのおばあさんにかぎって、だれかに送ってよこされるなんてことはあり得ないんじゃない？　彼女の場合、自分の意志で行くか、行くのを断固拒否するかのどちらかだよ」

「それがわかってて、おばあちゃん《グラニー》を泊めるつもりなの？」

「ぼくはグロリアのもとで育ってるからね」グロリアというのはオーウェンの養母で、タイプは違うが、辛辣《しんらつ》さではうちの祖母の向こうを張る高齢の魔女だ。「それに、彼女は魔法薬についてすごく詳しいから、この機会にいろいろ教えてもらいたい。魔力がなくても調べられる研究資料がたくさんあるんだ」

ユニオンスクエアの上を通過する。――というか、一瞬、部分的に緑色の混じった開けた空間が見えたので、そうではないかと思う。突然、絨毯の横に同じスピードで飛ぶ物体が現れ、わたしはオーウェンの腕にしがみついた。二秒ほどかかって、それがサムであることに気づく。

「どうやら尾行されてるようだ」サムは叫んだ。

後ろを振り返ってみたが、ほかに飛んでいる絨毯は見当たらない。サムが目に入る唯一の飛行物体だ。「どこ?」

「上を見てみな」

わたしたちはいっせいに――幸いなことに、運転手を除いて――空を見あげる。タカが一羽、上空を旋回しているのが見えた。「あの鳥のこと?」

「何羽かエルフに手なずけられてるやつらがいる」サムは言った。「おつむの弱い裏切り者野郎たちさ」吐き捨てるようにつけ加える。

「あのタカはエルフの手下なのか?」ロッドが訊く。

「まだわからねえ。だが、警戒するに越したことはない。まけるなら、まいちまった方がいい」

運転手は何も言わなかったが、絨毯がいきなり左に傾いた。体が滑って、思わず泣き声とも悲鳴ともつかない声がもれる。絨毯はまもなく水平に戻り、大通りに沿って北上を続けた。

「尾行なんかしてなんになるの？　いまは任務中じゃないわ。祖母を迎えに鉄道の駅に行くだけじゃない」

「彼らはそのことを知らないよ」オーウェンが言った。

「そうだけど、でも、このままだと彼らをおばあちゃん《グラニー》のもとへ誘導することになるわ」

「どうなるか見てみたい気がしないでもないけど」

「とりあえず、まこうとするふりだけでもした方がいいよ」ロッドが言った。「これも駆け引きの一部だ。あまり簡単に尾行させると、かえって怪しまれる」

　絨毯はふたたび急なターンを切ると、しばらく街を横断し、その後、突然、進路を南に変えた。数ブロック下ったところで、一ブロック横へ行き、ふたたびアップタウン方向へ舵を切る。とりあえず上空に鳥の姿は見えなくなったが、そう長くは見つからずにいられない気がする。絨毯は降下を始め、やがて停止した。わたしたちは歩道におり、ミッドタウンの人混みにまぎれて駅へ向かう。

「駅のどこにいるかは、わかってるの？」オーウェンが訊いた。

「ううん、まったく。でも、彼女のことだから、見つけるのはそんなに難しくないと思うわ。たぶん何かしら問題を起こして、人だかりをつくってるはずだから。何時から待ってるのか知らないけど、下手したらすでに駅全体を乗っ取ってるかもしれないわね。着いたらちょうど戴冠式の最中だったりするかも」

オーウェンの携帯電話が鳴った。短い会話のあと、オーウェンは電話を切って言った。「ミネルヴァたちが、ジョナサン・マーティンという名の人物と婚約している女性の名前で、メイシーズ（ニューヨークに本部を置く百貨店チェーン）にパーソナルショッパーの予約が入ってるのを見つけたそうだ。その人が彼女かどうかはわからないけど、近くだし、きみのおばあさんをタクシーに乗せたら見にいってみよう」オーウェンは腕時計を見る。「予約の時間は約三十分後だ」

　エスカレーターで駅構内へおりていく。「だれかが大声で文句を言ってたら、たぶんそれが祖母よ」

「アムトラックで来たのか、それとも、空港からニュージャージー・トランジットで来たのかだけでもわかれば、ある程度場所を特定できるんだけどな」ロッドが言った。

「だめ、まるで見当がつかないわ。彼女の場合、ほうきに乗ってきて、たまたまここを待ち合わせ場所にしたっていう可能性も、まったくないわけじゃないから」

　フードコートまでやってきた。どうやら少し楽観的すぎたかもしれない。この群衆と騒音にまぎれては、祖母ほどの強烈なキャラクターといえども、そう簡単には見つけ出せないような気がしてきた。考えてみれば、ここはニューヨークの駅だ。祖母だけが規格外にクレイジーな人というわけではない。

　そう思いはじめたとき、周囲の喧噪を突き抜けて、ひときわ鋭い声が聞こえてきた。「見つけたかも……」わたしはそう言って、オーウェンの腕をつかむ。声のする方へ行くと、小さな老女が杖を振りあげて、不良グループを壁の隅に追いつめているのが見えた。

「さあ、彼女にハンドバッグを返すんだよ」若者のひとりを杖でつつきながら、祖母は言った。若者は怯えた顔でちらっと祖母の方を見ると、おずおずと前に出て、彼女の横にいる若い母親にハンドバッグを差し出した。「全部入ったままだろうね？」祖母は言った。若者が黙ってうなずくと、今度は女性の方を向いて、いくぶん優しい口調で言う。「調べてごらん」

女性はハンドバッグを開け、なかを調べる。「特になくなったものはないと思います」

「そうかい。じゃあ、あんたたちの男の象徴をゆでたピーナッツくらいに縮めちまうのはやめといてやるよ」祖母がそう言うと、男たちはびくりとした。「で、あんたたちはこの女性になんて言うんだい？」

「ええと、すみませんでした……？」若者のひとりがおずおずと言った。

「それから？」祖母の杖が鋭く空を切る。

「あ、ええと、その、もう二度と……しません……？」

「そのとおり。もう二度とするんじゃない。もしやったら、パンツを小さいサイズに買いかえなきゃならなくなるよ。もう呪いはかけたから、約束を破ったらそういうことになる。あたしがいようがいまいがね」

「すごいな。着いたばかりだっていうのに、早くも犯罪阻止に貢献してるよ」ロッドがつぶやく。「彼女が引っ越してきたら、知事は喜ぶだろうな」

不良たちは目を大きく見開いてうなずくと、逃げるように立ち去った。ハンドバッグの持ち主は祖母の方に向き直る。「なんてお礼を言ったらいいか……。あなたが捕まえてくださらなかったら、路頭に迷っていたところです。このなかに全財産が入っているので」彼女は財布を開け、お札を一枚取り出して祖母に渡そうとしたが、祖母は首を横に振った。

「いいや、それにはおよばないよ。あたしはただ、隣人の力になろうとしただけだ。神様が言うようにね。気にしないでお行きなさい」

女性は赤ん坊を抱き直し、ハンドバッグを肩にさげると、あらためて言った。「本当にありがとうございました」

彼女が行ってしまうのを待って、祖母の方へ歩きだす。ところが、歩きだしたと同時に後ろから低いしゃがれ声が聞こえて、思わず足が止まった。「よそから助っ人の魔法使いまで呼んだのか。ブローチを手に入れて、いったいどうするつもりだ」

5

　ゆっくり振り向くと、あごひげを蓄えた地の精《ノーム》が立っていた。白いパンツに黄色いジャケットのトラックスーツを着て、野球帽をかぶっている。このノーム、どこかで見たような気がする。その白いパンツのすそをロングブーツのなかに入れて……気をつけの姿勢で立たせて……その姿を視界の端でとらえたら……。「あっ！」わたしは思わず声をあげた。「あなた、あそこにいた騎手ね、ひとり余分だったやつ！　やっぱり見間違いじゃなかったんだわ」

「なんだ、気づいてたのか？」ノームは不満げに言った。「一応、覆い《ヴエール》も使ったが、なくてもいいくらいうまく変装できたと思ったんだがな」

「魔法の覆い《ヴエール》は、どのみちわたしには効かないし、長い真っ白なあごひげを生やした騎手なんて、かなり珍しいわ」

「彼のこと、どこかで見たの？」オーウェンが訊く。

「〈クラブ21〉の入口に並んでる騎手の人形のなかにいたの。直後に見たもうひとりの男の方に気を取られて、言うのを忘れてたわ」わたしはノームの方に向き直る。「だけど、どうしてわたしたちがここにいるってわかったの？」

「わしなりの方法があるのさ」ノームはあごひげを撫でる。

「あのタカはエルフじゃなくて、あなたのだったんだ」オーウェンが言った。

ノームの白いげじげじ眉毛がひゅんと跳ねあがる。「タカに気づいてたのか？」

「あのタカはまけたと思ってたんだけどな」ロッドが顔をしかめる。

ノームはけたけたと笑った。「ところがどっこいだ」

「ケイティ、そこにいたのかい」祖母がわたしを見つけてやってきた。「いったい何してたんだい。朝からずっと待ってたんだよ」

わたしは祖母を抱きしめ、頬にキスをした。「ごめんさない、おばあちゃん《グラニー》。でも、ついさっきメッセージを聞いたばかりなのよ。来るなんて知らなかったから」

「緊急事態なんでね。電話する時間がなかったんだ」

心臓がきゅっと縮みあがる。家族に起こり得るさまざまな恐ろしい事態が頭のなかを駆け巡る。「いやだ、何があったの⁉」

「それはまだわからない。でも、何かがおまえに起ころうとしてる。間違いない。あたしの直感だよ。そして、それが起こったとき、おまえはあたしが必要になる」

それはそれで聞き捨てならない。不安になってオーウェンの手を握る。「わたしに何か起こるって、それ、悪いことなの？」

「悪いとか、いいとか、そんなことはわからない。あたしにわかるのは、おまえがあたしを必要とするってことだけだよ。そのときちゃんとそばにいられるよう、あたしは来たんだ」祖母はそう言うと、オーウェンの方を向いてうれしそうに目を細めた。「そちらは元気だったかい？」そう言うなり、ふいに顔をしかめた。「おやおや、なんだい。ずいぶん変わっちまったね。いったい何があったんだい？」

オーウェンは顔をゆがめる。「話せば長くなるんですが……」

「ねえ、おばあちゃん《グラニー》、オーウェンが彼の家のゲストルームに泊まってはどうかって言ってくれてるの」祖母がここでいますぐ説明するよう要求しはじめる前に、急いで話題を変える。「うちのアパートにはお客さん用のスペースがなくて……。オーウェンの家はホテルなんかよりずっと素敵よ」

「それはご親切にありがとう」祖母はそう言うと、ロッドの方を見てにっこりした。「あんたも来てくれたのかい。大した歓迎ぶりじゃないか。時間に遅れる場合は、人をたくさん連れてくるっていうのも悪くない方法だね」

「またお会いできて光栄です、ミセス・キャラハン」ロッドはなめらかに言った。

祖母はまつげをぱたぱたさせてロッドを見あげると、片手を差し出し、ロッドが甲にキスをするのを満足そうに眺める。「うれしいことに、この街にもレディの扱い方を知ってる者はいるようだね」

「おい、わしの話はまだ終わってないぞ！」ノームがそう言って、わたしたちの輪のなかに割り込んできた。

「なんだい、あんたは」祖母はノームに向かって警告の杖を振る。「レディに向かってそんな口のきき方があるかい。ジェントルマンに向かってもだ。まったく、この街では子どもたちにどういう教育をしてるんだろうね」

ノームは祖母を無視して、オーウェンの方を向く。「なぜあのブローチを追っている。おまえさんたち、ずいぶん大がかりな作戦を展開してるようじゃないか」

「ブローチを見つけるためだよ」オーウェンが答える。

「だから、それはわかってる。わしの顔にはふたーつ、よーく見える目がついてんだ。ちなみに、この上着の下には、よーく切れる戦斧《バトルアックス》が控えてる。真面目に答えないと、痛い目に遭うぞ」

武器ならこちらにもある——彼女はおそらく、その斧よりもっと鋭利で、もっと危険だ。そうのどまで出かかったけれど、祖母が気を悪くするといけないので、あえて言わないでおいた。

「悪い連中の手に渡る前にブローチを発見したいんだよ。見つけたら、〈月の目〉を破壊する。二度と使用されることのないように」オーウェンは辛抱強く説明する。「で、あなたの方は、なぜブローチに興味を？」

「それはこんなところで簡単にできるような話じゃない。うまい料理とビールを囲んで皆に語って聞かせるべき壮大な物語だ」

「いまそんな時間はないよ。短縮バージョンでお願いできないかな」

「ま、目指すところは同じとだけ言っておこう。わしがここに来たのは、おまえさんたちが悪い連中の一味じゃないってことを確認するためさ。それに、おまえさんについていけば、いずれその悪い連中を見つけて、とっ捕まえることができるかもしれない」

「そのブローチってのはなんだい?」祖母が訊いた。

「すっごく危険な魔法の道具よ」わたしは言った。「そばにいるだけで権力を渇望するようになって、それを身につけた者は究極の支配力と不死身の体をもつことになるの」

祖母は鼻を鳴らす。「本当に有能な魔法使いなら、そんな装飾品は必要ないだろう。自力で成せないなら、もともとその器じゃないってことだ」

皆がいっせいに祖母の方を見た。ふと背筋が寒くなる。祖母に魔力があることは最近知ったばかりだけれど、そう言えば、彼女にはいったいどんなことができるのだろう。

「どうしてこんなパワフルなよそ者を呼んだんだ」ノームが言った。「彼女みたいな魔法使いを〈月の目〉に近づけたら危険じゃないか」

「彼女はよそ者じゃないわ」わたしは言った。「まあ、たしかによ、そ、から来たけど、彼女はわたしの祖母なの。たまたま妙なタイミングで孫のわたしを訪ねてきただけ」

ノームは顔をしかめて祖母の方を向く。「それは本当かい、ご婦人?」

祖母はめいっぱい背筋を伸ばす。と言っても、ノームよりほんの少し目線が高くなっただけだけれど。「あたしがうそをつくような人間に見えるかい?」思わず身震いしたくなるような冷ややかな口調で言った。「あたしは昔ながらのやり方でしか魔法は使わない。妙な小道具がなきゃできないようなことには、はなから興味はないよ」

ノームは祖母のことをじっと見据える。祖母も彼をにらみ返す。長いにらみ合いを経て、ノームはついにうなずいた。「あんたは信用できる」そう言うと、わたしたちの方を振り返る。

「それにひきかえ、こっちの連中は……」

「ちょっと!」わたしは抗議の声をあげる。

ロッドが片手を差し出しながら前に出ると、にこやかに言った。「MSIのロッド・グワルトニーです。お会いできて光栄です」

ノームは顔をしかめる。「おまえさん、MSIの社員なのか?」

「みんなそうです」ロッドは言った。「同僚たちを紹介しましょう。こちらはケイティ・チャンドラー、非凡なる免疫者《イミューン》にして、われわれの大切な客人であるミセス・キャラハンの孫娘。そして、こちらの紳士はオーウェン・パーマー」

ノームは一歩あとずさりしながら、トラックスーツのジャケットの下から小さな双頭の戦斧《バトルアックス》を取り出した。オーウェンをにらみつけ、うなるように言う。「パーマーだと? やつが〈月の目〉を追ってるとは、気に入らんな」

オーウェンはやれやれというように両手をあげて、降参のポーズを取る。「さすがにうんざりしてきたな。まず第一に、ぼくは悪人じゃない。悪人だったこともないし、今後なるつもりもない。第二に、ぼくには魔力がない。まったくね。いまは完全なイミューンだよ。ぼくにとって〈月の目〉は、スノードームほどの利用価値すらないんだ」

「この際、いまのセリフを書いたバッジでもつくる? いちいち説明しなくてもいいように。Tシャツでもいいけど」わたしは言った。

祖母はわけ知り顔でうなずく。「なーるほど、そういうことかい。どうりで感じが違うはずだ。いったい何があったんだい？」

「あとで説明するわ」わたしは祖母にささやいた。

祖母はノームの方を向く。「この青年が悪人だったら、あたしが自分の孫娘に近づけると思うかい？　あたしの目は節穴だとでも言いたいのかい？」

ノームはしばし祖母の顔を見つめると、ちらりとオーウェンを見てから、祖母に向かって頭をさげた。「あなたの見識を信じよう」そう言うと、オーウェンの方を向く。「だが、パーマー、わしは常におまえさんを見てるからな。何かちょっとでもおかしなまねをしたら、わしのこの戦斧《バトルアックス》が黙っちゃいないということをよーく覚えておくといい」

オーウェンは苦笑いする。「同じセリフを返すよ。では、ぼくたちはそろそろ失礼します。マンハッタン全土が廃墟と化す前に、邪悪な宝石を見つけなくてはならないので。手がかりが予定の場所に現れるまで、ええと……」腕時計を見る。「あと十分しかない」

ノームは斧をホルスターに戻すと、胸を張った。「わしもいっしょに行く。こっちの方があの間抜けなエルフ連中よりも先にブローチを見つけそうだ。わしの運命はおまえさんたちに託すことにしよう」

「誘った覚えはないけど」ロッドがノームの前に立った。ノームの身長は彼の腰のあたりまでしかない。

「わしがそう決めた」ノームはそう言うと、わたしたちに向かってうやうやしく会釈をする。

「トールソン・ギルトハマーだ。トールと呼んでくれ」

思わず噴き出しそうになる。芝生用オーナメントの人形みたいなこの小さなおじいちゃんを〝トール〟（雷の神にして北欧神話最強の戦神）と呼べだなんて。もっとも、彼の斧も思いきり振れば足首を砕くことくらいできそうだ。わたしは急いで後ろを向いて、咳込むふりをした。

祖母の辞書には社交辞令という言葉が存在しないので、いらぬ口論を引き起こさないか心配になったが、意外にも、彼女はただこう言っただけだった。「よろしく、トール。あたしのことはおばあちゃん《グラニー》と呼んでおくれ。チームにようこそ」

「あの、おばあちゃん《グラニー》？　おばあちゃん《グラニー》はわたしたちといっしょに来なくていいのよ」小道具などいらないと言ってはいたけれど、やはり彼女を〈月の目〉に近づかせたくはない。「おばあちゃん《グラニー》にはタクシーで会社の方に行ってもらおうと思って。マーリンがおばあちゃん《グラニー》に会うのを楽しみにしてて、わたしたちがこの件を片づけるまで、遠慮なく社長室にいてくださいって言ってくれてるの」

「あたしを厄介払いしようったって、そうはいかないよ、ケイティ・ベス」祖母はわたしに向かって杖を振る。「おまえを視界の外に出すつもりはないよ。あたしが感じた例の何かはいつ起こってもおかしくない。そのとき、あたしはおまえのそばにいなきゃならないんだ」

「だってスーツケースがあるでしょ？」オフィスへ行かせる理由を必死に探す。「街を歩き回る前に、それをなんとかしなくちゃ」

「スーツケースなんかないよ。あんなもの、邪魔になるだけだからね」祖母は巨大なトートバッグをもちあげる。「かえの下着と歯ブラシはここに入ってる」

トールが称賛の目で祖母を見る。「このご婦人は遠征の仕方を心得てらっしゃる」そう言うと、わたしたちの方を見あげた。「で、その手がかりとやらは、どこに現れるんだい?」

「メイシーズだよ」ロッドが答える。

「ちょうどよかった。新しいガードルが買いたかったんだよ」祖母はそう言うと、人混みのなかをずんずん歩きはじめた。わたしたちは慌てて彼女のあとに続く。


「女性の名前はなんていうの?」オーウェンに訊く。わたしたちの奇妙な一行はいま、デパートの入口を入ったところだ。

「ナタリー・ウィンターズ」

「作戦が必要ね」わたしは言った。「いきなり彼女のところへ行って、今日、誕生日のプレゼントに変わったブローチをもらいませんでしたか、なんて訊くわけにはいかないもの。もし彼女がそのフィアンセなら、警戒させたくないわ」

「パーソナルショッパーってのは、客のニーズを聞いて、その人に似合う服を選ぶのが仕事だろ?」ロッドが言った。「本物が現れる前に彼女に会えれば、パーソナルショッパーのふりをして、服に合わせたいアクセサリーはあるか訊けるんじゃないか?」

「名案だわ。その役は決まったわね」

「え? おれ?」ロッドは首を横に振る。「だめだめ、無理だよ」

「わたしが服選びのエキスパートに見える?」そう言って、自分の着ている当たり障りのない平凡なスーツを指し示す。

ロッドはわたしをしげしげと眺める。角の立たない返答を懸命に考えている顔だ。「それもなかなか悪くないよ」ようやく言った。

「ジェンマの教えを受けて、やっとこの程度なんだから」

「ぼくは買い物をしないし……」オーウェンが言う。

販売員の女性が近づいてきて、オーウェンに満面の笑みを向けた。「何かお探しですか?」

オーウェンは真っ赤になって口ごもる。彼がシャイだということをほとんど忘れかけていた。会社の地下以外の場所で彼を見るのは、本当に久しぶりだ。オーウェンはビジネスの場や信頼する親しい人たちのまわりでは普通に振る舞えるのだが、初対面の人を前にすると、赤面して貝のように口をつぐんでしまう。その様子はけっこうかわいくもあるのだけれど……。

ロッドが助け舟を出す。「パーソナルショッパーのサービスを利用したいんですが」

「それでしたら三階で承ります」販売員は言った。

彼女がいなくなってから、わたしは言った。「それに、オーウェンは知らない人と話をするのが好きじゃないし。そうなると、あなたしかいないわ。何より、あなたは女性の扱いが抜群にうまいもの」祖母とトールについては、検討するまでもないだろう。

「わかったよ。きみがそこまで言うなら……」

エスカレーターに向かいながら、わたしはロッドの肩をぽんとたたく。「大丈夫。いつものスマイル&トークで攻めれば、絶対うまくいくわ」

「いつもの
スマイル&トークは、もうしばらく封印してるんだ。自己改革に努めてるんでね。でも、きみたちに昔に引き戻されてばかりいたら、だんだん改革するのが難しくなってくるよ」

「これも仕事の一部よ。職務のためにドン・ファンを演じるの。個人的な願望のためじゃないわ」

三階へ行くと、簡素なスーツを着た、おそろしく細身のブロンドの女性がいた。根もとまでしっかり金髪だが、たぶんフェイクだろう。予約の時間までまだ数分あるのに、ハイヒールのとがったつま先でいらいらしたように床を打っている。「たぶんあれだな」ロッドが小声で言った。

「〈月の目〉の影響みたいなものは何か感じる?」わたしも小声で訊く。

ロッドは首を横に振る。「もし彼女がもっているなら、箱に入ってるってことだな。〈月の目〉の魔力が働いてたら、あんなふうにただ突っ立って待ってなんかいないだろう」

「たしかに。それじゃあ、よろしくね。行ってらっしゃい!」

わたしたちがマネキンの陰から見守るなか、ロッドは得意のキラースマイルをつくって、女性の方へ歩いていった。「ミズ・ウィンターズですね?」

「そうよ」女性は不機嫌そうに答える。

「本日担当させていただきますアンドレです」

「担当はセシルだったはずだけど」

「セシルは家の方に急用ができて少々遅れることになったので、到着するまでぼくがお手伝いさせていただきます。ご迷惑をおかけして申しわけありません。さて、今日はどのようなものをお求めでしょう。何か大きなイベントのためのドレスですか？　あるいは、おもちのアクセサリーに合うようコーディネートされたいとか――」

女性は怪訝《けげん》そうにロッドをにらむ。「セシルはいつも、わたしが来るまでに必要なものを用意しておいてくれるんだけど。予約を入れたとき、欲しいものは伝えてあるわ」

「あ、ええと、その……」ロッドはほとんどオーウェン並みにしどろもどろになった。大丈夫だろうか。パニックになってハンサムなめくらまし《イリュージョン》まで落ちてしまったら、それこそ目も当てられない。そのとき、ふいに魔力が高まるのを感じた。どうやら笑顔と話術で落とすのはあきらめて、魔力全開で攻めることにしたらしい。「実は、ぼくなりにきみの美しさを引き出したかったので……」ロッドはささやくようにそう言うと、優しく彼女の手に触れた。

彼女から一瞬にしてとげとげしさが消え、ロッドのまわりでいつも女性たちが見せるのと同じ類《たぐい》の表情に変わった。地下鉄のなかではじめてロッドに会ったときのことを思い出す。まわりにいた女性たちの反応を見て、わたしは彼のことを自分の知らないロックスターか何かかと思ったのだった。「ええ、そうね、あなたなり……がいいわ」女性はうっとりとして言った。

「青だな……」ロッドは言った。「うん、あなたには絶対青が似合うはずです。たとえば、サファイアの青。ぜひ、おもちのサファイアに合わせてコーディネートしたいな」

「それが、サファイアはもってないの。でも、あなたがそう言うなら、今日さっそく買うわ！」

わたしは口を押さえて笑いをこらえる。ビデオカメラをもってくればよかった。こんな面白いものを見たのは久しぶりだ。ふと、オーウェンがロッドではなく、わたしの方を見ていることに気がついた。彼は心配そうに顔をしかめて言った。「どうしたの?」

「どうしたのって何が? だってこれ、最高に面白いじゃない」ロッドの方を指さす。

「い、いまじゃなくて、最近のことだよ。このところずっと様子がおかしいから」

「おかしいって?」

「今日はものすごくいきいきしてる。こういうきみを見るのは久しぶりだ。きみが輝いてるのを見るのはうれしいことだけど、じゃあ昨日まではどうしたんだろうって思ってしまうよ。最近、ぼくはずっと仕事にのめり込み気味だったから、もしかしてそのことが関係してるのかな」

オーウェンは心ここにあらずの研究の虫みたいに見えがちだけれど、見た目ほど周囲の状況に無頓着なわけではないのだ。でも、なんて答えればいいだろう。彼が置かれている状況を考えれば、〝退屈〟なんていう不満はひどく甘ったれたことに思える。「あなたのせいじゃないわ。本当よ。でも、今度あらためて相談させて。世界大戦を引き起こしかねない魔法のブローチを追ったりしていないときに」

「わかった。必ずだよ」オーウェンの携帯電話が鳴った。オーウェンは着信画面を見て、わたしに電話を差し出す。「きみにだ」

ジェンマだった。「残念ながら、いいニュースはないわ」ジェンマは言った。「あなたが描写したような人物はうちの顧客にいくらでもいるし、だれもフィアンセの名前までは覚えてなくて……」

「ううん、いいの、ありがとう。実はいま、それらしき人物が目の前にいるのよ」機嫌を損ねないためにロッドが魅惑《チャーム》の魔術をフル稼働させる必要があるのだから、きっと彼女がその人に違いない。

「それどこ?」

「メイシーズ。ジョナサン・マーティンという名前の人物と婚約している女性が、パーソナルショッパーの予約を入れてたの」

ジェンマは笑った。「やだ、ハニー、その人は違うわね。あなたたちが探している女性はメイシーズなんかで買い物しないわ」

「そうなの? それってわたしにとっては贅沢《ぜいたく》の代名詞なんだけど。しかも、パーソナルショッパーがついているのよ?」

「予約さえすれば、だれだってパーソナルショッパーを雇えるわ。あなたたちが探している女性は、デパートで既製品を買ったりしないわ。ひょっとしたら、デパートに足を踏み入れたことすらないかもね。そのての女性は、有名デザイナーのブティックでオートクチュールを注文するのよ」

「本当?」

「そうよ。わたしの仕事は、そういう女性たちを着飾らせることで成り立ってるんだから」

「でも、この人、すっごく細くて、すっごくブロンドよ。まさにタブロイド紙で見るソーシャライトたちそのものって感じだわ」

「たぶん、そういう女性たちを目指してがんばってるのかもしれないけど、残念ながらまだそこまで到達できてないのね」

「なるほど。ありがとう、ジェンマ」わたしは電話をオーウェンに返す。「作戦は中止よ。ジェンマが絶対この人は違うって」

ロッドに合図してみたが、ナタリーを魅惑するのに忙しくてこちらに気づかない。シックな黒いスーツを着た女性が、ロッドの背後からふたりに近づいていく。「ナタリー、お待たせして本当にごめんなさい」そう言うと、女性は顔をしかめてロッドを見る。「こちらは？」

ようやくロッドが気づいた。どうやら、本物のパーソナルショッパー、セシルが現れたらしい。どうしよう。このままでは彼が偽物だとばれてしまう。ロッドはさりげなくあとずさりを始める。すると、ナタリーが彼の腕をつかみ、セシルとの間に割って入った。「あなたはもういいわ、セシル。わたしにはアンドレがいるから。彼がわたしを美しくしてくれるの。今日はわたしの瞳の色に合わせてサファイアを買うのよ」

セシルはぎょっとして目をぱちくりさせると、ロッドをにらみつけた。「あなた、ここのスタッフじゃないわ。従業員になりすましていったいどういうつもり？　警備員を呼ぶわよ」

ロッドは珍しく言葉を失っている。まあ、無理もない。彼の行動を説明できるもっともな理由はひとつもないのだから。ここはだれかが助け舟を出す必要がありそうだ。わたしはマネキンの陰から出て、彼らの方へ向かった。「あの、すみません、パーソナルショッパーのアンドレを捜してるんですけど」

「ここにはそういう名前のパーソナルショッパーはおりませんが」セシルがすかさず答える。

「いやね、わたしの個人的《パーソナル》なパーソナルショッパーよ」わたしは高飛車に言った。「わたしの新しいプライベートファッションコンサルタントなの。ここで落ち合う約束をしてるんだけど」

幸い、ロッドはすぐに調子を合わせてきた。「あなたがナタリー？」

「わたしがナタリーよ！」本物のナタリーが抗議する。

「すみません。ぼくの早とちりだったようで……」ロッドはセシルに言う。「ナ、タ、リー、違、い、でした」ロッドはわたしの腕を取って歩きだす。「さあ、ダーリン、さっそく始めようか。きみの場合、かなり手を加える必要がありそうだからね」

「言ってくれるわね」

「いまのはぼくじゃなくてア、ン、ド、レ、のセリフだよ。それにしても、さすがの機転だね」わたしたちはそのまま角を曲がり、陳列ラックの陰でオーウェンと合流した。「彼女は絶対違うね」ロッドは言った。「サファイアはもってない。いままでだれにも青が似合うと言われたことがないみたいだ。たぶん、コンタクトレンズの色を変えたばかりなんだろう。もしあれが彼女の目の色だったら、赤ん坊のころから青ばかり着せられてきたはずだよ」

「ジェンマも、億万長者のフィアンセならデパートなんかで買い物しないって言ってた」わたしは言った。

ロッドは悔しそうに天を仰ぐ。「そりゃそうだ。彼らがいかに一般人と違うかってこと、忘れてたよ」

「行こう。セシルが本当に警備員を呼んだら面倒なことになる」オーウェンがわたしたちを促す。

通路に出たとたん、悲しげな声がフロアに響いた。「アンドレ？　どこに行ったの？　あなたが必要なの、戻ってきて！」わたしたちは慌ててラックの陰に戻り、中腰になってラックとラックの間を抜けながら、別の通路へ向かう。

「ちょっと魔術の強度をあげすぎたかな」ロッドが言った。ナタリーの悲痛な叫び声は依然として聞こえてくる。「ブランクのせいか、読みが狂ったみたいだ」

声がやみ、そろそろ大丈夫かと思ってそっとラックの陰から出たとたん、金髪の細い人影が目の前に飛び出してきた。「アンドレ！　セシルの言うことなんか気にしちゃだめよ！」ナタリーだ。「青が似合うってことに先に気づけなかったものだから、あなたに嫉妬してるのよ。お願い、あなたが必要なの！」

ロッドはナタリーの手を取り、まっすぐ彼女の目を見つめると、優しく言った。「ナタリー、もういいんだよ。あなたにはぼくなんか必要ない。さあ、セシルのところへ行って服を選んでもらうんだ」

「……ええ、そうね。そうするわ」ナタリーはうなずいた。目がぼんやりしている。体がわずかに揺れた。ロッドは彼女を支え、しっかり立ったのを確認してまた手を離す。ナタリーは瞬きをし、いぶかしげにロッドを見つめると、やがてより毅然とした表情でうなずいた。「そうよ。わたし、パーソナルショッパーの予約があるんだもの」

「そのとおり。それじゃあ、よい一日を」ロッドはそう言って、彼女の背中を押す。「そして、よい人生を。ごめんね」後ろ姿を見送りながら小声でそうつけ加えると、ロッドはわたしたちの方を向いた。「さてと、ぼくたちも行こう。あのパーソナルショッパーがきみの話を信じたかどうかはわからない。警備員はもとより、警察なんか呼ばれたら、ことだからね」

エスカレーターの近くまで来たとき、ふと気がついた。「ねえ、おばあちゃん《グラニー》とトールは？」

ロッドとオーウェンは周囲を見回す。「そう言えば、さっきから姿を見てないな」オーウェンが言った。

「きみのおばあさん、ガードルが欲しいって言ってなかったっけ」ロッドが言った。「あれ、本気だったのかな」

「なんとも言えないわ。下着売り場は、たぶん上のフロアよね。行ってみましょう。少なくとも、このフロアを離れられるわ」

わたしたちはのぼりのエスカレーターに乗った。ひとつ上でいったんフロアにおり、上階にあがる次のエスカレーターの方へ歩いていると、店員風の黒い服を着た女性がわたしたちを見てはっとしたような表情をし、こちらに向かってきた。「まずいわ。だれかさん、やっぱり警備に通報したみたい」エスカレーターでは目立ちすぎる。わたしたちは方向転換して、ふたたび陳列ラックのジャングルのなかに潜り込んだ。黒服の女性は依然としてついてくる。振り返ったとき、胸に店員用の名札がないことに気づいた。ということは、覆面捜査をしている警備員か、でなければ、ロッドがパーソナルショッパーになりすましたこととは別の理由でわたしたちを追っているだれか、ということになる。

「エレベーターに乗ろう」オーウェンが言った。三人とも店内のレイアウトをよく知らないので、追っ手の動きに注意しつつ、エレベーターを探してあちこち歩き回る。

「あった、あそこだ！」ロッドがそう言ったのと同時に、ラックの陰から手が伸びて、何者かがわたしの体をつかんだ。

6

大声を出す間もなく、手で口をふさがれ、陳列ラックの間に引きずり込まれる。近くでわたしを呼ぶオーウェンとロッドの声が聞こえる。必死にもがきながら力のかぎり叫ぶのだが、口を覆われているので、彼らに声は届かない。

首に生温かい息がかかり、だれかのささやき声が聞こえた。「しーっ。何もしないから静かにしろ。ただ話がしたいだけだ」これまで会ったことのある人全員の声を急いで思い起こしてみるが、この声に聞き覚えはない。「叫ばないって約束するなら手を離す。約束するか？」

男が危険なやつだった場合、たとえ約束を破っても地獄に落ちはしないだろう。黙ってうなずくと、口をふさぐ手がゆるんだ。おそるおそる振り返る。「アール？」わたしは小さく叫んだ。「どういうこと？　エルフロードに命令されたの？」

アールは慌てて周囲を見回す。「しーっ！　やつの名前を言うなよ！　おれがここにいるのは内緒なんだから。おれはあいつの部下じゃない。まあ、一応部下ってことになってるけど、それは仮の姿で――」

「それじゃあ、どういうわけでここにいるの？」

「エルフロードより先に〈結び目《ノット》〉を見つけられるよう、あんたらに協力しようと思って……」

「で、こんなふうにわたしを捕まえて死ぬほど驚かせる以外、仲間になりたいと宣言する方法を思いつかなかったわけ？」腰に片手を当て、彼をにらみつける。「オーウェンに魔力がなくてよかったわね。あの人、わたしに危険が及んでると思うと理性を失う傾向にあるから」わたしは声をあげてふたりを呼んだ。「オーウェン、ロッド！　大丈夫よ。こっちにいるわ」

　アールはぎょっとした顔で耳をぴくぴくさせながら、何やら〝あぐがががぐ〟というような声を出すと、「な、なんで呼ぶんだよ」と言った。

「何か言いたいことがあるなら、わたしたちみんなに言えば一度ですむわ」そのとき、自分たちがなぜ逃げていたかを思い出した。「でも、いまはその話をするのにベストなタイミングじゃないわね。わたしたち、だれかにつけられてるの」

「ああ、それならおれだよ」

「そうじゃなくて、ほかにもいるの。女の人よ」

オーウェンとロッドがやってきた。「アール？」オーウェンが言う。「ひょっとして、エルフロードは協力を承諾したってこと？」

「というわけでもなくて、アールはフリーランスみたいなの」わたしは言った。「とりあえず、まずはここを出ましょう。これ以上おばあちゃん《グラニー》を放っておくのも危険だし」

「陽動作戦が必要だな。あの黒服の女をまかないと」ロッドが言った。

「陽動作戦なら、わりと得意だよ」アールはそう言うと、片手を前に出す。手のひらの上に小さな光の球が現れた。彼はその球にふっと息を吹きかけ、宙に飛ばす。「さあ、行って。それと、球の方は見ないように」わたしたちはエレベーターに向かって走り出す。光の球は天井付近まで上昇した。黒服の女性がわたしたちに気づき、追いかけようとした瞬間、辺り一帯にものすごい閃光《せんこう》が走った。球の方を見ていたら、確実に目がくらんでいただろう。わたしたちは無事エレベーターに乗り込み、おりた場所がすぐにばれないようロッドが三つほどフロアのボタンを押した。

予想どおり、祖母とトールは下着売り場にいた。祖母が販売員の女性に何やら熱弁をふるっている横で、トールが居心地悪そうに待っている。「欲しいものは見つかったのか?」わたしたちが近づいていくと、トールは言った。そして、次の瞬間、アールに気づいてうなり声をあげた。「なぜエルフがいる? おまえさんたち、わしを裏切ったのか」

「こいつも仲間なの?」アールが訊く。

「はっきり言って、きみたちのどちらについても、まだよく状況がわかってないよ」オーウェンが言った。

「どうやら、欲しいものは見つからなかったってことのようだな」トールが言う。

「ああ、誤報だった」ロッドが言った。

トールはアールをにらみつける。「で、そこのエルフよ、おまえの目的はなんだ。エルフロードの使い走りか?」

「おれはエルフロードの宮廷《コート》に潜入しているスパイだよ。やつには〈結び目《ノット》〉も〈月の目〉も絶対もたせちゃだめだと、おれたちは思ってる。ブローチをやつの手に渡さないためには、

〈月の目〉を破壊すると言ってるこの魔法使いたちに協力するのがいちばん有効と考えたんだ」

「それで、おまえを信用していいという根拠は？」

アールは肩をすくめる。「それを言うなら、ここにいる全員、信用していいっていう根拠はあんのかよ」

祖母が顔をしかめてわたしたちの方へやってきた。「こんなに大きな店だってのに、ガードルひとつまともなものがありゃしないよ。どれもこれもスパンデックス（高い伸縮性をもつポリウレタンの合成繊維）とかいうのばかりで。なんだい、あのスパンデックスってやつは。まったく信用できないね」

祖母はアールに気づく。「おやまあ、あんたたちのなかにこんなに大きいのがいるとは知らなかったよ」

「おばあちゃん《グラニー》、アールはエルフなの」わたしは言った。「うちの田舎にいる小さな人たち《ウィーフォーク》とはまた別なのよ」

「エルフたちのなかに派閥があるってこと？」ロッドがアールに訊いた。「そういう話は聞いたことがなかったけど」

「エルフロードは、昔のやり方に、つまり、エルフロードに絶対権力があったころの制度に戻りたがってる。多くのエルフがそれを望んでいない。コートの仕事は、いまでは儀式や式典ばかりだけど、それさえもういらないっていう声もある」

「エルフロードという地位自体を廃止したいってこと？」わたしは訊いた。

「まあ、すぐにとは言わないけど、いずれはそうなるべきだと思ってる。そのためにも、シルヴェスターにブローチを渡しちゃだめなんだ。言っとくけど、あいつは絶対、あんたらに〈月の目〉を返さないよ」

「ねえ、この話の続きは別の場所でやることにしない？」わたしは言った。「わたしたち、つけられてるみたいだから」それに、ボーイフレンドと祖母がいっしょにいる状況で下着に囲まれているというのも、非常に居心地が悪い。祖母がうちの母の母親だということを考えると、せっかくだからおまえも何か買えと言いだす可能性はきわめて高いし、下手したらTバックの説明を要求されかねない。

「何手かに分かれてエスカレーターに乗った方がいいな」ロッドが言った。「万一だれかが捕まっても、ほかのメンバーは逃げられる」

アールが偵察を兼ねて先に行った。彼がひとつ下のフロアにおりると、ロッドがあとに続く。そのあと、買い物客のグループをはさんでトールと祖母が下へおりた。アールとトールは見るからに普通じゃないが、その非人間的な姿は魔法でカモフラージュされているに違いない。買い物客たちの目に映る彼らはきっと、ひょろりとした長身の若者と小柄な老人にすぎないのだろう。わたしにとって、ふたりがエスカレーターに乗っているさまは、奇異以外の何ものでもないけれど。

自分たちの番を待ちながら、オーウェンがわたしにささやいた。「麻酔用のダーツは三本しかない」

彼の言わんとすることはすぐにわかった。「魔法を使う者は四人……。それ、エルフや地の《ノー》精《ム》にも効くの？」

「確認した方がいいな。それと、新しい友人たちにはダーツのことを言わない方がいいと思う」

「おばあちゃん《グラニー》にもね」わたしは言った。「ダーツを使わせないためにわたしに危害を加えるとは思えないけど、〈月の目〉の影響を受けたとき彼女がどうなるかは、正直わからないから」

「少なくとも、ぼくらお互いのことだけは信頼できるね」オーウェンは、わたしの心臓を小走りさせる例の恥ずかしげな笑みを見せた。

「ほんとね。よかったわ。あなたにダーツを投げるなんて絶対いやだもの」

　わたしたちはエスカレーターに乗って、ひたすら下り続ける。だれもついてくる様子はないし、途中で足止めされたメンバーもいないようだ。地上階におりる最後のエスカレーターに乗ると、急に緊張が高まった。考えてみたら、魔力をもつメンバーに免疫者《イミューン》をつけるべきだったかもしれない。そうすれば、危険を察知する者とそれに対処できる者がいっしょにいることになる。オーウェンと組むことがあたりまえになっていて、今回も特に考えることなくそうしてしまった。

　一階が見えてきたとき、まずディスプレーの陰にひそんでいるアールの姿が目に入った。エスカレーターのそばを黒いスーツ姿の人たちが何人かぶらぶらしているが、この距離からでは、それが警備員なのか、従業員なのか、あるいは客なのか、見分けるのは難しい。祖母とトールはなかなか見つからない。ふたりともまわりの人たちよりはるかに小柄なので、捜すのはひと苦労だ。ロッドの方が先に見つかった。彼の姿が目に入ったとき、ちょうど黒いスーツの男たちとすれ違うところだったが、特に彼らの注意を引いた様子はなかった。どうやら追っ手は振り切れたようだ。

エスカレーターをおりるため、視線をいったん足もとに落とす。ふたたび顔をあげたとき、黒いスーツの一団が壁のように迫ってくるのが見えた。「おっと……」オーウェンがつぶやく。彼も男たちに気づいたらしい。「普通にしてて」オーウェンはわたしの手を取る。わたしはその手をしっかりと握った。彼はわたしの手を引き、黒スーツの集団の方へまっすぐ歩いていく。

わたしたちが近づいて、やがてすれ違っても、彼らは何もしなかった。止まれとも言わなかったし、むりやり止めようともしなかった。そのかわり、方向転換すると、そのまま出口へ向かうわたしたちのあとをついてくる。もっとも、あからさまにそうしたわけではない。つけられているという強迫観念がなければ、おそらく気づかなかっただろう。彼らの動きはあたかも、エスカレーターから出口へ向かう人の流れに自然に乗ったという感じだ。

「わたしたちを見張ってるって感じね」オーウェンにささやく。

「確かめてみよう」オーウェンはわたしの手を引っ張って、近くのディスプレーの方へ向かった。「うわっ、これ見てよ」声を大きくして言う。

オーウェンが見ろと言ったものを見るふりをしながら、視界の隅で黒スーツの一団がふたたびぶらぶらしはじめるのを確認する。「どういうことかしら……」

「わからない。妙だな」

「魔法がらみの妙？　それ以外の妙？」

「魔力は感じない」

「それって、いいことよね？　もし彼らが魔法使いだったら、おそらくブローチ捜しと関係があるってことだもの。そうなら、まずい状況じゃない？」

「ああ、これ以上チームのメンバーは増やせないもんな。すでに空飛ぶ絨毯《じゅうたん》の定員はオーバーしてるし、レストランで食事をするにも普通のテーブルじゃ無理だ」

「わたしが言ってるのは、魔法界の法執行官たちのことよ。あなたが〈月の目〉を追っていることを彼らはよく思わないはずだわ」

「彼らのことはもうだいたい知ってるけど、この連中のなかに見覚えのある顔はいないな」

「ひょっとして、彼らは魔法使いで、わたしたちが〈月の目〉を見つけたらすぐに横取りできるよう見張ってるっていう可能性はないかしら」

「みんながぼくたちに分があると見込んでくれるのは、心強いけどね」

「でも、できれば取り巻きなしで捜したいわね。チームワークもいいけど、集団を引き連れてたんじゃ、人目についてしょうがないわ」

「まくしかないな」

「どうやって？」

「きみが言ったように、チームワークだよ。来て」オーウェンはふたたびわたしの手を取ると、カウンターが並ぶ香水売り場の方へ向かった。ロッドとアールは相変わらず物陰に潜んでいる。ロッドのそばを通るとき、オーウェンは彼に目配せをした。ロッドの視線がわたしたちのあとをついてくる黒いスーツの人々へと移る。ロッドはうなずくと、さりげなく歩きだし、言い合いをしている祖母とトール——トールが気に入ったコロンを、祖母が安い売春宿のにおいだと言ってけんもほろろにこきおろしている——のところへ行った。

オーウェンはそれを見届けると、わたしの手を引いて彼らの方へ歩きだす。わたしたちはそのまま祖母たちの横を通り過ぎた。その直後、わっという叫び声に続いて、どさっという音が聞こえた。思わず振り返ると、祖母のすぐそばに、黒いスーツの男が倒れている。祖母はすずしい顔で杖をもう一方の手にもちかえた。倒れた男のまわりをみるみる野次馬が取り囲み、彼がわたしたちを追うのは難しくなった。そばにいる店員の反応からして、男が店のスタッフでないのは明らかだ。どうやら、またあらたな集団がわたしたちを尾行しているということらしい。

「とりあえずひとり減ったわね」わたしはオーウェンに言った。

いまわたしたちについてくるのはふたりだ。彼らはもはや、さりげなく振る舞う努力さえしていない。周囲の人をひじで押しのけながら追ってくる。「出口へ」オーウェンは言った。「連中のことはロッドたちに任せよう」顔から血の気が引き、あごの筋肉がひくひく動いている。この状況がかなり堪《こた》えているようだ。彼はいつも、魔法でみんなを守る側だったから——。

追っ手のひとりがすぐ後ろまで迫ってきた。いまにもうなじに息がかかりそうだ。ちょうど男性用香水のカウンターの前だったので、わたしはすばやくサンプルのボトルをつかむと、振り向きざまに、「こちらの新商品はお試しになりました?」と言いながら、男の目に向かって思いきりスプレーを吹きかけた。ボトルをカウンターに置き、急いでオーウェンのあとを追う。敵も見あげた根性だ。松林のなかでスパイス工場が爆発したようなにおいが、しつこく後ろをついてくる。

出口の手前でロッドが合流する。「しつこいやつらだな。いったい何者で何が目的なんだ」

「ぼくらをむりやり捕まえようとはしない。ただついてくるだけだ」オーウェンは言った。

「なんとか店内で振り切らないと、外に出たらまくのはもっと難しくなる」

「先に出ろ」ロッドは言った。「おれたちがやつらの邪魔をする」

わたしたちはブロードウェイ側の出口へ急いだ。ところが、ドアの前に黒スーツの男がいる。このまま外へ出れば、簡単に追跡されるだろう。あるいは、出るのを阻止されるかもしれない。急遽ほかの出口に向かうが、すぐにまた別の黒スーツが現れた。男がロッドに近づこうとしたとき、突然、金髪の細い人影が男に体当たりした。

「彼に何する気？！」

ナタリーだ。彼女はロッドの方を向き、「わたしがこいつを押さえてるから、早く行って！」と叫ぶと、にっこり笑ってつけ加える。「わたし、これからは絶対青を着るわ」

「魔術を解いたんじゃなかったの？」トールと祖母の方へ走りながら、わたしはロッドに言った。祖母たちは、〝非力なお年寄り〟の風体を保ちつつ、追ってくる男たちをやすやすと倒している。

「解いたよ！　どうやらぼくは、魔法なしでも愛さずにはいられない男みたいだな」

わたしはひじでロッドを突く。「あなたのガールフレンドはわたしのルームメイトだってこと、忘れてないでしょうね」

「どうする？」オーウェンが言った。「出口は全部押さえられた」

そのとき、どこからともなく高く澄んだ歌声が聞こえてきた。店内にいるすべての人が、立ち止まって耳を傾ける。まるで、史上最高のアイルランド人テナーが、聖パトリック・デーの満員のバーで、皆を涙にくれさせる哀調あふれる悲しい民謡を歌いだしたかのようだ。アールが歌っている。崇高な美しい声と彼の風貌が、おそろしく合っていない。

「ああ、エルフの歌だ……」うなずくロッドの頬を涙がひと筋伝っていく。

「なるほど、妙案だな」オーウェンが言った。「さあ、効果が続いているうちに行こう」

黒いスーツの男たちまでがうっとりと立ちつくし、目に涙を浮かべている。祖母とトールが酔っぱらいのカップルのように互いに寄り添いながら、わたしたちのところへやってきた。オーウェンとわたしは、店を出たがらない一行を促しながら回転ドアを抜ける。アールは最後の音をひと際長く響かせたあと、わたしたちに続いた。「効果がどのくらい続くかはわからない。いまのうちにさっさと消えようぜ」アールは言った。

祖母がアールの腕をぽんとたたく。「実にいい歌だったよ。あんた、『ダニー・ボーイ』は知ってるかい？」

「おばあちゃん《グラニー》、あとにして」わたしは言った。「通りの向こう側に地下鉄の入口があるわ。それとも、ペン・ステーションに戻る？」

「ペン・ステーションにしよう」オーウェンが言った。「そっちの方がまきやすい」

わたしたちはペン・ステーションに向かって長い一ブロックをひた走る。オーウェンは走りながら携帯電話でサムに現状を報告した。黒服の集団があとを追ってくる様子はなかったが、駅の構内に入ると、やはり気分的にずいぶん楽になった。「で、このあとは?」

「ここを離れる」携帯電話をポケットに戻しながら、オーウェンは言った。わたしたちは駅の構内を突っ切って地下鉄の八番街駅まで行くと、ロッドの魔法を少々借りて、切符を買う時間を節約し、ホームに来ていたアップタウン行きの電車にドアが閉まる寸前に飛び乗った。

わたしたちはドアの近くの手すりのまわりに集まる。「このあたりで互いの立場をちゃんと確認しておいた方がいいな」オーウェンが言った。

「賛成だ。料理とビールを囲んで語り合おうじゃないか」トールが言う。

「何か食べるっていうのは悪くないね」祖母が続く。

「そう言えば、ちゃんと昼を食べてなかったな」とロッド。

「わたしよりは食べてたわ」わたしは言った。「さっきはあまり食欲がなくて——」

「わかった。食事をしながら話そう」オーウェンはため息まじりに言った。五十丁目ストリートで電車をおり、駅の出口へ向かう。トールが先頭に立ち、用心深く周囲を見回しながら一歩一歩慎重に進んでいく。

歩道に出たとたん、どこからか声が聞こえた。「大丈夫だ。いまのところ追っ手の姿はない」トールは驚いて後ろに飛びのき、ひっくり返りそうになったところをアールに支えられた。

「おっと、悪かった。恐がらせちまったようだな」地下鉄の入口の前にある標識の上でサムが言った。

トールはアールの腕を振り払うと、急いで上着をととのえる。「恐がってなんかいない。驚いただけだ。こんな低い位置にガーゴイルがいるとは思わなかったんでな」

「連中、どこまで追ってきた？」オーウェンが訊く。

「はっきりしたことは言えねえ」サムは答える。「この街じゃあ、黒い服は珍しくもなんともねえからな。さっきはけっこうな人数がいたようだが、いま現在、近くに気になる輩《やから》は見当たらない。三十分やそこらは見つからずにいられるだろう。で、これからどうするつもりだ？」

「われわれの絆と仲間意識について食事とビールを囲んで語り合う」トールが言った。

「ランチよ」わたしは通訳する。

「この角を曲がったところにダイナーがある」サムは言った。「このまま集団で行かずに、何人かずつばらばらに入った方がいいだろう。用心するに越したことはない」

メンバーたちは二人一組になって歩きだす。祖母といっしょに行こうとすると、サムがわたしの目を見て首を横に振ったので、とりあえずオーウェンとその場に残った。ほかのみんなが行ってしまうと、サムは言った。「おまえさんたちふたりを残すには、こうするのがいちばん簡単だと思ったんでな。本当はロッドにもいてほしかったんだが、だれかがあの連中を監視する必要がある。ところで、ケイティ、あんたのばあ様は会社に行くんじゃなかったのか？」

「そのつもりだったんだけど……」わたしはため息をつく。「本人ががんとして聞かないの。今回ニューヨークに来たのは、わたしに何かが起こるからだって言うのよ。そのとき自分がそばにいなきゃならないんだって」

「ま、彼女は強者《つわもの》だから、それは悪いことじゃないだろう」サムはわたしたちの横を飛びながら、いっしょにダイナーの方へ向かう。「それにしても、ずいぶん大所帯になったな」

オーウェンは新しいメンバーとアールから聞いたエルフ内の派閥について、ざっと説明した。

「こうなったらもう、マンホールからモグラ人間が現れて仲間になりたいと言ってきても、さほど驚かないわ」わたしは言った。

「ぼくらの方が先にブローチを見つけると信じてくれてるのは、まあ、励みになるけどね」オーウェンは苦笑いする。「それにしても、さっきの黒いスーツの集団、いったい何者なんだろう。何がねらいなのかいまひとつわからない。特に攻撃してくるわけでもないんだ。どちらかというと、邪魔をするというか、こっちの任務を遅らせようとしているみたいな……」

「いま調べてるところだ。少なくとも評議会《カウンシル》とは関係ない。これはたしかだ。ボスはこの件についてまだ連中に知らせてないからな」

「彼らが気づくのは時間の問題だよ」

「で、そのときはきっと、わたしたちのチームに入りたがるわ。ところで、未来のマーティン夫人について、何か新しい手がかりはあった？」

「おれの知るかぎりはまだだ」

「メイシーズの情報はだれが見つけたんだろう」オーウェンは眉をひそめる。「連絡を受けてから現場に行くまで、さほど時間はたってなかったし、結局、誤報だった。にもかかわらず、彼らはかなりの人数で現場に来ていた」

「MSIに内通者がいるってことか？」サムが訊く。

「まあ、はじめてじゃないけどね」わたしは言った。

「わかった、さっそく調べてみる。そんじゃ、おまえさんたちはしっかり食べて、エルフと地の精《ノーム》の腹の内を聞き出しといてくれ。また連絡する」サムはそう言って飛び立ち、わたしたちは店のなかに入った。

ダイナーは空いていて、店はわたしたちがいっしょに座れるようテーブルを二台くっつけてくれた。注文がすむと、オーウェンが言った。「だれかデパートにいた連中に心当たりはないかな」

「あんたら警備員から逃げてたんじゃないの？」アールが肩をすくめる。

「警備員なら、こそこそ隠れつつあとをつけるなんてことはしないだろう」ロッドが言った。

「ああ、彼らは店の警備員じゃない」オーウェンは言った。

「ということは、つまり、利害のからむ派閥はこれでいくつあることになるかしら」わたしは指を折って数えていく。「まず、MSIでしょ。それからエルフロードについているエルフたち。アールが属するエルフのグループ。そして、ノーム」

「ノームのなかにもふたつほど派閥がある」トールが言った。

「それから、もちろん、いまだ顔のわからない例のフィアンセ」わたしは続ける。「そして、どうやら、またあらたに魔法使いのグループが登場したようね」

料理が運ばれてきた。ハンバーガーをむさぼるように食べ終えると、トールが言った。「さて、そろそろもち札を見せ合う時間だな。いっしょに仕事をするには、お互いのことをよーく知らなきゃいかん。では、わしから始めよう」トールは咳払いをすると、物語を暗唱するようにひどく大げさな抑揚で話しはじめた。「われらノームははるか遠い昔から優れた金細工職人として知られておった。そこでエルフロードは、世にも偉大な作品の制作をわれわれに依頼した。〈月の目〉と〈アーンホルドの結び目《ノット》〉の融合だ」

「ちょっと待てよ！〈結び目《ノット》〉は何世紀も前から行方不明だったんだ！」アールが言った。「シルヴェスターがもってたはずはない。ライルがビジョンを見たのは今朝なんだから！」

吟遊詩人モードが消え、トールは肩をすくめる。「んなこと言われても困る。わしが知ってるのは、シルヴェスターがそのふたつをわしらノームのもとにもってきて、物理的かつ魔法的にくっつけるよう頼んだってことだけだ」そう言うと、ふたたび咳払いをして暗唱を再開する。「優れた腕をもつわれらノームと言えど、これは強靭な精神を必要とする非常に難しい仕事だった。言わずもがな、究極の権力と不死身の体というのはきわめて魅力的な組み合わせである。それゆえ、魔除けの魔術がかけられ、職人は二人一組で仕事をした。いかなる者も単独では石に近づけないようにし、だれよりも高潔で正義感の強い者たちが、見張り役として絶えず作業場の監視に当たったった――」

祖母が鼻を鳴らす。「まあ、大した見張りじゃなかったってことだね。あんたがこうしていまブローチを捜してるんだから」

「わしらはだまされたんだ！」トールはそう叫ぶと、拳《こぶし》でテーブルをたたいた。子ども用の補助椅子に座ってそれをやっても、さほど威圧感はない。「エルフロードは善良なノームを裏切りやがった。代金も払わず、偉大な作品をもち去ったんだ」

「いかにもやつらしいよ」アールが口をはさむ。「むちゃくちゃせこい男さ」

それを無視して、トールは続ける。「われらノームは、黙っちゃいなかった。エルフたちの動きをつぶさに観察し、消えたブローチの行方を示すものはないか目を光らせた。予見者は世界の隅々に目を凝らし――」トールは捜索の詳しい描写に入る。わたしたちにとってそんな詳細はどうでもいいのだが、彼はこの話を完璧に暗記していて、省略はいっさい許せないようだ。

退屈してきたので、隣のテーブルにあった新聞を手に取り、生活情報欄の見出しに目を通す。今夜始まる新しいテレビ番組についてのレビューがあり、なかなか面白そうだったが、番組の始まる時間までに家に帰るのはどのみち難しいだろう。ページをめくり、社会欄を開く。今夜メトロポリタン美術館で行われる資金集めのイベントについての記事に目がとまる。写真を見て思わず息をのんだ。体じゅうの筋肉が硬直する。

「うそ、うそ、うそ、うそ……」あまりの恐ろしさに、思わず声がもれる。

「どうしたの、ケイティ?」オーウェンが言った。

「未来のマーティン夫人が判明したわ。わたしたち、とんでもない人を相手にすることになったみたい」皆の視線がいっせいにこっちを向く。わたしは二度ほどつばをのみ込んでから、絞り出すように言った。「ミミよ」

7

皆、困惑した顔でわたしのことを見ている。トールだけが不機嫌そうに言った。「なんだよ、邪魔するからどこまで話したかわからなくなっちまったじゃないか。ええと、たしか……」朗朗とした吟遊詩人のリズムが復活する。「ブローチは異国の地に上陸し、またあらたな者たちが捜索に加わった——」

「ミミって何?」アールが言った。

「おい、しゃべるのはおまえの番になってからにしろ」トールはそう抗議すると、憤慨の声をあげた。「ああっ! またどこまで話したかわからなくなったじゃないか」

わたしは皆に記事が見えるよう新聞の向きを変えた。「ミミ・パーキンズ。わたしがMSIに来る前に勤めてた会社で上司だった人。彼女、冗談抜きで、悪魔よ。これまで何人か本当にたちの悪い人っていうのに会ったけど、ミミ以上に恐ろしい人物はいなかったわ」

トールが話の続きをしようと口を開いたが、彼がしゃべりはじめる前にロッドが言った。

「それがブローチとどう関係するの?」

「新聞によると、ミミは今夜ガラを主催するらしいの。記事には、ジョナサン・マーティンという億万長者と婚約中って書いてあるわ。わたしたちが必死で捜してる〝なぞのフィアンセ〟

はミミだったのよ。最近はだれも新聞ってものを読まないの？　ＭＳＩのスタッフはこんなの五分で見つけられたはずよ」今朝にかぎって、わたしは新聞の見出しを斜め読みすることすらせずに家を出てしまった。もしミミの写真を見ていたら、きっと頭に角の落書きでもしていただろうから、ジョナサン・マーティンのフィアンセの件が浮上したとき、間違いなくこの記事のことを思い出していただろう。

「彼女、ワーナーとかいう人と婚約してたんじゃなかった？」オーウェンが言った。

「ええ、一年前は」わたしは言った。「どうやら、より年上でよりお金持ちの人に乗りかえたみたいね」

「これはかなり可能性がありそうだな」ロッドが言った。「だけど、ブローチをもってるのが彼女だって、どうしてそこまで確信できるの？」

「だって……」わたしは彼女の恐ろしさをよく知っている。でも、それは彼女を疑う合理的な理由になるだろうか。「だって、彼女がいちばん必要条件を満たしてるでしょ？」とりあえず、そう言った。「とにかく、もしミミがその人なら、かなり面倒なことになったわ」皆がいまひとつピンとこない顔をしているので、さらに説明を試みる。「大げさに聞こえるかもしれないけど、本当なの。〈月の目〉を手にすると人はどうなるかっていう、あの説明ね、あれ、そのままミミに当てはまるわ。それも、ふだんのミミよ。権力が好きで、しかも受動攻撃性人格っていうのかしら。いかにも優しくていい人みたいに振る舞いつつ、実はみんなから恐れられることを望んでるのよ。いまのいままで長年の親友みたいな態度でいたかと思ったら、なんの前触れもなく突然キレて攻撃的になるの。そういう人に、さらに強大な支配力と権力への欲求と不死身の体を与えたらどうなると思う？　想像しただけで震えがくるわ」

テーブルの下で、オーウェンがわたしのひざを優しくつかむ。安心させようとしているのか、落ち着けという意味なのかはわからない。「たしかに、これまででいちばん有力な候補だ。ぼくも一度だけこの女性に会ったことがあるけど、彼女にブローチをもたせたくないっていうケイティの気持ちはよくわかるよ」オーウェンはそう言うと、わたしの方を向いた。「どこへ行けば彼女に会えるかな」

「今夜の居場所ならはっきりしてるけど」ロッドが新聞を指しながら言った。

わたしは首を横に振る。「それじゃあ遅すぎる。彼女ならその前に第三次世界大戦を勃発させてるわ」

「レストランを出るとき、ブローチは箱に入っていたから、そのままなら魔力は遮断された状態だ」オーウェンは言った。「おそらく、今夜イベントのために着がえるまで、ブローチはつけないと思う。自分が何を手にしたのか彼女が気づいていないことを祈ろう」

「とにかく、少しでも早く取り返した方がいいわ」何度か深呼吸して気持ちを落ち着ける。あの日、どう見ても怪しい求人メールに返事をした理由は――それが結局、わたしを魔法の会社に導くことになるのだけれど――ミミだった。職種も、社名すらも明らかにしない見ず知らずの人と話をしようと思うなんて、われながら相当せっぱ詰まっていたとしか言いようがない。彼らが連絡してきたのは、ミミがもう本当に最悪だった日で、わたしはわらにもすがる思いで逃げ出すチャンスに飛びついたのだった。

　でも、いまはもうミミはわたしに対してなんの力も行使できない。彼女は上司ではないし、彼女が手にした魔法のおもちゃは免疫者《イミューン》であるわたしにはなんの威力ももたない。それに、わたしたちの立場は、いまやほぼ対等だと言える。わたしのいまの仕事は、前の会社で彼女がしていた仕事と同じレベルのものだ。たしかに彼女は億万長者と婚約しているかもしれないが、わたしだって、十分にお金持ちで、しかももっと若くてずっとずっとハンサムな男性とつき合っている。

　さらに、もし彼女が本当にブローチをもっているとしたら、わたしは世のため人のためという大義名分のもと彼女をやっつけることができる。ああ、こんな素晴らしい日がくるとは夢にも思わなかった。

「ガラの前に彼女が行きそうな場所はどこだろう」オーウェンが言った。

「前の会社はもう辞めてる感じよね。みんなさぞかし喜んだだろうな。だけど、どうして教えてくれなかったのかしら」わたしは顔をしかめた。「祝賀パーティに呼んでほしかったわ」

「でも、きみ、今年は何カ月も街を離れてただろ?」オーウェンが言う。

「ああ、そうだった。なんだかものすごく前のことに思えるわ。とにかく、会社じゃないとすると、家ってことになるわね。MSIで彼女の自宅の住所を調べられるかしら。わたしがもってるのは、たぶんもう古いだろうから」

「電話してみる」ロッドがそう言って、携帯電話を手に席を立った。

「ほかにいそうな場所は？」オーウェンが訊く。

「どうやらわたし、当時の記憶をかなりしっかり封印しちゃったみたい。ガラがあるなら髪とネイルは絶対やるはずだけど、どのサロンに行ってたか思い出せないわ。予約はわたしの役目だったんだけど……。まあ、いずれにしろ、もうそこへは行ってないと思う。店側とすぐに険悪になっちゃって、ひとところに長続きしたためしがないの。それに、サロンのレベルもあげてるはずだわ。もう自分で払わなくていいんだから」

トールが大きな咳払いをする。「話を戻すぞ。さて、ブローチがこの街に現れたと聞いて、わしはさっそく捜索に加わった――」

祖母がすかさず口をはさむ。「で、あんたはこの連中がいちばん先に見つけるだろうと踏んで、同行することにしたってわけだ。簡単な話じゃないか。わざわざ大げさな物語に仕立てる必要はないよ」

「それじゃあ、味も素っ気もないじゃないか」トールは不満そうに言う。

ロッドがテーブルに戻ってきた。「どうやら彼女、パーク・アベニューにあるフィアンセのペントハウスに住んでるようだ。あの辺のマンション、なかがどんなふうか一度見たかったんだよね」

「そういう場所なら、絶対ドアマンがいるわね」わたしは言った。

「それは問題ないよ」ロッドは肩をすくめる。「それより、そこへ行くまでが問題だな。絨毯《じゅうたん》にしろタクシーにしろ、この人数では多すぎる」

「ふた手に分かれればいいわ」

「わし抜きでブローチに近づくのは許さんからな」トールがうなる。

「あたしはおまえのそばを離れないよ、ケイティ」祖母が言った。

わたしはなんとかため息をこらえる。「二台のタクシーで行けばいいっていう意味よ。あるいは、二台の絨毯で。絨毯って、ふたつ用意できるの？」空飛ぶ絨毯で行く方を望むなんて、われながら相当焦っているようだ。

オーウェンは早くも携帯電話で話をしている。電話を切ると、彼は言った。「いま、こっちへ向かってる」

ウエイトレスが伝票をもってきた。「単純に人数で割るのはやめようぜ」アールが言った。「おれはサラダと水しか頼んでないけど、なかには――」トールの方をじろりとにらむ。「ビールとハンバーガーを注文したやつもいる。そいつの分まで払わされるのはごめんだから」

「わしはエンターテインメントを提供したぞ」トールは反論する。「あれだけの話を聞かせたら、おごってもらってもいいくらいだ」

「あれがエンターテインメントなら、あんたらノームにはケーブルテレビがあれば十分だな」アールが言い返す。

トールはうなりながら戦斧《バトルアックス》に手をかけた。ああ、先が思いやられる。チームワークなんて、果たして期待できるのだろうか。次の瞬間、トールとアールが同時に悲鳴をあげて、テーブルから飛びのいた。祖母が座ったまま杖を振りあげて、ふたりをにらみつけている。「あんたたち、いい加減にしておくれ。いまはくだらないけんかをしてるときじゃないよ」ロッドが伝票をつかんで言った。「会社の経費で落とすからいいよ。これも業務の一部だからね」

「なんだよ、先に言ってくれたら、もっと頼んだのに」アールが言う。

「おまえたちエルフは世渡りが下手だな」トールは得意げにそう言うと、二杯目のビールを飲み干した。

アールは挑発に乗りかかったが、ちらりと祖母の方を見ると、そのまま席を立って出口の方へ歩きだした。「住所を教えてよ。おれは別ルートで現地に行く。コートのやつらがいつ追いついてくるかわからないから、あんたらといっしょにいる時間はなるべく短くした方がいいんだ。任務のためには、あいつの忠実な部下という立場を維持することが不可欠なんで」

ロッドから情報をもらってアールが店を出ていくと、トールがすかさず言った。「あんなこと言って、案外シルヴェスターのスパイなんじゃないか？　ボスに報告に行ったのかもしれないぞ」

オーウェンはロッドと視線を交わすと、急いで店の外へ行き、サムと何やら短い会話を交わす。続いてわたしたちも出ていくと、サムがアールのあとを飛んでいくのが見えた。店の前には絨毯が二台到着していた。それぞれに小さなパイロットが乗っている。

祖母がうまく乗れるかという心配はまったくの杞憂《きゆう》だった。わたしが必死に絨毯の毛羽にしがみついている横で、祖母は平然としている。「買い物袋はどこに置くんだい？」尾行を難しくするため、運転手がひときわ激しい急カーブを切ったあと、彼女はそう訊いた。

「買い物に行くときに絨毯を使うことは、普通ありません」オーウェンが説明する。「もっぱら高速での移動が必要なときだけに利用します。日常的に使うには、魔力の消費が大きすぎるので」

祖母は絨毯の縁から身を乗り出して、下の通りを眺めた。その姿を見ているこちらの方がめまいを起こしそうになる。「なーるほど。この街で急いでどこかに行こうと思ったら、車はあまり役に立ちそうにないね」

パーク・アベニューまで来ると、絨毯は豪奢《ごうしゃ》なアパートメントビルの前に着陸した。「アールを待った方がいいかな」皆が絨毯からおりると、ロッドが言った。

「おれならいるよ」アールが角を曲がってやってきた。「いまのところ、ほかのエルフは見当たらない」サムが入口の日よけの上に舞い降りて、オーウェンに向かってうなずいた。アールがシルヴェスターのところには寄らず、まっすぐここへ来たことを意味する合図だろう。

「じゃあ、次はドアマンだな」ロッドが両手をこすり合わせて言った。ロッドはドアマンの方へ向かいながら片手をひるがえす。魔力の高まりを感じた。いつもなら、このあと相手はロッドが見せようとするものを見ることになるのだが、なぜか今回はそうならなかった。

ドアマンはわたしたちの前に立ちはだかると、「ご用件はなんでしょう」と言った。

ロッドは驚いて一歩あとずさりしたが、すぐに気を取り直すと、なめらかな口調で言った。

「ミスター・マーティンに会いにきたのですが」

「お約束は？」

「リストに名前があるはずです」

ドアマンはいったんなかに入ると、クリップボードを手に戻ってきた。ドアマンがクリップボードに目を通している横で、ロッドはさっと手をひるがえす。「本日、ミスター・マーティンに訪問者の予定は入っておりませんが」ドアマンは言った。

「それは何かの間違いでしょう」ロッドは外見上はみごとに平静を保っているが、声にやや緊張が感じられ、魔力の高まりからも、彼がいま最大限にパワーをあげているのがわかる。このドアマンは免疫者《イミューン》なのだろうか。

突然、ドアマンが声をあげて笑いだした。「そんなめくらまし《イリュージョン》でわたしをだませるとでも思ったのか。きみたちＭＳＩは魔法のなんたるかがまるでわかってない」

アールが口を開け、あのもの悲しく美しいエルフの歌を歌いだした。ドアマンはそれもまた笑い飛ばす。「二度も同じ手が通用すると思ったのか、青二才が」

トールがホルスターから戦斧《バトルアックス》を引き抜き、前に出る。「鉄のなんたるかなら、わしがいちばんわかっとるぞ」斧を前後に振りながら言う。

ドアマンが片手を突き出すと、トールの体がぴたりと止まった。祖母がすかさず杖を振りあげるが、杖はドアマンに当たる前に、見えない壁にでもぶつかったように跳ね返った。ロッドとアールがふたり同時に魔術を放つが、ドアマンはただ愉快そうに笑っている。サムが空中から侵入を試みるも、やはり彼をかわすことはできない。

「麻酔ダーツがあるわ」わたしはオーウェンに言った。

「ここで使ってしまうのは気が進まないな。まだ〈月の目〉にたどりついてさえいないのに。この先さらに困難な状況が待ってるだろうし……」

「ドアマンに門前払いされるよりも困難な状況？」

オーウェンは苦笑いする。「ああ、おそらくね。でも、ドヽラヽゴヽンが門を守ってるということは、〈月の目〉がここにある可能性は高いとも言える。しかたない、使ってみるか」オーウェンは胸ポケットからダーツのケースを取り出すと、一本引き抜き、ケースをポケットにしまった。「おそらく投げてもブロックされるだろうから、なんとかすきをついて直接体に刺さないと。彼の注意をそらす必要があるな」

トールは依然としてフリーズしたままだ。ロッドとアールとサムと祖母は、それぞれ懸命にドアマンを突破しようとしている。ある者は横から、ある者は上から、祖母の場合は、地べたを這って。ドアマンはそのいずれも軽々と阻止している。「それじゃあ、行くわよ」わたしはそう言うと、にっこりほほえんでドアマンに近づいていった。ドアマンはすぐにこちらに向かって魔術を放つ。わたしがなんの影響も受けないことに彼が当惑の表情を見せた瞬間、オーウェンが飛びかかり、首にダーツを突き刺した。一秒後、ドアマンはロッドの腕のなかに倒れ込んだ。オーウェンが彼の足をもち、ロッドとふたりで建物のなかに運び込む。

いくら他人に無関心なニューヨーカーでも、パーク・アベニューの高級アパートの前でドアマンが襲撃されているのを見たら、さすがに驚くだろう。わたしが周囲を見回していると、サムが言った。「心配無用だ、お嬢。いまのは全部、覆《ヴエール》いで隠してある」

とりあえずほっとして、皆のあとに続く。ドアマンが気を失うのと同時に復活したトールが、少し遅れてよろよろとロビーに入ってきた。最後にサムが入り、軽く羽を振ってドアを閉める。

「どうやら彼は本物のドアマンじゃなかったようだな」オーウェンがドアマン用のデスクの裏を指さす。ロープで縛られた下着姿の男性が、気を失って倒れている。オーウェンは男性の横にひざをついて脈を診た。「生きてる」ロッドが魔法でロープをほどき、片手をさっとひるがえす。すると、ロープは偽のドアマンの方へ飛んでいき、彼の手首に巻きついた。

「急いで上に行った方がいいわ。わたしたち、先を越されたみたいだから」わたしは言った。七人が小さなエレベーターに身を寄せ合って乗り、最上階まであがる。ドアが開くと、そこは個人用の玄関ホールになっていた。乱闘騒ぎがあったような形跡はない。オーウェンの方を見ると、彼は首を横に振った。

「魔法が使われている感じはない。あのドアマンは、ぼくらを〈月の目〉に近づけないためだけにいたのかもしれない」

「だれか異様な吸引力は感じない？」

「いや、何も」ロッドが言った。「もしここにあるとしたら、箱に入ってるってことだな。で、彼女が在宅中だった場合、どんなふうに対処する？」

「わたしが個人的に訪ねてきたってことにすればいいわ」わたしは言った。「彼女はわたしのことを役立たずの田舎者だと思ってるから、たぶん警戒しないと思う。もしブローチを身につけていなかったら、わたしがミミの気をそらすから、そのすきにオーウェンが彼女に麻酔をかけて、それからブローチを捜しましょう」

「もし身につけてたら？」

わたしは手の指を屈伸させて、拳《こぶし》を握る。「そしたら、わたしがパンチを食らわせて、力ずくで奪うわ」

オーウェンが片方の眉をあげる。「殴る前にブローチをつけてることをちゃんと確認するようにね」

「あら、転ばぬ先の杖ってことわざもあるじゃない？」わたしはひとつ深呼吸した。呼び鈴を押す手がほんの少し震えている。

室内のチャイムが大聖堂の鐘のように鳴り、玄関ホールにまで響き渡った。戸口から直接見えない位置に移動するよう、皆に手ぶりで指示する。長い間応答がなく、あきらめようとしたとき、ドアがかちゃりと開いた。制服姿のメイドが——フリルつきの帽子までかぶっている——そっと顔を出す。彼女のどこかおどおどした目つきは、ミミとのミーティングでスタッフたちが見せたそれとよく似ている。彼女はわたしの知らない言語で何か早口で言った。言語と言えばオーウェンなので、彼の方をうかがうと、肩をすくめて首を横に振る。さすがミミだ。独裁者が圧政を敷くどこか異国の地から、人権という言葉が存在することさえ知らないメイドを輸入したのだろう。

「あの、こんにちは」わたしは言った。「ミミはいます？　わたし、彼女の友達で、以前同じ会社で働いてたんですけど……」

メイドはふたたびお国の言葉で何やら言うと、たどたどしい英語でつけ加えた。「ソーリー、ノーイングリッシュ」

「ああ、そうなのね」しかたない。ここはジェスチャーゲームでいってみよう。わたしは両手をあげて、かぎ爪の形をつくると、すごい形相でうなってみせた。

メイドは一瞬びくりとしたが、すぐににやっと笑ってうなずき、続いて首を横に振った。「イマ、イナイ。アサ、デタ。キョウ、ズットイナイ。ヨル、オソイ、カエル」ひとことずつ頭のなかの単語帳と照らし合わせているかのように、ゆっくり区切りながら話す。

「いまどこにいるか、わからないわよね」だめもとで訊いてみたが、メイドはただ首を振っただけだった。「ありがとう、とても助かったわ。それから、なんとか気持ちを強くもってね。これ以上ひどくならないよう、わたしたちも全力を尽くすから」

ドアが閉まると、トールが言った。「これからどうする?」

「ランチのあと家に帰ってないとすると、たぶんブローチはもったままね。ミミの通ったあとには、たいてい打ちひしがれた人々が轍《わだち》みたいに残ってるから、パーク・アベニューを少し歩いて、サービス業に従事する人のなかに、泣いていたり、何かに火をつけようとしている人がいないか探してみたらどうかしら。場合によっては、暴動が起こってるかもしれないし」そこまで言ってから、ふと思いついた。「あるいは、ジェンマに電話して、ニューヨークでいちばん予約の取りにくい人気ヘアスタイリストがだれか、訊いてみるというてもあるわね。ガラを主催するなら、きっとサロンで髪をセットするはずだもの。当たってみる価値はあるわ」

　オーウェンが携帯電話を貸してくれたので、さっそくエレベーターのなかでかけはじめる。ジェンマが読みあげる、いまニューヨークで人気沸騰中というつかのヘアサロンとネイルサロンの住所をハンドバッグに入っていたノートパッドに書きとめ、先に通りに出ていた仲間たちのあとを追う。外へ出ると、さっそく皆に言った。「サロンは何件かあるの。時間を節約するために、分かれて調べにいきましょう。でも、外からチェックするだけよ。彼女を発見したら、なかに入る前に必ず皆に連絡すること」

　だれも返事をしない。そのとき、ようやくメンバーたちが見ているものに気づいた。空飛ぶ絨毯が消えていて、ふたりの小さな運転手が歩道に伸びている。「ひょっとして、絨毯、盗まれたの？」わたしは言った。「ラジオさえついてないのに？　ニューヨークの犯罪は減少傾向にあるんだと思ってたけど……」

「暴走族の仕業じゃないのはたしかだね」ロッドが言った。

「分解してパーツを売りさばこうってわけでもなさそうだな」オーウェンが続く。

「だれかがわしらを妨害してるってことだ」トールが戦斧《バトルアックス》をつかんで言った。「エルフロードに違いない。陰謀の邪魔をさせまいとしてるんだろう」

「でも、これ、シルヴェスターのやり方とは違う気がする」アールが言った。「やつなら逆に、おれたちにブローチを見つけさせて、横取りしようとするよ」

「少なくとも、正しい方向に進んでるってことは言えるんじゃない？」わたしは言った。「見当違いのことをやってるなら、だれも邪魔なんかしないだろうから」

「でも、連中はメイシーズでも妨害しようとした。人違いだったにもかかわらず」オーウェンが指摘する。

「さっきの偽ドアマンはアールがデパートで歌を歌ったことを知ってたわ。つまり、黒スーツの集団とつながってるってことよ。あれはたぶん、わたしたちがマーティンのフィアンセがミミだということに気づくのを遅らせるのが目的だったんじゃないかしら。ところで、運転手たちは大丈夫?」

「ああ、大事には至っていない」ロッドが言った。

サムが飛んできて、日よけの上にとまった。「周辺三ブロックには何もない。あらたに絨毯を手配したが、準備できるまでまだ数分かかる。先に移動を開始して、どこかで落ち合う方がいいだろう」

わたしはノートパッドを見る。「ジェンマが教えてくれたサロンのひとつが、ここから一ブロックのところにあるわ。そこへ行ってみましょう」少し躊躇《ちゅうちょ》して、やはり言うことにする。「でも、どこで落ち合うか、まだ会社には言わないで」

「スパイのことを心配してんのか、お嬢」

「すでに二回も待ち伏せされたわ。どうも会社に報告を入れるたびにそうなってるような気がするの」

サロンに向かって歩きながら、わたしはアールの横に並んだ。「あなたの話、まだ聞けてなかったわね」

アールは肩をすくめる「それほど話すことはないよ。コートに潜入して観察するうちに、シルヴェスターが権力を強化したがってることがわかったんだ。それで、ライルが〈結び目《ノット》〉の存在を感知したとき、やつの手に渡さないために、あんたらと手を組もうと思った。シルヴェスターが実はずっと〈結び目《ノット》〉をもっていて、しかも、どこかの時点で〈月の目〉を手に入れて、ブローチをつくらせたって話を聞いて、やっぱりなって思ったよ。おれの疑念は正しかった。やつは絶対権力を手に入れるために何か巧妙な陰謀を企てている。それは絶対に阻止しなくちゃならない」

「歌や詩で語るんじゃないのね」わたしはにっこりして言った。

アールもにやりとする。「そういうものには、それ相応の時と場所ってもんがあるだろ？おれがその気になれば、いまの話であんたを泣かせることだってできるよ」アールはいかにもいまどきの若者という感じで、およそ聴き手を陶酔《とうすい》させる吟遊詩人には見えないけれど、わたしは実際、彼が歌うところを見ているので、茶々は入れなかった。

「きみはシルヴェスターが自分で盗んだとは思ってないんだね？」オーウェンが訊いた。

「ああ、あいつ、この件に関してはかなり冷静さを失ってるからね。マーリンの前では気取ってるけど、ブローチが宝石店に現れてまた消えたっていう報告を受けたとき、ライルにむちゃくちゃ当たり散らしてたし」

「つまり、何？　権力欲の強いエルフロードが陰謀のためにひそかにつくらせたブローチを、いま、とんでもない女暴君が手にしちゃったってこと？」わたしは言った。「いっそのこと、両者を安全な密室に閉じ込めて、奪い合いをさせてみたいわね。きっと見物《みもの》よ」

「あんたはシルヴェスターを知らないから。そんな女、まったく相手にならないよ」アールが言った。

「あなたはミミを知らないでしょ？」思わず身震いする。「世紀のデスマッチになるわ」

近くのヘアサロンとネイルサロンには、結局、ミミの予約は入っていなかった。「時間がなくなってきたわ。絨毯はどうなってる？　早く彼女を見つけないと、今夜、美術館でつかまえるしかなくなるわ」

偵察のために上空を旋回していたサムが舞い降りてきて、小声で言った。「後ろを見るな。そのまま普通に歩き続けてくれ」

「どうした、サム？」オーウェンが訊く。

「ケイティ嬢の強迫観念がうつったのかもしれねえが、どうやらまたつけられてるようだ。今度は鳥じゃない。魔力をもってるやつだ」

アールが近くの建物の玄関口にさっと飛び込み、壁に体をぴったりくっつけて、きょろきょろと不安げに左右を見た。「心配すんな、小僧」サムは言った。「エルフじゃねえ。いずれにしろ、相手はすでにおまえの姿を見てる」

「魔法使いっていうのはたしかなのかい？」オーウェンが訊く。

「そのまま歩き続けてくれ。尾行に気づいたことを悟られると、まきづらくなる」玄関口に隠れたまま動こうとしないアールを除き、わたしたちはサムの言うとおりにする。「覆い《ヴェール》をまとって姿を変え続けてる」サムは言った。「だが、おまえさんたちの後ろを一定の魔力の波がついてきてるのは間違いない。人が多くて、どれがそいつなのかわからないが、だれかがついてきてるのはたしかだ」

「ひとりだけ？」わたしは訊いた。「すぐそこにいるの？」

「大丈夫だ。そこそこ距離はある――だから後ろを見るなって」最後の部分はトールに向かって言った。祖母がすかさずノームの後頭部をバシッとたたく。

「いつからつけてる？」オーウェンが訊いた。

「さっきのアパートからだと思うが、たしかじゃない。絨毯で飛んでるときからだとすると、相当できるやつだってことになる」

「どの派閥から来てるのかしら。それとも、また新しいのが現れたってこと？　一度表にして整理しないと、とても覚えきれないわ。グループごとにユニフォームかおそろいのTシャツでも着てくれると助かるんだけど」

「ま、少なくとも、そいつは仲間に入れろとは言ってきてない」ロッドが冗談を言う。「とりあえず、このまま気づいていないふりを続けよう」

「一ブロック先に絨毯が待機してる」サムが言った。

「先にまかなくても大丈夫？」わたしは訊いた。

「いや、空中で振り切る方が簡単だ」

見られていると思うと、なんだか首の後ろがかゆくなるが、いまわたしたちは特に重要なことをしているわけではない。ついてきても、この街のトップサロン巡りができるだけだ。オーウェンの方をちらりと見る。前を向いてはいるが、目の焦点がどこにも合っていない。この表情はよーく知っている。考えごとをしているのだ。心はいま、はるか彼方にあるはず。わたしはそっと自分の腕を彼の腕にからませた。彼がこうなったときには、街灯にぶつからないようだれかが目になってあげる必要がある。

オーウェンが突然立ち止まり、歩道の上でちょっとした玉突き事故が発生しかかった。腕を組んだままのわたしは、後ろに引っ張られて倒れそうになる。「それだ!」彼は言った。

「地球温暖化問題の解決策でも見つけたのか」ロッドがからかう。

オーウェンは首を横に振った。「違う。あのドアマンが使った魔術をどこで見たのか思い出したんだ。『蜻蛉《かげろう》の古写本』だよ」

8

「あの魔術を認識できたのか?」ロッドが訊く。

「はじめて見た気がしなかったんだけど、なぜだかわからなくて、ずっと引っかかってたんだ」オーウェンは言った。

「『蜻蛉《かげろう》の古写本』にのってるってことは、邪悪な魔術ってこと?」わたしは寒気を感じながら訊く。

「いや、必ずしもそうじゃない」オーウェンは言った。「たしかに、あの本自体、邪悪な魔力に汚染されていて、コンテンツの多くは本そのものに埋め込まれている。でも、単純に本が書かれた当時に使われていた魔術を記録しただけの部分も少なくないんだ。あのドアマンが使った魔術はかなり古いもので、しかも当時の型のまま使っていた」

「それって、ほかにも『蜻蛉の古写本』にアクセスできる者がいるってこと? あるいは、もう一部コピーがあるとか?」ロッドが訊く。

「わからない。でも、ああいう古い魔術を記録したものがほかにあっても不思議じゃないよ。いまの魔法はあの時代から大きく様変わりしてるから、歴史家たちも普通はそこまでさかのぼって研究しないんだ。ドアマンの魔術にあれだけ手こずったのも無理はないよ。ものすごく旧式のコンピュータは、オペレーティングシステムが古すぎて現代のウイルスが通用しないから、かえって安全だっていうのと似てる」

「おう、止まらずに歩いてくれ」サムが言った。「後ろのお友達に話を聞かれるぞ。こっちが気づいてることに気づかれても困る」

わたしたちはふたたび歩きだした。わたしは歩くのと話すのと考えるのを同時にやらなければならなくなったオーウェンの腕をしっかりつかみ、障害物にぶつからないよう誘導する。ロッドが言った。「出典がわかったということは、対抗する方法もわかるってことか？」

オーウェンは頭を振り、悔しそうにため息をもらす。「いや。いつもなら翻訳しながら自分でも習得するんだけど、いまは魔法が使えないから、断片的にしか記憶できていない。呪文は一字一句正確に唱えないと危険だ。ひとことでも間違えたら、それこそ何かを爆発させたり、自分を黒こげにしかねない」

「かといって、写本を携帯するのは危険すぎる……」ロッドはうなずく。

「でも、その部分を書き写したものなら大丈夫だと思う。これから会社に戻って取ってくるよ。おそらく、この先また、あの連中を相手にしなくちゃならなくなるだろうから」

「でも、そんな時間ある？」わたしは言った。「ミミがガラの招待客全員を親衛隊に変えてこの街を乗っ取る前に、彼女を見つける必要があるわ」

男たちふたりは、それぞれ自分の腕時計を見る。「なんの手だてもないまま、またあの魔術と対決することになるのはいやだな」ロッドが言った。「おまえは取りにいってくれ。残りのメンバーでサロンのチェックを続ける」

「ケイティを連れていってもいいかな」オーウェンが言った。「大量のメモのなかから必要なものを探し出すには、ふたりの方が早い。ぼく以外に貴重本保管庫に入れるのは彼女だけだ。ただ、そうすると、残りのメンバーのなかに免疫者《イミューン》がいなくなる」

「まずは偵察するだけだ。ミミを見つけたら、安全な距離を保ちながら追跡する」

サムの言ったとおり、一ブロック先で角を曲がると、絨毯《じゅうたん》が二台待機していた。アールもいる。スウェットシャツのフードを目深にかぶっている。「あんたらを尾行してるような感じのやつは特に見なかったよ」彼は言った。「おれもつけられてないと思う」

わたしはノートパッドのページを破り取って、ロッドに渡した。「サロンのリストよ。新聞の写真、見たわよね？　捜すのは、意地悪そうな目をした、背の高い赤毛のカーリーヘア。彼女のまわりでは、たいていみんな縮こまってるか、泣いてるか、でなきゃ武器を探してるかだから」

サムがロッドの肩越しにメモを読める位置に舞い降りる。「おれも何軒か回ってみる。店の構造によっては、フライバイ（着陸せずにすぐ近くまで接近して通過する航法）でチェックできるだろう」

オーウェンが絨毯に飛び乗り、わたしもあとに続くと、祖母がついてきた。「あたしもいっしょに行くよ」問答無用という口調だ。

オーウェンに肩をすくめてみせると、彼は言った。「まあ、魔法を使える人がひとりいるのは、悪いことじゃないよ」それから、ロッドに向かって言う。「次に落ち合う場所がわかったら連絡してくれ」オーウェンは祖母が絨毯に乗るのを手伝うと、前かがみになって運転手に言った。「会社まで、大至急」

絨毯はふわりと浮きあがったかと思うと、いきなり急上昇しながらパーク・アベニューを南下した。これまでも十分はやいと思ったけれど、今回はまた音速の壁を突破するんじゃないかと思うほどのスピードだ。ランドマークを確認することはまったくできない。片手でオーウェンにつかまり、もう一方の手で絨毯の毛羽をつかむ。オーウェンもさすがに緊張しているようだ。祖母だけがうれしそうに歓声をあげる。「ひゃっほうーっ！　旅はこうでなくちゃいけないよ！」

まもなく、エンパイアステートビルとおぼしきものが一瞬視界を横切った。絨毯はいま、五番街に沿って、地上二十階くらいの高さを目もくらむような速度で南下している。世界の運命がかかったきわめて危険な任務ということで、特別手当をもらいたいくらいだ。

まあ、でも、一日じゅうデスクの前で過ごすよりはこっちの方がいいかもしれない。そう思ったら、自然に笑みがこぼれた。顔をあげ、祖母といっしょにおなかの底から叫ぶ。「ひゃっほうーっ！」

その直後、下から何かがぶつかり、絨毯が大きく傾いた。もし絨毯の毛羽をしっかりつかんでいなかったら、そのまま真っ逆さまに落ちていただろう。わたしがもう片方の手でオーウェンにしがみついていたため、彼もかろうじて落下をまぬがれた。それでも、彼の重みで、あやうくいっしょに引きずられるところだった。オーウェンがすんでのところで絨毯をつかんだので、わたしも両手で絨毯にしがみつく。祖母は杖の握りを絨毯の端に引っかけて、なんとか踏ん張っているようだ。フリンジで体を固定している運転手は、絨毯を水平に戻そうと必死に舵をとっている。

その間にも、絨毯はどんどん降下していく。いつもは魔法のシールドか何かでさえぎられている風が、ものすごい勢いで吹きつける。乗客が絨毯の端にしがみついている状態では、なかなか水平に戻ることはできない。三人が水のなかから同時にカヌーに乗り込もうとしているようなものだ。

祖母が何か叫んだが、吹きすさぶ風の音で聞き取れない。もっとも、わたしに言ったのではないようだ。祖母は絨毯に向かって何やら怒鳴っている。彼女のことだから、おそらく、ちゃんと飛ばないとただじゃおかないよ、絨毯ならもう何十枚もたたきのめしてきたんだ——とかなんとか、そのてのことを言っているのだろう。

何を言ったにせよ、効き目はあったようだ。絨毯は徐々に体勢を立て直し、やがて水平に戻った。「そうだ、それでいいんだよ」祖母は満足げにつぶやく。わたしは腹ばいのまま二度ほど大きく息を吐くと、慎重に体を起こした。オーウェンとわたしは顔を見合わせ、互いに片腕だけで抱き合う——もう片方の手はそれぞれしっかり絨毯をつかんだまま。

「いったい何が起こったの？」オーウェンにしがみつきながら、わたしは訊いた。「これは安全な乗り物のはずじゃなかった？」

「いちゃいちゃしてる場合じゃないよ」オーウェンが答える前に、祖母が鋭い口調で言った。

「あんたたち、あれを見てごらん」

しぶしぶオーウェンから目を離し、祖母の指さす方を見る。一頭のガーゴイルがこちらに向かって飛んでくる。わたしの知っているMSIのガーゴイルではない。なんというか、かなり古色蒼然としている。長年風雨にさらされてきたように、彫刻部分が摩耗《まもう》し、石の肌は変色して苔《こけ》に覆われている。

「うちのガーゴイルじゃないな」オーウェンはそう言うと、わたしを離して携帯電話を取り出し、フリップを開く。「サム、何者かが攻撃してきた。五番街だ。たぶんマディソンスクエアの近くだと思う。ガーゴイルなんだけど、地元のではないようだ」電話をポケットにしまうと、オーウェンは言った。「救援が来る」

果たして間に合うだろうか。謎のガーゴイルは旋回すると、こちらに向かって一直線に飛んでくる。このままだと確実に衝突する。絨毯は闘牛士が突進してくる牛をかわすように、ぎりぎりのところでコースをはずれたその瞬間、わたしの体のなかで絨毯に接している部分が指先だけになった。真下に通りが見える。ガーゴイルは勢いづいたまま交差点の上空を飛んでいき、絨毯はビルの側壁に突っ込む寸前にかろうじて方向転換した。運転手は体勢を立て直すと、いっきに加速する。

このガーゴイルはわたしの知っているガーゴイルたちほど俊敏《しゅんびん》ではなく、急旋回はできないが、一度ギアを入れると、かなりのスピードで飛べるようだ。今度は前方上空からやってきた。鋭いかぎ爪のついた脚を伸ばして降下してくる。ぶつかったら、確実にたたき落とされるだろう。恐ろしいことに、われらがパイロットはガーゴイルに向かってまっすぐに飛んでいく。衝突する寸前、絨毯は急ハンドルを切って進路からそれ、いきなり空中停止した。ガーゴイルはとっさに方向転換できず、そのまままっすぐ飛んでいく。絨毯はふたたびスピードをあげ、上昇して建物の上を越えると、降下して高いビルを目隠しにしながらブロードウェイの上を南下した。

その後は何ごともなく飛行が続いた。ユニオンスクエアが見えて、少しほっとしたとたん、オーウェンが警告の声をあげた。ガーゴイルが戻ってきたのだ。くちばしを開き、怒りに引きつった顔で追ってくる。絨毯はスピードをあげるが、ガーゴイルとの距離は少しずつ縮まっていく。とても見ていられなくて、オーウェンの方を向くと、頬が紅潮してあごに力が入り、手の指が小刻みに動いている。魔法が使えないことが歯がゆくてしかたないという感じだ。

「あっちへ行きな！　しっしっ！」祖母が接近してきたガーゴイルに向かって、追い払うように手を振った。彼女が何をしたのかはわからないが、ガーゴイルは激しく羽ばたきながら横にそれた――まるでコースからはじき出されたかのように。

「そうだ、あなたは魔法使いじゃないですか！」オーウェンが言った。

祖母はオーウェンをじろりとにらむ。「いまさら何を言ってるんだい。あんたみたいにしゃれた魔術は知らなくても、れっきとした魔法使いだよ」

「しゃれた魔術を覚える気はありますか？」

「学習意欲はいつだって旺盛だよ」祖母はふんと鼻を鳴らす。「それが若さの秘訣さ」

オーウェンは運転手に向かって言った。「川の上に行ってくれるかな。地上の人たちにけがをさせたくない」絨毯は傾斜しながら向きを変え、十四丁目ストリートに沿って東へ進路を取った。水の上を飛ぶことに不安を感じないでもないけれど、万一またバランスを失うようなことがあったら、地面に落ちるよりはいいかもしれない。オーウェンは祖母の方を向く。「ぼくのあとについて言ってください」そして、何やらほとんど子音だけのような長い言葉を唱えた。

祖母はまねをしようとしたが、途中で舌がもつれてしまった。「どうしてもこの妙な外国語で言わなきゃならないのかい？」祖母は文句を言いながら、ぞんざいに片手を振って、追いついてきたガーゴイルを再度はじき飛ばす。「古き良きわれらが英語じゃ、どうしてだめなんだい」

「残念ながら、この呪文に関しては外国語で言う必要があるんです。別の魔術を打ち消すためのとても複雑なプロセスなので。はい、もう一回」オーウェンは、祖母がまったく違う魔術を実行してしまう可能性がなくなったと確信できるまで、練習を続けた。絨毯はその間もガーゴイルの攻撃をかわして、上昇、降下、ジグザグ飛行を繰り返す。わたしは見張り役に徹して、祖母が呪文を練習する間、何度も大声をあげて運転手に危険を知らせた。

呪文が言えるようになると、オーウェンは言った。「これが手の動きです」ジェスチャーについては、オーウェンほど指の動きはなめらかではないものの、呪文より覚えが早かった。「あとはすべて意識の問題です。ガーゴイルが石でできているという事実に意識を集中してください。石でできているものが飛ぶのはおかしい、そもそも動くこと自体あってはならない。

できますか？」

「そんなこと、あらためて考えなくたってわかる」祖母はそっけなく言った。「それが自然の摂理ってもんだ」

「わかりました。じゃあ、今度ガーゴイルが襲ってきたら、お願いします」絨毯はいま、川の上を飛んでいる。眼下にあるのは汚い水だけだ。まもなく、ガーゴイルが体の横に羽をぴったりつけ、わたしたち目がけて急降下してきた。ぶつかれば、絨毯は乗客もろとも川へ墜落するだろう。「来ました！」オーウェンは祖母に向かって叫ぶと、運転手に指示を出す。「ぼくがいいと言うまで、このままの進路を維持して」

祖母は教わったとおりに手を動かしながら、例の意味不明の言葉を叫んだ。びりっという魔法の刺激を感じたが、ガーゴイルは依然としてわたしたちに向かって落ちてくる。「いまだ！」オーウェンは運転手に向かって叫んだ。絨毯が急ハンドルを切ると、そのすぐ横をかすめるようにして、ガーゴイルが落下していった。思わず絨毯の縁から下をのぞくと、川に向かってまさに石のように落ちていくガーゴイルが見えた。水しぶきが聞こえたような気がしたが、空耳だろう。この高さでは距離がありすぎる。

「あたしはいったい何をしたんだい？」祖母がオーウェンに訊いた。

「石に戻るようガーゴイルに命じたんですよ。あのガーゴイルは命を吹き込まれてまださほど時間がたっていないような気がしたので、もとの状態へ返すのも比較的簡単だと思ったんです」

「簡単？　あたしの助けが必要だったんだから、簡単だったとは言わせないよ」祖母はにやりと笑ってオーウェンの胸をつつく。

「でも、ぼくのしゃれた魔術があったからできたのも事実ですよ」オーウェンもにやりとしてやり返す。

「もうちょっと時間があれば、あたしだって何か考えついたよ」と祖母。

「うちのガーゴイルたちには使わないでくださいよ」オーウェンは釘を刺す。「まあ、彼らに効くかどうかは疑問ですけど。ほとんどがすでに何世紀も生きてますからね。せいぜい多少動きが鈍くなる程度でしょう」

「なら、連中はあたしの前で行儀よくした方がいい」祖母の目がきらっと光る。「でなきゃ、うちの庭に来てもらうことになるよ。ツタを這わせたら、なかなかしゃれた飾りになると思わないかい?」

オーウェンの携帯電話が鳴った。オーウェンは祖母のいたずらっぽい笑みに、気まずそうに顔をゆがめる。「ああ、サム。いや、もう大丈夫だ。なんとか撃退したよ。いま、イースト・リヴァーの上にいる。前に見えてきたのは、たぶんウィリアムズバーグ橋だと思う」そこではっとしたように目を見開く。「そうだ、ロッドたちも襲われてるかもしれない」オーウェンは険しい顔でうなずきながらサムの話を聞いている。

「彼ら、大丈夫なの?」オーウェンが電話を切ると、わたしは彼の腕をつかんで訊いた。

「ああ。サムの警告が間に合ったようだ」

「わたしたちをあくまで邪魔したいだれかがいるのね」

「そして、そのだれかは常にぼくらの一歩先をいってるようだ」

「まあ、少なくとも、さっきの正体不明の尾行者については、まくことができたわね。あれだけ激しい動きに地上からついてくるのは不可能だわ。空中ではあのガーゴイル以外に怪しい者は見なかったし」

その後は何ごともなく、無事、会社まで飛ぶことができた。ＭＳＩの社屋が見えてきたとき、わたしは運転手に正面玄関の方に回るよう頼んだ。「空中でおりるのはもうこりごり」身震いしながら言う。

ありがたいことに、絨毯は地面の上にしっかりと着陸してくれた。三人は同時に大きなため息をつく。わたしはしばし絨毯に座ったまま、ここからはどこにも落ちようがないという事実を噛みしめた。最初にオーウェンが立ちあがり、祖母の手を取って立ちあがるのを手伝うと、続いてわたしの体をもちあげ、そのまま腕のなかに引き寄せて、しっかりと抱きしめた。わたしはオーウェンの肩に顔をつけて彼を抱きしめ返しながら、足の下の堅い地面と腕のなかの頑丈な体の感触を味わった。「もう絶対、絨毯には乗らないわ。少なくとも、シートベルトが装備されるまでは」

「シートベルトはすごくいいアイデアだな」オーウェンは言った。警備部のガーゴイル、ロッキーとロロがわたしたちのそばに舞い降りる。オーウェンはわたしを抱きしめたまま、肩越しに彼らに言った。「だれかがガーゴイルに命を吹き込んでいる。どこで見つけたのかはわからないけど、かなり古くてヨーロッパ風だった。体に苔が生えてたよ」

振り返ると、ロッキーが身震いするのが見えた。「苔？　羽づくろいもせずに苔を生えるままにするなんて、まったくどういう衛生観念をしてんだい！」

「さっそく調べてみるぜ」ロロが言った。

「ありがとう。それで、きみたちのどちらか、ケイティのおばあさんをマーリンのオフィスまで案内してあげてくれないかな」

祖母は両手で杖を握り、地面にしっかりとついた。「あたしが必要になるかわからないからね」

い。「ケイティから目を離す気はないよ。いつあたしが必要になるかわからないからね」


「もう必要になったわ」わたしは言った。「たぶん、いまのが――」空の方を漠然と指し示す。「おばあちゃん《グラニー》を必要としたことだったのよ。おばあちゃん《グラニー》のおかげで命拾いしたわ」

祖母は首を横に振る。「いいや、違うね。まだ足の親指がしくしく痛む。本番はこれからだってことだよ」

「でも、ミセス・キャラハン――」オーウェンが言いかけると、祖母はすかさずさえぎった。

「グラニーでいいよ」

オーウェンは瞬きをして、うっすら赤くなる。「でも、グラニー、ぼくたちこれから、魔力をもつ者には非常に危険な立入禁止区域で作業をしなくちゃならないんです。あなたはそこには入れません。というか、物理的に入ることが不可能なんです。来てほしくないとか、許可が必要だとか、そういう問題ではなくて。作業にはケイティの協力がどうしても必要です。そう長くはかかりませんし、会社のなかにいるかぎり、彼女の身に何か起こることはまずありません」

「その間、おばあちゃん《グラニー》はマーリンといっしょにいられるわ。魔法についていろいろ話ができるじゃない。それに、おばあちゃん《グラニー》には、これまでの状況を彼に報告してもらいたいの。できたら、社内の内通者がだれなのかも、マーリンといっしょに探ってみてほしいわ」

祖母はしばらくの間オーウェンとわたしを交互ににらみつけていたが、やがてうなずいた。

「まあ、いいだろう。あたしはマーリンに報告をする。あんたたちはやるべきことをやっちまっておくれ」そして、わたしたちに向かって人差し指を振る。「でも、早くしておくれよ。あんまり時間がかかるようなら、様子を見にいくからね」そう言うと、ガーゴイルの方を向いた。

「では、おふたり、行こうかね」

一時的にせよ、ようやく祖母から解放された。オーウェンとわたしは会社に入ると、階段を駆けおりて地下の貴重本保管庫へ向かった。今朝、オーウェンに朝食を届けてから、もう何日もたったように感じられる。アウターオフィスにはコーヒーの入った魔法瓶が置いたままだった。中身をカップに空ける。コーヒーはなんとか飲める程度に温かかったが、わたしの好みからすると、もう少し熱い方がよかった。もちろん、この状況でコーヒーの温度について文句を言うつもりはない。砂糖をたっぷり入れ、半分をひと口で飲むと、カップをオーウェンに差し出す。「はい。あれだけ刺激的な体験をしたあとは、糖分とカフェインが必要よ」

オーウェンは素直にコーヒーを飲み干すと、突然、壁に向かってカップを投げつけた。カップは跳ね返って床に落ち、粉々に割れた。なんとか自分を抑えようとしているのだろう。頬に赤い染みが浮きあがる。「気は晴れた？」わたしは訊いた。

「いや、あまり……」頬の赤みが消え、かわりに首から額の生え際まで、みるみるピンクに染まる。「何もできなかった。魔術を正式に勉強したことすらない小さなお年寄りに助けてもらうしかなかった。彼女がいなければ、死んでたかもしれない。自分の身を守るのに、人に魔術を教えて、かわりにやってもらわなくちゃならないなんて……」

慰めになるような言葉はない。だからあえて言わなかった。そのかわり、静かにこう言った。

「やっと認めたわね」

「何を？」

「この状況にうんざりしてるってこと。あなたはずっと気にしてないふりをしてた。まるで、最初からこうなることをわかっててやったんだ、みたいな態度で。魔力がなければ、やりたかった研究ができる、魔法界から敵視されることもない。はっきり言って、そんなのうそよ。だって、あなたは当代随一の魔法使いだったのよ。それが、すべての魔力を失っちゃったのよ。最悪じゃない。それって、視力を失うとか、腕や脚をなくすようなものだわ」

「激励、ありがとう」オーウェンは片方の眉をあげる。

「元気づけようとしてるわけじゃないわ。そんなことしても意味がないもの。わたしはただ、あなたがようやく本当の気持ちを表に出せてよかったと思ったの。ようやく自分自身に正直になれて……」少し躊躇《ちゅうちょ》して、続ける。「魔力だけど、本当に戻ると思うの？」

オーウェンはしばし下唇を噛んでいたが、やがてささやくように、「いや」と言ってうなだれた。

わたしはオーウェンのそばへ行き、両腕を広げて彼を抱き寄せる。「かわいそうに……」しばしわたしを抱きしめたあと、オーウェンは言った。「ぼくの問題にはこれでちゃんと向き合ったね。今度はきみの問題についてだ。そろそろ話す気になった？」

「わたしはまだものを投げつけたりしてないもの。そこまで差し迫ってないわ。それに、いまはやらなくちゃならないことがあるでしょ？」

オーウェンは両手でわたしの顔をはさむと、キスをして言った。「わかった。でも、ひと段落したら話してもらうよ。ちゃんと覚えてるからね」

貴重本保管庫のなかに入ると、オーウェンは紙の束を自分の方に引き寄せ、上から半分をわたしに渡した。「書き写しながら標題をつけておいた。余白に〈魔術〉と書かれたページをすべて抜き出してくれるかな」

わたしはすばやくページを繰りながら、〈魔術〉と書かれたページがある程度手もとにたまると、それをオーウェンに渡していった。オーウェンは残りの半分もわたしによこして、自分は〈魔術〉のページを読みながら、それをさらにいくつかの山に分けていく。そして、すべてのページを読み終えると、山のひとつを手に取った。「これが、さっきドアマンが実際に使った魔術と、それと同時代のもので、この先、彼らが攻撃や防御に使いそうな魔術だ」

「そこに分類された魔術のなかに、何かこの状況についてのヒントになりそうなものはあった？　魔術は〈月の目〉と何か関係がありそう？」

「いや、これらの魔術はすべてマーリンよりあとの時代のものだ。おそらく、マーリンの後任者のだれかがつくったものだろう。長く見ても、彼から二世代以内のだれかだと思う。すべて同じ時代のもので、調べていけば、ひとりの魔法使いにたどりつくような気がする。それが何を意味するのかまだよくわからないけど、たぶん、どこかにこの時代に書かれた魔術書があって、ドアマンはそれを読んだのかもしれない。さて、それじゃあ、きみのおばあさんを迎えにいって、みんなのところへ戻ろうか」

社長室へ行くと、マーリンは、ビーズやスカーフやお香のにおいから推察してプロフェット&ロスト《予言&失せ物捜査》部のスタッフと思われるだれかと、会議用テーブルの前に立っていた。「ああ、来ましたか」わたしたちが入っていくと、彼は言った。「いまちょうどミスター・グワルトニーから連絡が入ったところです。まだブローチもミズ・パーキンズも見つかっていないそうです。あなたがたの方は成果がありましたか?」

オーウェンは魔術の写しの束を掲げて何か言おうと口を開いたが、出てきた言葉は「痛っ!」だった。祖母の杖がオーウェンの向こうずねを打ったからだ――思わずこっちまで片足をあげてしまうほど、いい音を立てて。

祖母は無邪気な顔でオーウェンを見あげる。「あら、いやだよ、あたしったら。かんべんしておくれ。さっきの空中戦のせいだね。まだ筋肉が痙攣《けいれん》してるみたいで、自制がきかないんだよ」

プロフェット&ロスト部のスタッフは、会議用テーブルの上に広げたニューヨークの地図に色つきのピンを刺し終えると、「これが最新の状況です」と言った。「赤は確実な目撃情報のあった場所。青は何か重要な意味をもちそうなオーラが感じられた場所。緑は未来のビジョンが得られた場所です」ピンはアッパーイーストサイドの広範囲に散らばっていて、青と緑が少しだけミッドタウンの方にも点在している。

「ご苦労様」マーリンは言った。女性はうなずくと、ノートを手に取り、スカーフをなびかせて部屋を出ていった。

ドアが閉まるやいなや、わたしはすばやく祖母に向き直った。「いったいさっきのは何?」

「ことは密なるをもって成る、だよ」祖母は平然と答える。

心のなかで大きなため息をつき、変わった服装をしているからといって、むやみに人を疑うのはよくないと言おうとしたとき、マーリンが言った。「彼女の言うとおりです。まあ、身体的暴力に訴えずとも、警告の方法はあったと思いますが」

わたしはドアの方を指さす。「彼女がスパイなんですか?」

「あの部署に的を絞りました」

「でも、ぼくがしゃべるのをあえて止める必要もなかったのでは? すでにあなた自らロッドの報告内容を明らかにしたではないですか」すねをさすっていたオーウェンが、体を起こしながら言った。

祖母がにやりと笑う。「罠をしかけるためだよ」

9

「罠をしかける?」祖母が諜報活動に関わっているという事実があまりに衝撃的で、わたしは意味もなく繰り返した。でも、考えてみれば、そう驚くことではない。祖母は家族や町の人たちみんなのすることに、常に目を光らせている。

「ミネルヴァが何かしら口実をつくって、スタッフをひとりずつこちらによこしてくれています」マーリンが説明する。「スタッフがこの部屋にいる間に、わたしが電話で捜索隊から次の移動場所についての報告を受けます。あるいは、行き先について会話のなかでそれとなく言及します。サムたちがそれらの場所を監視しているので、もしそのうちのどこかで何か起これば、内通者が明らかになるというわけです。それでは、わたしたちだけになりましたので、あなたの話を聞きましょうか、ミスター・パーマー」

オーウェンは会議用テーブルの前に座り、マーリンに魔術を書き写した紙の束を差し出した。「これらは例の偽ドアマンが使った魔術です。『蜻蛉《かげろう》の古写本』に書かれていたのを思い出して、写しをもってきました。使われている言語と構文から判断して、おそらくノルマン人による侵攻の一世紀前ごろのものでしょう。その後、魔法界は何世紀にもわたって魔術の改良を重ねてきたので、いまは同じことを実現するにもはるかに効率的な方法があります。もうだれもこんな魔術は使いません。それが実は、対抗するのを難しくしている要因でもあります」

礼儀正しいノックの音がした。マーリンが片手を振ってドアを開けると、若い女性が入ってきた。彼女の姿を見たとき、最初はミネルヴァが送ってきたスパイの容疑者だとは思わなかった。ひざ丈の黒いスカートに、アイロンのかかった白いブラウス、黒い中ヒールのパンプスに、低い位置で結ったシニヨンという、実にプロフェッショナルなかっこうをしているからだ。

「あらたに得られたオーラの情報をおもちしました」彼女はマーリンにフォルダーを差し出す。

「ありがとう」マーリンはそう言って、フォルダーを開く。そのとき電話が鳴った。マーリンはフォルダーを置いて電話を取り、女性にそのまま待つよう手で合図した。「ああ、ミスター・グワルトニー、ご苦労様です」受話器に向かって言う。「なるほど、サロンはすべて空振りでしたか。いまどこです？　ああ、レキシントン・アベニューのその場所でしたら、八十二丁目ストリートを数ブロック行けば、もう美術館ですな。こうなると、美術館で彼女が到着するのを待つのが現実的かもしれません。そうですか。わかりました。では、また連絡してください」

電話を切ると、マーリンは女性に向かってにっこりした。「失礼しました」

「とんでもありません、サー」彼女は言った。

マーリンはあらためてフォルダーを開き、目を通していく。「何か説明してもらうことはありますかな？」

「いいえ、特にありません。そこに記されていることがすべてです」

「わかりました。あなたがたの今日の働きにあらためてお礼を言います」

彼女はうなずくと、きびきびした足取りで部屋を出ていった。「彼女、本当にプロフェット&ロストのスタッフですか?」わたしは訊いた。ミネルヴァのスタッフは、たいていカーニバルの占いコーナーにいる人たちのようなかっこうをしている。そういう意味で、彼女の服装はかなり特殊だ。

「ミネルヴァによると、彼女は非常に優秀な水晶占い師だそうです」マーリンは言った。「そして、彼女が容疑者リストの最後のひとりです。あとは、敵がどの場所に現れるか、あるいは現れないのか、連絡を待つだけですな」

オーウェンの携帯電話が鳴った。オーウェンは電話に出ると、ボタンを押して、電話をテーブルの上に置く。「いいよ、ロッド、スピーカーフォンにしたから話してくれ」

「リストにあるサロンをすべてチェックしました。いいニュースから言うと、ミミのスタイリストを見つけました」ロッドは報告を始める。「悪いニュースは、スタイリストは美術館でミミと会うことになってることです」

「たしかに彼女らしいわ」わたしはつぶやいた。「おべっか使いをできるだけたくさん現場に置いておきたいのよ」

「どうやら、彼女を確実に見つけられる最初の場所は、美術館になりそうですね。できれば、イベントの準備中に捕まえたい。ケイティ、彼女は現場に来て準備を監督するかな?」

「ええ、絶対来るわ。考えをころころ変えながら、おそろしく細かい指示を出すはずよ」

「じゃあ、ぼくらは展示を見にきた通常の客として先に美術館に入るよ」ロッドは言った。「閉館時刻に一般客が外へ出される間、覆い《ヴェール》で姿を隠して、そのまま館内に残る」

「ぼくたちはどうやってなかに入る?」オーウェンが訊いた。「実際にブローチを奪うのは、ぼくたちだ」

「ケータリングのスタッフにまぎれて入ればいい。彼女も全員の顔は知らないだろう」

「きっとケータリング会社は人の確保に大わらわよ。事前にミミに会ったスタッフがみーんなやめちゃって」わたしは言った。「スタッフのふりして潜り込むのは、たぶんうまくいくと思うけど、正体を隠す必要があるうちは、わたしはミミに近づかない方がいいわね。まあ、彼女が一ケータリングスタッフの顔をそこまでちゃんと見るとも思わないけど」

「例の魔術は見つかったか?」ロッドは訊いた。

「ああ、ほかに彼らが使いそうな魔術もいくつか選んでおいた、念のために」オーウェンが答える。「準備ができ次第、写しをもって美術館の方へ行く」

オーウェンが電話を切るのとほぼ同時に、マーリンのデスクの電話が鳴った。「ああ、サムですか」マーリンは受話器に向かってそう言うと、顔をしかめ、険しい表情で何度かうなずいた。「たしかですか? わかりました。あとを追ってください。こちらが気づいたことを相手に知られないように」マーリンは続いて内線ボタンを押す。「ミネルヴァ? どうやらミス・スペンサーがその人のようです。すぐに彼女を連れてきてください」

マーリンが電話を切ると、オーウェンが立ちあがって言った。「ぼくたちはそろそろ行った方が――」

「あたしは犯人を見ておきたいね」祖母が椅子に座ったまま言った。

「わたしもあなたがたに同席してもらいたい」マーリンが言った。「自分たちの邪魔をしているのがだれなのか、直接知った方がよいでしょう」

ミネルヴァがやってきた。驚いたことに、いっしょに来たのは、あのプロフェッショナルな服装の彼女だった。なんというか、あまりに普通すぎて、まさか彼女がスパイだとは思わなかった。見たところ、自分がなぜ社長室に連れてこられたのか気づいていないようだ。ノートパッドを小脇に抱え、ミネルヴァの横に立っている。かつてマーリンのアシスタントとして会議に出席していたときのわたしはきっとこんなふうだったのかなと、ふと思う。

「どうぞ、お座りなさい」マーリンは大きな身ぶりでそう言った。「このような忙しいときに、突然の呼び出しにもかかわらず、すぐに来てくださってありがとう」

ミネルヴァはマーリンの向かい側に座ると、連れてきた部下に手招きした。「いらっしゃい、グレース。ここに座るといいわ」そう言って、ドアの方へ行くにはわたしたち全員の前を通らなければならない位置に、彼女を座らせた。

「ここで一度、目下の状況について確認しておきましょう」マーリンは言った。「わたしたちは、いくつかの障害にぶつかっています。そのひとつが、社内にわたしたちとは相反する意図をもってこの任務に当たっている者がいるようだということです。だれかが捜索隊に誤った情報を提供し、簡単に入手できたはずの情報をあえて隠し、さらには、捜索隊の動向に関する情報を、彼らの邪魔をし、攻撃さえしてくる者たちに流しているようなのです」話の内容をよく聞いていなければ、いつものスタッフミーティングが始まっただけだと錯覚してしまうような口調だ。表情もふだんとまったく変わらない。

グレースはちゃんと話の内容を聞いているのだろう。顔からみるみる血の気が引いていく。逃げ出す準備のためか、彼女は椅子を後ろに押しさげた。ミネルヴァがすかさず椅子をテーブルの方に押し戻す。「どうしたの、グレース。ミーティングは始まったばかりよ」

マーリンは何ごともなかったように話を続ける。「この件について、何か提供できる情報はありますかな、ミス・スペンサー」

グレースは一瞬口ごもったあと、小さな声で言った。「いいえ、わたしは何も知りません」

「あなたは先ほど、いくつか新しい情報をもってきてくれましたね？」マーリンが言う。

「はい」

「あなたがここにいたとき、わたしは電話を受け、捜索隊が次にどこへ行くかという話をしました。あなたがオフィスを出てすぐ、敵はわたしが言及した場所に集合したということです。奇妙だとは思いませんか？」

グレースは横目で左右を交互に見る。マーリンとミネルヴァのどちらをより恐れるべきか見極めようとでもしているかのように。でも、口は閉じたままだ。

「とりわけ興味深いのは――」マーリンは言った。「実際には、捜索隊はその場所にいなかったということです。あの電話は偽物です。あなたが聞いたのは、おとりの情報なのです」

「そして、あなたはそれに引っかかったのよ」ミネルヴァが締めくくる。「いったいどうしてこんなばかげたことをするの？　あなたの本当のボスがだれなのか、ぜひ知りたいわね。わたしはてっきり自分だと思ってたわ」

グレースのなかで、ふたつの考えが激しく闘っているようだ。あくまでしらを切り通すか、それとも、ボスの情けにすがるか。ところが、彼女は思いもよらない態度に出た。背筋をピンと伸ばし、蔑《さげす》むような笑みを浮かべてミネルヴァを見据えると、こう言ったのだ。「なぜなら、わたしは現代社会が堕落させた魔法ではなく、真の魔法を信じているからです」

オーウェンは何かに気づいたような表情で魔術の写しに手を伸ばすと、静かに言った。「つまり、きみにとっての正しい魔法というのは、古い魔術書にのっている原型のままの魔術だけだということ？」

一瞬前まであった怒りと警戒の表情が消え、彼女の顔がぱっと輝いた。「そのとおりです！　わたしたちは魔法使いなんです。テクノロジーなど必要ありません。エンジンや電気が発明されるずっと前から、わたしたちには魔力がありました――真のパワーが。テクノロジーに頼り、本来の形で魔力を使わなくなったために、わたしたちはすっかり軟弱になってしまったんです」瞳を輝かせながらひとしきり熱く語ると、ふいに冷ややかなまなざしでオーウェンをにらみつけた。「あなたはなかでも最悪のひとりです。古い魔術を見つけては、勝手に新しいものにつくり変えてしまう。魔術から無垢な美しさを奪い、堕落の道具をつくっているのよ」

「つまり、あなたは魔法界のアーミッシュってこと？」わたしは訊いた。「現代的なものはすべて不道徳だっていう……」なるほど、そう思って見ると、彼女の保守的な服装がまた違った見え方をしてくる。同時に、彼女の服装に好感をもったのは、それが自分のそれとほとんど同じだからだという、あまり愉快でない事実にも気がついた。髪型は彼女の方がずっと地味だし、ブラウスのボタンもわたしと違っていちばん上までしっかりとめてあるけれど、彼女が着ているアイテムはすべて、わたしのクロゼットのなかにあってもおかしくないものだ。今週末、ジエンマにコーディネーターになってもらっていっしょに買い物に行こう——心のなかでそう決意しながら、胸もとのボタンをもうひとつ、さりげなくはずした。

「そのたとえはよく意味がわかりませんが、とにかく、現代の魔法使いはすっかり堕落しています。わたしたちは皆、自分たちのルーツに戻るべきです」

ミネルヴァが片方の眉をあげる。「だけど、どうしてそれが、この会社に潜入して〈月の目〉の奪還を邪魔することにつながるわけ？」

グレースはミネルヴァの質問には答えず、マーリンの方を向いた。「あなたは魔法界の基礎を築いた真の魔法使いのひとりです。あなたの帰還を知ったとき、わたしたちはあなたが魔法界を本来の姿に戻してくれると期待しました。ところが、あなたが実際にやったのは、これです」そう言って、電話やコンピュータや会議用テーブルの置かれた社長室を憎々しげに指し示す。

グレースは続いてオーウェンの方を向いた。「あなたも負けず劣らず堕落してるわ。いいえ、もっとひどいわね。マーリンを堕落させた張本人だもの。彼に現代の悪習を教え込み、テクノロジーで汚染したんです。だから罰を受けたのよ。魔力を失ったのは当然の報いだわ。不純な者は罰せられて当然よ！」彼女の口調は次第に熱を帯び、いまやほとんど金切り声になっている。「だから、わたしたちが魔法界を浄化するんです！」ふと、自分がしゃべりすぎたことに気づいたのか、彼女は口をつぐみ、まっすぐ前を見据えた。

マーリンは椅子の背に寄りかかり、指先を合わせて三角形をつくった。「わたしは本来、魔法に対する異なる考え方に寛容です。古いやり方には、たしかに利点があります。テクノロジーやその他の道具の助けを借りない純粋な魔力の使い方を覚えておくのはよいことでしょう。しかし、いまは魔法哲学を論じ合っているときではありません。ブローチがこのこととどう関係するのか、なぜわたしたちがブローチを取り戻そうとするのを妨害するのか、それを知りたい」

「ブローチが魔法の純粋性にどう関係するのか、さっぱりわからないわ」わたしは頭を振った。「どうしてわざわざこんなトラブルを起こす必要があるの？」

「コブでボランティア消防士をしてたボビー・バートンを覚えてるかい？」祖母がわたしに向かって言った。

「あの放火で捕まった？　たしか、自分がいちはやく火を消し止めてヒーローになりたかったのよね」わたしはグレースの方に向き直る。「なるほど、そういうこと。ブローチを世に放って、脅威をつくり出して、マーリンのチームがもたもたしている間に、自分たちがさっそうと魔法界を救ってみせるっていうシナリオなのね。昔のやり方がベストだってことを世間に見せつけて、魔法界のリーダーとしてのマーリンの信用をおとしめて、それで最後は、ブローチを手に入れたあなたたちのリーダーが権力をゆるぎないものにするっていう計画なんだわ」

「でも、世の中が混乱する前にぼくらがブローチを取り戻してしまったら、計画は台なしになる。それで、行く先々で邪魔をしてくるってわけか」オーウェンが言った。

グレースは素知らぬふりを装おうとしているが、どうやらポーカーフェイスの才能はないようだ。だれかが何か言うたびにいちいちびくりとして顔がゆがむので、そのつど事実と認めているに等しい。

「彼女がうちに来たのは、夏に行ったカスタマーカンファレンスの直後です」ミネルヴァがマーリンに言った。「あのカンファレンスで、会社は正式にあなたの帰還を発表しました。それで彼女が送り込まれたのでしょう。もうしわけありません。こうなることが予知できなかったのは、わたしのミスです」ミネルヴァはグレースの方を向く。「あなたたちは、あのときすでにブローチをもっていたの？　それとも、そのときがきたら役立つように、とりあえずあなたを送り込んだっていうこと？」グレースの口もとがぴくりと動く。彼女は黙ったまま下唇を噛んだ。

オーウェンが身を乗り出して言った。「〈月の目〉がどういうものなのか、本当にわかってるのかい？　自分たちが危機を救えるって、どうして確信できる？　もしできなかったらどうするつもりなんだ」

「つくった本人であるわたしが、〈月の目〉に抵抗する方法も魔力を打ち消す方法も、ついに見いだせなかったのです」マーリンが言った。「あなたがたの計画はきわめてずさんだと言わざるを得ません。このままでは世界全体が危険にさらされることになりますぞ」

グレースの顔からさらに血の気が引き、のどがごくりと動くのが見えた。額と鼻の下に小さな汗の玉ができている。それでも、相変わらず口を開こうとしない。

「レストランにまわりの大騒ぎとは一線を画してる感じの人たちがいたわ」わたしは言った。「免疫者《イミューン》なのかと思ったら、そのあとエルフの魔法にはかかったの。あらためて思い出すと、あなたと同じような服のセンスをしてた。黒や白以外を着るのも不道徳なの？」

グレースは自分の着ているものを見おろすと、続いてわたしの服に視線を向ける。彼女の口の片端がわずかにあがり、わたしは自分が赤くなるのを感じた。まあ、いい。万一、彼らの組織に潜入しなければならなくなったとき、溶け込みやすいという利点はある。

「断っとくけど、あたしは古き良き時代は大好きだよ」祖母が言った。「だけど、屋内トイレと電気だけは、悪くない代物だ。あれは魔法よりよっぽどありがたい」祖母は杖をついて椅子から立ちあがる。「さてと、話はもう十分聞いた。そろそろ行こうじゃないか。あたしらにはブローチを奪って陰謀を止めるっていう大仕事があるんだ」

オーウェンとわたしがマーリンの方を見ると、彼はうなずいて言った。「彼らの計画を阻止するためにも、先にブローチを奪還することがいっそう重要になりました。こちらは引き続き情報収集に努めます。サムとミスター・グワルトニーには、わたしから敵について説明しておきましょう」

わたしたちは立ちあがり、祖母のあとに続いて社長室を出た。「魔法界の清教徒《ピューリタン》とはね。意外な展開になってきたわ」受付エリアまで来ると、わたしは言った。

「このての厳格主義者の集団については噂を聞いたことがあるけど、たいてい風変わりな連中ってことで片づけられてしまうからな」オーウェンが肩をすくめる。

「風変わりな連中も、場合によっては危険な存在になり得るわ。彼らの計画が実現したら、とんでもないことになりそう」

「ああ、なんとしても阻止しないと。ケータリングのスタッフにはどんなふうに扮すればいいかな」

「悲しいかな、わたしたち、このままでも十分通用しそうよ。ケータリングスタッフとしても、魔法界の清教徒《ピューリタン》としても」わたしは渋い顔で言った。オーウェンは黒のスーツに白いシャツを着ている。「上着を脱いでネクタイを外せば完成ね。わたしはすでにそのものだわ」問題は祖母だ。「おばあちゃん《グラニー》はどうしたらいいかしら。ケータリングスタッフのイメージにはちょっと当てはまらないもの」

「料理なら、その辺の若いもんよりよっぽど詳しいけどね」祖母は言う。

「パティシエっていうのはどうかな。現場で最後の仕上げをするために来たことにしたら？」オーウェンはそう言いながら、魔術の写しの束を縦に折って、わたしに差し出す。「きみのバッグに入れておいてくれるかな」そして、上着の胸ポケットから携帯電話を取り出し、ズボンのポケットに入れ直した。

「試す価値はあるわね」わたしは肩をすくめる。

「疑うやつがいたら、眠りの魔術をかけてやるよ」祖母はそう言うと、階段に向かって歩きだした。

「そうならないですむことを祈ろう」オーウェンはわたしに向かってそう言うと、麻酔ダーツのケースを差し出す。「これも入れておいてもらった方がいいな。うまく使っていこう」

わたしはケースをバッグにしまうと、敬礼のポーズを取った。「イエス、サー」オーウェンはやれやれというように目玉を回すと、ネクタイを外し、上着といっしょにトリックスのデスクの横の椅子にかけた。正面玄関まで来たとき、わたしは言った。「急いだ方がいいのはわかってるけど、空飛ぶ絨毯《じゅうたん》はもういやよ。たぶん二度と乗らないと思うけど、特に今日はもう絶対いや」

「ああ、賛成だ」オーウェンは身震いしながら言った。「急行に乗っていこう。この時間はかなり混んでると思うけど」

「まったく、最近の若いもんは冒険心がなくて困るよ」わたしたちが地下鉄に向かって歩きだすと、祖母はそう言って鼻を鳴らした。

地下鉄は混んでいた。座席はすべて埋まり、車内はイワシの缶詰状態だ。それでも、発車して数秒とたたないうちに、祖母は座席を確保した。どうやら席を譲った若い男性は、混んだ地下鉄の車内で立っていること以上に居心地の悪い状況があることを知ったようだ。祖母が魔法を使ったのか、それとも、全身がむずがゆくなるまで彼のことをにらみつけていただけなのかは、定かでないけれど――。

わたしはハンドバッグから魔術の写しの束を取り出し、祖母に渡した。「はい、いまのうちに連中が使ってくるかもしれない魔術の予習をしておいて」祖母は老眼鏡をかけると、さっそく読みはじめた。

周囲に目を向ける。これだけ混んでいると、つけられているかどうか見極めるのはほとんど不可能だ。内通者を押さえることはできたけれど、それで敵が消えたわけではない。乗客のほとんどは保守的な黒っぽい服装をしていて、残りの人たちはさほど保守的ではない黒っぽい服装をしている。案外、ここにいる全員が、魔法界の清教徒《ピューリタン》か評議会《カウンシル》が派遣した法執行官のいずれかだったりして……。オーウェンに体を寄せて耳もとでささやく。「魔法の存在は感じる？」

「近くに何か感じる」オーウェンは言った。「ふだん地下鉄に乗ってるときに感じる魔力よりも強い。もうスペルワークスの広告がないことを考えると、ちょっと気になるな」

「だれかがめくらまし《イリュージョン》や覆い《ヴェール》で姿を隠してるのだとしたら、わたしたちは気づいていいはずよ」

「見覚えのある顔はいる？」

あらためて周囲を見回す。「難しいところね。なんとなく身覚えのある人たちはいるけど、でも、彼らが今日行った現場にいたからかどうかはわからないわ。単に職場が近所で、ちょくちょく顔を合わせている人たちだという可能性もあるし」

「ぼくたちの最優先事項はブローチを取り戻すことだ。尾行者ひとりをまくために、わざわざ電車を替えたりする時間はないよ」

「そいつがただつけてるだけじゃなくて、わたしたちが目的地に到着するのを妨害しようとしたら？」

「そのときは、グラニーをけしかけて懲らしめてもらおう」

見えない追跡者の存在にびくつきながらも、その様子を思い浮かべてついにやりとしてしまう。魔術を読みながらときおり愉快そうに笑っている祖母の姿を見て、ますます可笑しくなる。

「それはちょっと残酷すぎない？」わたしがそう言うと、今度はオーウェンがにやりと笑った。

美術館の最寄り駅に到着したときには、空飛ぶ絨毯を断固拒否する気持ちが揺らぎはじめていた。絨毯に乗っていれば、もうとっくについていただろう。もちろん、生きて到着していればの話だけれど。またガーゴイルに攻撃されて五番街に墜落し、ラッシュアワーの交通渋滞に拍車をかけることにならなかったという保証はない。

駅を出ると、歩道の上でサムが待っていた。「ボスから話は聞いた。美術館まで護衛しろとのお達しだ。中世はおれがつくられた時代でもあるし、特に文句があるわけじゃねえが、はっきり言って懐かしがるような時代でもないぜ。魔法うんぬんに関係なくな。あの時代をよみがえらせようっていうやつらにかぎって、当時を生きた経験はないんだ。いずれにしろ、ボスの面子《メンツ》をつぶすために〈月の目〉を世に放つようなやつは、間違いなく頭がいかれてるね」

「敵はぼくらを美術館に入れないよう、あらゆる手段で妨害してくるだろうな」オーウェンが言った。

「心配すんな。おれがついてる」

サムの言葉に少しだけ気が楽になったが、思想のためなら人を殺すことも辞さない狂信者たちを止めるのは、たやすいことではないだろう。わたしたちを美術館に入らせないために彼らが何をしてくるかは、神のみぞ知るだ。

オーウェンの携帯電話が鳴った。オーウェンは電話に出ると、スピーカーフォンにして、皆が聞けるよう差し出した。「こっちは美術館のなかだ。美術館自体はもう閉館した」ロッドが言った。「イベントスタッフがどんどん到着して、アメリカンウイングの屋内庭園に会場のセッティングをしてる。いまのところ、テーブルや椅子の設置といった力仕事が中心だ」

「ミミは?」わたしは訊いた。「こういうとき、彼女はいつも、ものすごく細かく指示を出すんだけど」

「ああ、いるよ。でも、ブローチをつけてるかどうかはまだわからない。常に取り巻きたちに囲まれてて、確認できるほど近づけないんだ。ただ、遠目からでも、かなり権力を誇示しているのはわかる。彼女の命令で、すべてのテーブルがすでに十数回動かされてるよ。しかも、一回につきほんの数センチずつ。結局、どれも最初の位置に戻ったようにしか見えないんだけどね」

「それは〈月の目〉のせいじゃないわ」わたしは言った。「いつものミミよ。彼女、命令するとき怒鳴ってる?」

「いや、悪いけどお願いって感じで、わりと低姿勢だよ」

「それはいつものミミよりいいわね」わたしはオーウェンを見あげる。「ねえ、すでに邪悪で権力の亡者だった人がこの石をもつと、魔力が逆方向に作用して優しい人になってしまうってことはないかしら」

「そうだとありがたいけどね」オーウェンはそう言うと、電話に向かって続けた。「ぼくらももうすぐそっちに着く。じゃあ、十分気をつけて」オーウェンは電話をポケットにしまい、祖母の方をちらりと見ると、タクシーを呼ぶため車道に出た。「今夜は相当走り回ることになりそうだから、体力を温存しておこう」

「それに、タクシーに乗った方がつけられにくい」サムがうなずきながら言った。

かつてのように一瞬にしてタクシーが現れるというわけにはいかなかったが、それでもさほど待たずにつかまり、わたしたちは後部座席に乗り込んだ。リアウインドウから見るかぎり、飛行しながらついてくるサム以外に、追跡者らしき者の姿はない。美術館まではわずかな距離だったので、オーウェンは低い運賃の埋め合わせに多めにチップを渡した。

美術館の前でタクシーをおりると、正面入口の階段にレッドカーペットとカメラマン用のプラットホームが設置されている最中だった。一方、地上階の入口前には白いシャツに黒のパンツあるいはスカートをはいた人たちがいくつかのグループに分かれて集まっていて、ドアの横に立っている男性が名前とIDを手もとのリストと照合している。

「別の入口を探した方がよさそうね」わたしは言った。

「ちょっと待ってな、お嬢」サムが言った。「おれが見てこよう。優秀なガーゴイルが進入路を見つけられない建物なんざ、そうあるもんじゃない」

「そうね。でも、わたしたちが空を飛べないってこと、忘れないで」

「ちゃんと地面を歩いたまま入れるドアを見つけるから心配すんな」

わたしたちは、年老いた祖母を連れて公園のそばを散歩するカップルに見えるよう、辺りをゆっくりと歩いた。携帯電話が鳴り、オーウェンはサムと短い会話を交わす。ガーゴイルがどんなふうに電話を使うのかは、依然としてなぞだ。サムが携帯電話をもっているところを見たことはないし、彼の体にポケットはない。でも、わたしたちはしょっちゅうサムと電話で話している。もしかしたら、魔法のヘッドセットをもっているのかもしれない。魔法界の清教徒《ピューリタン》たちは、きっと眉をひそめるだろう。電話を切ると、オーウェンは言った。「駐車場から入れるみたいだ」

建物の横に回り、車寄せに沿って歩いていくと、サムが駐車場の外で待っていた。サムはわたしたちの横を飛びながら、いっしょに駐車場のゲートを越える。「いまのところ、こっちにひとけはない」サムはそう言ったが、不安は消えない。駐車場には危険が潜んでいそうな場所がいくらでもあって、少しでも物音がするたびに、敵かと思っていちいちびくりとしてしまう。まもなく、自分の想像力《イマジネーション》がいかに平凡か思い知らされることになった。

館内に入るドアの前までたどりつき、サムが魔法で鍵を開けようとしたとたん、コンクリートの地面からものすごい勢いでつる草が伸びてきて、あっという間にドアを覆いつくしてしまった。「書き写した魔術のなかにこんなのはなかった」オーウェンが顔をしかめ、悔しそうに言う。

祖母が一歩前に出た。「あたしに任せとくれ。こう見えても、植物についてはそこそこ詳しいんだ。あたしが魔術を使うのは、たいてい庭いじりのときだからね」祖母はドアの前に立つと、つる草に向かって杖を振り、きっぱりした口調で言った。「ここはあんたのいる場所じゃないよ。太陽も土も水もない。どうやって生き抜くつもりだい？　あんたがここにいるのはおよそ自然じゃないよ」つる草の葉が黄色くなり、しおれはじめる。祖母は悲しげにうなずいた。「そうだ。ここにいたらそういう具合になるんだよ。あんたにはもっといい場所があるはずだ。そっちに移ったらどうだい？　さあ、いますぐおいき！」祖母の声は最後の部分で鋭い命令口調に変わった。

つる草はしゅるしゅると縮んで、やがてあとかたもなく地面のなかに消えた。「おばあちゃん《グラニー》の庭、どうりでいつも芝生が完璧なわけね」サムがドアの鍵を開けている横で、わたしは祖母に言った。

「園芸クラブには黙っておくれよ」祖母は言った。「〈今月の庭〉の盾を全部返すなんてことになったらいやだからね」

なかへ入ろうとしたとき、駐車場の奥から男たちの集団が近づいてきた。「どうやら、植物だけにわたしたちの阻止を任せたわけじゃなかったみたい」わたしはそう言うと、急いで祖母をドアの内側に押し込む。男たちは何やら呪文を唱えて魔術を放ったが、魔法が効かないオーウェンとわたしは問題なくなかに入ることができた。サムがドアを閉め、魔法で封印している間に、オーウェンはエレベーターのボタンを押す。エレベーターが到着すると、オーウェンは体半分だけなかに入れてフロアボタンをひとつ押し、そのままドアを閉めて、わたしたちを階段の方へ促した。

「こうすれば、エレベーターの方で待ち伏せてくれるかもしれない」そう言って、階段をのぼりはじめる。祖母がついてこられるか不安だったが、見ると、ほとんど小走りに近い勢いで足が動いている。母は常々、祖母が杖をもち歩いているのは、歩行の助けではなく、武器として使うために違いないと言っていたけれど、たしかにそんな気がしてきた。

階段をのぼりきると、最後のステップから三十センチもないところに炎の壁ができていて、館内への進路をふさいでいた。肌に熱さを感じるので、めくらまし《イリュージョン》ではないようだ。炎の壁は宙に浮いていて、煙もなく、火災報知器も作動していないから、魔法によるものだと思うが、それでも触ればおそらく火傷をするだろう。しかたなく階段側に退却すると、背後から階段をのぼる足音が聞こえてきた。駐車場の男たちがサムの魔術を突破したらしい。どうやらわたしたちは逃げ場を失ったようだ。

10

「清教徒《ピューリタン》たちがあがってくるわ！」わたしは言った。

祖母はくるりと後ろを向くと、階段に向かって杖を突き出し、叫んだ。「さあ、生えといで！」すると、何もなかった床から突然つる草が伸びてきて、すごい勢いで階段や壁を覆いはじめた。さっき入口をふさいだつる草とは違って、こちらには長く鋭い刺《とげ》がある。まもなく、わたしたちと清教徒《ピューリタン》たちとの間に、つる草の壁が出来上がった。「植物のことは、あんたたちよりよっぽど詳しいんだ」祖母は豪語した。「よく見とくんだね。古いのが好きなら、これがいちばん古い魔術だよ」

それでも、依然として炎の壁はそこにある。そして、壁の向こう側にはおそらく、館内から魔術を放った清教徒《ピューリタン》たちがいるはずだ。「どうやらわたしたち、炎の滝と茨の道にはさまれちゃったみたい」自分を励ますつもりで軽口をたたいてみたが、あまり効果はなかった。

「火はもうすぐ消えるだろう」オーウェンが言った。「彼らが使ってるのは原始的な魔術だから、エネルギー効率が悪い。パワーの消費がすごく大きいんだ。炎の壁を維持したまま別の魔術を使うことはできない。必ずどちらかを選ばなくてはならなくなる」

「だったら、いますぐ別の魔術を使わざるを得なくさせたらどうかしら」わたしは言った。

オーウェンは返事をするかわりに、ロッドに電話をかけた。「いま、駐車場から館内に入る階段にいるんだけど、例の集団から攻撃を受けている」オーウェンは言った。「助けが欲しい。両側から同時に攻撃をしかけたいんだ」そこまで言うと、壁に寄りかかって悔しそうに声をあげる。「そうか、まだ魔術の写しを渡せてないんだった。待てよ、いいことを思いついた」オーウェンは祖母に向かって手を伸ばす。祖母はその手に写しの束を渡した。「これから連中が使いそうな魔術をいくつか送るからチェックしてくれ」

オーウェンは階段の上に紙を置き、携帯電話で写真を撮ると、それをロッドに送信した。

「もっと早く気づくべきだった」

「つまり、あなたは連中が言うほど現代的でもテクノロジーで堕落しているわけでもないってことじゃない?」わたしは言った。

「ああ、でも、魔力がない場合、ある程度テクノロジーで堕落しないと不便だよ。いい加減、この状態に慣れないとな」

「あんたたち」祖母が言った。「ちょっとこっちを見ておくれ」階段の方に目をやると、下から水がせりあがってくるのが見えた。すでに祖母がつくったつる草の壁を越え、そのひとつ上の段まで浸水している。

サムが頭上を行ったり来たりしながら、宙に向かってしゃべっている。「ああ、そうだ、ますぐだ。そういう意味で言ったに決まってんだろ? とにかく、すぐに加勢に来てくれ。食事中だかなんだか知らねえが、こっちはいままさに奇襲されてる真っ最中だ」電話機は見えない。おそらく、わたしはいま、ついにサムの通信現場を目撃しているということなのだろう。

「早くしろよ。もしこれで死んだら、化けて出てきてやるからな」サムは片手で耳をぽんとたたくと、こっちを向いて言った。「いま援護が来る。まあ、途中で迷子になったり、寄り道しなけりゃってことだがな」

オーウェンの電話が鳴った。ロッドが大声で叫んでいるので、耳を当てなくても聞き取れる。

「ものすごい人数だ」ロッドは言った。「おれたちだけで、何百人も相手にするのは無理だよ」

オーウェンとわたしは眉をひそめて顔を見合わせる。「何人見える？」オーウェンはわたしに訊いた。

オーウェンの予想どおり、火の勢いは衰えはじめていて、薄くなった炎の壁越しに向こう側の清教徒《ピューリタン》たちが見える。動き回っているので正確に数えるのは難しいが、〝何百人〟もいないのはたしかだ。「五、六人ってとこかしら」

「ああ、ぼくにもそれくらいしか見えない」オーウェンは電話に向かって言った。「せいぜい五、六人しかいない。あとはすべてめくらまし《イリュージョン》だ。なんでもいいから、とりあえず攻撃をしかけてくれ」

「急ぐよう言っとくれ」祖母が言った。見ると、わたしたちの足もとから二段下まで水が迫っている。炎の壁が水をせき止めないかぎり溺れることはないだろうが、これ以上水位があがると、火の方に寄らざるを得なくなる。

「明日は絶対、午後出勤にするわ。この勤務内容なら、半休取っても罰は当たらないでしょ？

まあ、それも生きて帰れればの話だけど」

その直後、階段上の展示室の方から叫び声が聞こえ、いきなり炎の壁が消えた。わたしたちは上昇する水から逃げるように残りの階段を駆けあがり、美術館のなかに入る。「何をした?」オーウェンが電話に向かって言った。

ロッドの返事が電話越しに聞こえてくる。「ヒッチコック攻撃とでも命名しようかな」

「なかなかみごとな鳥のめくらまし《イリュージョン》だね」祖母が満足そうにうなずく。清教徒《ピューリタン》たちは、しゃがんだり、手を振り回したりして、襲ってくる幻影の鳥の群れをかわそうとしている。わたしたちはそのすきに、隣接する展示室に向かって走り出した。

隣の展示室までもう少しというところで、男たちが気づき、あとを追ってきた。ミッションへの忠誠心は、獰猛な鳥たちへの恐怖心をうわまわるらしい。展示室の入口に到着すると、なかにさらに別の清教徒《ピューリタン》たちがいて、行く手をふさいでいた。わたしたちはまたしても包囲されてしまったようだ。

そのとき、隣接する別の展示室から、しゃがれたうなり声とともに、トールが戦斧《バトルアックス》を振り回しながら飛び出してきた。斧はひとりの清教徒《ピューリタン》のひざに命中する。別の清教徒《ピューリタン》がオーウェンとわたしの方に突進してきたが、オーウェンの拳《こぶし》が相手のあごにみごとに入り、男は床に崩れ落ちた。オーウェンは痛そうに顔をしかめて手を揺らしながら、ふたたび走りだす。

次の展示室に入ると、ギリシャ・ローマ時代の彫像群のなかでロッドとアールが待っていた。振り返ると、残りの清教徒《ピューリタン》たちをかわしながら、トールが祖母といっしょに走ってくる。男のひとりが彼らに追いつきそうになり、わたしが警告の声をあげると、サムが男の頭めがけて急降下し、石のかぎ爪で突き倒した。

清教徒《ピューリタン》は残りふたりとなった。彼らの攻撃に、ロッドが魔術を放って応戦する。「くそ、偽善者野郎！」ロッドは呪文の合間に悪態をつく。「この魔術、最近MSIが発売したやつだ。あいつら、人に使うなと言いながら、自分たちはしっかり現代の魔術を使ってるんじゃないか」そう言うと、大声で叫んだ。「どうせコンピュータや携帯だってもってるんだろ！」

羽音に気づいて上を見たわたしは、思わず歓声をあげた。ガーゴイルたちだ！　救援隊が到着したのだ！　彼らは隊列を組んで展示室のなかを飛んでくる。ところが、敵への攻撃を開始するかわりに、彼らはまっすぐわたしたちの方へ向かってきた。どう見ても、あいさつに来た感じではない。敵側のガーゴイルだと気づいたときには、彼らはほとんど頭上まで来ていた。さっきわたしたちの絨毯《じゅうたん》を襲ったやつと同じく、薄汚れて苔《こけ》の生えた古いガーゴイルだ。今度はわたしたちが、空からの攻撃にしゃがんだり、頭を抱えたりする側になった。しかもこっちはめくらまし《イリュージョン》の鳥ではなく、本物だ。

髪の毛につかみかかってきたガーゴイルを振り払おうとしたら、手が硬い石に当たって皮がすりむけた。その直後、だれかがわたしを押し倒して、いっしょに床の上を転がった。直前までわたしがいた場所に何か硬くて重そうなものが落下する。顔をあげると、オーウェンがわたしの上にかがみ込んでいた。「何が……」わたしは放心状態でつぶやく。ふと、自分が頭部のないギリシャ彫像の後ろに移動していることに気がついた。すぐそばで、顔の一部が欠けた古いガーゴイルが羽をばたつかせてもがいている。「うわっ、ありがとう……危ないところだったわ」

「大丈夫？」オーウェンは言った。体を起こしかけたとき、ふたたび頭上で羽音がした。わたしはとっさに身をかがめ、壁の方を向いて頭を抱える。

近くで、祖母がオーウェンに教えられたガーゴイルを石に戻す呪文を叫んでいるのが聞こえた。ところが、呪文を言い終える前にオーウェンが叫んだ。「待って！　味方のガーゴイルが来ました！」目を開けて上を見ると、サムの救援部隊が展示室の高い天井のすぐ下で敵と空中戦を繰り広げている。互いにもつれ合いながら激しく動いているので、魔術を標的に命中させるのはほとんど不可能だ。

敵のガーゴイルの一頭が急降下のタイミングを誤って床に墜落した。「いまだ、グラニー！」オーウェンが叫ぶと、祖母はガーゴイルに向かって両手を突き出し、呪文を唱えた。ガーゴイルは石に戻って動かなくなった。

「一丁あがり」祖母は両手をすり合わせて満足そうにほほえむ。そして天井を見あげ、大きな声で言った。「サム、もっとこっちへよこしとくれ！」

ＭＳＩのガーゴイルたちは二頭一組になった。一頭があたかも攻撃に向かうように清教徒《ピューリタン》の方へ飛んでいき、敵のガーゴイルにあとを追わせると、もう一頭がその後ろについて、祖母のそばを通過するようしむける。敵のガーゴイルが頭上に来ると、祖母はすかさず魔術を放った。まもなく、古代ギリシャの彫像群のなかにただの石彫に戻ったガーゴイルが点在する不思議な光景が出来上がった。祖母は落下するガーゴイルが芸術作品にぶつからないよう絶妙なタイミングで魔術をかけている。

「ここが中世美術の部屋だったらよかったんだけど」ロッドが展示室を見回しながら言った。

「これじゃあかなり不自然だよね」

「ひょっとして、このガーゴイルたち、そこから来たのかしら」わたしは言った。「学芸員は首をひねるでしょうね。彼らがどうしてギリシャ彫刻の部屋にいるのかって」ふとあることに気づく。「ねえ、そう言えば、警備員はどうしてるのかしら。これから大きなイベントがあって、スタッフがこれだけ出入りしてるんだから、美術館が警備員を置かないわけないわ。この騒ぎに彼らが気づかないなんてことある？」

「おそらく、またどこかで気を失ってるんじゃないかな——下着姿で縛られて」オーウェンが言った。

いまやＭＳＩのガーゴイルたちは完全に優勢になっている。「あとは頼んだぞ」サムが部下たちに指示を出し、わたしたちは走りだした。サムも頭上をついてくる。

展示室を出ると、ロッドの先導で大ホールを抜け、中世美術の部屋に入った。案の定、展示物のなかにガーゴイルはひとつもなかった。ガーゴイルがいなくなったあとの不自然な空間すらない。わたしたちはそこから武器と甲冑《かっちゅう》の部屋へ向かった。広い展示室に入ったとたん、中世の騎馬隊が目に飛び込んできた。部屋の中央に馬に乗った騎士団がいて、一瞬、こちらに向かってくるように見えたが、よく見ると、それはすべて馬と兵士用の空の鎧《よろい》だった。と、思ったら、いきなり騎馬隊が動きだした。まるで本当に人や馬が入っているかのように、空の鎧ががちゃがちゃと音を立ててこっちに向かってくる。

　思わず悲鳴をあげると、ロッドが言った。「大丈夫、彼らは味方だから。さっきセッティングしといたんだ」騎士たちは展示室の端まで馬を進めると、槍をさげて、入口をふさいだ。

「中世の魔法には、中世の騎士団で対抗だ」ロッドは愉快そうに言う。

　わたしたちは隣接する小さい展示室に入り、輪になって作戦を練る。「敵がここに送り込んでいるのは、あの連中だけじゃないはずだ」オーウェンが言った。「最終的には、自分たちがブローチの持ち主から世界を守るところを大々的に誇示するつもりだろうから、そのための人員も用意してるはずだ。この陰謀の目的は、結局それだからね」

「ガラの会場はこの先のスペースだ」ロッドが近くの出入口を指さして言った。「スタッフのなかにまぎれ込めるよう、きみらに変装用のめくらまし《イリュージョン》をかけるよ。そうすれば、ミミにも近づきやすくなる。ぼくらは清教徒《ピューリタン》たちをできるだけなかに入れないよう、手分けして入口を見張る」ロッドはオーウェンとわたしに向かって手をひるがえす。魔法の刺激を感じたが、めく《イリュ》らまし《ージョン》の影響を受けるのは見る側だけで、わたしには効かないから、オーウェンを見てもまったく変化はない。自分がいまどんな姿になっているのか知らないが、ミミにわたしだと気づかれないのはうれしい。仕出し屋のウエイトレスのかっこうで彼女に会うのは屈辱的だ。元上司にキャリアダウンしたと思われるほど悔しいことはない。

　後ろで金属のぶつかり合う音がして、わたしたちはびくりとする。大展示室の方をのぞくと、魔法で息を吹き込まれた騎馬隊が、清教徒《ピューリタン》たちと激しいバトルを繰り広げている。「やつらがぼくの魔術を解くのも時間の問題だろう。きみらふたりはもう行った方がいい」ロッドが言った。

「わかった。さっさと終わらせてしまおう」オーウェンは言った。あまり士気のあがるげきではないが、いまここにいるみんながまさにそんな気持ちだろう。オーウェンは祖母の方を見る。

「ロッドたちといてほしいと言っても、たぶんむだですよね」

祖母はきっぱりと首を振る。「ああ、あたしはケイティから離れないよ」

「この先、どういう展開になるかわかりません。万一、〈月の目〉の影響を受けているような様子が見られたら、眠ってもらわざるを得なくなるかもしれません」オーウェンは警告した。ダーツをもっているのはわたしなので、つまり、それはわたしの役目となる。自分の祖母に麻酔ダーツを打つなんて、わたしにできるだろうか。母がここにいないのが残念だ。彼女なら喜んでこの役を引き受けただろうに。

「必要だと思うことをやっとくれ」祖母はオーウェンに言った。「あんたが間違ったことをしないのはわかってる」

「だったら、あなたにもめくらまし《イリュージョン》をかけた方がいいですね。念のために」ロッドが言った。

「自分の顔くらい自分で変えるよ」祖母は言った。「こんなこと、あんたたちが生まれる前からやってるんだ」わたしは片方の眉をあげる。おばあちゃん《グラニー》がめくらまし《イリュージョン》で変装する理由っていったいなんだろう。

祖母が自分をどう変えたのか、わたしにはわからないが、ロッドはにやりとした。「なるほど、考えましたね」そう言うと、わたしたちの方を向く。「それじゃ、ブローチの奪還、頼んだよ」

ガラの会場は、武器・甲冑の小展示室からつながる屋内庭園だった。円テーブルが点在し、まわりに椅子が置かれている。イベントはこれから始まるというのに、スタッフたちはなぜか設置されたテーブルからテーブルクロスをはずし、椅子から布カバーをはがしている。皆、おせじにも楽しげとは言えない顔をしている。

だれかが携帯電話で話しながらそばを通り過ぎた。「ああ、わかってる。彼女がオーダーしたのはこれだ」彼は言った。「でも、自分はそっちをオーダーしたって言い張るんだ。彼女直筆の注文書でもあればいいんだけど。あるいは、オーダーしてるところを撮ったビデオとか。とにかく、うちがオーダーを取り違えたってことになってしまってる。急で悪いけど、探してみてくれ。それから、その色が見つかったら、スタッフも追加してほしい。ああ、ありがとう」

「ミミ健在ってとこね」遠ざかっていく男性を横目に、わたしはオーウェンにささやいた。「前の会社からわたしを引き抜くのがどうしてあんなに簡単だったか、よくわかったでしょ？」

「彼女はいる？」オーウェンは訊く。

わたしは会場内を見回し、首を横に振った。「いまのところ姿は見えないわ。髪をセットしてもらってるのかもしれないわね。じゃなかったら、どこかひとけのないところで子犬の頭にでもかぶりついてるんだわ。そうだ、ここ中世の拷問器具の展示ってあったかしら。そこで展示品の買い取り交渉をしてるのかもしれない」

　会場のあちこちにミミの痕跡が見られる。テーブルのひとつにドレスを着た優雅な女性の氷像がのっていて、その横で男性がぶつぶつ言っている。「これで太りすぎだって？　ガスバーナーをよこせってんだ。思いきり細くしてやるよ」

　別の場所では、花屋のロゴのついたエプロンをした女性が、テーブルから怒りに任せてたたき落とされたように散らばるフラワーアレンジメントを片づけていた。「新鮮じゃないですって？　このバラは今朝切ったばかりよ！　まだ朝露だってついてるわ！　空輸しなきゃならない花をオーダーしたら、摘んだ直後ってわけにはいかないのよ。なんなら、ここに土をもってきて種を植える？　それなら文句なく新鮮だわ」ぶつぶつひとりごとを言っている。

　そばで同じエプロンをした人たちが、横目で心配そうに彼女を見ながら、ディスプレーのバラを抜き取っている。そこへ別の女性がバケツいっぱいの花を抱えて走ってきた。「あっち、すごいことになってるわ」彼女は言った。「今夜、イベントがあるってこと、わかってるのかしら。駐車場からの入口のところ、なんだかメンテナンス工事みたいなことやってるわよ」彼女はバケツを置く。「さてと、今度は女王陛下のおめがねにかなうといいんだけど」そう言うと、下唇を噛み、もうしわけなさそうに皆の顔を見る。フローリストたちはバケツから花を取り、アレンジメントにさしはじめた。

「ミミはまだブローチをつけてないと思うわ」わたしはオーウェンに言った。「つけてたら、みんな文句ひとつ言わず彼女に従うんじゃない？　でも、いまのところ、不満分子がどんどん増えてる感じよ。このままだと彼女、生きてここから出るのに〈結び目《ノット》〉の助けが必要になるんじゃないかしら。人民蜂起の一歩手前って雰囲気だもの」

「ミミが実はブローチをもってないっていう可能性はないかな」オーウェンが眉間にしわを寄せる。「これも清教徒《ピューリタン》たちの作戦で、ぼくたちは彼女がもっていると信じ込まされただけなのかもしれない。ぼくらをこっちに足止めしておいて、自分たちは真の持ち主を相手に大々的な奪還劇を演じる予定なんじゃ……」

わたしは首を横に振った。「ううん、そんなはずない。だって、ミミがブローチを受け取ったレストランにはエルフたちもいたのよ。彼らは魔力で〈結び目《ノット》〉を追跡してるわ。真偽の怪しい情報をあてにしてるんじゃなくて。わたしたちがうその手がかりにつられて行ったメイシーズには、彼らは来ていなかったし」

ロッドとトールとアールが出入口のガードについているのが見えた。ロッドがメインの入口に、ほかのふたりが通用口に立って、会場全体を見張っている。わたしがロッドに向かって首を横に振ると、ロッドは了解というようにうなずいた。

まわりが忙しく走り回っているなかで何もせずにいると目立ってしまうので、オーウェンとわたしはテーブルクロスをはずす作業に加わった。いっしょに作業をしている女性のひとりが、さっきからずっとぼやいている。「だいたい、アイボリーとクリーム色の違いなんてだれがわかるのよ。新しいのに取りかえたところで、あの人きっと、変わってないって大騒ぎするに決まってるわ。いっそそのこと、ひとつだけそのままにして、違いに気づくかどうかみてみようか」

最後の言葉に、ほかのスタッフがどっと笑う。わたしもいっしょに笑った。ミミの下で働いていたとき、同じようなことがあったが、彼女はたしかに気づかなかった。ミミはただ、人を命令に従わせることが好きなのだ。そういうときは、要求どおりに変えたふりをして、自分の命令に皆が従ったと思わせておけばいい——それがわたしたちの学んだ教訓だ。

準備の騒音を突き抜けて会場内に鋭い声が響いた。「もうかんべんしてほしいわ！　どうしてみんな見当違いのものばかりもってくるの⁉　テーブルクロスの色は違う、花はしおれてる、氷像は肥満体。注文どおりにやるのが、どうしてそんなに難しいわけ？」

噂をすれば……。ミミが携帯電話で話しながら屋内庭園に入ってきた。わたしはロッドと目を合わせると、彼女の方に頭をかしげてみせる。ロッドはうなずき、ほかのメンバーに合図をした。

会場のなかほどまで来たミミは、準備状況に目をとめるなり、声を荒らげて言った。「どうしてテーブルの準備ができてないの？　盛装したセレブたちの集まるガラが、裸のテーブルでいいわけないでしょ？　テーブルクロスと椅子のカバーはどうしたの？　それがなきゃ、センターピースもネームカードも置けないじゃない！　いったい何をやってるのよ！」

わたしはテーブルクロス担当の男性の方を見た。テーブルが裸なのはあなたがクロスをかえるよう命じたからだと反論するのかと思ったら、彼はいきなりひざまずいて、「もうしわけありません」と言った。頭を垂れ、許しを請うように両手を組み合わせている。

ミミは驚いて、気味悪そうに顔をしかめながら一歩あとずさりした。人が自分にひれ伏すことを常に求めてはいるものの、実際にそうされるとは思っていなかったのだろう。「わ……わかったわ。それで、テーブルクロスはいつ準備できるの？」

「ただちに！」彼は急いでテーブルクロスをはずすよう身ぶりでスタッフたちに指示すると、電話をかけ、新しいクロスをもってくることになっているらしい相手を怒鳴りつけた。

ミミは次なる獲物の方へ向かった。フローリストは慌てて姿勢を正す。「もう少しで完成です。新しい花も届きました。見てくださいセンターピースはできています。テーブルクロスがセット次第、すぐに設置します。誠心誠意つくらせていただきました。お気に召しましたでしょうか」彼女は早口でいっきにそう言うと、ぎこちなく左足を引き、ひざを曲げておじぎをした。ミミはよほど驚いたのだろう。いつものように、新しいアレンジに文句をつけて、もとに戻せとは言わなかった。

「彼女、ブローチをもってるんだわ。でも、服にはついてないわね」テーブルクロスをはずしながら、オーウェンにささやく。「だけど、どうしてみんな、ミミに襲いかかってブローチを奪おうとしないのかしら。レストランでは大騒ぎになったのに」

「たぶん、彼女が〈月の目〉のパワーを使っているからだろう」オーウェンは言った。「〈月の目〉は、だれにも使われていないと、レストランでのような混乱を引き起こすけど、特定のだれかが魔力を利用してパワーを行使すると、人々をコントロールして使用者に従わせるんだ。権力欲の特に強い者は依然として魔力に引きつけられるけど、ほとんどの人はただその支配下に隷属することになる」

「まったく、どう転んでもやっかいなものね」ふと祖母の方を見ると、目に異様な光が宿っている。「ちょっとあれ……」わたしはオーウェンをひじでつつく。

オーウェンは振り向いて顔をしかめると、かがんで祖母の肩に手を添える。「グラニー、しっかりしてください」

「どうやら、あんたたちが捜してる例のおもちゃはすぐ近くにあるようだ」祖母は言った。ろれつが若干怪しくなっている。「それにしても、すごいパワーだよ」

「抵抗できますか？」オーウェンが訊く。「難しいようなら、ぼくたちから離れてもらわなければなりません」

祖母は背筋を伸ばすと、ふんと鼻を鳴らした。「あたしは宝石に目がくらんだことなんて一度もないよ。ただ、あのこうるさい女にもたせておくのがいやなだけだ。ああいうタイプは好きじゃない」

ほかの人たちの反応が気になり、まわりを見回してみる。ほとんどのイベントスタッフはミミを女帝のように扱っている。彼女の後ろにはクリップボードをもったふたりのアシスタントが金魚の糞のようについていて、ミミが彼らを従えて前を通ると、スタッフたちは皆、深々と頭をさげている。ロッドは壁に背中をぴったりつけて立っていて、息が荒くなっているのが遠目にもわかる。

「彼のこと、注意して見てる必要があるわね」わたしはオーウェンに言った。

アールはロッドほど影響を受けてはいないようだ。むしろ退屈そうに見える。地の精《ノーム》の姿は見当たらない。もっとも、テーブルとさほど変わらないあの身長では、見失うのは簡単だ。「トールの姿は見える？」

オーウェンは首を横に振る。そのとき、バシッという音がして、何かがどすんと床に落ちた。見ると、トールが手に斧を握ったまま仰向けになっていて、そのすぐ横に杖を武器のように掲げた祖母が立っている。「この男、彼女に忍び寄ろうとしてたよ」

オーウェンはトールの上にかがみ込む。「任務のためにブローチを奪還しようとしてたのか、それとも、〈月の目〉の影響を受けてるのか、どっちだい？」

「たぶん、両方ちょっとずつだな」トールは頭をさすりながら、もうろうとした様子で言った。「あれはわしらのものだ。いやあ、しかし、こりゃたしかにたまらんな。わしも個人的に欲しいくらいだ」

「シルヴェスターはあなたたちにブローチの制作料を支払う義務があるけど、ブローチ自体はノームのものじゃない」オーウェンは言った。

「わしは任務を背負ってここへ来てるんだ。仕事をしようとしたことは責められんだろう」

「ぼくが仕事をすることも責めないでくれるならね。また妙なまねをしないよう、あなたには少しの間ここにいてもらうよ」オーウェンは落ちていたナプキンでトールの両手を背中側で縛ると、そのまま近くのテーブルの下に押し込んだ。「そのうち自力で出てくると思うけど、しばらくは邪魔されずにすむだろう」そう言ってから、ふと顔をしかめる。「なんだこれ……」

オーウェンはかがんで、ケルトの〈結び目《ノット》〉をかたどった金のブローチを拾いあげた。凝った装飾が施され、真ん中に球状のサファイアがついている。

「〈月の目〉だわ！　彼のポケットから落ちたのよ」わたしは興奮して言った。「だけど、どうやって取り返したのかしら。さっきは、ミミから奪って戻ってきたところだったのね。まったく気づかなかったわ」

オーウェンは首を横に振る。「いや、違うな」ブローチを高く掲げて光に当て、角度を変えながらしばし眺めると、そのまま握る。「これは本物じゃない。彼らは複製をつくったんだ。トールはこれを本物とすりかえようとしたんだろう。案外、ノームたちは、はじめからシルヴェスターに偽物を渡すつもりだったのかもしれないな」オーウェンはブローチを祖母の前に差し出す。「何か感じますか？」

「いいや、まったく」祖母は首を横に振る。「なんの魅力も感じないね」

「間違いなく偽物だ」オーウェンは言った。

「あなたは手品が得意よね」ある考えが頭に浮かんで、わたしは言った。「スリの腕はどう？」

「やったことはないけど」

「これ、使えるんじゃないかしら。チャンスを見つけて本物とすりかえるの。ミミが気づかなければ、しばらく時間を稼ぐことができるわ」

「それにはまず、本物を見つけないと」オーウェンは言った。

わたしたちは、相変わらず気に入らない相手を見つけては怒鳴りつけているミミの方を見た。はじめこそ人々のあまりに屈従的な態度に驚いている様子だったが、いまやこの状況を楽しんでいるようで、完全な女帝モードになっている。ふと、彼女がスーツの上着のポケットに繰り返し手を入れていることに気がついた。そのたびにミミの顔に独特の表情が浮かぶ。ポケットの中身に触れると、彼女のなかに何か大きな力がみなぎるようだ。「ねえ、あのポケットのなかに、彼女のいとしいしいしと（『指輪物語』の登場人物ゴクリが指輪を〝いとしいしいしと〟と呼ぶ）がひそんでる気がしない？」わたしは言った。

オーウェンはしばらくミミのことを見ていたが、やがて言った。「ああ、どうやらあのなかにあるようだな。もう少し近づいてみよう。きみとグラニーでなんとか彼女の注意をそらしてくれ。そのすきにぼくがすりかえる」

仲間に合図しようと、出入口の方を見る。アールが見当たらない。あれだけの長身をそう簡単に見失うはずはないのに――と思ったら、何やら頭を低くして彫像から彫像へすばやく移動している彼の姿が目に入った。武器・甲冑部門の展示室に続く出口へ向かっているようだ。別の入口の方を見て、理由がわかった。シルヴェスターとライルが数人の手下を引き連れて、会場内に入ってきたのだ。

「役者がそろったわね。わくわくするわ」わたしは言った。

「彼らより先にブローチを取り戻さないと」オーウェンが言う。

ロッドが〝どうする？〟というジェスチャーをした。オーウェンはその場にとどまるよう手で合図する。オーウェンとわたしはミミのいる方へ向かった。歩きながら、彼女の注意をそらす方法を考える。変装用のめくらまし《イリュージョン》を落とすようロッドに合図しようか。わたしがいきなり目の前に現れたら、ミミは間違いなく驚くだろう。いや、やはりやめておこう。それはあくまで最後の手段だ。

わたしはセンターピース用のフラワーアレンジメントをひとつ手に取った。彼女の前まで行ったら、うっかり落とす予定だ。わたしを叱りつけることで、すきが生まれる。皆のようにひざまずいて許しを請わなければ、さらに注意を引けるかもしれない。突然手に入れたこの支配力を楽しんでいるとしたら、あからさまに反抗的な態度は、相当頭にくるはずだ。

ああ、これはいままでで最高の任務かもしれない。

胸のすくような復讐シーンを思い浮かべていたら、ふと気になるにおいがして、わたしは足を止めた。

このにおいはどこかで嗅いだ覚えがある。松林でスパイス工場が爆発したような……そうだ、メイシーズでわたしが武器がわりに使った香水だ。ミミの右側にいる――彼女が繰り返し手を入れているポケットの側だ――アシスタントから漂ってくる。においは強烈で、香水をひと瓶ぶち込んだお風呂に浸かってきたか、少し前に顔面に大量噴射を受けたかの、どちらかとしか思えない。わたしの勘では、おそらく後者だ。

清教徒《ピューリタン》はミミの側近のなかにまで入り込んでいたのだ。この状態では彼女のそばに行ってブローチをすりかえることなどできない。

11

作戦中止を知らせたいのだが、オーウェンはミミの方に集中していて、なかなかこっちを向いてくれない。声をかければ、ミミと清教徒《ピューリタン》の注意も引いてしまう。こうなったら、何もしないでいるしかない。わたしがいつまでもミミの気をそらそうとしなければ、オーウェンも何かあったことに気づくだろう。わたしはセンターピースをテーブルの上に戻し、オーウェンが察してくれるのを待った。

オーウェンは少しずつミミに近づいていく。ポジションを定めると、ミミの注意を引くようなことが起こるのを待って周囲を見回す。ようやくこちらを見て〝まだ?〟という表情をしたので、わたしは首を横に振った。オーウェンは顔をしかめ、肩をすくめると、さりげなくこちらへ戻ってきた。

「どうしたの?」すぐそばまで来ると、オーウェンは小声で言った。

「ミミの大事なポケットの側に立ってるアシスタント、清教徒《ピューリタン》よ」

「どうしてわかったの?　見覚えがある?」

「嗅ぎ覚えがあるの」

「嗅ぎ覚え?」

「メイシーズで追ってきた男にかけた香水と同じにおいがするの。しかも強烈に。シャワーを浴びる時間がなかったのでちょっと多めにつけました、なんてレベルじゃないわ。正義のヒーローを大々的に演じる準備として、彼らがブローチのそばに人をつけておくっていうのは、十分考えられるわ。いまこの状況ですりかえるのは無理だと思う」

オーウェンはミミとその子分たちの方を見ると、眉をひそめて下唇を噛んだ。やがてこちらに向き直り、小さくため息をつく。「たしかにそうだね。よく気づいてくれたよ。さて、それじゃあ、どうしようか」

「いまは何もしない方がいいみたい」わたしはシルヴェスターとエルフたちがミミの方へ歩いていくのを見ながら言った。

オーウェンはわたしの視線をたどり、顔をゆがめる。「いや、やっぱり何かしないと。彼らに先に奪われるわけにはいかない」

わたしは歩きだそうとするオーウェンのひじをつかんだ。「待って。清教徒《ピューリタン》たちだって、みすみすエルフに奪わせたりしないわ。この際、彼ら同士で戦ってもらったらどうかしら」

オーウェンは、彼が生みの親と同じ道をたどると確信している人たちが見たらいますぐ逮捕しろと訴えたに違いない、邪悪ぎりぎりという感じの笑みを見せた。「いいアイデアだ。彼らにすきができたらすぐに動けるよう、準備しておこう」

ところが、エルフたちはミミの横を素通りしていった。空中に漂うにおいを追いながらも、まだ出どころを突き止められていないという感じの動きだ。彼らの追っているにおいが清教徒《ピューリタン》のそれでないのは間違いない。「だれがもっているのかわかってないんだわ！」つかんだままのひじを引っ張って、オーウェンにささやく。「エルフたちはレストランでミミを見ていない。そして、彼女はいま、ブローチを服につけてないわ。ブローチがこの会場にあることは感じてるんだけど、最後の詰めができないでいるのよ」

「もう少し様子を見てみよう」わたしたちはミミの動向に注意しながら、テーブルクロスの撤去作業に戻った。

意外なことに、エルフにはミミの方から近づいていった。「バンドが到着したようね。チェックマークをつけておいて」子分のひとりにそう命令すると、シルヴェスターに向かって言う。「ご苦労様。向こうにステージができてるわ」それから、あらためてシルヴェスターとライルの八〇年代ファッションに目をやると、怪訝《けげん》そうに眉をひそめた。「タキシード着用ってことは電話で言ったわよね。機材を運び込んだら着がえてちょうだいね」エルフたちが動かずにいると、ミミは彼らをにらみつけ、尊大な口調で言った。「準備にかかっていいわ」エルフたちの返事を待たず、ミミとふたりの子分はリストの次の項目に対処すべく歩きだした。

ライルはくるりときびすを返し、命令に従って歩きはじめたが、シルヴェスターがすぐに彼の襟首を捕まえた。ミミの後ろ姿を見つめるエルフロードの目が細くなる。片方の眉がゆっくりとあがり、口もとにかすかな笑みが浮かんだ。

「どうやら気づいたようだ」椅子からはずしたカバーを床に積みあがったリネンの山の上に放りながら、オーウェンがわたしにささやいた。

だれかが会場に駆け込んできて、わたしたちは同時に振り返った。アールだ。彼はシルヴェスターの後ろで急停止すると、肩で息をしながら言った。「遅くなりました、閣下！」シルヴェスターは彼の方を見ることすらせず、無言のまま片手をあげて、黙るよう命じた。アールはシルヴェスターの後頭部に向かって顔をしかめると、わたしたちの方を向いて肩をすくめる。「彼、本当にわ、た、し、た、ち、の側なのよね？」わたしは小声でオーウェンに言った。

「これも正体を隠すための作戦なんだろう。少なくとも、そう願うよ」

シルヴェスターは目に不気味な光をたたえながら、夢遊病者のようにゆっくりとミミのあとをついていく。ライルの襟をつかんだままなので、必然的に彼もついていくことになる。ほかのエルフたちは互いに顔を見合わせると、やはりボスのあとに続いた。その最後尾にアールがつく。シルヴェスターは腕を前に伸ばし、肩の高さにあげた。もっとも、そうなったのは左腕だけで、右手は相変わらずライルをつかんでいる。右腕がしかるべき位置にきていないことに気づくと、シルヴェスターはライルを放し、あらためて両腕を肩の高さにあげた。「あのう、閣下？」アールが声をかける。

「あとにしろ、アール」シルヴェスターはミミを見据えたまま、吐き捨てるように言った。アールは、〝じゃあ、ご勝手に〟という顔で肩をすくめる。

シルヴェスターの唇が動いているが、言葉は聞き取れない。周囲の魔力が高まり、びりっという軽い刺激を感じた。でも、何も起こらない。シルヴェスターは顔をしかめて、両手を顔の前にもっていく。「どういうことだ⁉」

「あのう、ですから、いま言おうとしたんですが……」アールが言った。彼にふたこと以上しゃべらせたことが、シルヴェスターの動転の度合いを示している。「〈結び目《ノット》〉です。〈結び目《ノット》〉が……」

「おまえはいい、アール！」シルヴェスターはわれに返ったらしく、いつものセリフを吐いた。「〈結び目《ノット》〉を所持している人は、物理的な攻撃はもちろん、魔法による攻撃からも守られるんだ」オーウェンがそっとわたしに説明する。

「じゃあ、わたしたちは有利ね。少なくとも物理的になら彼女を攻撃できるわけだから」わたしは言った。

「彼女の子分たちをなんとかできればね」オーウェンはテーブルクロスをつかみ、床の上の山に放った。

ミミは魔法の攻撃に気づかなかったが、〝バンド〟が相変わらず準備を始めていないことには気づいたようだ。彼女はシルヴェスターの方にくるりと向き直る。目が怒りに燃えている。おなじみ〝悪魔のミミ〟の出現だ。これを経験したあとでは、ときおり文字どおりの鬼に変身する上司のもとで働くことも、大して恐ろしくはなかった。「準備にかかるよう言ったはずよ」ミミは噛みつくように言った。「ぐずぐずしてる暇はないの。ゲストが到着しはじめてから音のチェックなんかされちゃ困るんだから。演奏はドアが開く五分前から始めるのよ。わかった？」

エルフたちはいっせいに一歩後ろにさがり、方向転換して歩きだそうとした。その直後、シルヴェスターが頭を振ってわれに返り、ライルの襟首を捕まえながらミミの方に向き直った。エルフロードは背筋を伸ばし――背がさらに少し伸びたように見えた――ミミの前にそびえ立つ。「わたしがだれか知っているのか。わたしに命令するとは、何様のつもりだ！」

ミミは片手を腰に当てると、〝悪魔のミミ〟全開でシルヴェスターをにらみつけた。「あなたがだれかなんて、もちろん知ってるわ」窯のなかに置いた氷像さえ凍ったままにできそうな声で言う。「あなたは、まもなく解雇されるミュ、ー、ジ、シャ、ン、よ。この街に仕事を探してる才能あるミュージシャンが、いったいどれだけいると思う？　電話一本かければ、何十人ものミュージシャンが競ってあなたの仕事を奪いにくるわ」ミミは覆面清教徒《ピューリタン》の子分に、「電話をかけて」と言った。

「おまえにわたしを追い出すことはできない」シルヴェスターは言った。

ミミはポケットに手を入れた。〈月の目〉からパワーを取り込んでいるようだ。声のトーンでそれがわかる。「あら、そうかしら。わたしは美術館の理事の婚約者で、このイベントの収益が寄付される財団の役員で、このガラの最高責任者よ。間違いなく、あなたを追い出すことができるわ」

シルヴェスターの指がひくひくと動いたが、すぐに魔法が効かないことを思い出したらしく、その手はそのまま拳《こぶし》になった。「おまえはわたしの所有物を不当に所持している」シルヴェスターは言った。

ミミは片方の眉をあげる。「機材はまだ運び込まれてさえいないじゃない。ギャラをもらおうなんて思わないでね」

シルヴェスターは獣のようなうなり声をあげ、ミミのポケットに向かって突進した。清教徒《ピューリタン》の子分がすかさず邪魔に入るが、シルヴェスターの魔術に跳ね返される。一方、シルヴェスターは、自分がつくらせたブローチに阻まれ、ミミの服に触れることさえできなかった。

「なるほど」オーウェンははずしたばかりの椅子のカバーで口もとを隠しながら言った。「彼女からブローチを奪えるのは、本当にぼくらだけかもしれない。エルフも彼女には手が出せないようだ」

「それでもシルヴェスターはあきらめないと思うから、逆にそれを利用できるかもしれないわ。彼がまた清教徒《ピューリタン》の子分をはじき飛ばしたら、そのときがチャンスよ」

屋内庭園はいまや、会場のセッティングをするスタッフであふれていて、これだけあちこち動き回る人たちがいれば、彼らの一員のふりをして移動するのは難しいことではない。ミミとシルヴェスターが口論をしている場所の近くに運ぶものを見つけて、その作業に加わればいいだけだ。

シルヴェスターはふたたびブローチを奪いにかかった。今回は、先に清教徒《ピューリタン》を気絶させてから動きに出た。オーウェンはシルヴェスターの攻撃に乗じて、ミミのポケットに手を伸ばす。ところが、一瞬早く、そこに別のだれかが割り込んだ。

ものすごい雄叫びとともに、トールが斧を振りあげ、背後からミミに向かって突進してきたのだ。どうやら自力でナプキンをほどいたらしい。ひざの裏めがけて振りおろした斧は、ミミから一・五センチくらい手前で跳ね返った。トールは鋼鉄の梁《はり》に力任せに斧を打ちつけたような衝撃を受け、斧といっしょに全身を細かく振動させながら、よろよろとあとずさりしていく。オーウェンはすばやく彼の上着をつかむと、そのまま近くのテーブルの下に放り込んだ。ミミがシルヴェスターに向かって金切り声をあげる。「二度もわたしを襲おうとしたわね！　いったいなんなの、あなたは？」彼女は大声で叫んだ。「警備を呼んで！　警備はどうしたの⁉　いますぐ来てちょうだい！」

制服姿の男たちが走ってきた。シルヴェスターは片手をあげ、彼らの動きを止める。警備員たちは、〈月の目〉の所有者による命令と、シルヴェスターの魔術との狭間で、文字どおり揺れている。「ちょっと、なにぐずぐずしてるの？　早くこの男たちを捕まえて。不法侵入者よ！」ミミがふたたび怒鳴ったが、警備員たちにはどうすることもできない。相反するふたつの強烈な衝動に同時に従おうとして、彼らが自然発火してしまうんじゃないかと心配になる。

オーウェンはこのあらたなぶつかり合いに乗じて、ふたたびすりかえを試みる。片手に偽物のブローチを握り、ミミのポケットに滑り込ませるタイミングを見計らっている。ところが、まさに最悪のタイミングで清教徒《ピューリタン》の子分が覚醒した。オーウェンの動きに気づいた清教徒《ピューリタン》は、オーウェンが痛みに顔をゆがめるほどの力で、彼の腕をつかんだ。

わたしは仲間たちの助けを求めて周囲を見回した。トールは依然としてテーブルの下で振動しているし、アールはシルヴェスターの忠実な下僕のふりを続けている。ロッドは広い会場の反対側にいて、〈月の目〉の吸引力に必死に抵抗しようとしているのが遠目にもわかる。そして、祖母の姿はどこにも見当たらない。これはある意味、オーウェンが捕まったこと以上に心配だ。魔力のあるなしにかかわらず、オーウェンは基本的にピンチを切り抜ける能力に長けているが、祖母がいま何をしているのか、〈月の目〉の影響を受けているのか否かは、ちょっと見当がつかない。実の祖母の圧政から世界を解放しなくてはならないような事態は、ぜひかんべんしてほしい。

結果的に、オーウェンを救ったのはシルヴェスターだった。どうやら、ブローチの近くにとどまるにはバンドのリーダーのふりをするのがいちばん有効だと判断したらしい。彼はミミの前に顔を突き出す。「わたしたちを解雇しても、後釜は見つかるまい。失業中のミュージシャンのなかに、こんなことができるやつがどれほどいる？」そう言うと、シルヴェスターは歌いはじめた。

アールの歌を聞いたとき、その崇高な響きに圧倒されたが、これはそれ以上だった。アールの歌声は、それでもこの世のものだった。美しいけれど、人間にも彼くらい歌える人がいないわけではない。シルヴェスターの声は、まさに天使の歌声とはこうなのだろうと思わせるものだ。警備員たちはもがくのをやめ、清教徒《ピューリタン》の子分はオーウェンの腕を放した。会場にいるすべての人が作業の手を止め、彼の歌に聞き入っている。

会場全体を虜《とりこ》にしたことを確認すると、シルヴェスターは手下たちに合図をした。すると、彼らも歌に加わり、まさにこの世のものとは思えない荘厳なハーモニーをかもし出した。まもなく会場じゅうが涙を流しはじめる。わたしには歌の魔力の部分は効かないけれど、歌声自体が圧倒的に素晴らしい。仕事なんかやめて、このままこの美しい歌に酔いしれていたくなってしまう。

「ふう、危なかった」オーウェンが戻ってきて、わたしを彫像の後ろへ引き込んだ。

「しーっ。素晴らしい歌声だわ」

オーウェンは顔をしかめる。「エルフの歌はきみには効かないはずだけど」

「エルフの歌であろうがなかろうが、音楽として素晴らしいわ。シルヴェスターって本当にいい声をしてるのね」

「テナーはいつだって女性にもてる」

「あら、バリトンだって素敵よ。あなたの声はすごくいいわ。でも、やっぱりエルフは別格ね」

さて問題は、これが肝心のミミにどんな影響を与えているかだ。魔法に免疫のあるわたしでも、この歌声には感動を覚える。ということは、たとえブローチが歌の魔力を遮断したとしても、歌そのものが彼女の心を揺さぶることは可能だということだ。もっとも、ミミのしなびたどす黒い魂に、果たしてこのような究極の美が理解できるかどうかは、怪しいところだけれど。

ミミはしばらく聴いていたが、やがて言った。「デモテープの内容と全然違うじゃない。このバンドはジャズバンドのはずよ。アカペラのボーカルグループじゃなくて」

開いた口がふさがらない。この歌を聴いて出てくるのが、そのセリフ？　しなびた魂うんぬんというのはさすがに冗談のつもりだったのだが、案外、真実をついていたのかもしれない。オーウェンの方を見ると、彼も唖然としていた。「きみが彼女の話をするとき、多少は誇張が入ってるんだろうと思ってた」オーウェンはつぶやく。「この場を借りて謝るよ」

ミミは大きなため息をつく。「まあ、いいわ。ほかと差別化できるという意味では、悪くないかもしれないし。ジャズバンドや弦楽四重奏はどこでもやってるもの。あと、ハープのソロもね。こういうイベントでハーピストが出てくるたびに、ナイフで弦を切ってやりたくなるわ。でも、これならたしかに珍しいし、話題になるわね」

エルフの歌がディナーのBGMに適しているかどうかは疑問だが、いずれにしろ、シルヴェスターとエルフたち《シルヴェスター＆ザ・エルヴス》が——彼らがいつかバンドを組む気になったら、なかなかいいバンド名になりそうだ——その時間までここにいることはないだろう。

それで思い出した。わたしたちはブローチを取り戻すためにここにいるのだ。頭を振って、エルフの歌の余韻を振り払う。「それで、どうする？　第三のプランにいくしかないかしら」

「まだ、第二のプランだよ。第一のプランを二度試みただけだから。トールに邪魔されたのを数えなければね。ただ、ぼくがやるのはもう難しい。ブローチをねらっていることが連中にばれてしまった」

「でも、すりかえなんて、わたしには無理よ。ロッドにあなたのめくらまし《イリュージョン》を変えてもらったらどうかしら」

「大丈夫、きみならできるよ。子どものころ、兄さんたちのポケットからひそかにものを出し入れしただろ？」オーウェンはそう言ってからかう。

「それは違うわ。彼らがわたしのポケットに何かを入れようとするのを察知する能力なら、かなり磨かれたけど、ポケットに入れようとしたのが、たいてい細長くてくねくねしたものだったから、敏感にならざるを得なかったのよ」

「そんなに難しいことじゃないよ。ポケットから手を出すのを待って、彼女が何かに気を取られたすきに、軽くぶつかるか、かすめるようにしてすれ違えばいいんだ。本物のブローチをつかんで、偽物をポケットのなかに落とし、すばやく遠ざかる。ポケットのなかに何かあるわけだから、すぐにはすられたと思わないよ」

「ブローチからパワーが得られなくなったことに気づくまではね」

「パワーがどこからきてるのか、彼女はわかっていないと思う。もちろん、パワーが消えたことには気づくだろうけど、ブローチのせいだとは思わないよ。彼女は魔法のことを知らないわけだからね。きみが辞めたあと知る機会があったのでないかぎり」

「彼女の気をそらしてくれるの？」

「ああ、任せて。きみはとりあえずミミのそばを行ったり来たりできる作業をするといい。きみが近くにいることに慣れさせるためにね」オーウェンはわたしに複製のブローチを手渡す。それから、わたしを自分の方に引き寄せて額にキスをし、お尻をぽんとたたいて送り出した。いまのは祖母に見られなくてよかった。それにしても、彼女はどこにいるんだろう。

ミミの近くで皆にまぎれ込める仕事を探しつつ、目で祖母の姿を捜す。新しいリネンが到着したので、テーブルクロスとナプキンを各テーブルに運ぶ作業に加わった。彼らが言っていたとおりだ。新しいテーブルクロスはさっき片づけたものとほとんど変わらない。これぞまさにミミ。彼女そのものだ。魔法でそれが若干増幅されているにすぎない。

　リネンをテーブルに運びながら、ミミの横を何度も通る。彼女はわたしの存在にすら気づいていない。これも実にミミらしい。彼女より、むしろ子分たちの方が心配だ。ふたりともエルフの歌から回復し、特に高価な香水のにおいを強烈に放っている方は、警戒レベルを最大限にあげている感じだ。エルフたちがどんなめくらまし《イリュージョン》で真の姿を隠しているのかは知らないが、何か魔法がらみのことが進行中であることには彼も気づいているはず。もうひとりの子分が彼らの一員なのかどうかはわからない。ひたすらクリップボードとにらめっこしながら、ミミの要求を片っぱしから書きとめている。記録を取るなら録音の方がいいと彼に言ってあげたい。気が変わると、ミミは新しいアイデアを自分が最初から考えていたことだと思い込む。メモ書きなど、彼女の前ではなんの証拠にもならない。

　前の会社を辞めてよかったと、あらためて思う。たとえいまの仕事が、ほとんどいつも退屈で、そうでないときは危険きわまりないという性質のものだとしても。

　何度かミミと子分たち《ミミ&ザ・ミニオンズ》——これもバンド名としてかなりイケている——の横を往復し、そろそろアクションを起こすときだと判断した。ロッドとオーウェンはいずれも電話中だ。おそらくふたりで何か打ち合わせているのだろう。依然として祖母の姿が見えないのが気にかかる。〝トールと戦斧《トール&ザ・バトルアックス》〟のような、不測のアクシデントはもうごめんだ。予測不能という意味では、祖母はトールのさらに上をゆく。

　会場の向こう側に祖母の姿を見つけた。ケーキ職人たちが車椅子の形をした巨大なケーキに最後の仕上げを施している一角だ。これが脊椎《せきつい》損傷患者支援のためのチャリティーイベントに出すものとして、果たして趣味がいいと言えるのかどうかはわからないが、記憶に残ることはたしかだろう。祖母は車椅子のスポークのまわりに花を飾る作業を監督している。これなら、しばらく邪魔をされる心配はなさそうだ。祖母は人々を仕切るのに、特別な石など必要としない。彼女にとって思いきり親分風を吹かせることのできるこの機会は、魔法のブローチなどよりずっと魅力的なはず。

わたしはオーウェンに向かってうなずき、作戦開始の合図をすると、ミミにいちばん近いテーブルへ運ぶためのリネンを取りにいった。すると、まるでこちらの脳波を感知したかのように、ミミはわたしがいま最もしてほしくない行動に出た。ケーキのチェックに向かったのだ。

急遽、ケーキにいちばん近いテーブルへと進路を変える。祖母が何か変なことをしたら、すぐに介入できる場所にいた方がいい。正確には、いつも以上に変なこと、と言うべきだけれど。わたしの前で魔法をオープンに使うようになる前から、彼女はわたしにとって十分エキセントリックな人だった。

「これはいったいなんなの?」ケーキの前まで来ると、ミミは言った。

職人たちは、カーペットを汚して叱られた犬のように、いっせいに縮こまった。祖母だけがまっすぐミミの方を向いている。祖母はミミを見あげると、ぴしゃりと言った。「車椅子をかたどったケーキに決まってるじゃないか。どんなばかでもそんなことはわかる。これがほかの何に見えるっていうんだい」

ミミは口を開いたまま呆然としている。ビデオカメラをもっていないのが残念だ。こんな光景めったに見られるものではない。ミミは口を二、三度開け閉めしたが、言葉は何も出てこない。やがて、むせるように咳をすると、ようやく言った。「そうじゃなくて、どうしてオーダーしたとおりになってないのかって意味よ」

「じゃあ、あんたはどんなふうにオーダーしたんだい」祖母は言った。杖のてっぺんを握る手に力がこもり、口調に独特のとげとげしさが宿る。祖母の話し方がこうなると、母でさえ彼女と口論するのをやめるほどだ。ちなみに、母の主な趣味は、わたしにもっと化粧をさせようとすることと、祖母と口論することだ。

ミミの注意が祖母に向かっているすきに、そっと彼女に近づく。あいにく、ブローチの入っているポケットはケーキのテーブルに近すぎる。タイミングをうかがっているうちに、ミミがポケットに手を入れた。祖母に対峙するため、〈月の目〉から力をもらおうとしているのだろう。「ア……アイシングにもっとメタリックな感じが必要なのよ」ミミはようやく言った。

祖母はうなずく。「なるほど、そりゃあ大事な点だね。メタリックなアイシングにしないと、車椅子の形をしたケーキの趣味の悪さが半減しちまうもの」職人たちがにやにやしながら祖母のまわりに集まる。

ポケットのふくらみで、ミミが拳を握るのがわかった。次に口を開いたとき、彼女の声にはパワーが宿っていた。「いいから、オーダーどおりにやるのよ」

祖母は黙ってミミを見据える。職人たちはふたたびおどおどしはじめたが、祖母に寄り添うと、力を得たのか、背筋を伸ばして胸を張った。ミミの口もとがいらいらしたようにひくつきはじめたとき、祖母はようやく言った。「ま、いいだろう。さあ、みんな、シルバーのラメをかけておくれ。見た目がおいしそうかどうかなんて気にしなくていい。こちらは、味のことなんかどうでもいいらしいからね。なんなら、ハンドルに太いリボンでもかけようかね。さらに派手になっていいんじゃないかい?」職人たちは祖母の後ろでデコレーション用の銀色のラメが入った小瓶を手に取ると、ミミの許可を待つことなく、車椅子ケーキの金属部分にふりかけはじめた。

信じられない。この世に〈月の目〉よりもパワフルなものが存在したということなのか。それとも、祖母が〈月の目〉を所持することなく、そのパワーだけを引き出しているということなのか。ミミが必死にブローチを握っているにもかかわらず、祖母はこの場を完全に支配している。ブローチに触れると強気になれるということ以外、ミミが状況をまったく理解できていないのに対し、祖母の方は自分が何を相手にしているのかしっかりわかっていることが、彼女を有利にしている可能性はある。ひょっとすると、パワーにチャネリングする方法も見つけたのかもしれない。

わたしはミミの肩越しに祖母と目の合う位置に移動した。もし祖母が〈月の目〉のパワーにチャネリングしているのだとしたら、ミミを従わせることができるかもしれない。祖母がこちらを見ていると確信できたとき、わたしはポケットからものを出して、それを差し出すようなジェスチャーをした。祖母は了解を示すような仕草はしなかったが、あらためてミミを見据えると、こう言った。「あんたがもってるそのきれいなやつを見せてごらん。それと同じ形のケーキをつくれるかもしれない。きっとすごくしゃれたケーキになるよ」幼児にキャンディを渡すよう言ってきかせるような優しい声色に変わる。でも、そこには依然として、ブローチを触っているときのミミの口調によく似た、命令的な響きが宿っていた。

ミミの手がゆっくりポケットから出る。わたしのいる場所からはよく見えないが、どうやらブローチを出したようだ。ミミはその手を祖母の前に差し出す。祖母は身を乗り出して、ミミの手のなかを見た。「ああ、これはきれいだ」優しくそう言うと、突然、すごみのある声に変わった。「さあ、こっちによこしなさい！」

清教徒《ピューリタン》の子分が止めようと前に飛び出す。ミミは一瞬、祖母の言うとおりにするかに見えたが、すばやく手を引っ込めると、拳を胸に押し当てて叫んだ。「いやよ！　これはわたしのよ！」子分は傍目《はため》にもはっきりわかるような安堵のため息をつく。ミミはブローチを握ったまま、手をポケットに突っ込んだ。ああ、もう少しだったのに……。これでまたしばらく待たなければならない。ミミは当分、ブローチから手を離さないだろう。

わたしはその場を離れ、テーブルに新しいクロスをかけながら一部始終を見ていたオーウェンのところへ行った。「いまのはなかなか……興味深かったな」オーウェンは言った。

「おばあちゃん《グラニー》、〈月の目〉を利用してたように見えたんだけど……」わたしはクロスの上に手を滑らせてしわを伸ばしながら言う。「そんなこと可能なの？」

「たぶんね。持ち主を圧倒して石を乗っ取るなんらかの方法は当然あるだろう。そうでなきゃ、

〈月の目〉を巡ってこれほど多くの争いが起こることはなかったはずだよ。持ち主はただ、自分に手を出さないよう皆に命令すればよかったはずだからね。〈月の目〉のことをよく知っているパワフルな者は、石を所持していなくても、あるいは触らなくても、近距離からならパワーを利用することができるのかもしれない」

「そういうことなら、祖母をミミのそばにつけておいた方がいいかもしれないわね。すりかえのチャンスが見つかるまで、ミミに対抗して被害を最小限にとどめてもらうの。彼女はすでに、ミミがケーキ職人たちをいたぶるのを阻止したわ」

「いまはそれでいいかもしれないけど、そのうちとても手に負えなくなるよ」

「どうして？」

「イベントが始まったら、ここは億万長者の慈善家やセレブや政治家でいっぱいになるんだ。そういう人たちが〈月の目〉を取り囲むことを考えてごらん」

「本当に大変なのは、そのときね」起こり得るシーンを想像しながらうなずく。「清教徒《ピューリタン》たちが計画してるのは、きっとそれなんだわ。大乱闘を引き起こして、自分たちがそれを収めるっていうシナリオよ」

「あるいはもっとひどいかもしれない。ここに集まる本物の権力者たちのだれかが、ミミからブローチを奪うんだ。たとえば、どこかの上院議員がブローチを手に入れて、ワシントンへ行ったらどうなる？　それこそが、本当に大変な事態だよ。そこで、連中がさっそうと現れて、ぼくらを救う。中世の暗黒時代を復活させることによってね」

「う〜」わたしは身震いした。「イベントが始まる前に、なんとしてもブローチを奪って、ここから出なきゃ」ミミが祖母から逃げるように離れ、別のだれかに文句をつけにいくのが見えた。その後ろを、ふたりの子分がぴったりついていく。「ねえ、ダーツを一本、あの清教徒《ピューリタン》の子分に使ったらどうかしら。彼の邪魔がなくなれば、ブローチも奪いやすくなるわ」

「そうしよう。ぼくがやるよ」

ハンドバッグからケースを取り出し、オーウェンにダーツを一本渡す。「わたしが彼の注意をそらすわ」

フラワーアレンジメントをひとつ手に取り、ミミと子分たちの方へ向かう。彼らの注意を引くのに最適だと思える位置まで来ると、つまずいたふりをして、アレンジメントを床に放り投げた。花瓶が派手に割れ、水が飛び散り、花が四方に散らばる。

ねらいどおり、〝悪魔のミミ〟に火がついた。「いったいぜんたい、なんなのこのざまは！」ミミは叫んだ。「ここはワールドクラスの施設よ。わたしはここでワールドクラスのイベントを開催しようとしているの。なのに、ひとりとしてまともに仕事のできる人がいないじゃない！　リネンは違う、花は違う、ケーキは違う、ものを落とさずに床の上を歩くことさえできない！　この調子じゃ、どんな料理が運ばれてくるか、考えただけで恐くなるわ。そこ、やめなさいっ！」しゃがんで花を拾うわたしに向かって怒鳴る。「あなたはもう何もしないで！ここにあるものにはいっさい触らないでちょうだい。いますぐ出ていって。いますぐよ！　聞こえた⁉」

ミミはわたしが床にひれ伏すか、そうでなければ、縮みあがって逃げるように走り去るだろうと思ったようだ。わたしはそのどちらもせずに、すっくと立ちあがると、胸を張ってまっすぐ彼女に歩み寄った。祖母のように〈月の目〉のパワーにチャネリングすることはできないけれど、石の魔力に影響されることもない。最後にミミの罵詈《ばり》雑言《ぞうごん》を浴びたのは、すでに一年近く前だ。彼女はもう、心理的にも物理的にもわたしを支配することはできない。ああ、なんていい気分。

ミミは目を見開いてわたしを見つめている。ケータリングの一スタッフが自分を前にして怖じ気づかないことに面食らっているのだろう。ところが、彼女は思いがけないセリフを口にした。

信じられないといった様子で顔をしかめると、こう言ったのだ。「ケイティ・チャンドラー、あなた、ここで何してるの?」

12

今度はわたしの方が言葉を失った。ミミにわたしがわかるはずはない。魔法で別人になっているのだから！　ロッドの方を見ると、電話中だった。ミミの後ろで、オーウェンも電話で話している。ということは、おそらく目下の事態についてふたりで協議しているのだろう。ロッドにかけてもらったためくらまし《イリュージョン》が落ちてしまったか、ブローチがミミに魔法全般に対する免疫を——魔法による攻撃に対してだけでなく——与えているかの、いずれかだ。

「ちょっと、どういうことなの⁉」ミミは言った。

わたしはあたかも彼女がそこにいることをいま思い出したかのように——まったく演技というわけでもない——ミミの方に向き直ると、モナ・リザ風になぞめいた笑みを浮かべてみせた。

「あなたに関係ないわ」

「わたしは雇い主よ。関係ないわけないでしょ」

「あら、雇い主じゃないわ」思わずにやりとしそうになり、ひそかに唇の裏側を嚙む。ああ、楽しい。

ミミはくだらないというように片手を振った。「ケータリング会社だかイベント会社だか知らないけど、あなたが働いてる会社を雇ったのはわたしなんだから、最終的にはわたしがあなたの雇い主になるのよ」

「支払いは財団がするんじゃなかった？」とぼけた顔で言う。

「小切手にサインをするのはわたしよ！」ミミはすかさず言った。声がわずかにうわずっている。この状況にどう対処すべきか決めかねているようだ。ミミの部下だったとき、わたしが彼女にあからさまにたてつくことは一度もなかった。ミミはわたしのことをおとなしいネズミくらいにしか思っていなかっただろう。実際、当時のわたしは、おとなしいネズミだった。でも、悪い魔法から世界を二、三度救うと、人はずいぶん変わるものだ。わたしはドラゴンや邪悪な魔法使いや不気味なモンスターたちに立ち向かい、勝ってきた。それに比べれば、たとえ魔法のブローチをもっていようが、ミミなどなんてことはない。

「いずれにしても、あなたはわたしの雇い主じゃないわ」わたしは肩をすくめる。「イベント会社のスタッフだなんて、ひとことも言ってないでしょ。わたしは秘密の任務でここにいるの」

「やっぱりそうだったのね！」ミミは金切り声をあげた。「あのゴシップブロガー、わたしをつぶす気なんだわ！　今夜のガラに潜入するよう、あいつに送り込まれたのね？　そうなんでしょ？」ミミはわたしの襟をつかむと、噛みつかんばかりに顔を寄せた。「白状なさい！　この女《め》ギツネ！」

「あなたに言われたくないわ」彼女の目をまっすぐ見返す。もっとも、こんなに近くては、そこしか見ようがない。

ミミは背筋を伸ばすと、わたしの襟を放し、平手打ちをするかのように手を後ろに引いた。

それはまさに、いま絶対やるべきではないことだ。第一に、いまやイベントのスタッフ全員が作業の手を止め、かたずをのんでこの状況を見つめている。もしミミがここで本当にわたしを殴ったら、彼女は今後二度とこの街でイベント会社を雇えなくなるだろう。第二に、わたしのボーイフレンドが彼女のすぐ後ろに立っている。ロッドとの電話を終え、いまオーウェンは険しい表情でミミを見つめている。彼は免疫者《イミューン》だ。武器を使わないかぎり、〈結び目《ノット》〉の防御は彼には効かない。ミミが後ろに引いた手をわずかにあげるやいなや、オーウェンはすかさず前に出て彼女の手首をつかんだ。

でも、何より重大なのは、ミミが祖母のいるところでわたしを脅したことだ。祖母は自分の孫にちょっかいを出す者たちを容赦しない。彼女が決して本人がときどき演じるようなかよわい老人でないことはわかっていたけれど、まさかここまではやく動けるとは思わなかった。オリンピックの百メートル競走に出てもそこそこの成績を残せるんじゃないだろうか。オーウェンがミミの手首をつかんだときには、祖母はすでに会場を横切り、ミミとわたしの間に割り込んでいた。

これは自分で戦いたいバトルだが、いったん怒らせると、祖母を止めるすべはない。老獪《ろうかい》な意地悪ばあさんvs.病的な支配魔の世界タイトルマッチといったところだが、正直、ミミに勝ち目はないだろう。

「そのいまいましい手でひっぱたくのは、自分の顔だけにしておくれ」祖母が杖を振りながら言った。「人の扱い方がまったくわかってないね。ハエは酢よりも蜂蜜を使った方がたくさん捕れるってことを知らないのかい？　だいたい本当に力のある者は威張り散らす必要はないんだ。あんたが本当に自分が思うほど力をもってるなら、命令なんかする必要ない。まわりが勝手にあんたのために動いてくれる。あんたを喜ばせたい一心でね。あんたの振る舞いは、わざわざ自分の弱さを露呈しているようなもんだ」

屋内庭園のなかに、ミミにいびられたスタッフたちのくぐもった笑い声が広がっていく。わたしは少しの間この世紀のバトルを堪能すると、気持ちを切りかえ、ふたたび自分の任務に集中した。オーウェンがミミの右手をつかんだままなので、ポケットはいま無防備だ。わたしはすばやく祖母の後ろを回って、ポケットに手を伸ばした。

残念ながら、そう考えたのはわたしだけではなかったようだ。シルヴェスターとライルが同時にミミに飛びかかり、わたしははじき飛ばされた。一方、清教徒《ピューリタン》の子分はオーウェンを突き飛ばす。オーウェンはミミの手首を放さず、彼女もろとも床に倒れた。子分はオーウェンの手首に空手チョップを食らわせる。オーウェンの手が離れ自由になったミミは、手首をさすりながら立ちあがると、すかさずポケットに手を突っ込んだ。ブローチを奪うチャンスはまたもやついえてしまった。

オーウェンは床に倒れたまま、シャツのポケットから麻酔ダーツを取り出す。わたしの目を見て合図をすると、清教徒《ピューリタン》の脚の裏側にねらいを定めてダーツを構えた。

そのとき、シルヴェスターがふたたびミミに飛びかかった。もはや完全に理性を失っているように見える。なんの意図も計画もない。ただ、むき出しの欲望があるだけだ。目が熱にうかされたようにぎらぎらし、顔から汗がしたたり落ちている。エルフロードはポケットに手を伸ばし、三センチほど手前で空をかきむしっていたが、突然、ぐらりとよろめいて顔から先に崩れ落ちた。彼がいきなり飛び出してきたので、オーウェンはダーツを引っ込める暇がなかったのだ。これで、ダーツは残り一本となってしまった。まあ、しかたない。少なくとも、エルフに効くことはわかった。

シルヴェスターが足もとに倒れてきて、ミミは慌ててあとずさりした。わたしのめくらまし《イリュージョン》が見えないなら、彼女はエルフたちについても本当の姿を見ていることになる。どうりで彼らをバンドだと決めてかかったわけだ。エルフが実際に存在することを知らないミミとしては、それ以外に彼らがとがった耳とつりあがった眉をもつ理由を思いつかなかったのだろう。ミュージシャンだと思えば、たいていのことは説明がつく。

「いったい何がどうなってるの？」ミミは叫んだ。「どうしてみんなしてわたしを襲おうとするの？　わかった、サボタージュね⁉　わたしのイベントをつぶそうとしてるんでしょ！」

「人に対してあんな態度を取ってたら、それもあり得るだろうよ」祖母が言った。「あんたの態度は敵をつくる。やがてその人たちが互いを知って、団結して仕返しにくるんだ。そのてのことは、世の中にいくらでもある」

ミミは祖母のことをじっと見つめている——意外にも彼女の言ったことについてちゃんと考えているような顔つきだ。やがてミミは言った。「乳がん財団の人たちね。ほかの問題に関心が集まるのが許せないのよ。エイズ基金と組んでるのかもしれないわ」ミミは短く高笑いする。

「あるいは、マラリア根絶協会の連中って可能性もあるわね。いかにもあの人たちのやりそうなことじゃない。連中のことだから、ディナーの最中に蚊の大群を放つなんてこともやりかねないわ」ミミはチェックリストをもった子分の方を向く。彼はこの一連の騒動を心底驚愕した様子で見ていた。「蚊よけスプレーも忘れないよう用意してちょうだい」ミミは言った。その一瞬だけ、しごく冷静な口調になる。

直後には、また両手を派手に動かして、大声での熱弁が始まった。「彼らはわたしを仲間にしたくないのよ。わたしが金と社会的地位のために結婚すると思ってるのよね。じゃあ訊くけど、彼らはどうやっていまの立場を手にできたの？ 母親が金と地位のために結婚したからでしょ？ 少なくともわたしは億万長者に求婚されたわ。これも実力のうちよ」しゃべりながらも視線は周囲を警戒するようにせわしなく動き続けている。これではなかなか近づけない。

そっとミミの後ろを回ってオーウェンのところへ行き、立ちあがろうとしていた彼に手を貸す。「大丈夫？」そでをまくった前腕部分に赤いあざができている。

「当初の予想より難しい展開になってきたな」オーウェンは言った。「〈月の目〉が被害妄想を生み出すという説は、どうやら本当みたいだ。彼女、ほとんどマクベス夫人だよ」

「ミミはいつもこんな感じよ。魔法で若干助長されてるだけ。彼女みたいに人を扱ってたら、いつか仕返しされるんじゃないかとか、自分が失敗すれば祝杯をあげる人がいるんじゃないかとか、ふだんから考えざるを得ないわ。被害妄想になるまでもなく」

「どのくらいの間、彼女の下で働いてたの？」オーウェンは呆気にとられた様子で訊く。

「一年と少し。そしたら、あなたが救いにきてくれたの」オーウェンはわたしの手を取り、ぎゅっと握る。「事情を知ってたら、もっと早くそうしたのに」

「でも、そのころは、わたしが存在することすら知らなかったじゃない」

「知ってたよ。勇気を出して話しかけてれば、もっと早く救い出せた」

「十分早く来てくれたわ」

ミミの金切り声で、わたしたちのロマンチックなひとときは中断された。「あなた！　これはすべてあなたの責任よ！」

最初はわたしに向かって言っているのかと思った。彼女の指がこちらをさしているので、さっきの一件で今夜のスケープゴートはわたしになったのだろうと。ところがよく見ると、彼女が指さしているのは、わたしのすぐ後ろで強烈な香水のにおいを放っている清教徒《ピューリタン》の子分だった。

「は、はい?」子分は面食らって言った。

「しらばっくれてもむだよ！」ミミは怒鳴りながら清教徒《ピューリタン》の方へ歩いていく。左の人差し指を彼に向けて突き出し、右手はポケットのなかでブローチを触っている。オーウェンとわたしは大きく一歩さがって道を空けた。「前のアシスタントが予告なしに突然辞めたあと、すぐにあなたが現れてあとを引き継ぐなんて、どう考えても都合がよすぎるわ」ミミの口調からさっきまでのヒステリックな響きが消えた。ふたたび〈月の目〉にチャネリングしているようだ。

「全部仕組んだことだったんでしょう?」ミミはいま、子分まで三十センチもないところに立っている。〈月の目〉の影響を受けないよう何か対策を施しているのだとしても、この距離ではさすがに抵抗しきれないようだ。彼はミミのパワーに圧倒されて縮こまった。「わたしをおとしめるために送り込まれたのね? そうなんでしょ? だれの差し金なの? 言いなさい!」

子分はしばし言葉に詰まっていたが、やがて言った。「あなたは関係ない。すべてはもっと崇高な目的のためだ。あなたは純粋な世界へ回帰するための道具にすぎない!」そこで口をつぐみ、ぶるっと身震いする。

ミミはふたたび言葉を失った。彼女が一日に二度も言葉を失うなんて、たぶんはじめてのことだろう。今夜のガラをぶちこわすために別の病気の支援団体から送り込まれたと言われた方が、驚きは小さかったに違いない。彼女にとって、自分のアシスタントがガラを利用して何やら過激な思想を実現しようとしている狂信者かもしれないことが判明したことと、〝あなたは関係ない〟と言われたことでは、どちらがより衝撃的だっただろう。後者はミミにとってまったくなじみのない概念だ。解説してあげないと、理解できないかもしれない。

案の定、ミミは困惑したようにつぶやいた。「わたしは関係ない? どういうこと? わたしを敵視している人は少なくないはずだけど」

「われわれはあなたがだれかすら知りませんよ」清教徒《ピューリタン》は、若干落ち着いた様子で言った。

「あなたはただ、利用するのに都合がよかっただけです」

ミミにとってこれ以上の侮辱はない。ミミはポケットのなかでブローチを握り直すと、背筋を伸ばし、清教徒《ピューリタン》をにらみつけた。〝この者の首をはねよ！〟とでも叫びそうな勢いだ。「クビよ！　いますぐ出ていきなさい！」ミミは言った。「さもないと、不法侵入で逮捕させるわよ！」〈月の目〉のパワーを得て、その声は会場じゅうに響き渡った。

清教徒《ピューリタン》のなかで、とどまるか立ち去るかで、激しいせめぎ合いが起こっているようだ。大義への狂信的な信念が〈月の目〉の魔力と闘っているのだろう。その結果、肩をひくつかせ、前後に開いた脚に交互に体重をかけるという、妙な動きになっている。

「何してるの？　さっさと行きなさい！」ミミは〝しっしっ〟というように片手を振る。「それにしても、なんなの、その香水は？　目がちかちかするわ。あなた、少し節度ってものを勉強した方がいいわね。香水は頭から浴びるものじゃないのよ」香水は彼の責任ではないので、一瞬、もうしわけない気持ちになったが、後ろめたさが持続したのは二秒ほどだった。あれは正当防衛だ。もとはと言えば、彼が悪い。

　会場は完全に静まり返っている。清教徒《ピューリタン》の子分が出ていくのを、スタッフ全員が手を止めて見つめている。皆の様子に気づくと、ミミは怒鳴った。「何を見てるの？　仕事に戻りなさい！　ゲストが到着するまでもう一時間もないっていうのに、全然準備ができてないじゃない。テーブルはセットできてない、花はまだ、バンドリーダーは気を失ってる、照明は全然なってない！　もうめちゃくちゃじゃないの！」

　かんしゃくのおかげで、ミミは一時的にわたしたちのことを忘れたようだ。彼女がテーブルを準備するスタッフの方へ行ったので、そのすきにオーウェンとわたしは祖母と合流する。

「これで、エルフロード一名と清教徒《ピューリタン》が一名、消えたわね」わたしは言った。「少しはやりやすくなったんじゃないかしら」

「だけど、彼女も言ったように、ゲストが到着するまで一時間もない」オーウェンが言った。

「しかも、ミミの方はこれまで以上にガードが堅くなるはずだ」

「いまなら、わたしたちのどちらかが彼女に飛びかかって、むりやりブローチを奪ったとしても、だれも驚かないんじゃないかしら。かえって喝采を浴びるかもしれないわ」

「そうだな。それでいこう」

わたしは驚いてオーウェンの方を見る。「本気？」

「ああ。いい加減うんざりしてきたよ。もうほかのことはすべてやった。きみもこの方法ならモチベーションがあがるんじゃない？」

「そりゃあもう」わたしはため息をつく。「彼女の下で働いた一年あまりの間、いつかこういう機会がくることを常に夢見てたわ。夢ってかなうものなのね！」

祖母はさっきからずっとミミのことを目で追っている。もっとも、目で追っているのが彼女なのか、それとも〈月の目〉なのかは定かでない。「調子はどう、おばあちゃん《グラニー》？」

「一杯やりたい気分だね。でも、バーカウンターはまだ準備中だ」

「そうじゃなくて、権力への強い欲求とか、そういうものは感じてないかって意味よ」

「ハニー、この年で権力なんか手に入れたって、何をしたらいいかわからないよ。世界を支配するのだって、相当な気力と体力がいるんだからね。あたしは家で好きなテレビを見てる方がよっぽどいいよ」

「さっき、ミミのことを少しコントロールできてましたね」オーウェンが言った。「またあんなふうにできますか？　少しの間、彼女の注意をブローチからそらしてほしいんです」

祖母は鼻を鳴らす。「造作もないね。あれは心の弱い女だ。自信がないから威張り散らすんだって言ったろう？　あのぶんじゃ、本当に力のある者が現れたとたん、さっさとブローチを献上して、だれよりも先にそいつのしもべになるだろうよ」

「彼女の下で働いているときに、おばあちゃん《グラニー》に来てもらえばよかったわ」わたしはそう言うと、オーウェンをまねしてそでをまくった。「じゃ、さっそく行きましょうか」

わたしたちは、ふたたび氷像に文句をつけはじめたミミの方へ向かう。シルヴェスターは床につっぷしたままだ。ライルとほかのエルフたちは会場の隅で頭をつき合わせている。作戦会議らしい。アールが何度も輪に加わろうとしては、そのつどはじき出されている。

シルヴェスターの横を通り過ぎたとき、トールがさっきオーウェンに放り込まれたテーブルの下から出てきた。まだ少しふらついている。祖母からバーの準備がまだだと聞いていなかったら、テーブルの下で一杯ひっかけていたんじゃないかと思ったところだ。トールはよろよろと歩きだす。体にテーブルクロスが引っかかったまま歩きだしたので、クロスもろともセンターピースが床に落ち、ものすごい音を立てた。

ミミがこちらを見て、作戦はまたしても頓挫した。でも、気落ちしている場合ではない。敵が床に伸びていることに気づいたトールが、戦斧《バトルアックス》を掲げ、シルヴェスターに向かって一直線に――少なくとも本人としては一直線のつもりなのだと思う――突進しはじめたのだ。

「だめだよ」オーウェンがすばやくトールの襟首をつかみ、斧を取りあげた。

「やつには金を支払う義務があるんだ」トールはろれつの回らない舌で言う。わたしはかがんで彼のにおいを嗅いだ。服のどこかに酒瓶を隠していたのかもしれない。清教徒《ピューリタン》の香水のにおいにさんざんさらされたせいで、多少鼻の感度は鈍っているかもしれないが、アルコールのにおいはしなかった。ミミの防御壁にぶつかった衝撃は相当に大きかったということらしい。

「そうだけど、首をはねたら、お金の回収自体できなくなるんじゃない？」わたしは言った。

「だれが首をはねると言った。あのいまいましい背中に斧を突き刺してやろうとしただけだ」

「同じことよ！　下手したら死んじゃうわ。死人からお金を返してもらうのは簡単じゃないと思うけど」

「生きたエルフから返してもらうのも簡単じゃない」

「どうせ彼をだますつもりだったんでしょ？　あなたたちの方が先にだまされることになったのは、彼の責任じゃないわ。地の精《ノーム》からブローチを盗んだのは、あの魔法界の清教徒《ピューリタン》たちよ。仕返しするなら、彼らにしたらどう？」

「おお、いいだろう。やつらはどこだ？」トールは勢いよく腕を振ると、手もとを見おろし、斧を握っていないことに気づく。

　オーウェンは背中の後ろに斧を隠して言った。「清教徒《ピューリタン》ならたぶん向こうだ」それから、わたしの方を向いて言う。「ちょっと待ってて。これ以上彼に邪魔されたくない」オーウェンは相変わらずふらふらしているノームを連れてロッドのところへ行くと、ロッドにこっそり小さな戦斧《バトルアックス》を手渡した。

ふと見ると、エルフたちがひと塊になってミミに向かっていく。さっきの作戦会議で決まったことを実行に移そうとしているようだ。例によってアールがいちばん後ろについている。

「あの、でも、おそらく……」そう言いかけた彼を、ライルがすかさず黙らせる。

どうやらライルは祖母と同じ手を使おうとしているようだ。近距離から〈月の目〉のパワーを取り込むつもりらしい。でも、さっきミミの命令にあっさり従いそうになったことを考えると、彼には難しいような気がする。ライルはミミのそばまで来ると、「〈結び目《ノット》〉をよこせ！」と言った。

ミミは心底意味がわかないという顔で聞き返す。「は？」

「〈結び目《ノット》〉はわれわれのものだ。よこせ」

ミミは両手を腰に当てる。「いったいなんの話？　そんな意味不明なこと言ってる暇があったら、さっさとリーダーの酔いをさましたらどうなの？　早くタキシードに着がえて、ウォームアップなり、チューンナップなり、あなたたちボーカルグループがやらなきゃならないことをやっちゃってちょうだい」

「はい、ただちに」ライルはそう言うと、きびすを返して歩きだそうとしたが、仲間のひとりが彼の肩をつかみ、くるりとミミの方に向き直らせた。ライルはありがとうというように仲間にうなずくと、あらためてミミに言った。「そのブローチはわれわれのものだ」

ミミの手がさっとポケットのなかに入る。「これはわたしのものよ。フィアンセがくれたんだから」

ライルは彼女に同意したい衝動に必死で抵抗しているようだ。「そのブローチはわれわれのもとから盗まれたんだ」彼は言った。

「じゃあ、警察に届けたらどう？　渡せと言われて、黙って渡すわけないでしょ」

ふたりがやり合っている間、わたしはほかに清教徒《ピューリタン》の工作員がいないか会場内を見回した。エルフがブローチを奪うのを阻止しようとする者がいれば、それがわたしたちが動きに出るとき注意すべき相手ということになる。

ところが、エルフに対して行動を起こしたのは人ではなかった。何やら黒っぽいものが中二階から飛んできて、エルフの方へ向かっていく。わたしはとっさにしゃがんで、頭上を通過したそれを目で追った。

ガーゴイルだ。ＭＳＩのではない。あちこち欠け落ちて、苔《こけ》の生えた、染みだらけのガーゴイル——わたしたちを攻撃し、祖母に石に戻された清教徒《ピューリタン》のガーゴイルたちだ。それがまた、よみがえって飛んでいる。

「うそでしょ……」わたしはつぶやく。「ここでガーゴイルのゾンビが登場するなんてあり？」

ミミも自分に向かって飛んでくるこの不気味なガーゴイルたちに気づいたようだ。彼女はまさに、ガーゴイルが命を吹き込まれて空を飛んだりするものだということを知らない人が示すであろう反応を示した。

つまり、完全にパニックになったということだ。

彼女はまるで、地獄の使者が襲ってきたかのようなものすごい悲鳴をあげ、頭を抱えて床にうずくまった。エルフたちは魔法でガーゴイルに対抗する。一方、スタッフたちには、魔法の覆い《ヴエール》をかぶったガーゴイルたちの姿は見えない。彼らの目に映るのは、さっきまで自分たちをいたぶっていた人物が、突然、これといった理由もなく半狂乱になっている姿だけだ。気味悪がってあとずさりする人もいれば、よく見ようと近づく人もいる。携帯電話で写真を撮っているスタッフもふたりほどいる。

彼女を気の毒に思っている自分に気づいて驚いた。当然の報いと言えばそうかもしれないが、彼女は魔法のことを何も知らない。わたしはミミの横へ行ってひざをついた。「ミミ」優しく声をかける。

「ケイティ」ミミはわたしにしがみついた。溺れかけているところに手を差し伸べられたかのように。「助けて。あれ、あれが……」

「とりあえずここから出ましょう。相当ストレスがたまってるようだわ」

「だけど、あれは……あなたにもあれが見えるでしょ？」

「ええ、見えるわ。とんでもなく醜いガーゴイルよね」

同じものを見ていることが確認できて少し安心したのか、ミミはわたしに引っ張られてなんとか立ちあがった。「でも、あれにやられるわ」

「わたしが守るから大丈夫」わたしは祖母に向かってうなずくと、エルフとガーゴイルが戦っている場所からミミを連れ出した。祖母はエルフにあとを追わせないよう、道をふさいで身構える。「そろそろ着がえた方がいいんじゃない？」わたしは努めて穏やかに言った。「会場の準備はスタッフがちゃんとやってくれるから大丈夫よ。早く自分の支度をしてしまいましょう。メイク道具やドレスはどこにあるの？」

「髪はもうセットしたわ」ミミは呆然としたまま言う。

「そうね。それすごく素敵よ。でも、ドレスはどこ？」

「パトロンズラウンジよ。エレベーターで行くの」

「了解。わたしは場所がわからないから、案内して」

ミミに方向を指示されながらエレベーターまで行き、さらにラウンジへと向かう。ミミはずっとわたしに寄りかかったままだ。ミミのこの弱り具合をどう解釈すべきだろう。ミミの下で働いていたとき、彼女はごくたまに優しくなるときがあった。予測不能の気まぐれで、わたしのよきアドバイザー兼親友を気取りたい気分になったときだが、その時間が長く続いたためしはない。おそらく今回も、ショック状態から回復するやいなや、いつもの彼女に戻るだろう。いや、わたしに取り乱したところを見られた気まずさから、いつも以上にひどいミミになりそうな気がする。

ラウンジには化粧室がついていて、そこにミミのイブニングドレスがかかっていた。「さあ、ジャケットを脱いで。そうすれば濡らさずに顔を洗えるわ」わたしが上着の肩に手をかけると、ミミは素直にジャケットを脱いだ。わたしはジャケットを自分の腕にかけ、ミミに洗面所へ行くよう言った。

　彼女が個室に入っている間に、すばやくブローチを交換し、本物の方を自分のスカートのポケットの内側にとめた。すりかえ完了。心臓がどきどきしている。ここまでさんざん苦労したわりには、あっけないほど簡単にできてしまった。ハエは酢よりも蜂蜜を使った方がたくさん捕れるというのは、なるほどそのとおりだ。もっと早くミミに優しくしていれば、いまごろもう美術館をあとにしていたかもしれない。こんなことなら、さっさとＭＳＩのガーゴイルにミミを襲ってもらえばよかったかも――。

　さて、ブローチの箱はどこだろう。魔力を遮断できれば、もち出すのもずっと楽になる。ミミのジャケットを椅子の背にかけ、床に置かれたかばんのなかを探っていく。途中でトイレを流す音が聞こえ、慌てて手を止めた。ミミは個室から出てくると、手を洗い、顔に冷たい水をかける。まだ青白い顔をしているが、さっきよりはいくぶん生気が戻っている。

「少しお化粧直しをした方がいいわね」わたしは言った。「メイク道具はどのかばんに入ってるの？」探そうとすると、ミミはわたしを押しのけ、自分でメイクボックスを取り出した。

　彼女が化粧を直すのを見ながら、ポケットのなかのブローチに全神経が集中する。ミミがメイクを終えてドレスとともにトイレの個室に入ると、あらためて必死に箱を探したが、見つからないうちに個室の鍵の開く音が聞こえて、またもや中断せざるを得なかった。ドレスに着替えたミミは、わたしの前まで来ると、くるっとターンする。「素敵なドレスね」わたしは言った。

「でしょ？　特別にあつらえたの」ミミは満足そうに言った。思ったとおり、いつものミミに戻りつつある。「ブローチはどこ？　あれをつけなきゃ始まらないわ」

心臓が口から飛び出そうになりながら、ジャケットのポケットから偽物を取り出し、彼女に渡す。「はい、どうぞ」地の精《ノーム》たちはみごとな仕事をしていた。偽物も本物とほとんど見分けがつかない。わたしは魔力で違いを感じることができないので、一瞬、さしかえを誤ってしまったかとパニックになりかけたほどだ。

ミミはブローチをドレスの胸もとにつけ、鏡の前に立つ。彼女が顔をしかめたので、思わず息をのんだが、ミミはブローチの角度を少し直すと、こちらを向いて言った。「どうかしら。派手すぎないわよね？」

「ええ、全然」うそだ。思いきり派手だし、これみよがしだ。でもこれはファッションのための宝石ではない。権力のための宝石だ。まあ、少なくとも、本物の方は……。

ミミは手で髪を軽くととのえ、最後にもう一度、口紅を塗る。「そろそろ会場に戻った方がいいわね。まもなくゲストが到着しはじめるわ」彼女がふと顔をしかめたので、わたしはふたたび息をのむ。「さっき、その……少し取り乱しちゃったけど、あの人たち、わたしを笑い物にしてたりしないわよね？」ミミはためらいがちに訊く。「ガーゴイルだなんて、わたしどうかしてたわ。ばかみたい！」

「大丈夫よ。あなたがどれほどのプレッシャーを背負ってるか、みんなわかってるから」

「そうよね」ミミは背筋を伸ばしたが、依然として釈然としない表情だ。

収納箱を見つけられないまま行くのは気が重いが、この際しかたがない。とりあえず、会場までミミにぴったりくっついて歩くことにしよう。ブローチがそばにあれば、すぐにはなくなったことに気づかないだろう。

エレベーターのなかで、ミミは言った。「ケイティ、正直に言っていいのよ。あなた、本当に秘密の任務でここに来たの？　本当はケータリングの仕事しか見つけられなかったんじゃないの？」

「もちろん秘密の任務のためよ。わたしにウエイトレスの才能はないもの。とりあえず、安全保障の問題とだけ言っておくわ」

「だれに雇われてるの？　ＦＢＩ？　ＣＩＡ？　それとも、国土安全保障省？」

「それは言えないわ。でも、組織名がイニシャルってところは当たってるかも」

「マーケティングアシスタントだったあなたが、どうしてまたそんな仕事につけたわけ？」

「わたしの類《たぐい》まれな能力が認められたっていうことかしら」

ミミは目を大きく見開く。「そう……」

屋内庭園へと続く展示室に入るなり、ひどく急いだ様子でこちらに向かってくるオーウェンが目に入った。オーウェンはわたしたちに気づくと、突然方向転換し、こちらに背を向けて中世の芸術作品を鑑賞しはじめる。わたしはミミといっしょにそのまま歩き続け、屋内庭園の入口まで来たところで言った。「じゃあ、あとはもう大丈夫かしら」

ミミは二度ほど大きく深呼吸すると、うなずいた。「ええ、そうね。大丈夫だと思う」

「それじゃあ、イベントの成功を祈ってるわ。わたしは問題が起きないよう、周囲に目を光らせてるから」

ミミがいなくなるやいなや、オーウェンとわたしは互いに駆け寄った。「やったわ!」オーウェンの前まで行くと、わたしは小さく叫んだ。

「よし!」オーウェンはわたしを抱きしめ、キスをする。それから、わたしの腕を取って言った。「さあ、急いでここを出よう」

「仲間たちはどうするの?」隣の展示室の方へ引っ張られながら、後ろを振り返る。

「ブローチを手に入れた以上、彼らからも離れた方がいい」

「おばあちゃん《グラニー》に恨まれるわよ」

「きみの身を守ったことがわかれば、許してくれるよ。そのためには、〈月の目〉がなくなったことにだれかが気づく前に、一刻も早くここから出る必要がある」

ところが、隣の展示室まで行かないうちに、美術館じゅうに響き渡るようなミミの叫び声が聞こえた。「ブローチがっ! ブローチがない! ブローチを盗まれたわ!」

13

「思った以上に早かったな」オーウェンは足をはやめ、隣接する小さな展示室に入った。このまま連続する展示室を抜けていけば、出口にたどりつくはずだ。部屋を埋める中世の宗教美術を横目に見ながら、絵のなかの聖人たちに祈る。この際、助けてくれそうなものには片っぱしから助けを請いたい気分だ。

小走りで小さい展示室をいくつか抜けていくと、中世の作品がずらりと並ぶ広い空間に出た。まるで聖遺物であふれた大聖堂の身廊を走っているようだ。ここからは、ひたすらまっすぐ行けば出口にたどりつく。そのとき、背後でバサバサという不気味な羽音が聞こえた。何を見ることになるか容易に見当がつくので、恐くて振り向く気になれない。オーウェンも振り返らなかった。彼は全速力で走りながら、サムに電話している。「ああ、手に入れた。いま外へ出ようとしているところだ。助けがいる」しばし間があって、オーウェンはふたたび言った。「ああ、もう来てるよ」電話を切ると、オーウェンはすばやくわたしの手を引いた。「ガーゴイルたちが追ってくるから気をつけろって」

「そうだと思った」

「ロッドとグラニーが通路をふさいだんだけど、何頭かすり抜けたらしい。サムが援護を送ってくれた」

援護が一刻も早く到着することを祈る。ゾンビガーゴイルたちはわたしたちに向かって次々に急降下を始めた。救いは、彼らの動きが緩慢《かんまん》で、なんとかかわすことができていることだ。わたしは走りながらオーウェンに訊いた。「〈結び目《ノット》〉はわたしを守ってくれないかしら？　免疫者《イミューン》だとやっぱりだめ？」

オーウェンはすばやく身をかがめると、わたしを引っ張って、突っ込んできたガーゴイルをかわす。「わからない。でも、すぐに判明するような気がする」

前方に大ホールが見えてきた。出口まであと少しだ。「そういえば、清教徒《ピューリタン》たちはどうしたのかしら。ブローチがなくちゃ彼らのショーは台なしでしょ？　必死で止めにきそうなものだけど」

言わなきゃよかった。まるでいまのセリフが彼らを呼び出す呪文となったかのように、大ホールに出たとたん、男たちがこっちに向かって突進してきた。イミューンだと気づいていないのか、彼らは魔術を放ってくる。魔法は痛くもかゆくもないけれど、前後を彼らとゾンビガーゴイルにはさまれてしまった。

なるほど、やはり〈結び目《ノット》〉はイミューンを守ってはくれないようだ。ガーゴイルはわたしに体当たりすることも、かぎ爪で服をつかむこともできている。「こんなの不公平よ！」わたしは彼らを振り払いながら叫んだ。「ブローチの悪い影響ばかり被《こうむ》って、恩恵はいっさい受けられないなんて！」

まもなく、わたしたちは清教徒《ピューリタン》たちに捕まり、腕を後ろに回されて身動きできなくなった。ちょうどそのとき、正面玄関の扉が開き、ガラの招待客たちが入ってきた。清教徒《ピューリタン》たちはブローチを奪おうとはせず、金と権力のある人々が続々と到着するその場所に、わたしたちを立たせた。

最初の三、四人は、特にこちらに注意を払わなかった。ところが、流行遅れの野暮ったいドレスを着たひとりの女性が、突然、レッドカーペットをおりると、目をぎらぎらさせてわたしに向かってきた。清教徒《ピューリタン》の手を振りほどこうと懸命にもがいていると、同伴者らしき男性が「上院議員！　どこへ行くんですか？」と言いながら彼女を追いかけてきた。女性は途中でつかまり、わたしはほっと息をつく。あの女性、ブローチを手に入れるためなら、喜んでわたしののどをかき切りそうな勢いだった。

彼女と入れかわるように、今度は大柄でがっしりした体格の男性が百万ドルの笑顔を浮かべてこちらに近づいてきた。さっきの女性ほど狂気は感じないけれど、一方で、この人を止めるのは容易ではなさそうだ。レンガの壁さえぶち抜きそうな体をしている。

もっとも、石のガーゴイルなら話は別だ。

羽音とともに何かが天井から急降下してきて、わたしと男性の間に入った。外から射し込んでくるまぶしい照明のせいで、最初はそれがわたしたちの仲間なのか、それともゾンビガーゴイルなのかわからなかったが、すぐにゾンビにしては動きが俊敏《しゅんびん》すぎることに気がついた。びりっという刺激を感じ、男性の体が大きく揺れた。ガーゴイルがなんらかの魔術を放ったようだ。男性はそのままレッドカーペットの方へ押し戻されていく。

同時に、別の魔術が放たれ、清教徒《ピューリタン》たちの手が腕から離れた。「さあ、行こうぜ！」聞きなじみのある声が言った。サムには何度も助けてもらっているが、今回ほど彼の姿を見るのがうれしかったことはない。「裏から出るぞ」サムは言った。「権力欲の塊みたいな連中のなかを正面から出ていくなんて、飛んで火に入る夏の虫もいいとこだ」

サムの警備チームに清教徒《ピューリタン》とゾンビガーゴイルの相手を任せ、オーウェンとわたしはサムの先導で最初に入ってきた経路を逆にたどり、連続する小展示室を抜けていく。さっきの激しい戦いのあとはまったく残っていない。ガーゴイルたちはすべて生き返ったので彼らの残骸がないのはわかるが、火や水や刺《とげ》だらけのつる草の痕跡もいっさい残っていない。

ようやく階段までやってきた。しばし立ち止まって息をととのえる。あらためて見ると、オーウェンはひどいありさまだ。シャツは破れ、あごの一部が赤くなっていて——これはそのうち青あざになるだろう——額の傷からこめかみを伝って血が垂れている。服は乱れ、髪は研究中に難題にぶつかって手でさんざんかきあげたときよりもくしゃくしゃだ。こんなにひどい状態にもかかわらず、これがまたどぎまぎするほど素敵なのだから困ったものだ。

わたしの方も、タイツは見るも無惨に破れているし、あれだけガーゴイルたちにつかみかかられたりつつかれたりしたことを考えると、頭はまさに鳥の巣状態だろう。体のあちこちがひりひり痛むから、切り傷や打ち身もオーウェンに負けないくらいできているに違いない。もし生還できたら、やはり明日は一日休暇を取ることにしよう。

「無理してでも箱を見つけるべきだった。箱があれば、これほど苦労しなくてすんだわ」

「ブローチを取り戻したってことが、何より大事なことだよ」オーウェンは言った。

「これからどこへ行く？」

「とりあえず、人が大勢いないところがいい」

「たしかに、これをもってアッパーイーストサイドを走り回るのはやめた方がいいわね。下手したら暴動が起きるわ」

「公園にしよう」オーウェンは言った。「この時間なら、もう人はあまりいないはずだ」

「そうね、酔っぱらいと麻薬中毒者なら、さほど野心も強くなさそうだし」

周囲を見張っていたサムが言った。「そろそろ行くぞ。やつらの一部がうちの連中を突破したようだ」

落胆のため息をつきながら、寄りかかっていた壁から背中を離す。階段を駆けおり、駐車場へ出ると、サムが魔法でドアを封鎖したが、まもなくゾンビガーゴイルたちはそれを突き破って出てきた。サムと警備部のガーゴイルたちが敵を抑えている間に、オーウェンとわたしは車寄せを駆けあがる。歩道に出ると、いちばん近い公園の入口を目指して五番街を走った。

依然として数頭のゾンビガーゴイルがあとを追ってくるが、いったん公園のなかに入ると、木の陰に身を隠すことができた。遊歩道をおり、街灯を避けて、木々の下から出ないようにしながら迂回路を走る。オーウェンが道を知ってて走っていることを祈る。この暗闇のなかでわたしにわかるのは、七十九丁目の横断路を越えたということだけだ。

脇腹が痛くなってきた。息は完全にあがっている。それでも、オーウェンに引っ張られながら、必死に走り続ける。こんなきついエクササイズは久しぶりだ。オーウェンはまだまだ余裕があるようだ。呼吸もほとんど乱れていない。頭上からは依然としてガーゴイルの羽音が聞こえてくる。MSIのガーゴイルなら、警戒解除の合図を出して安全な場所に誘導してくれるはずだから、いまのところ走り続けるよりほかに選択肢はない。

幸い、いまのところ夜のジョガーたちのなかにブローチを奪いにくる人はいないし、ガラの招待客はだれも追いかけてきていないようだ。この状況は理想的とは言いがたいものの、最悪ではない。

やがて、ゾンビガーゴイルの羽音も聞こえなくなった。斜面を駆けおりると、オーウェンは低いフェンスをまたいで越えた。オーウェンに支えてもらって、わたしもあとに続く。近くに歩道の上にかかる橋があった。トンネルになった橋の下に入り、あとを追ってくる者はいないか息を殺して耳を澄ます。

どうやら大丈夫そうだと判断できると、オーウェンはトンネルの壁にもたれかかった。わたしも彼に寄りかかり、肩で大きく息をする。オーウェンの両腕が背中に回る。はじめは優しく包むような感じだったが、ふたりとも少し落ち着いて、わたしの呼吸がととのってくると、彼は腕に力を入れてわたしをぎゅっと抱きしめた。

「やった!」オーウェンは小さくそう叫ぶと、熱烈なキスをした。「きみはすごいよ! いったいどうやってすりかえたの?」

「ものすごく難しくて、ものすごく危険な作業だったわ。ほんと、メダルが欲しいくらい」

「何をしたの？」

「びっくりしないでね。わたし、ミミに優しくしたの」

「ほんとに？」オーウェンは信じられないという顔をする。

「彼女、ガーゴイルを見て半狂乱になったでしょ？ あのあと、そばにつき添っていっしょに控え室に行ったの。顔を洗うよう促して、ジャケットを脱がして、彼女が洗面所に入っている間にブローチをすりかえたの」

「つまり、殴ったり麻酔で眠らせたりする必要はなかったってこと？」

「そう！ 正直、ちょっとがっかりしている部分もないことはないんだけど。でも、考えてみたら、麻酔で眠らせた方がよかったかもしれないわね。そうしたら、もっとじっくり収納箱を捜せただろうし、本物が消えたことに彼女が気づくまで、もう少し時間を稼げたわ」

「ダーツがあと一本あるのは悪いことじゃないよ」

「でも、あの箱があったら、ゾンビガーゴイルやお金持ち連中に追いかけられずにすんだわ。それに、このままだと、エルフや魔法使いたちが追ってくるのも時間の問題よ」

「ブローチを取り戻したというのが何より肝心なことだよ。これだけ大勢の人たちが捜してて、それを達成できたのはきみだけだ」

「これからどうするの？ ニューヨーク周辺に活火山があるって話は聞いたことがないけど」

「火山では破壊できないと思うよ。そのてのことは、マーリンがとっくに試していそうだし。

マーリンと言えば……」オーウェンは携帯電話を取り出す。「報告しておかないとね」番号を押し、ふたりで聞けるよう電話をもつ。「手に入れました！」マーリンが出ると、オーウェンは言った。「正確にはケイティが手に入れてくれたんですが、とにかくいまここにあります。会社にもって帰りますか？」

「とんでもない！」マーリンの激しい口調に、わたしは思わず首をすくめる。「ここにはわたしを含めて、能力と野心にあふれる魔法使いが大勢います。〈月の目〉には最も適さない場所です。ちなみに、保護用の箱は回収できなかったのですね？」

わたしは電話口に顔を寄せる。「はい。捜したんですが、時間が足りませんでした」

「ああ、それは残念です。いま、身の危険はありませんか？」

「とりあえず、いまのところは」オーウェンは言った。「ただ、どのくらいここにいられるかはわかりません。できるだけひとけのないところには来ましたが、いずれここも突き止められると思います」

「いられる間は、そこにいてください。いま新しい箱をつくっているところです。〈月の目〉の魔力を遮断する魔術が完成したら、すぐにそちらに運ばせます。ブローチをその箱に入れたら、会社の貴重本保管庫へもっていって、『蜻蛉《かげろう》の古写本』とともに金庫にしまってください。保管庫には厳重に魔法除《ワード》けがかかっていますから、〈月の目〉を破壊する方法が見つかるまで、そこに保管するのがよいでしょう」

「あとどのくらいかかりますか」オーウェンが訊いた。

「少なくとも一時間はかかります。この魔法除《ワード》けはきわめて複雑なうえ、わたし自身も破ることができないよう確実にかける必要があります。あなたに手伝ってもらえないのが残念ですよ。魔法除《ワード》けはたしか、あなたの得意分野でしたからな」

「もし手伝える状態だったら、あなたはぼくを〈月の目〉はもちろん、〈月の目〉を保護するものにも決して近寄らせなかったと思いますよ。ぼくを怪しんでいる人たちが大騒ぎするでしょうから」オーウェンはひとつ大きなため息をつく。「わかりました。あと一時間なんとかがんばってみます。箱を届けられる段階になったら、電話をください」

オーウェンが電話を切ってポケットにしまうと、わたしはふたたび彼に寄りかかった。オーウェンの腕が背中に回る。「あと一時間、こうして身を潜めていられると思う?」わたしは訊いた。

「いや、無理だろう。二十分くらいここにいたら、別の場所に移動した方がいい。人がいるところを避けながら隠れ場所を転々と変えていけば、箱が手に入るまでなんとか見つからずにいられるかもしれない」

「だといいけど……。なにしろ、わたしたちにはただ走ることしかできないんだから。魔法は使えないし、かといって、使える人を〈月の目〉に近づけるのはリスクが大きいし。どうせ戦わなきゃならないなら、仲間じゃなくて敵と戦う方がいいもの」

「同感だ」オーウェンはしばし黙ると、ふたたび言った。「ぼくたちが最優先すべきことが何かはわかってるよね? ブローチを奪われないこと。どんなことがあっても。ぼくのことは気にせず、とにかくブローチを守るんだ」

「前にも同じような会話を交わしたような気がするわ」

「結果的に、ぼくの言うとおりだったろ？　きみが任務に集中したことで、魔法界は救われたんだ」

「さ、す、が、わ、たしね」弱々しく言ってみる。「でも、あなたを置き去りにするのは、ほんとに死ぬほどつらかったのよ。もう二度と、あんな思いはしたくないわ」

「ぼくだって、なにも任務のたびに置き去りにされて痛めつけられたいと思ってるわけじゃないよ。でも、総合的に考えて、ブローチはきみがもっているのがいちばんいいと思うし、そうなると、きみには最後まで仕事をやり遂げてもらわなくちゃならない。そうだ、それで思い出したけど、例の話をするには、いまがちょうどいいんじゃないかな」

「例の話って？」一応しらばくれてみる。

「きみがずっと避けたがってる話だよ。さあ、ケイティ、話してよ。このところ明らかに変だ。何か不満に思ってることがあるんだろう？」

「あなたのことじゃないわ。本当よ」

「わかった。じゃあ何？　教えないと、やっぱりぼくのことだと思うからね。そしたら、きみも知ってのとおり、ぼくはふさぎ込む。部屋の片づけまで始めるかもしれない」

わたしは思わず噴き出した。「まあ、それは大変！」そして、ため息をついた。「わかった。じゃあ言うわ。わたし、いまの仕事が好きじゃないかも。あなたの身に起こったことや、この

〈月の目〉の問題に比べたら、ほんとにどうでもいいようなことなんだけど、まあ、とにかくそういうこと。もう叫びたいくらい退屈してるの。もちろん、いまこの瞬間は違うわよ。でも、これはわたしの本来の業務じゃないわ。ラムジーたちを倒して以降、はっきり言って、毎日会社に来るのが苦痛だった」

「どうして何も言わなかったの?」

「くだらない不満に思えたからよ。それに、いまの仕事は、MSIに来てからもう四つ目になるわ。まだ一年も働いてないのに」

「いまの仕事のどういうところが嫌いなの? 退屈だってこと以外に」

あらためて考えてみる。退屈があまりに大きくて、それ以外の問題に目がいっていなかった。

「基本的に、自分の能力がいかせないってことだと思う。そもそもわたしがこの会社にヘッドハントされたのは、魔法に対して免疫をもつからでしょ? いまの仕事は、わたしがイミューンであることとはなんの関係もないわ。魔力をもっていようがいまいが、この仕事はできるもの。わたしがこの仕事のノウハウをもってるのは、ニューヨークに引っ越してきたとき、唯一見つかった仕事が、たまたまマーケティング部門の管理アシスタントだったからで……。うーん、なんて言うか、たとえば、あなたを魔法除け《ワード》をかけるだけの職場に配属するようなものだと言えばいいかしら。たしかに得意なことではあるけど、でも、それじゃあ、あなたの本当のスキル——つまり、古文書を翻訳して、古い魔術から現代に応用できる魔術をつくり出すっていう、あなたならではの特別な能力は全然いかされないわ」

「なるほど。たしかに、きみの能力はむだにされているかもしれない。そうだ、サムに警備部の仕事について相談してみたらどうかな。イミューンは絶対役に立つだろうし、悪いやつらと戦ったり犯罪を解決したりってことについては、経験も十分だからね」

「警備部？　ちょっと待って。わたしに警備の仕事が務まるなんて、ほんとに思うの？」

「この会社に来て以来きみがやってきたことを考えてごらんよ。侵入者を捕まえて、スパイの正体を暴いて、さらには、敵の攻撃をかわしながら、黒幕を倒す決定的な働きもしている。これって全部、警備の仕事って感じだけど」

「警備かあ……。考えたことなかったけど、たしかにありかもしれない。でも、マーリンがせっかくつくってくれたポジションを拒否するなんて、恩知らずな行為にならないかしら」

「会社のニーズは常に変化し続けるものだよ」オーウェンは肩をすくめる。わたしたちはしばし話すのをやめ、周囲に耳を澄ました。怪しい物音がしないことを確認すると、オーウェンは言った。「だけど、正直ほっとしたよ。なかなかいっしょにいられなくて、それできみが浮かない気持ちでいるのかと思ったから。プロジェクトに取り組むと、とことんのめり込んでしまうところがあるっていうのは、自分でもわかってるんだ」

　わたしはオーウェンを抱きしめる。「そうね、たしかにそういうところはあるわ。だから、なんとか少しでも顔を見るために、いろいろ工夫してるの。朝早く朝食をもって職場に忍び込んだりとかね。しかたないわ。仕事にのめり込まなかったら、それはあなたじゃないし、わたしはそういうあなたを好きになったんだもの」

「バカンスを取るって話、絶対実現するから」オーウェンは言った。

「それも前に聞いたような気がする」ほほえむわたしに、オーウェンはキスをする。夜のセントラル・パークの橋の下は、カップルがいちゃつく場所として悪くない——複数の派閥に同時に追われている身でなければ。もっと周囲に注意を向けるよう警告するかのように、いい雰囲気になりかけたところで、オーウェンの電話が鳴った。

ロッドだった。「ふたりとも大丈夫か？」彼は言った。

「いまのところはね」オーウェンが答える。「そっちはどうなった？」

「録画できなかったのが残念だよ。ケイティに見せたら、絶対楽しんだろうからね」

わたしは背伸びをして電話口に顔を寄せた。「何？　教えて！」

「ミミがブローチを盗られたって大騒ぎするから、結局、スタッフがイベントの警備にあたってたニューヨーク市警の警官を呼んできて、調書を取らせたんだ。彼らは真剣に受け止めてなかったけどね。盗られたっていうブローチは、彼女の胸にちゃんとついてるんだから。ミミは、これは偽物で、本物はもってると気持ちが強くなるからわかるんだって言うんだけど、残念ながら説得力はないよ。彼女が少し前に半狂乱になったことが警官の耳に入って、一時は精神科に電話するって話にもなったんだけど、たまたまそこにいた美術館の理事の説得で、とりあえずしばらく横にならせようってことで落ち着いたんだ。おそらく、ちょっとしたリラックスの助けも与えられたんじゃないかな」

「それじゃあ、ミミはしばらく追いかけてこないってことね」少しほっとして言う。「ほかの人たちは？」

「トールとグラニーはぼくといっしょにいる。シルヴェスターはようやく目を覚まして、ついさっきエルフたちと出ていった。アールも彼らといっしょだ。サムが追跡してるけど、連中がきみらを見つけるまでどれくらいかかるかはわからない。ぼくらも、必要なときに助けに入れる距離を維持して、ついていくつもりだ」

「ありがとう。それじゃあ、そろそろ移動した方がいいな」

「何か考えはあるのか？　これから大勢に追われることになるぞ？」

「いまボスが新しい収納箱をつくってくれている。それが届けば、ひとまず安全だ。なんとかそれまで見つからないようにする」

「やっぱり、エルフを追わずに、そっちに合流しようか？」

「いや、できればこっちの居場所は教えたくない。おまえを信用してないってことじゃなくて」

「〈月の目〉のそばに近づけたくないってことだろ？　わかってるよ、心配するな。でも、ケイティのおばあちゃんは納得するかな。かなりご機嫌斜めだぞ」

「彼女には、あとでわたしから説明するわ」わたしは言った。

「ほんとに助けがなくて大丈夫か？　無防備なきみらがふたりだけで逃げ回らなきゃならないのは心配だよ」

「だれが無防備だよ」オーウェンが憮然として言う。

「魔法は通用しなくても、きみらに危害を加える方法はほかにもたくさんある」

「だとしても、石の影響を受ける人がまわりに少なければ、それだけ戦う相手も少なくてすむ。どうしてもぼくに殴られたいっていうなら別だけど」

「わかったよ」ロッドは言った。「とにかく、助けが必要になったらすぐに呼んでくれ。やつらを近づかせないよう、こっちもなるべく遠くから最善を尽くす」

電話を切ると、オーウェンは言った。「そろそろ移動した方がいい」

「そうね、トンネルの両側からはさみ撃ちにされたら終わりだわ」

そう言いながら、どちらも動こうとしない。こうして身を寄せ合って立っているのは心地よく、周囲を囲まれたトンネルのなかは守られているようで落ち着く――実際は人を捕まえるのに理想的な場所になり得るとしても。一歩外に出れば、そこはたくさんの敵がうろつく恐ろしい世界だ。残念ながら、これは被害妄想ではない。

「それじゃあ、どっちから出るのがより安全か見てみようか」オーウェンはようやく言った。

「そうね」わたしは意を決してオーウェンから体を離し、離したとたんに彼のぬくもりが恋しくなった。

「きみはそっち側を見て。ぼくはあっちを見にいく」オーウェンはそこでにやりと笑う。「今回の任務は、警備部に異動するための審査だと思えばどう？」

しぶしぶオーウェンとは逆方向に歩きだす。こうするのが賢明なのはわかっているが、いま彼からこんなふうに離れるのは気が進まない。トンネルの壁に背中をつけ、橋の縁飾りの陰からそっと外をのぞく。見えるのは、ぼんやりした薄暗闇だけだ。街のネオンや公園内の街灯のせいで、真っ暗ではない。橋の上からかすかな足音が聞こえて、耳を澄ます。足音は次第に遠ざかり、やがて聞こえなくなった。その後は、遠くの街の音以外何も聞こえず、地上にも空にも動くものは見当たらない。

オーウェンの方を見ると、彼もわたしと同じように、トンネルの向こう端で、外をのぞいたり耳を澄ましたりしている。彼の姿はシルエットでしか見えないが、こちらを向いたような気がしたので、向こうからでもわかるよう腕を横に伸ばし、親指をあげた。彼からも同じような合図があるのを待ったが、オーウェンは突然体の向きを変えると、トンネル内に足音を響かせながらこっちに向かって走ってくる。

なるほど、向こう側はNGらしい。

ブローチを奪われないことが最優先だというオーウェンの命令に従い、わたしはトンネルから飛び出した。オーウェンはわたしより走るのがはやいから、いずれ追いついてくるだろう。トンネル内ではさみ撃ちにされるリスクは冒したくない。

さっきあちこち走り回ったせいで、自分がいま公園のどこにいるのか、どこへ行けばいいのか、まるで見当がつかない。とりあえず、道なりに走ることにする。オーウェンはすぐに追いついてきた。わたしは腕を伸ばして、彼の手をつかむ。「エルフだ」オーウェンはあえぎながら言った。「〈結び目《ノット》〉を感知して、ぼくらの居場所を突き止めたんだろう」

振り返ってみたが、追っ手の姿は見えない。足音も聞こえない。そうなると、全速力で走り続けるのがきつくなってくる。さっきさんざん走ったせいで、すぐに息があがった。もう一度振り返ると、今度はすごいスピードで追ってくるライルの立てた襟が目に入った。まるでガゼルのようだ。足がほとんど地面についていない。どうりで足音が聞こえないわけだ。

慌ててギアを全速に入れかえる——そうしたところで逃げ切れる気はしなかったけれど。オーウェンはわたしに合わせるためにスピードを抑えている。ライルから逃げるのに夢中で、いつの間にか前にいたシルヴェスターと正面衝突しそうになった。急停止して——たぶん地面にはスリップ痕ができているに違いない——横に曲がったが、左右ともすでにふさがれていた。一方にはアールが、もう一方には別のエルフが立っている。ライルが後ろから迫ってくるので後退することもできない。わたしたちは完全に包囲されてしまった。

「それはわたしのブローチだ」シルヴェスターが言った。「よこせ！」

オーウェンは、エルフたちに包囲されているという事実を完全に無視し、落ち着きはらった態度でシルヴェスターを見た。まるで公園を散歩していたら偶然会ったとでもいうように。「でも、あなたのブローチはわれわれの石と合体してしまっている」オーウェンは言った。「だから、まず石を外して、そのあとブローチを返しますよ。まあ、ブローチが無事だったら、ということになりますけど」

「わたしを甘く見るんじゃないぞ、若造が」シルヴェスターは言った。「さっきはよくも眠らせてくれたな」

「気絶させるつもりはなかったんですけど、あなたが急に飛び出してきたから、よけられなかったんです。でも、たとえ気を失ってなくてもブローチは奪えませんでしたよ。〈結び目《ノット》〉の作用を知らないんですか？」

「ブローチをよこせ！」シルヴェスターはつばを飛ばして言った。彼は完全に〈月の目〉の影響下にある。論理で諭そうとしてもむだだろう。薄暗がりのなかでも、目が欲望でぎらぎらしているのがわかる。

わたしは思わずたじろいだが、オーウェンはひるまない。「欲しいなら、取りにきたらいい。あれだけ失敗しても、まだ懲りないようだな」

シルヴェスターがはったりを見破ったら、どうするつもりなのだろう。〈結び目《ノット》〉はミミを守ったようにわたしを守ってはくれない。アールの方を見る。気まずそうにもぞもぞしながら立っている。とりあえずすがるような視線を送ってみるが、まあ、助けは期待できないだろう——彼が本当にわたしたちの側だとしても。こちらを助ければ、エルフたちに自分の正体がばれてしまう。

いまのところ、オーウェンのはったりはうまくいっている。シルヴェスターは、わたしたちのどちらがブローチをもっているのか判断できないようで、動かずにこちらを見ている。視線だけがオーウェンとわたしの間を激しく行き来している。オーウェンがさりげなくポケットに手を入れた——何か大切なものを守るかのように。次の瞬間、シルヴェスターが動いた。

14

シルヴェスターはオーウェンに向かって突進した。オーウェンは迎え撃つように前に出て彼のふいをつくと、腕をつかみ、シルヴェスター自身の勢いを利用して彼をかわした。エルフロードの体が空を切り、顔から地面に落ちる。エルフたちは自分の守備位置にとどまるか、リーダーを助けにいくかで、躊躇《ちゅうちょ》している。わたしたちはそのすきに、シルヴェスターが空けたスペースを抜けて走りだした。

「追え！　ブローチを奪え！」シルヴェスターが叫ぶ。まもなくエルフたちが追ってきた。捕まるのは時間の問題だ。彼らはわたしたちより足がはやい。魔法が使えるし、人数も多い。

エルフたちはすぐに追いついてきて、ひとりがわたしの腕をつかんだ。そのとき、遊歩道のわきの茂みが、がさがさと音を立てて揺れた。動物だろうと思ったら、ものすごい雄叫びをあげて、何かが歩道の上に飛び出してきた。雄叫びに続いて、「けちで、ずる賢い、くそエルフめ！」という悪態が聞こえ、どうやらトールであるらしいことがわかった。ただし、ねらいがエルフなのか、それともブローチなのかは定かでない。念のため、わきに飛びのくと、トールはわたしの前を走り抜け、エルフたちのなかに突っ込んでいった。すさまじい勢いで小さな戦斧《バトルアックス》を振り回しているが、だれかに当たっている様子はない。エルフたちは軽やかに飛び跳ねながら彼の斧をかわしている。トールの方は、斧を振るたびに、勢いでそのまま一回転し、体勢を立て直すのにいちいち時間がかかっている。

空から何か黒っぽいものが降ってきて、わたしはとっさに近くの茂みに走った。ゾンビガーゴイルにさんざん襲われたあとなので反射的に逃げてしまったが、エルフの方に向かっていったところを見ると、どうやら仲間のガーゴイルのようだ。暗闇のなかでは、もつれ合う影の群れが見えるだけで、敵味方を見分けるのは難しい。いまのところ、みんなブローチそっちのけで大立ち回りを繰り広げている。ブローチが近くにあるということはわかっていても、わたしたちのどちらがもっているかは、まだ見極められていないようだ。

すぐそばでだれかの荒い息が聞こえ、慌てて飛びのいた。「ここだ……ここだぞ、ここにある……」シルヴェスターだ。なんだかますますおかしくなっているように見える。彼はわたしが一瞬前までいた場所に飛びかかった。戦況を見ていたオーウェンが音に気づいて振り返る。彼はわたしを立ちあがらせると、すばやく茂みから引き離した。シルヴェスターはかぎ爪のように曲げた指を前に突き出し、あとを追ってくる。「返せ、わたしのだ!」

「さがりなさい!」試しに言ってみる。わたしには作用しなくても、ほかの人に対してなら、〈月の目〉の魔力を利用できるかもしれない……やはり、だめなようだ。あるいは、彼はすでに、〈月の目〉の持ち主の支配を受けないほど、〈月の目〉自体のパワーに支配されているのかもしれない。シルヴェスターはどんどん迫ってくる。彼から逃げようと走りだしたとたん、ライルとぶつかりそうになった。

そのとき、大きな破裂音がして、そばで魔法が使われるのを感じた。同時に、シルヴェスターの体がぐらりと揺らぎ、地面に崩れ落ちる。彼の後ろにロッドが立っていた。「遅くなってごめん」ロッドは言った。「エルフに効く呪文を思い出すのに時間がかかっちゃって。さあ、行こう」

ライルをかわすと、今度はアールがいた。ロッドは手首を屈伸させて身構える。すると、アールはにやりとしてわたしたちに加わり、肩越しに叫んだ。「助けて！　やつらに連れていかれる！」

「どういうつもり？　追いかけさせたいの？」わたしは言った。

「やつらがおれなんかを助けにくると思う？」アールは走りながら答える。「ここから離れるための口実だよ」

わたしたちはロッドのあとについて、大自然のど真ん中のような、起伏の激しい岩だらけのエリアに入った。依然として空にビルの輪郭は見えるから、公園から瞬間移動《テレポート》したわけではなさそうだ。木々に囲まれ、周囲から見えにくくなった場所で、わたしたちは足を止めた。座るのにちょうどいい大きさの岩がいくつかあり、わたしはそのひとつに腰をおろす。脚がくたくたで、これ以上立っていられない。

「助けはいらないって言っただろう」オーウェンがロッドに言った。

「ふたりがエルフの集団に追いかけられてるのを見たら、ほっとくわけにはいかないだろう？あのままじゃ、一時間どころか五分ももたなかったはずだよ。この先、魔法の援護は絶対必要になる」

「じゃあ、おまえたちみんなからは、だれがぼくらを守る？」オーウェンは険しい表情で言う。

「トールはエルフと戦うのに夢中で、ブローチのことなんか忘れてるよ。アールはただ、シルヴェスターにブローチを渡したくないだけだ。おれのことは、いざとなればダーツで眠らせればいい。最初から、それを承知のうえでこの遠足に参加したんだから」

石を踏みしめる音が聞こえて、わたしたちはとっさに身構えた。「魔法除け《ワード》をかけておいたよ。少しの間は、連中の目をごまかせるだろう」祖母がそう言いながらやってきた。

「さすがですね」ロッドが言った。

ふいに杖の先で肩を突かれて、わたしは声をあげた。「まったく、おまえという子は、いったいどういうつもりだい。あたしはそばを離れないって言ったはずだよ。なのに、勝手に出ていっちまって、案の定、大変なことになってるじゃないか」

「しかたがなかったのよ」わたしは抗議する。「ブローチを手に入れたあと、すぐに美術館を出なきゃならなかったの。おばあちゃん《グラニー》を迎えに戻ってたら、もっと大変なことになってたわ」

「なるほど、あたしを置いて出たおかげで、トラブルはみごと回避できたってわけだね？」暗闇でよく見えないが、祖母がいやみたっぷりに薄ら笑いを浮かべているのが声でわかる。

オーウェンがわたしの隣に腰をおろし、肩に腕を回す。「ゲストがすでに到着しはじめていて、そのうちのふたりと早くも危ない状況になりかかったんです」彼は言った。「ゲストと清《ピュ》教徒《ーリタン》とガーゴイル、そしてエルフとトールとミミ、彼らを一度に相手にすることになっていたら、それこそどうなっていたかわかりません。あなたが彼らの一部を押しとどめてくれたおかげで、なんとか逃げることができたんです。いっしょにいなくても、ぼくたちを助けてくれたってことですよ」

祖母はいくぶん機嫌を直したようだ。ふんと鼻を鳴らしはしたが、それ以上文句は言わず、杖でわたしの肩を突くのもやめた。

休憩に入って五分ほどたったとき、わたしは言った。「トールは大丈夫かしら。彼ひとりでエルフ全員を相手にしてるんでしょ?」

「サムもいる」ロッドが言った。「トールがばかなまねをしないよう、彼が見張ってるから大丈夫だ。エルフ対策として、一応トールは必要だからね。実際に危険なのは、彼らと清教徒《ピューリタン》だけだ。権力欲の強い人間たちは、ただ衝動的に動くだけで、意図をもってブローチを捜すわけじゃない」

「おまえはどんな感じだ?」オーウェンがロッドに訊く。「近いうちにダーツが必要になりそうか?」

「ブローチが欲しくないって言ったらうそになる。でも、いまのところ抵抗できてるよ。ブローチを手にしたらどんなことができるか、かなり鮮明なイメージが頭に浮かぶけどね。それに、石がささやきかけてくるのもわかる」

「ほんとに?」わたしは身震いする。「なんて言ってくるの?」

「うまく言えないけど、アニメなんかで、よく小さな悪魔が肩にのってるシーンがあるだろ?

あんな感じだよ。具体的な言葉というよりは、心の奥深くにひそんでいる潜在的な願望に働きかけてくるっていうか——」

「おまえの潜在的願望について詳しい説明はいらないからな」オーウェンが身震いしながら言った。「高校のとき、いやというほど聞かされたから」

「その潜在的願望じゃないよ。まあ、多少はあるけど、でもそれは、権力がとかくきれいな女性たちを引きつけるものだからであって……。いずれにせよ、かなり魅力的なイメージであることはたしかだね」

「おれにもささやきかけてくる。でも、聞かないようにしてる」アールが言った。「おれにとって大事なのは、ブローチをシルヴェスターに渡さないってことだけだから」

「で、あたしは何度も言ってるように、そのてのパワーにはまったく興味がない」祖母が言う。

「あたしにはもっと大事な任務があるからね」

「おばあちゃん《グラニー》が予期した危険っていうのは、このことなのかしら」わたしは言った。「この恐ろしいブローチをもつことで、わたしのまわりに権力の亡者が引き寄せられてきて、でも、ブローチがほかの人に与える保護はいっさい受けられないっていう、この状態のこと？」

「いや、違うね」

「じゃあ、なに？　これよりひどいことが起こるの？」わたしはオーウェンの方を向いた。

「あとどのくらい待つのかしら」

　オーウェンは腕時計の蛍光文字盤を見る。「信じられないかもしれないけど、それほど時間はたってない。おそらくまだ一時間近く待たなきゃならないだろう。それだって、予測どおりにいけばの話だ」

「じゃあ、ここにはどれくらい隠れていられそう？」

「それは、状況によ――」ロッドが言いかけたとき、かさかさと草の揺れる音がした。音は次第に大きくなり、まもなくオーウェンとわたしが座る岩のまわりに淡い光が広がった。わたしは足をあげて岩の上に立つ。オーウェンも岩の上にあがり、わたしの体にしっかり腕を回して、光が拡大していくのを見つめた。ロッドとアールも近くの岩に飛び乗ったが、祖母はその場に立ち続けている。不思議なことに、光は祖母のまわりだけ避けるようにして広がっていく。

「これ、なんの魔術⁉」光が足もとの岩を取り囲んでいくのを見ながら、わたしは訊いた。

「わからない！」オーウェンが言った。「こんなの見たことないよ」

「捜索用の魔術かな」ロッドが言う。「おまえの中世の本に、このての魔術はなかったか？」

「ないよ。だいたいこれ、清教徒《ピューリタン》がブローチを捜すために放ったものじゃない気がする」

「これは魔術じゃないよ」祖母が言った。

よく見ると、光はひとつの塊ではなく、たくさんの小さな光で構成されている。そして、そのひとつひとつが生き物だ。これに似たものを前にも見たことがある。故郷の町で、悪いやつらとの戦いに際し、地元の魔法界に協力を要請したときだ。彼らは自然精だ。祖母は〝小さな人たち《ウィーフォーク》〟と呼んでいる。彼らがこのニューヨークにも棲息しているとは知らなかった。

自然精たちは、わたしの立っている岩のまわりでひざまずいている。

松林を抜けるそよ風のようなささやきが、足もとからわきあがってくる。しばらく聞いているうちに、言葉が聞き取れるようになった。「女王、万歳！」彼らは頭をさげながら、そう繰り返している。

「ファンクラブができたようだね」ロッドが軽口をたたく。

「〈月の目〉に引き寄せられてきたんだろう」オーウェンが真面目に言った。「本能的な反応に見える。こういう小さな生き物は、パワーに反応せずにいられないんだ」

「ブローチを奪おうとするかしら」彼らがポケット目指していっせいに這いあがってくるのを想像したら、体じゅうがむずむずしてきた。ミミに飛びかかられるより、さらに気持ちが悪いかもしれない。

「いや、それはないだろう」オーウェンは言った。「彼らはただ、大きなパワーのそばにいたいだけだと思う」

「だとしても、やっぱりちょっと恐いわ。彼ら、本当に危険じゃない？」

「まあ、ほかの魔法関係者の注意を引いてしまう可能性はあるけどね」オーウェンは言った。「これだけ光っていれば、空に向かって〝ここにいます！〟っていうサインを出してるようなものだから」

わたしは反射的に上を見て、ゾンビガーゴイルの姿を捜した。「追い払ったら失礼になるかしら」

「いや、やってみるといい。彼らはきみを女王だと思ってるんだから」

「でも、わたしにブローチの魔力は効かないわ」

「とりあえず、やるだけやってごらんよ」

「試す価値はあるよ」ロッドが言う。「ぼく自身、きみからブローチを奪い取りたい気持ちと、きみを崇拝する気持ちとの間で、揺れてる状態だから」

わたしは拳《こぶし》を振りあげながら、急いでロッドの方を向いた。オーウェンが支えてくれなかったら、岩の上でバランスを失っていただろう。「ちょっと、妙なこと考えないでね！」

「あ、きみを崇拝したい気持ちがなくなった。やっぱり効き目はあるよ。ほら、早く彼らにもやって」

「じゃあ、やってみるわ」さて、なんて言おう。スピーチは得意じゃない。「ええと、皆さん、今夜は集まってくれてありがとうございます」わたしは言った。「その、わざわざすみませんでした。でも、わたしを崇める必要はありません。だから、もう帰っていただいて結構です」

彼らは動かない。相変わらず、ささやきながら光り続けている。崇拝されて苛立つことがあるなんて、思ってもみなかった。

「感じよくしなくたっていいんだよ」オーウェンが言った。「きみは女王なんだから。女王は感じよくなんかないだろ？　ミミになったつもりで命令してごらん」

「そんなことしたら、この人たち、わたしに向かって小さな弓矢をいっせいに放ってくるわ」

「大丈夫だよ。きみは女王で、彼らを支配してるんだから」

「わかった、じゃあやってみる。皆の敬意はしかと受け取った」真面目な顔で、思いきり尊大に言ってみる。「さあ、去るがよい！　わたしをひとりにせよ！」まったく変化はない。「ねえ、ブローチを渡すから、あなたがやって」

オーウェンはたじろぐ。「ぼくはいいよ。それには触りたくない」

「ブローチの影響を受けないのは、あなたも同じよ」小さな生き物たちの放つほの暗い光のなか、オーウェンの表情を読み取ろうと、しばし彼の顔を見つめる。「それとも、ブローチから何か感じてるの？　魔力を取り戻すタイミングとしては、いまはまさに最悪だけど……」

「違うよ。ただ、ぼくが〈月の目〉を欲しがっているようなそぶりを少しでも見せれば、とたんに世界征服をもくろんでると決めつける人たちが大勢いる。ぼくに魔力があろうがなかろうがね」

わたしは周囲を指し示す。「ここにはわたしたち以外だれもいないわ！」

「見た目はたしかにそうだ。でも、自分が当局やそれ以外の人たちから常に見張られてることは知っている。彼らはたぶん、ぼくがほんの少しでも怪しい行動を取った瞬間に、何も訊かず、いきなり撃ってくるよ」

「考えすぎだわ」

「いや、あながちそうとも言えないんだ」ロッドが言う。「こいつが監視されてるのは本当だよ」

「じゃあ、このまま彼らがわたしの言うことを聞かなかったら、どうするの？　空から捜索されてたら、いまごろもう見つかってるわ」

祖母が杖を地面に打ちつけて叫んだ。「ほら！　さっさとお行き！　しっ、しっ！」光は流れるように引きはじめ、やがてあとかたもなく消えた。わたしたちが祖母の方を見ると、彼女は肩をすくめて言った。「言い方が大事なんだよ。あたしはあのての連中をしょっちゅう相手にしてるからね。もっとも、ここの輩《やから》はうちの町にいるのほど洗練されてはいないけど。うちの方のは、ただじゃ帰らないよ。少なくとももしばらくあたしと言い合うか、じゃなかったら見返りの贈り物を要求するね」

わたしは笑った。「テキサスの小さな田舎町の何かがニューヨークより洗練されてるって言われるのを聞いたのは、これがはじめて――」突然、空から何かが急降下してきて、わたしを岩から突き落とした。地面に落ちたとき、ポケットのなかのブローチが体の下敷きになり、わたしは痛みに悲鳴をあげた。もっとも、落ちる瞬間に息をほとんど吐き出していたので、実際に出たのは声にならないうめきだけだったけれど。

もうろうとした頭に、皆が叫びながら走り回っている様子が漠然と伝わってくる。地面がかすかに揺れ、すぐそばで高いところから何かが落ちたような大きな音がした。

だれかが肩をつかみ、わたしの名前を叫んだ。振り払おうとして、それがオーウェンだと気づく。「大丈夫？」彼は言った。

「ブローチの上に落ちたの」顔をしかめながら、腰に食い込んでいるブローチの位置をずらす。「明日の朝、かなり面白い形のあざができてるような気がするわ」

オーウェンがくすっと笑って、わたしを引っ張りあげようとしたところで、ロッドが叫んだ。

「まだ来るぞ！　一頭だけじゃなかった！」

「ああ、もうしつこすぎるわ、ゾンビガーゴイル」オーウェンはぼやくわたしをふたたび地面に押し戻し、上から覆いかぶさった。

「きみらはどこかに隠れろ！」ロッドが言った。「やつらはおれたちでなんとかする」

わたしたちは戦場を横断するように、しゃがんだまま空き地を進み、木立へ向かった。ふと、だれかにつけられているような気がして足を止める。振り向くと、ロッドがすぐ後ろにいた。

「ロッド！」わたしは叫んだ。「あなたは彼らと戦ってるはずでしょ？　わたしたちについてきてどうするの！」

ロッドは愕然として立ち止まると、頭を振った。「そうだ、ごめん！　戦うんだった」そう言うと、一目散に祖母とアールがガーゴイルたちと戦っているところへ走っていった。

「よくない兆候だな」オーウェンは小声で言い、方向を変え別の木立に向かって進みはじめる。

「いまのうちに、またふたりだけで逃げた方がいいかしら」わたしは言った。

オーウェンはしばらく考えていたが、やがて言った。「いや、彼らの助けがないと、ぼくらは丸腰同然だ。彼らが本当に危険な存在になるまでは、いっしょにいた方がいい」

「たったいま、ロッドはわたしたちの後ろでブローチをねらってたわ」

「ああ、だけど、きみが注意したら、すぐにわれに返った。別行動を考えるのは、わいいい、いい、いいいい、われに返らなくなったときでいいと思う。ダーツはもってるよね？」

ハンドバッグに伸ばした手が空を切って、一瞬、パニックになりかかった。「岩のところにバッグを置いてきちゃった」

「じゃあ、話は簡単だ。どのみち、このままこっそりいなくなるわけにはいかないってことだから。とりあえずロッドを信じよう。まあ、きみのおばあさんがそばにいるかぎり、きみに危害を加えることはできないと思うけど」

仲間たちは戦いを制しつつあるようだ。ゾンビガーゴイルを次々に石に戻している——もう一度。まもなく、岩だらけの景観にあらたな石のデコレーションが加わった。空から何もおりてこなくなったことを確認して、オーウェンとわたしは仲間たちに合流した。

わたしは石に戻ったガーゴイルのひとつを足で蹴る。「これを完全に砕いたら、生き返るのを防げるんじゃないかしら」

「しまった、会社からハンマーをもってくればよかった」ロッドが言った。

「地の精《ノーム》もいなくなったままだし」アールが言う。

「あんな小さな戦斧《バトルアックス》じゃ、石を砕くのは無理よ」わたしは言った。

「あいつの頭のことを言ったんだよ。ノームの頭は岩でできてるって聞いたことがあるから」

「アール、失礼だよ」祖母が叱る。彼女は地面に落ちたガーゴイルのひとつに杖を向けた。すると、先端から青い炎が噴き出し、ガーゴイルは一瞬にして砕け散った。「ハンマーがなんだって？」祖母は言った。「魔法使いが聞いてあきれるよ、まったく」

「おれはエルフだけどね」アールが言う。「でも、たしかにそのとおりだ」

ロッドがさっそく別の一体を破壊した。彼らが次のガーゴイルに取りかかる前に、わたしは慌てて言った。「ちょっと待って。もし、さっきの小さな人たち《ウィーフォーク》が〝ブローチはここです〟っていう電光掲示板みたいなものなら、この派手な花火はどうなの?」

ロッドが言った。「急いで終わらせて、すぐに移動するよ」

彼らが残りのガーゴイルたちを撃砕している間に――ブローチのそばにいることで鬱積した欲求をここでいっきに発散しているんじゃないかと勘ぐりたくなるほど、三人ともやけに楽しそうだ――わたしはハンドバッグを取りにいき、麻酔ダーツが入っていることを確認した。ガーゴイルを破壊し終えると、わたしたちはランブル（セントラル・パークのほぼ中央にあるうっそうとした森）へと入っていった。

ランブルでは、晴れた日の昼間でさえ、すぐに道に迷ってしまう。小道は複雑に曲がりくねって互いに交差し合い、自分がやがて公園のどの場所に出ることになるのかまるで見当がつかない。まして、夜の暗闇のなかでは、迷子になるのは簡単だ。でも、それこそがいまわたしたちの求めていることだ。自分で自分がどこにいるのかわからないくらいなら、彼らがわたしたちを見つけるのはたぶんもっと難しいだろう。祖母は大丈夫だろうか。ときどき傾斜がきつくなるし、足もとは必ずしもよくない。わたしもオーウェンが支えてくれなかったら、すでに何度か転んでいるところだ。後ろを振り返ると、ロッドとアールが祖母を両脇からほとんど抱えあげるようにして歩いていた。

わたしたちはしばらく早足で歩いていたが、さっき休憩した場所から十分に離れると、少しペースを落とした。体力は消耗しないに越したことはない。ようやく周囲から見えにくい場所を見つけ、ひと休みすることにした。

「ここにどのくらいいられるかしら」オーウェンの肩に頭をのせて、わたしは言った。

そのとき、象の群れが坂をのぼってくるのかと思うような重量級の足音が聞こえてきた。

「あまり長くはなさそうだね」オーウェンはそう言うと、早くも立ちあがって、わたしの体を引っ張りあげた。

意外にも、音の主はトールだった。彼の戦斧《バトルアックス》が月光を受けて光っている。血塗られていなくてほっとしたが、ふとそれが戦いの結果について何を意味するのかが気になった。「エルフたちは?」オーウェンが訊いた。わたしはふたたび腰をおろす。

「わしが制圧した」トールは得意げに言った。「しばらくは邪魔しにこないだろう」彼は上着のポケットをたたき、じゃらじゃらと派手な音を立てた。「ブローチの制作料は回収できたぞ。ポケットを片っぱしからあさって、ようやくこれだけ集まった。やつらの腕時計が期待したほどの値をつけなければ、またあらためて取り立てにいかなきゃならんが、ひとまずエルフへの貸しは清算されたことにしてやった」トールはアールに向かって仰々しく一礼する。「というわけで、きみはもう、わしの敵ではないぞ」

「おれはもともとあんたに借りなんかなかったよ」アールはそう言うと、少し躊躇してから訊いた。「シルヴェスターは、おれのこと疑ってなかったよな?」

「おまえがいなくなったことにすら気づいてなかったわい」

「サムは?」オーウェンが訊く。

「空から偵察を続けて、何かあったらすぐに警告すると言っておった」

「ゾンビガーゴイルについて警告はなかったわ」急に不安になる。「サム、無事なのかしら」

オーウェンは携帯電話を取り出すと、短縮ダイヤルを押す。サムが出ると、ほっとした表情で大きく息を吐いた。サムにこちらの状況を報告し、電話をポケットにしまう。「美術館で騒ぎが起こってるらしい。ミミが逃げ出して、彼があとを追ったんだけど、公園に入ったところで見失ったそうだ」

わたしは思わず立ちあがる。「ミミが野放しになってるの？　こんなところでぐずぐずしてる場合じゃないわ。このブローチは、ごく短時間しかもたなかった人にもすごい影響を与えてるわ。彼女は半日近くずっともち歩いてた。見つかったら、わたし、きっと殺される」

ミミがわたしを殺すつもりでも、順番待ちをする必要がありそうだ。周囲の森が、突然、命を吹き込まれたかのように動きだした。しかも、今度はさっきのような小さな人々ではない。通常サイズの生き物たちが、わたしたちを取り囲み、じりじりと迫ってくる。

セントラル・パークに妖精が出没することは知っている。ノームやその他の生き物たちがいることも。ときには、魔法でカエルにされた王子に出会うこともある。ジェンマのいまの彼氏はそのひとりだ。ただ、いままでこれほどの大人数に一度に出くわしたことはない。しかも、こんなに敵意をむき出しにされて……。

「ここはおれに任せて」アールが静かに言った。彼はおもむろに歌いだす。それに応えるように、わたしたちを取り囲む輪のなかからエルフたちの歌が聞こえはじめ、徐々に敵意が和らいでいくのがわかった。

「おまえはエルフロードの部下じゃないのか?」だれかが言った。

「おれは自由なエルフたちのために活動している。その活動のためにエルフロードのコートに潜入する必要があった」アールは答える。

「〈結び目《ノット》〉をもっているだろう?」輪のなかから別の声が言った。「それ以外の何かも」

「おれたちは〈結び目《ノット》〉の安全を守る守護者《ガーディアン》だ」アールはそう言うと、わたしたちに向かって声をひそめて言った。「できるだけ早く公園を出た方がいい。この連中はブローチが何かも、それで何ができるかも、ちゃんとわかってる」

「でも、ミミが来るわ!」わたしは言った。

「ミミは魔法を使えない」アールはふたたび声をあげ、群衆に向かって言った。「それじゃあ、おれたちはそろそろ行く」アールはわたしたちについてくるよう合図して歩きだす。その間も、ずっとハミングを続けている。わたしたちを通すために広がりはじめた輪の方からも、ハミングが聞こえてくる。彼らはわたしたちを止めようとはしなかったものの、ブローチに引っ張られるように、そのまま後ろについて歩きだした。

「ついてくるわ」わたしはアールにささやく。

「わかってる。だから公園を出た方がいいって言ったんだ。彼らも街のなかにまではついてこないと思う」

「でも、街には権力の亡者がうじゃうじゃいるわ!」

「彼らは魔法を使えない。この連中を相手にするよりずっとましだよ」

「わたしには魔法が効かないわ」

「でも、あんたの近くにいることで、ブローチにチャネリングできるかもしれない。グラニーがやったみたいに」

「あたしが追い払ってやろうか」祖母が言う。

「だめだって」アールが慌てて言う。「いくらグラニーでも、これだけの人数を一度に相手にするのは無茶だよ」

わたしたちはランブルの南側に出た。目の前にボウ・ブリッジがある。記憶が正しければ、この橋は鋳鉄《ちゅうてつ》製だ。「妖精は鉄が苦手なんじゃなかった?」

「ただの迷信だよ。自分たちが安心するために、人間が勝手につくった話だ」アールは言った。果たして、彼は平然と橋の上を歩きだし、後ろに続く奇妙な行列も問題なく渡ってくる。この辺りは、ランブルに比べてかなり人の手が入ったエリアだが、この取り巻きたちを振り切るのに、どの程度の文明化が必要かはわからない。

橋を渡り、湖に沿った小道を進んでいく。やがてベセスダ・テラスにたどりつき、そこから階段をのぼって広い道に出た。この時点で何人かいなくなったが、それでもまだ首の後ろがむずむずするくらいの数はついてきている。わたしはポケットに手を入れて、ブローチのピンが外れていないか確かめた。

後ろにばかり気を取られて、前方がおろそかになっていた。「それをよこせ!」突然、そう叫びながら何かが目の前に飛び出してきて、心臓が止まりそうになった。

15

はじめは、またあらたに公園に棲息する魔法界の生き物が飛び出してきたのかと思った。葉っぱに覆われたぼろぼろの服を着て、全身ひどく汚れており、頭上で小さな木の枝を振っている。はっきり言って、後ろをついてくるどの連中よりも野性的《ワイルド》だ。よく見ると、それはシルヴェスターだった。

彼の高価なスーツはびりびりに破れ、完璧にセットしてあった髪は乱れに乱れて、小枝や木の葉がからみついている。もっと背が低くて緑色の服を着ていたら、汚れたピーターパンのように見えなくもない。

視界の隅で、アールがこっそり公園の住人たちの方に入っていくのが見えた。敵といっしょにいるのを上司に見られてはまずいということだろう。そんなに用心しなくても、いまのシルヴェスターは、ブローチと、自分とブローチを隔てるもの以外、目に入らないような気がする。

こちらに近づいてくるにつれ、彼の尋常でない様子がより明らかになった。呼吸は荒く、まるで突進前の雄牛のようだ。「わたしのだ！　それはわたしのだ！」うなるように言いながら、ゆっくり前進してくる。突然、シルヴェスターは木の枝をこん棒のように振り回して走りだした。ロッドが彼の前に出て魔術を放つ。周囲の魔力がいっきに高まるのを感じたが、シルヴェスターの勢いは変わらない。

オーウェンに腕を引っ張られ、シルヴェスターの進路から飛びのくと、彼はすかさずこちらに向かってきた。どんなにかわしても、執拗《しつよう》についてくる。彼はさっきからずっと、のどの奥でキーニング（死者を悼んでする歌うような弔い泣き）のような音を奏でている。憤激に満ちていながら、どこか切なげで、悲しげで、とにかく気味が悪いことこのうえない。凶器に等しいと思える音楽はこれまでにも耳にしたことはあるけれど、エルフにとって音楽はまさに武器だ。公園の住人の一部が、彼の叫びに呼応して同じような声を出しはじめると、音はますます堪えがたいものになった。


突然、どすんという音とうめき声が聞こえ、振り向くと、シルヴェスターが地面にうつぶせに倒れていた。その横で祖母が、決闘に勝ったガンマンが指で拳銃を回すように、杖をくるくる回している。ロッドが走っていってシルヴェスターのもっていた木の枝を蹴り飛ばすと、祖母は杖で彼の後頭部にとどめの一撃を食らわせた。

エルフロードが完全に気を失うと、アールはようやく集団のなかから出てきた。「こいつ、まじでしつこいな」そう言って、上司の足を蹴る。

「〈月の目〉を手に入れたあと、地の精《ノーム》に〈結び目《ノット》〉との融合を依頼するまで、しばらく手もとに置いていたんだろう」オーウェンが言った。「それで、石の魔力にすっかりやられてしまったんだ。おそらく、石なしで心が満ち足りることは、この先ずっとないんじゃないかな」

「〈結び目《ノット》〉を所持していたことで、いまもその保護力の名残のようなものを利用できるって可能性はないかな」ロッドが言った。「いまの魔術で、彼は倒れるはずだったんだ。さっき同じのをかけたときには倒れたのに、今回は動きを鈍らせることすらできなかった」

「彼が目を覚ます前に、早くここを離れた方がいいわ」わたしたちはふたたび歩きだす――お供の行列を引き連れて。彼らはわたしとの間にそれなりの距離を保ってはいるが、それでも、このなかのだれかが第二のシルヴェスターになってブローチを奪いにくるんじゃないかと思うと、気が気ではない。

おかげで、だれかの手が右のポケットに伸びてきたのを感じたとき、つい過剰反応してしまった。ひじ打ちをしながら足を蹴りあげたとたん、「ごめん！　何やってんだ、おれは……」というロッドの痛みにこわばった声が聞こえて、思わず身をすくめた。

「何をするつもりだったか、ちゃんとわかってるだろ?」オーウェンが穏やかに言った。

「それが奪えって言うんだ」ロッドは言った。「さっきからずっと大声で命令してくる。こっちがやらざるを得なくなるまで……」

オーウェンはわたしの右側に回った。「これで、ぼくを倒さないことにはブローチは奪えない」親友に向かって警告する。

「それでも、また取ろうとしてしまうかもしれない」ロッドはうなだれる。

「じゃあ、骨だけは折らないよう気をつけるよ」

「それはありがたいね」

「とにかく、なんとかがんばって抵抗し続けてくれ。おまえの助けは必要だけど、危険な存在になるなら、本当に考えなくちゃならない」

オーウェンの言葉を引き継ぐように、祖母がロッドの脚を杖でたたく。「もっと自分をコントロールできるはずだよ！　ブローチの言うことなんか無視するんだ。あんたは宝飾品の命令を聞くような青年には見えないけどね。ほら、しゃんとおし！」そう言って、もう一度ぱしっとやる。

背後で大きな声が聞こえて、振り返ると、集団のなかで騒ぎが起こっている。エルフや妖精を押しのけながら、シルヴェスターが飛び出してきたのを見て、わたしは思わず悲鳴をあげた。

「まるで耳のとがったターミネーターね」オーウェンは愚痴るわたしを引っ張って、シルヴェスターの進路からはずす。ものすごい勢いで突進してきたエルフロードは、急ブレーキがきかず、そのまま走り抜けていった。わたしはそのすきに、ハンドバッグに手を入れる。「ダーツを使いましょう」

「でも、それが最後のダーツだ。ロッドの様子もかなり怪しくなってるし……」オーウェンはシルヴェスターから目を離さずに言った。手探りでダーツの入ったケースを捜すわたしを、彼はふたたび引っ張って移動させる。

「ロッドはすぐにわれに返ったけど、いまのところ魔法も腕力もシルヴェスターを止めることはできてないわ。でも、麻酔ダーツはたっぷり三十分彼を眠らせることができた。今回はそこまで長くは効かないかもしれないけど、少なくともこの状況をなんとかするのに必要なくらいは眠ってくれると思う」ようやくケースをつかんでバッグから取り出すと同時に、オーウェンがまたもやわたしを引っ張り、目の前をシルヴェスターがかすめていった。

エルフロードはふいに立ち止まった。エルフや妖精やその他の魔法界の生き物たちがまわりにいることに、ようやく気づいたらしい。シルヴェスターは少しふらつき、体勢を立て直すと、集団に向かって大声で言った。「同朋諸君！　この者たちはわれわれが当然の権利として所持すべきものを盗んだ！　わたしはそれを取り戻す。諸君も協力したまえ！」

「おれたちはおまえの同朋ではない！」集団のなかからだれかが叫んだ。「おれたちはいかなる権力者《ロード》の命令も受けない！」

そのひとことで、シルヴェスターはふたたびキレた。彼はこちらを向くと、言葉にならない怒声をあげて突進してきた。「ケイティ、やるんだ！」オーウェンが叫ぶ。

祖母がふたたびシルヴェスターに杖の一撃を食らわせて、数秒時間を稼いでくれた。本人は杖の衝撃を感じてさえいないかもしれないが、足取りが乱れ、若干スピードが落ちる。シルヴェスターが襲いかかってきたとき、わたしは彼の首にダーツを突き刺した。

シルヴェスターはすぐには倒れなかった。その場に静止したまま、目つきから狂気だけが消えた。魔術同様、麻酔も効かなくなったのかと不安になる。もしそうなら、彼を近づかせすぎたかもしれない。そう思った瞬間、シルヴェスターはわたしに抱きつくように倒れてきて、ついに意識を失った。重さであやうくいっしょに倒れるところだったが、オーウェンとロッドがシルヴェスターの腕のなかからわたしを引っ張り出してくれた。

エルフロードが顔から地面に崩れ落ちると、集団から歓声があがった。「彼女が独裁者を倒したぞ！」だれかが叫び、皆がいっせいに歌いだす。この世のものとは思えない完璧なハーモニーを奏でたエルフの歌とは違い、野性的で自由奔放な歌い方だ。でも、皆が歌いながら同じ方向に体を揺らす様には、不思議な陶酔《とうすい》作用がある。

「勝利者に万歳！」彼らは歌う。「われわれを解放した者に仕えよう！　偉大なるわれらが女王を敬愛し、喝采を贈ろう！」

なんと、彼らはわたしのことを歌っている。「ちょっと、やめて！」わたしは叫んだ。「さっき、いかなる権力者《ロード》にも仕えないって言ってなかった⁉　女王なんていらないでしょ⁉　わたしは人間よ。しかも、魔力はゼロなんだから！」

だめだ、聞いていない。彼らは歌いながら近づいてくる。なかには手を伸ばしてわたしに触る者までいる。ブローチを取ろうとするのではなく、ただ指先でわたしの腕や髪やスカートのすそを撫でるのだ。飛びのきながら抗議するが、彼らはやめようとしない。

「わたしを敬愛するって言っておきながら、言うことをきかないってどういうこと？」

「彼らが敬愛しているのは石で、きみがたまたまそれをもってるってことだと思う」オーウェンが言った。

「シルヴェスターが〈月の目〉を欲しがった理由がわかるわ。これなら抵抗勢力は確実に消えるもの。これに〈結び目《ノット》〉が加われば、だれも彼から石を奪うことはできないわ」

「それが彼のしようとしていたことなのか？」近くでだれかが言った。振り向くと、ライルともうひとりのエルフが息を切らして立っていた。ふたりは地面に倒れている自分たちの君主を見おろす。どんな反応に出るかと身構えていたら、彼らはあっさりシルヴェスターをまたいで、わたしのところへ来た。

「知らなかったの？」わたしはライルに言う。「シルヴェスターは〈結び目《ノット》〉と〈月の目〉の両方をもっていて、彼がブローチをつくらせたのよ」

「そのとおりだ！」アールが前に出てきて言った。

「おまえは黙っ——」ライルはそう言いかけて、ふと顔をしかめる。「どうしておまえが知ってるんだ？」

「おれがそばにいても、だれも気にとめないからだよ。おれは影同然だ。だれもおれの意見なんか聞こうとしない。ということは、つまり、おれはあらゆることを見たり聞いたりできるってことだ。シルヴェスターがやってたことを、おれは全部知っている」アールの声は次第に大きくなり、やがて狂気を帯びた金切り声に変わった。「おれたちはやつの支配下には落ちない！　おれたちは自由だ！　やつにブローチは渡さない。やつにもつ資格はないんだ！」アールがここで自分の大義を発表する予定だったとは思えないが、いまの彼はもはや普通の状態ではない。

これがどういう流れに向かうかは容易に想像がつく。エルフたちから離れようとそっと動きだすと、すぐにアールが気づき、こっちに向かってきた。「それはおれがもつべきものだ！　おれの方がシルヴェスターよりずっとうまくやれる。おれはみんなを抑圧したりしないし、言いたいことはちゃんと最後まで言わせる！」

「アール、落ち着いて。あなたがしたかったのは、こんなことじゃないでしょ？」わたしはあとずさりしながら、なだめるように言った。

「そうだよ、アール。よく考えるんだ」オーウェンがわたしの横にぴったりついて言う。「きみはシルヴェスターとは違う。石の魔力に屈したりしない。きみならできる。石に黙れと言うんだ」

アールは目をぎゅっとつむって頭を振った。「黙れ、黙れ、黙れ！」ふたたび目を開けると、目つきからさっきまでの狂気が消え、アールは大きく息を吐いた。「ごめん」そう言うと、すぐに目を見開いて叫んだ。「後ろ！」

今度はいったいなんだと思って振り返ると、ロッドがわたしのポケットに手を伸ばしている。オーウェンが怒鳴った。「ロッド、何やってるんだ！　しっかりしろ！」

ロッドは震える手で額の汗をぬぐう。「大丈夫……大丈夫だ。でも、しばらくあっちで立ってることにするよ」

アールの方を見ると、目にふたたび狂気が戻っていた。彼はすごい形相でこちらに向かってくる。「ロッド、いままさにあなたの助けが必要な感じだわ」わらにもすがる思いで言ってみる。「ブローチのことで頭がいっぱいなのはわかるけど、もし可能なら、何でもいいから彼を止める魔術を放ってくれないかしら」

もう少しでわたしに手が届くというところで、アールは突然、のけぞって止まった。祖母の杖が、彼の背中にジャストミートしたようだ。「しっかりおし！」祖母は言った。「まったく、こんなに意志薄弱な連中は見たことがないよ。あたしが行く美容室に、インターネットで見たことをすべてうのみにして、いちいちみんなに転送する女どもが来るけど、彼女たち以下だね」

アールはきまり悪そうにうなだれる。「ごめん、グラニー」そう言うと、石から距離を取るように、こそこそと集団のなかに戻っていった。

石を巡る緊迫した攻防をよそに、妖精とエルフたちはさっきからずっと輪になって踊りながら歌い続けている。ライルたちがブローチを奪いにくるかと思ったら、彼らもまたコーラスに加わった。「行きましょう」わたしはオーウェンにささやく。オーウェンはわたしの右側に回り、わたしたちは五番街に向かって歩きだした。

歌って踊る行列を引き連れていては、目立つことこのうえない。よけいな注意を引かないようできるだけこっそり公園を抜けていきたいのに、〝こっそり〟とはほど遠い状態だ。なんだか古いミュージカルのなかにでも入り込んだ気分になる。互いに初対面のはずの人たちが、歌詞もステップも完璧に把握《はあく》した状態で、突然歌って踊りだすタイプのミュージカル。もっとも、わたしは踊りたくならないし、歌を歌う気力も体力もない。

案の定、行列はよけいな注意をしっかり引いてしまった。ただし、引いたのは意外な相手の注意だった。公園に棲息する本物の動物たちが、それぞれの巣や隠れ処《が》から続々と出てきたのだ。鳥たちが頭上を飛び、毛皮に覆われた小動物たちが茂みや生垣から現れる。大都市の公園に棲む生き物の種類についてはあまり深く考えたくないが、かわいくて抱きしめたくなるタイプばかりではないはずだ。

「なんだかタガの外れたディズニー映画にでも出てる気分だわ」わたしはオーウェンに言った。「彼らが歌を歌いながら小さな服なんかつくりはじめたら、わたしもシルヴェスターといっしょにあっちの世界に行っちゃいそう」

「おそらく〈月の目〉のパワーに反応して、本能的に引き寄せられてきたんだろう」オーウェンは言った。

「だったらなんとしてでも破壊しなくちゃならないわね。だれにも使われていない状態でこれだけのことをするなら、だれかが権力を得るという明確な意図をもってこれを使った場合、いったいどんなことになる？」

「マーリンは戦争が起こったと言ってた」

「最悪だわ。自分が戦争の原因になるなんて考えたこともなかった」

「きみが原因なわけじゃないよ。すべては石のせいだ。たとえ戦争が起こったとしても、きみはたまたまそのとき石をもっていたにすぎない」

「あまりなぐさめにはならないわ」

ゲロゲロッという大きな鳴き声に、思わず片足をあげたまま立ち止まる。もう少しでカエルを踏みつけるところだった。よく見ると、ほかにも四、五匹いて、何かを期待するようにわたしを見あげている。「魔法でカエルにされた魔法使いたちだな」ロッドが言った。「石のパワーを感じて寄ってきたんだろう」

わたしはカエルたちを迂回すると、追いつかれないよう急いで歩いた。「悪いけど、お断りよ」頭を振りながら言う。「前に痛い目に遭ってるの。もう二度とカエルにキスする気はないわ。第一、わたしにはもう王子様がいるし」オーウェンに向かってにっこりすると、彼もにっこりほほえんだ。

「このままほっとくのはちょっとかわいそうな気もするねえ」祖母が言った。「あたしが助けてやろうか」祖母はかがんで一匹拾いあげる。カエルは悲鳴のような声をあげると、祖母の手から飛び降り、ほかのカエルたちといっしょに一目散に逃げていった。「ああ、そうかい！」祖母はカエルたちに向かって叫ぶ。「じゃあ、好きにしな！」そして、鼻を鳴らし、ひとりごとのように言った。「どうせあんたたちの方がずっと年寄りに違いないんだ」

わたしは思わず噴き出した。「明日の朝、すべて夢だったんじゃないかと思うような気がするわ。ときどきこういう悪夢を見るのよね。あまりにリアルで鮮明だから、起きた瞬間は現実の出来事だと思っちゃうの。そのあと、どう考えてもあり得ないばかげた詳細をいろいろ思い出して、やっと夢だったことを納得するの。でも、今回は、そのどう考えてもあり得ないばかげた詳細が、すべて現実のことなのよね」

「考えなくても、体じゅうの青あざが現実だったことを十分証明してくれるよ」オーウェンは言った。

「そうね。腰のやつはとりわけ鮮やかだと思うわ。このてのあざって、傷として残るかしら」

すぐそばでうめき声が聞こえた。ロッドがふたたびわたしに忍び寄ろうとして、オーウェンに突き飛ばされたようだ。「彼にも二、三、あざができてるだろうね」

「すまない！」ロッドが言った。

「何かして気をまぎらわせろ」オーウェンが提案する。「野球のデータについて考えるとか、CMソングをひたすら歌うとか」

「やってみる」ロッドはふたつのアイデアを合体させ、『わたしを野球に連れてって』を大声で歌いだした。ある意味、歌うエルフと妖精以上に注意を引きそうだ。

「警察って夜の公園をパトロールしないの？」わたしは周囲を見回しながら訊く。「これだけの行列なら、彼らだって気づきそうなものだけど」

「きみの取り巻きのなかに、少なくともひとりパトロール中の警官がいるよ。でも、彼はいま妖精と踊ってる」オーウェンはそう言うと、いきなりわたしをくるりと回し、手を取ってワルツのステップを踏んだ。「彼らばかりに楽しい思いをさせるのはしゃくだよ。きみも女王でいる時間を少しは楽しまなくちゃ」

「そうねえ。いまのところ、だれも襲いかかってくる様子はないし……」いまのところ、妖精もエルフも、ただ純粋に、わたしのそばに――もとい、〈月の目〉のそばにいられる栄誉に浴したがっているだけのようだ。それに、彼らの存在が、ほかの者たちの権力欲の暴走をある程度食い止めているようにも見える。アールやシルヴェスターの部下たちは、問題を起こすことなくついてきているし、ロッドも周囲の楽しげな雰囲気に感化されたのか、ずいぶんリラックスした表情になっている。

ダンスは得意ではないけれど、オーウェンの優れたリードで――彼は舞踏会での正しい振る舞い方を息子にきっちり教え込むような古風な義父母のもとで育っている――わたしはいつしか、わが身に迫った危険をいっとき忘れられるくらい、この状況を楽しんでいた。普通すぎるがゆえに普通ではないわたし、ケイティ・チャンドラーは、夜のセントラル・パークで、大勢の信奉者たちに永遠の忠誠を誓う歌を歌われながら、見目麗しい男性とワルツを踊っている。

こんな魔法のような時間はたいてい長くは続かない。案の定、終わりはすぐにやってきた。アールが集団のなかから現れた。目にシルヴェスターと同じような狂気の光が宿っている。歌はもはや彼の気持ちを静めることも、まぎらわせることもなくなったようだ。わたしにかわって、自分がこの集団を率いて歩きたくなったらしい。「みんな、聞いてくれ！」アールは声をあげた。「きみたちがいま崇めているのはただの人間だ。魔力のかけらもない人間の女だ！崇めるべきは〈月の目〉で、この女じゃない！」

集団のなかのだれかが笑った。背筋がぞくっとするような笑いだ。「そんなことはわかってる。おれたちがただの女についていくほど愚かだと思ったのか？　おれたちが崇めているのは石だ。石こそがおれたちの君主だ」

わたしは踊るのをやめ、オーウェンを見あげた。彼らが崇拝するのが自分でないことはわかっていたけれど、それを彼らが自覚していたというのは面白くない。でも、さらに気がかりなのは、彼らが石に忠誠を誓ったことだ。つまり、彼らは、それがだれであれ、石を所持する者に従うということになる。

アールもすぐにそれを理解したようだ。「どうせ従うなら、身内に従うべきだ」彼はそう言うと、わたしに向かってきた。「おれによこせ！　それはあんたのじゃない！」

「あなたのでもないわ！」逃げながら言う。しかたない、ここは少々汚い手を使わせてもらおう。「なあんだ、結局あなたもシルヴェスターと同じじゃない」わたしは鼻で笑った。「あなたがこんなに権力を求めていたとは知らなかったわ。しゃべり方までシルヴェスターそっくりになってる」

アールは愕然として立ち止まると、頭を振った。「おれはやつとは違う！　絶対違う！」そう言うと、祖母の方を向く。「頼む、なんとかしてくれ！　どうしても石の言うことを聞いてしまう。〈月の目〉を手に入れたら、みんながおれの話を聞くって言うんだ。途中でさえぎらずに最後までちゃんと聞くって。みんながおれの言うとおりにするって」アールの頰を涙が伝う。「おれはシルヴェスターみたいになりたくない」

「おいで」祖母は優しい声で言った。「かがんどくれ。あんたは背が高すぎて、手が届かないよ」アールは祖母の前まで行くと、前屈みになった。祖母は背伸びをし、人差し指で彼の額の真ん中に触れる。「さあ、お眠り」祖母がそう言うと、アールはまぶたを閉じてゆっくりと地面に横たわり、ひざを抱えて丸くなった。小さなため息とともに、全身が弛緩《しかん》していく。

「眠ってるときは、みーんなかわいいんだけどね」祖母はアールを見ながら言った。「さてと、石があたしの魔術を打破する前に、さっさと行った方がいい。この子は親玉エルフほどやられちゃいないようだが、用心するに越したことはないからね」

公園の東端に近づいてきた。五番街を走る車の音で、後ろの歌はほとんど聞こえなくなっている。わたしの——もとい、石の取り巻きは、公園の住人のうちより野性の強い者たちが脱落したせいで、いくぶん規模が小さくなった。動物たちの数もずいぶん減っている。

「本当に公園を出た方がいいと思う?」オーウェンに訊く。「この人たち、たしかにちょっと気味が悪いけど、ブローチを奪いにこようとはしないわ。案外、別のだれかが奪おうとしたら、ブローチを守るために何かしてくれるかもしれない」

「でも、いざ奪われてしまったら、彼らは喜んでその人についていくよ。それを考えると、ここにとどまるのはリスクが大きい」

「あっち側に行くよりも?」

オーウェンは激しく車の行き交う大通りに目をやり、ふたたび魔法界の集団の方を見る。「わからない。どのみち正解なんてないよ。どこかしら間違っている答が複数あるだけだ。とりあえず、とどまれる間はここにとどまって、必要になったら出るってことにしようか」

わたしたちは立ち止まった。集団が追いついてきて、相変わらず石への讃歌を歌いながら、わたしたちを取り囲みはじめる。わたしはオーウェンのそばに寄った。周囲の空気が魔力でパチパチと音を立てる。もし免疫者《イミューン》じゃなかったら、わたしはどんなふうになっていたのだろう。祖母には特に変化はないが、ロッドは集団といっしょに体を揺らしている。そうすることでブローチを取らずにいられるなら、こちらとしてはなんの文句もない。

ふと、メンバーのひとりが欠けていることに気づいた。「トールは?」

「さあ」オーウェンが集団を見回しながら言う。「アールといっしょに残ったのかな」

「たしかに停戦協定は結んだようだけど、いきなり親友になったわけじゃないわ。もしかしたら、お金の回収もすんだし、帰ったんじゃないかしら。結局、彼にとってはそれがいちばん大事なことだったのよ」

「地の精《ノーム》には〈月の目〉よりお金の方が力があるということか……」オーウェンはそう言いながらも、依然として集団の方を見ている。「ノームがエルフや妖精たちのなかにいれば目立つだろうから、やっぱり帰ったのかな」

「ねえ、おばあちゃん《グラニー》！」祖母を呼んでみる。「トールを見なかった？」

「ついいましがたまで、あたしの横にいたよ」祖母は言った。

「ほんと？」急に不安になる。

「やけに紳士然としてあたしをエスコートしてたよ。あたしは護衛なんか必要なかったけどね」

「どこに行ったのかしら」従順で控えめなアールがあれだけ変わってしまうとしたら、トールはいったいどうなるだろう。美術館では、戦斧《バトルアックス》を振りあげてミミに襲いかかった。〈結び《ノッ》目《ト》〉のおかげで彼女は無事だったけれど、わたしは丸腰だ。斧が振りおろされるシーンが脳裏に浮かんで、ふくらはぎがむずがゆくなる。

突然、ものすごい雄叫びが甘美な歌声を切り裂き、わたしは悲鳴をあげた。「トール！」祖母の鋭い声が響く。

雄叫びがぴたりとやみ、トールが集団の前で揺れているのが見えた。「よこせ」トールはつぶやく。

「お金は回収しただろう?」ロッドが言った。「もう忘れたのか? ポケットに手を入れてみろよ」

トールは言うとおりにする。ほとんどいやらしいくらいの悦楽の表情が満面に広がる。トールがお金の感触を味わっているすきに、ロッドはそっと彼に忍び寄り、斧に手を伸ばした。ロッドの接近を感知したのか、トールははっとして両手で戦斧《バトルアックス》を握り直すと、オーウェンとわたしに向かって走りだした。「ブローチはわしのだ! ブローチがあれば、もっとたくさん金が手に入る!」

数人のエルフと妖精が飛び出して、トールを取り囲んだ。はじめはノームを相手にしていたはずが、そのうち彼ら同士の間で小突き合いが始まり、あっという間に大乱闘になった。〈月の目〉は敵意を糧としながら、それ自体を増長するらしく、ラブ・イン（愛することをテーマとしたヒッピーの集会）的なムードはすぐに消えてなくなった。

「どうやら、公園を出るときがきたみたいね」オーウェンに向かって言う。わたしたちは集団をかき分けて、公園の出口に向かった。あちこちから手が伸びて体をつかまれたが、かまわず前に進む。ポケットの内側にブローチをとめておいてよかった。早足で歩き続ければ、わたしに手をたたかれる前にピンまではずすのは難しいはずだ。

ふたたび雄叫びが聞こえた。オーウェンはわたしを前に押し出す。直後に痛みにあえぐ彼の声が聞こえ、慌てて戻ると、オーウェンがふくらはぎを押さえてうずくまっていた。近くにトールが倒れていて、その横に祖母が杖を構えて立っている。

「オーウェン！」わたしは彼の横にひざまずく。「大丈夫？　やられたの？」

「ちょっとかすっただけだ」オーウェンは歯を食いしばりながら言う。「傷は深くないし、アキレス腱は外れてる」

傷に触ると、あっという間に指が生温いべとべとしたものに覆われた。「かなり出血してるわ。止血をしなきゃ」

祖母が大きなトートバッグのなかに手を突っ込みながら、そばに来た。「何か使えるものがあるはずだよ」ひとりごとのようにつぶやくと、オーウェンに向かって言う。「ズボンのすそをあげて、傷を見せておくれ」祖母はトートバッグから小さな瓶を取り出し、なかの液体を傷の上に注いだ。「魔力のないあんたにどれだけ効くかわからないが、少なくとも消毒効果はある」わたしは痛みにうめくオーウェンの手をぎゅっと握る。祖母は続いて長い布のようなものを取り出した。「あとで新しいのを買わなきゃならないね」祖母はサポートタイツをオーウェンの脚にしっかり巻きつけ、端を結び合わせてなかにたくし込むと、上から手を当て、何やらつぶやいた。「これである程度出血は抑えられる。呪文が効くかどうかはわからないけど、まあ、害にはならないだろう」

オーウェンが立ちあがろうとしたので、わたしはそっと彼の肩を押さえた。「まだ動かない方がいいわ。いまのところ彼らも寄ってこないし……。きっと血が恐いのね」

「血に引き寄せられてくる者たちもいるよ。できれば、連中には会わない方がいい」動揺を表に出さないようにしているようだが、若干声が震えている。

「ひょっとして、その連中は権力欲が強いの？」

「そりゃもう」

「わかった。じゃあ、あなたはここに残って。わたしはこのまま行くわ。祖母が守ってくれるから大丈夫。もうすぐ箱も出来上がるだろうし」

「きみにブローチをもたせたまま、ひとりで行かせるわけにはいかないよ」

「でも、その脚じゃ走るのはおろか、歩くのもままならないわ。しかも、あなたは魔法が使えないのよ」

オーウェンは肩に置かれたわたしの手を振り払うようにして立ちあがる。「歩けるよ。きみがなんと言おうと、ひとりで行かせるつもりはないから、議論するだけむだだ」

「わたしはひとりじゃないわ」

「ああ、ぼくがいっしょに行くからね」オーウェンは歩けることを示すかのように、わたしに向かって一歩踏み出した。足はほとんど引きずらなかったが、痛みをこらえているのが表情でわかる。やはり無理だと言おうとしたところで、彼の携帯電話が鳴った。

「ああ、サム」オーウェンは言った。「なんだって？」オーウェンの視線がわたしの背後に向けられ、目が大きく見開かれる。彼はゆっくりと言った。「ああ、もう到着したみたいだ」

振り返ると、清教徒《ピューリタン》たちが――ミミの元子分もいる――こちらに向かってくるのが見えた。相当気合いが入っている感じだ。

「大至急来てくれ」オーウェンは電話に向かって言った。「応援が必要になりそうだ」

16

少なくとも十人はいる。祖母とロッドがオーウェンとわたしをはさむようにして立つ。それでも、圧倒的な数的不利にかわりはない。トールとアールが戦力から外れたいま、こちらはめくらまし《イリュージョン》のエキスパートである優れた魔法使いがひとりと、民俗魔術に精通し、杖の扱いに長けた狡猾《こうかつ》な老女がひとり、そしてふたりの免疫者《イミューン》――そのうちひとりは負傷中――しかいないことになる。唯一の物理的な武器は祖母の杖だけだ。いまからでもトールの小さな戦斧《バトルアックス》を拾いにいった方がいいだろうか。

サムが部下たちを連れて到着すれば、数ではある程度対等になれるだろう。わたしの後ろには信奉者たちが控えてはいるが、彼らはだれが〈月の目〉を所持してもさほど気にしないような気がする。たしかにトールの攻撃からわたしを守ってはくれたが、だれかがいざブローチを奪ってしまえば、忠義を誓う相手は一瞬にして変わってしまうだろう。振り返ってみると、公園の住人のほとんどは、よそ者の到来を受けて暗闇のなかに消えていた。彼らの忠義は思った以上に儚《はかな》かったようだ。

「どうする?」わたしはささやいた。「また公園のなかに戻る?」

「戻っても、彼らは追いかけてくるよ」オーウェンは言った。

「姿を見えなくしようか」ロッドが言う。

「すでに見られてるよ」祖母が指摘する。

たしかに、彼らはまっすぐわたしたちの方へ向かってくる。トールの戦斧《バトルアックス》があったとしても、あまり役には立たなかっただろう。彼らは銃で武装していた。

こちらに向けられた銃身が街灯を受けて不気味に光る。「あなたの言ったとおりね。やっぱりあの人たち、偽善者だわ」ロッドに向かってささやく。「現代のテクノロジーを全否定してたくせに。彼らなら、最低でも石弓を使うべきなんじゃないの？」

「狂信者に理屈《ロジック》は通じないよ」オーウェンが妙に落ち着いた声で言った。これがほかの人なら、失血によるショック状態を疑うところだが、彼は危機に直面するといつもこうなる。状況が深刻になればなるほど、落ち着き払っていくのだ。オーウェンの声は、ミネソタの冬並みにクールだった。事態は相当に切迫しているということだ。

「ブローチをよこせ」ミミの元子分が銃の先を振りながら言った。

オーウェンがプレッシャーのもとでクールになるとしたら、わたしはおしゃべりになる。そのせいで墓穴を掘ることも少なくない。「あなたたち、人にはテクノロジーに頼るな、魔力を使え、なんて言っておいて、言ってることとやってることが全然違うじゃない」

「世界を浄化するためなら、いかなる道具の使用も許されるのだ」彼は言った。

「まあ、便利な言いわけだこと。それならなんだって正当化できるわね」

「きみにとってブローチはなんの利用価値もないものだ。そんなもののために、わざわざ命を落とすことはないだろう」別の男が言った。理性的で、ほとんどフレンドリーと言っていいような口調だ。

「ブローチでやりたいことがあるんだ」オーウェンが、同じように理性的でフレンドリーな口調で言った。

「ああ、ミスター・パーマー」フレンドリーな清教徒《ピューリタン》はうなずく。「ずいぶん熱心にブローチを捜していたようだね。まあ、きみが〈月の目〉を欲しがる理由は理解できる。でも、いまのきみにはなんの役にも立たないだろう？　それとも、それを使えば魔力を復活させられるとでも思っているのかい？」

「たしかに、ぼくには使えないかもしれないけれど、使える人を知っている。率直に言って、彼らの方があの女性よりずっとうまく、あなたたちの望むような混乱を引き起こせますよ」オーウェンは言った。

彼ははったりをかけている。これだけ多くのことをいっしょに切り抜けてきたのだ。彼が柄にもない言動をすれば、何か考えがあることくらいすぐにわかる。わたしは彼を信じて同調する。「そのとおりよ。彼女の下で働いたことがあるからわかるわ。彼女が引き起こせるのは、せいぜい慈善団体のしみったれた権力闘争くらいね。わたしたちが計画してるのは、もっとずっと壮大なことなの。こっちのやり方で世界を救った方が、はるかに大きな注目を集められるわ」

「まあ、あなたたちに彼らが倒せたら、ということですけどね」オーウェンは軽く肩をすくめる。これがはったりであることを心から祈る。彼のなかにわずかに魔力が残っていて、石がそれに働きかけているのではないことを……。

わたしたちはあくまで、こちらの存在は彼らの計画にとって脅威にはならないと清教徒《ピューリタン》たちに思わせたいだけだが、後ろにいる信奉者の残存組は、全員がそれを理解したわけではないようだ。息をのむ声があちこちから聞こえる。何人かが前に出て挑むような構えを見せ、また何人かはあとずさりして暗闇に消えていった。視界の端で、ロッドが心配そうにオーウェンを見つめているのが見える。子どものころからのつき合いなのだから、オーウェンが悪に転じるわけないことはわかっているはず。それとも、オーウェンについて何かわたしの知らないことを知っているということだろうか。

この清教徒《ピューリタン》は、ロッドほど、オーウェンが危険人物に変貌する可能性を疑ってはいないようだ。「きみはブローチを破壊するつもりなのかと思っていたよ」彼はどこかマーリンを彷彿させる。学者風で、頼れる師、あるいは親戚のなかでいちばん慕われる伯父さんになりそうなタイプだ。イデオロギーの違いがなければ、彼とマーリンとオーウェンは仲良くなれたような気がする。中世の魔法書をテーマに、三人でオタク全開の会話を繰り広げる様子が目に浮かぶ。

「〈月の目〉がつくられてすぐマーリンが破壊を試みましたが、何をしてもだめだったそうです」オーウェンは言った。「魔法で破壊することは不可能です。石の魔力から身を守る方法もありません」

「きみは何か勘違いしてるようだ。わたしたちが権力欲しさに〈月の目〉を奪おうとしていると思ってるのかい？」

「こっちに銃を向けて、ブローチをよこせと言ってるわ」わたしは言った。「そうとしか思えないじゃない」

「わたしたちは〈月の目〉それ自体が欲しいわけじゃない。目的を達成するために、〈月の目〉を利用するだけだ」

「こっちにも〈月の目〉を使ってやりたいことがある。で、それは必ずしもあなたたちの計画を邪魔するものではない」オーウェンは言った。「お互いに協力すれば、もっと効率よく目的を達成できるとは思いませんか」

男は笑った。かなり上から目線の笑いだ。わたしの姪っ子や甥っ子が、本人たちにとっては最高に面白いらしいのだが、こっちにはさっぱり意味がわからないばかげたジョークを言ったときの、自分のリアクションを思い起こさせる。男が見せたのは、大人が子どもに合わせるためにするそんな笑いだった。「きみたちと協力する？　きみたちこそ、わたしたちが最も敵対すべき人々のはずだがね」

「あなたは、生まれてきたこと自体を理由に人を裁判にかけるような連中に、ぼくが仲間意識をもつとでも思うんですか？」オーウェンは言った。彼は思った以上にうまい役者だったということか。それとも、彼の心の奥底にそういう思いが芽生えはじめているということだろうか。およそ彼らしくない苦々しい口調で吐き捨てられたその言葉には、恐いほど説得力があった。

会話の流れに不安を覚えて、わたしは口をはさんだ。「ちょっと訊きたいんだけど、〈月の目〉を世の中に放つことが、どうして魔法界の浄化につながるの？」

「ケイティ！」ロッドが真剣に心配しているような表情で言った。

「だって、ブローチを彼らに引き渡すか、それとも彼らとチームを組むか、どちらかに決めなきゃならないんでしょ？　もっと情報が必要だわ」それに、この男がしゃべっているかぎり、彼らは銃撃してこない。

「これは、これは、賢いお友達をおもちだ、ミスター・パーマー」清教徒《ピューリタン》はにっこりほほえんだ。「人は常に己の行動の結果について考えなければなりません。わたしたちは、すっかり堕落した現代の魔術に対して、真に純粋な魔法の優位性を示したいだけなのです。そうすれば、人々は過去を忘れたことで自分たちが何を失ったのかに気づくはず。彼らは正しい生き方を求めて、わたしたちのもとに集まるでしょう」

にやにやしそうになるのを懸命にこらえる。かまかけがこんなにうまくいくなんて。悪役が主人公のヒーローを捕らえると、決まって自分の陰謀について詳細に語りはじめるのは、映画のなかだけのお約束だと思っていたが、実際、狂信者が自分の狂信的理念について話しはじめたら、黙らせるのは容易ではなさそうだ。「でも、何か奥の手があるんでしょう？」わたしは言った。「現代の魔術にさえ手だてがないのに、中世の古い魔術でこのブローチをどうにかできるわけないもの」

どうやら少しやりすぎてしまったようだ。男の顔から友好的な表情が完全に消えた。「おまえになんの関係がある」口もとが憎々しげにゆがむ。「魔力のかけらもないくせに、知ったような口をきくな。おまえなど嫌悪の対象以外の何ものでもない。魔法が純粋だったころは、おまえのような子どもが生まれたら、魔法界の血を汚さないためにそのまま死なせたものだ」

わたしはオーウェンの方を向く。「そうなの⁉　あなたが貸してくれた魔法史の本には、そんなことひとことも書いてなかったわ」

「ぼくもはじめて聞いたよ」オーウェンは答える。

「それはおまえたちが己の歴史をきちんとかえりみなくなったからだ！」男は叫んだ。これは質問で引き延ばす作戦より、かえって効果がありそうだ。男はいまや、魔法界の真の歴史と、それが今日の堕落したリーダーたちによってどうゆがめられているかについて、口角泡を飛ばして熱弁をふるっている。講義としてはかなり退屈だが、〝アブない教授〟の仲間たちがこちらに向かって銃を構えているので、うっかり居眠りをする心配はない。

何かがこちらに向かって飛んでくる――どうかサムでありますように。空を見あげたいのをぐっとこらえ、さりげなくオーウェンの腕をつかんで合図し、続いて反対側にいる祖母をひじでつつく。ガーゴイルたちが清教徒《ピューリタン》たちめがけて急降下しはじめると同時に、祖母が杖を地面に突き刺した。茂みからつる草が伸びてきて、清教徒《ピューリタン》たちにからみつく。「この公園にはツタウルシがないみたいで残念だよ」杖でつる草を操りながら、祖母はつぶやく。

「こっちだ、はやく」ロッドがオーウェンを引っ張り、わたしはオーウェンに引っ張られた。

「おまえとケイティに覆い《ヴェール》をかけた。おとり用にめくらまし《イリュージョン》のダミーもつくったから、いまのうちに逃げるんだ。まあ、おまえが逃げたいならってことだけど」

「まさか、さっきの話、信じたんじゃないだろうな」オーウェンは心底傷ついたような口調で言った。

「一応、確認しただけだよ。さあ、行って！」ガーゴイルとロッドと祖母に清教徒《ピューリタン》の相手を任せ、わたしたちは走りだした。オーウェンの体重が肩にずっしりかかっている。

いまのところ、銃声は聞こえない。現代のテクノロジーを使うことにやはり抵抗があるということなのか、それとも、魔法使いに向かって発砲しても銃弾のむだということなのか。弾をさえぎる魔術ならあっても意外ではない。残念ながら、オーウェンとわたしにはそのような防衛手段はない。魔法には免疫があっても、銃弾にはまるで無防備だ。

ロッドのめくらまし《イリュージョン》にもかかわらず、清教徒《ピューリタン》たちはすぐに追いついてきた。〈月の目〉のパワーを感知しているのだ。だれがブローチをもっているのかはわからなくても、おおよその場所はわかるらしい。清教徒《ピューリタン》のひとりがわたしの体をつかんだ。わたしはひとこと警告を発し、すかさず反撃する。兄が三人もいれば、けんか相手のひっかき方やたたき方、蹴り方について、多少の心得はある。わたしは靴のかかとで男のむこうずねを思いきり蹴ると、そのまま足の甲を踏みつけ、同時に頭を相手のあごの下に向かって突きあげた。頭に痛みが走ったが、うめき声が聞こえて、ふいに体が自由になったから、相手の方がもっと痛かったということだろう。

オーウェンの方を見ると、別の清教徒《ピューリタン》と格闘している。彼の方へ行こうとしたとき、またダれかに体をつかまれた。ほとほとうんざりしながら、相手のあばらめがけてひじを突き出し、体を反転させて男性の体のデリケートな一角にひざ蹴りを入れる。「離してよ！」

「ごめん、ケイティ！」聞き覚えのある声だ。

「ロッド！　何してるのよ、いったい⁉」

「それをぼくに渡して」ロッドはせっぱ詰まった口調で言う。「そうしたら、ぼくは無敵だ。無敵になれば、こいつらを倒して、ぼくたちみんなを救える」

わたしは腕組みをする。「石がそう言えって言ったんでしょ」

ロッドは顔をゆがめ、親指でこめかみをもむ。「ああ、ごめん」

「なかなかうまい理屈だけど、わたしはだまされないわよ」

ロッドは突然、危ないと叫んで、わたしを押しのけた。これも策略かと思ったら、銃声が聞こえて、耳の横を何かがシュッとかすめ、同時にだれかに押し倒された。

「撃った！」わたしはあえぎながら言った。「あいつら、ほんとに撃ってきたわ！」

「とりあえず、腕が悪いのが救いだ」ロッドが自分の体を盾にして、わたしの上に覆いかぶさっている。ロッドを押しのけて起きあがろうとしたところで、また銃声が聞こえ、再度かがみ込む。

ふと、腰のあたりに何かが触れるのを感じて、わたしは言った。「ロッド、手に怪我をするのはいや？」

「え？　うん、なんで？」

「じゃあ、わたしのポケットから離した方がいいわ」

「あっ、ごめん！」

わたしたちは近くの木の下まで這っていった。入り乱れる清教徒《ピューリタン》とガーゴイルたちのなかにオーウェンの姿を捜す。わたしの心を読んだかのように、ロッドが言った。「あいつを捜してくる」

大丈夫だろうか。もしかしたら、二回目の銃声はわたしに向けられたものではなかったのかもしれない。そして、もしかしたら、標的に当たったのかも。オーウェンは魔法が使えない。怪我をしていて、いつものように俊敏《しゅんびん》に動くこともできない。ここからオーウェンの姿は見えない。でも、オーウェンは大半の清教徒《ピューリタン》より背が低い。ああ、どうか彼らのなかに隠れて見えないだけでありますように……。

乱闘の喧噪のなかから祖母の声が聞こえてきたが、何を言っているのかはわからない。どうやら英語ではないようだ。彼女が外国語を話せるとは知らなかったが、これはいったい何語だろう。やけに古めかしくて、荒々しい響きの言葉だ。

まもなく、近くの生垣が淡く光りはじめた。祖母が小さな人たち《ウィーフォーク》と呼ぶ生き物たちが戻ってきたのだ。ただし、今回は、祖母の呼び出しに応じて出てきたようだ。この種の生き物と交流があることは常々口にしてはいたけれど、彼らの言葉を話せるとは知らなかった。生き物たちはいっせいに清教徒《ピューリタン》たちの脚に這いあがる。動きの鈍くなった彼らを、ガーゴイルたちが空から攻撃する。

人とガーゴイルと自然精と植物が激しく入り乱れるなかから、ロッドがオーウェンを支えて出てきた。わたしはふたりに駆け寄り、オーウェンの体に銃弾の穴が開いていないのを確認すると、安堵のあまり半泣きになりながら、オーウェンの腕を自分の肩にのせる。

「いまのうちに、きみらふたりはここを離れた方がいい」ロッドはそう言うと、ガーゴイルを一頭、護衛に呼んだ。わたしたちは公園の出口へと急ぐ。ところが、大乱闘のさなかにあっても、敵は〈月の目〉がそばを離れたことを敏感に感知し、すぐにあとを追ってきた。

「しつこい連中だな」オーウェンが言った。その口調は、危機に直面したときのいつもの落ち着きとはまた違う種類のものだった。痛みと失血で少しもうろうとしてきたのかもしれない。

「彼らは狂信者よ。簡単にあきらめないのが、狂信者ってものだわ」

追ってきた敵の前に、MSIのガーゴイルたちが急降下する。わたしたちが物陰に飛び込むと同時に、銃弾が石をはじく音が聞こえた。ガーゴイルに当たったのでなければいいのだけれど。もし銃弾で体の一部がかけてしまったら、傷は治るのだろうか。

祖母とロッドが追いついてきた。祖母は相変わらず、植物と自然精を指揮して清教徒《ピューリタン》たちの邪魔をさせている。「言いたかないけどね、ハニー」祖母はわたしに向かって言った。「おまえには無理だと思うよ」

「どういう意味?」わたしは憤慨して訊く。

「おまえはこの連中に対して何もできない。魔法で身を守ることもできない。おまえがブローチをもつのは、やっぱり無理があるよ」

わたしはポケットに手を入れ、〈結び目〉をかたどる金とその中央にあるなめらかな石の感触を確かめた。「でも、わたしならブローチを守ること以外、何もしないわ。おばあちゃん《グラニー》の場合、そうとは言いきれないでしょ？」

「あたしが石の言うことに耳を貸すとでも思うのかい？」祖母は声を荒らげる。「石を使う気なんかこれっぽっちもないよ。ただ、あたしならブローチを守れるって言ってるんだ。〈結び《ノッ》目《ト》〉の作用で、だれもあたしに手出しはできないからね。安全が確保できたら、おまえに返せばいいだけの話だ」

わたしは首を横に振った。「だめよ、おばあちゃん《グラニー》。これは免疫者《イミューン》がもたなきゃだめなの。信頼してこれをもたせられるのは、イミューンだけなんだから」

「自分の祖母を信用できないって言うのかい？」

「このブローチに関しては、だれのことも信用しないって言ってるの」

「なんだか、おまえも石の影響を受けてるような感じだね」祖母は顔をしかめる。「どうしてそんなに手放すのをいやがるんだい。あたしに渡せば、敵に奪われる心配はないし、おまえも危険な目に遭わずにすむっていうのに」

「わたしには魔法が効かないんだってば！　石にそう言えって言われたのね、そうなんでしょ？」

「ばかなことを言うんじゃないよ。あたしは影響なんか受けてないよ」近づいてくる祖母の目は欲望でぎらぎらしていた。祖母もついに、石の魔力に屈してしまったようだ。

祖母の意識が石の方に集中して清教徒《ピューリタン》たちから離れたすきに、ふたりの男が祖母の横をすり抜け、わたしに向かってきた。ロッドとオーウェンが止めようともみ合ったが、そのうちのひとりがわたしを捕まえた。

この男には妹がいるに違いない。抵抗を試みるものの、こちらの手はすべて読まれてしまう。ふいに、氷のように冷ややかな声が聞こえた。「彼女を放せ」

見あげると、目の前に銃身があった。でも、銃口はわたしの頭のすぐ上を向いている。わたしを羽交いじめにしている男の方だ。銃を握っているのはオーウェンだった。さっきのもみ合いで、清教徒《ピューリタン》から奪ったのだろう。

オーウェンは銃を構え、的に集中するように目を細める。彼が並外れてパワフルな魔法使いだったころも、わたしはオーウェンほど優しい人をほかに知らなかった。彼は道端で鳴いていた子猫を見捨てられずに家に連れ帰ってしまうような人だ。オーウェンが引き金を引くことなど想像もできないが、もし彼を知らなくて、いまの目つきを見たら、彼はやる気だと思ったかもしれない。

わたしを捕らえている男も、そう思ったようだ。彼が手を離したので、わたしは急いでオーウェンのもとへ走った。「そのままさがれ」オーウェンは男に命じた。男が躊躇《ちゅうちょ》すると、オーウェンの声はさらに鋭くなる。「さがれ!」

「彼を人質にすればよかったかも」男があとずさりしていくのを見ながら、わたしは言った。

「いや、彼らにとっては何よりも大義が重要なんだ。必要となれば、仲間だろうがなんだろうが、かまわず撃ってくるだろう」

「あなたは撃てる?」

オーウェンは質問には答えず、銃をしっかり構えたまま、清教徒《ピューリタン》たちからゆっくりと離れていく。「サム、武器を集めてくれ」ガーゴイルたちは急降下攻撃をやめ、敵の手から銃を奪いはじめる。

「自分が何をしているのか、わかってるのかね」アブない教授が、ふたたび友好的な口調で言った。サムが彼から銃を取りあげ、わたしのところにもってきた。手のなかで、そのなじみのない重さを確かめる。空気銃や小型の散弾銃を撃った経験はあるけれど、拳銃を生身の人間に向けるのにはやはり抵抗がある――たとえ相手がどんなに危険で頭のいかれたやつだとしても。わたしはあえて自分のなかのチャーリーズエンジェルを鼓舞し、両手でしっかり銃を構えると、敵をにらみつけた。

「もちろんわかってますよ」オーウェンは言った。「あなたたちの危険な陰謀を阻止しようとしてるんです」

男はふたたび例の上から目線の笑い方をした。「危険？　きみがこのわたしを危険呼ばわりするとは、これはまた滑稽な話だ」

「ぼくは両親がだれかさえ知らずに育ったんだ。彼らの行動についてぼくを責めるのは筋違いです。それに、ぼくは自分の大義のために世の中を混乱させようとしたりはしない」

「だが、血は争えないと言うではないか。権力を握りたいと一度も思ったことがないとは言わせないぞ。そもそもこれは、すべてきみのせいだ」

オーウェンの落ち着きが一瞬乱れ、声に動揺が表れる「ぼ、ぼくのせい？」

「マーリンはわたしたちの希望だった。彼ならこの社会を正しい方向へ導くことができた。マーリンが戻ってきたとき、わたしたちは彼が魔法界を浄化してくれると確信した。ところが、彼を呼び戻したのは、きみだった。きみは彼を現代の魔法使いに変貌させた。彼に過去を忘れさせたのだ」

「あなたは明らかにマーリンという人を知らないようですね」オーウェンは苦々しく笑う。「彼は学者です。自分が眠っている間に起こったことについて、当然、学ぼうとしますよ。彼は自らの意志で、現代に適応することを選んだんです。ぼくもインターネットの使い方くらいは教えたけど、過去を過去のものとすると決めたのは、彼自身だ」

この〝あらたな事実〟に動揺したとすれば、清教徒《ピューリタン》はそれをうまく隠している。もっとも、こういうタイプは、たいてい事実よりも自分の信じていることの方を優先させる。彼は冷ややかな笑みを浮かべて言った。「きみの言うことにも、ひとつだけ正しい点がある」

「ひとつだけですか」

「きみはたしかに危険ではないかもしれない。たとえ悪人だとしても、実際に悪を働くには意気地がなさすぎる。でなければ、とっくにその引き金を引いているはずだ。きみには人の命を奪うことなどできない、そうだろう?」

わたしはだれにも当たる心配のない男の右上方向に銃を向けると、反動に備えて足を踏ん張り、引き金を引いた。期待どおり、清教徒《ピューリタン》は慌ててあとずさりした。「わたしは撃つわよ。次は外さないわ」

「それじゃあ高いし、右に寄りすぎだよ」祖母が文句をつける。

「いまのは威嚇《いかく》射撃なの！」わたしは憤慨して言った。「当てるつもりで撃ったんじゃないわ」

視界の端で何かが動き、同時に大きな銃声が聞こえた。その直後、突然、まわりの世界が静止した。ふと見ると、ロッドがひざをついて片手を地面に当てている。視線をあげると、銃弾がわたしから一メートルもないところで宙に浮いていた。ロッドが介入してくれなかったら、避けることは不可能だっただろう。

「この魔術はオーウェンほどうまくないから、早く行って」ロッドは歯を食いしばりながら言った。「グラニーとおれとで、できるだけ長くやつらを足止めする」

オーウェンのシャツのすそはとうの昔にズボンから出ている。彼はウエストバンドの背中側に拳銃を差し込み、見えないようシャツで隠す。わたしはハンドバッグに自分の拳銃を入れた。この街には銃器を隠して携帯することについて法律があるし、いまのふたりは怪しまれても文句を言えない身なりをしている。それでも、この先、丸腰で切り抜ける自信はない。

オーウェンの腕を取り、公園の出口に向かって走り出す。オーウェンはさっきほど足を引きずってはいないが、怪我をした方をかばって、スキップのような走り方になっている。五番街に出ると、わたしは言った。「タクシーを拾いましょう。車に乗ってる間は比較的安全だわ。少なくとも、運転手が権力欲にかられておかしくなるまでは。それに、移動してる方が居場所を感知されにくいし」

「そうしよう」オーウェンは歩道をおり、手をあげてタクシーを呼ぶ。空車が何台か通過する。

ネオンの下であらためてオーウェンの姿を見て、その理由がわかった。たしかに、相変わらずいやになるほどハンサムだが、一方で、かなり危なそうにも見える。髪は乱れ、汚れてぼろぼろになった服には、あちこちに血がついている。わたしも負けず劣らずひどい状態だろう。

「歩きましょう。たぶん、いつまで待ってもつかまらないわ」わたしは言った。「とにかく、彼らが追いついてくる前に、ここを離れた方がいいわ」

オーウェンはふたたびわたしの肩に腕を回し、連れを守るような体裁を取りながら、わたしに寄りかかった。「あとどのくらいで箱ができるか訊いてみよう」携帯電話を取り出し、短縮ダイヤルを押す。応答があるまで永遠とも思えるような時間が流れたあと、ようやくオーウェンは言った。「なんとかがんばっていますが、かなり限界に近づいています。あとどのくらいかかりますか？」しばらく耳を傾けてから、ふたたび言う。「わかりました。できるだけ急いでください。お願いします」オーウェンは電話をポケットに戻す。「最後の仕上げをしているそうだ」

「最後の仕上げって、具体的にあとどのくらいってこと？　二、三分？　それとも三十分？」

「魔法は精密科学のようにはいかないよ。でも、もうすぐってことはたしかだ」

「出来上がったら、届けてもらうのよね。わたしたちも会社の方向に向かった方がいいんじゃない？」

「もうそっち方向に歩いてるよ」

「ああ、そうね。ごめん。なんかもうへとへとで、頭が働かないわ」

オーウェンはわたしの肩を軽く自分の方に引き寄せる。「わかってる。でも、きみはすごくよくやってるよ。ぼくはあんなふうに引き金を引けなかったと思う」

「あれはただの威嚇よ。だれかを撃ったわけじゃないわ」

「ぼくにはそれさえできなかったからね」

オーウェンはふいに立ち止まった。肩に回した腕に力を入れて、わたしのことも止まらせる。どうしたのか訊こうしたとき、公園の塀の内側から、がさがさと草木の揺れる音が聞こえた。わたしたちの前方右手には公園の入口があるが、音は明らかにそこへ向かっている。オーウェンとわたしは、無言のままゆっくりあとずさりを始めた。彼が何を考えているかは知らないが、公園内のさまざまな魔法生物および非魔法生物がわたしのポケットのなかの宝石に引き寄せられてきたことを考えると、このがさがさ音がわたしに向かってきていると思うのは、特に被害妄想的でも自意識過剰でもないような気がする。

音はだんだん大きくなっていく。まるでサイの群れが接近してくるかのようだ。きびすを返して走りだそうとしたとき、公園から何かがよろよろと出てきた。はじめは、それが人間かどうかさえわからなかった。全身、葉っぱや木屑まみれで、たったいま原生林の土のなかから出てきたかのような風貌をしている。葉っぱの下に何かきらきらしたものが見えて、一瞬、公園に棲息するまた別の自然精かと思ったが、さらに目を凝らして見ると、イブニングドレスを着た女性だった。

ミミだ。遊歩道など無視し、藪だろうが茂みだろうが森だろうが、迂回することなくそのまま突っ切り、わたしのところまで公園内を一直線に突き進んできたような姿をしている。「ああ、ここだったのね」ミミはわたしを見ると、驚くほど親しげな口調で言った。「あちこち捜したのよ。で、わたしのブローチはどこかしら？」

17

ミミは恐れていたような錯乱状態にはないようだ。むしろ、理性的にさえ見える。少なくとも、ふだんの彼女よりは理性的だ。でも、わたしはミミの理性が長く続かないことを知っている。彼女がなんの前触れもなく豹変するのを、スタッフミーティングでさんざん見てきた。きっと状況はすぐに暗転するだろう。

こちらとしては、少しでも長くこの状態を続かせるようにするしかない。「ミミ、ブローチならちゃんとドレスについてるじゃない」わたしは言った。「ほら、その葉っぱの下のところ」

ミミは胸もとを見おろし、木の葉を払い落とすと、顔をしかめて、ふたたびわたしの方を見た。「これはわたしのじゃないわ」ブローチを指さしながら言う。

「でも、美術館でもってたのとまったく同じよ。わたし、あなたがそれをジャケットのポケットから出してドレスにつけるのを見てたもの」

「だれかがすりかえたのよ。それができたのは……あなただけだわ」ミミはわたしに人差し指を突きつけた。

ここで守勢に回ってはいけない。彼女は怯えや弱味を察知すると、いっきに攻撃をしかけてくる。「どこがどんなふうに違うの?」

ミミは一瞬口ごもると、肩をすくめて言った。「とにかく違うのよ。本物はもっていると強くなれたの。みんなわたしに従ったわ。これはただのジュエリーよ。なんの効果もないわ」

「たぶん疲れてるのよ。一日じゅう強い気持ちでいるなんて無理だわ」優しくなだめるように言う。美術館でガーゴイルに襲われたあとそうしたように。「今日はいろいろ大変だったんでしょ？　だれだってくたびれるわよ。スタッフはあなたの言うことを聞かなくなったの？」

ミミは顔をしかめる。「そうじゃないけど……でも、それは言うことを聞かないわけにはいかないからよ。わたしが責任者だから……」彼女は意外にも、ちゃんとわたしの話を聞いているようだ。たしかにいまのミミには、ほかの人たちがブローチのそばで見せたあの不気味な目のぎらつきはない。「そうね、あなたの言うとおりかもしれない……」ミミはため息をついた。「そうよ。パーティが終わってしまう前に早く美術館に戻った方がいいわ。今夜のガラのために、いろいろ準備をしてきたんでしょ？　自分にご褒美をあげなきゃ。シャンペンを飲んで、ダンスをして、あなただって楽しむべきよ」

ミミはうなずく。「そうね、わたしだって楽しむべきよね」そう言うと、彼女はわたしを見て顔をしかめた。「いったいどうしたの？　すごいかっこうじゃない。わたしといっしょに美術館に戻りましょ。ふたりとも一杯やった方がいいわ」

何か変だ。ミミがこんなに親切なはずはない。たしかに、ガーゴイルに襲われてショック状態だったときは、一時的に多少扱いやすくはなったけれど、あのときだって別に感じがよくなったわけではない。上司だったころの彼女なら、わたしが片手を失って職場に来たとしても、タイプを打つのが遅いと文句を言っただろう。そもそも、自分自身の姿がどれほどひどいかに気づいていないというのがおかしい。ふだんなら、ストッキングが伝線しただけで、鎮静剤が必要になるほど大騒ぎするのに。

「ありがとう」オーウェンを引っ張って、一歩大きく後ろにさがる。「でも、わたしたち、これから家に帰るところなの。今日はもうパーティに行くような気分じゃなくて」それは、まぎれもない本心だ。いまはただ、温かいお風呂に入ってパジャマに着がえ、ベッドに入ってふとんを頭までかぶって、そのまま一週間くらいぐっすり眠りたい気分……。

「そう、わかったわ」ミミは言った。

「また会えてうれしかったわ。じゃあ、パーティを楽しんで」わたしはそう言って歩きだす。

こんな簡単に彼女から逃れられるはずはないと思ったら、やはりそのとおりだった。美術館に戻ると言ったのに、彼女はわたしたちの後ろをついてくる。こっちは美術館とは逆方向だ。彼女の感じのよさを不審に思ったのも、やはり正解だったようだ。さっきの言葉は〈月の目〉が言わせたものに違いない——自分を確実に使うであろう人物の手に戻るために。彼女の目にはいま、あの不気味な光が宿っている。こうなると、論理で諭す戦法は通用しない。ミミはふいにわたしにつかみかかると、服のあちこちをまさぐった。「どこなの？　返しなさい！　あなたがもってることはわかってるのよ！」

わたしはやむを得ず、女同士のけんかの常套手段、髪を引っ張ったり、ひっかいたりという戦法で応戦する。オーウェンが後ろからミミの首もとに腕を回して、わたしから引き離そうとすると、彼女は大声で叫んだ。「だれか助けて！　襲われているの！　警察を呼んで！」

「あなたがわたしを襲ってるんじゃない！」わたしは抗議する。

「ブローチを盗ったからよ！」

「ブローチならドレスについてるでしょ！」

「これは偽物なの！」

「じゃあ、鑑定士のところにもっていってみなさいよ。絶対本物だって言うわ」――というか、たぶん言うと思う。エルフをだますための替え玉なのだから、地の精《ノーム》もそれなりのものをつくっているはず。まあ、いまの彼女には何を言ってもむだだろうけれど。ミミは実際に違いを感じている。一度味わった権力の味が、欲望を生み、飢餓《きが》感となっているのだ。

敵の弱点を感知する動物的勘か、あるいはものすごく幸運な偶然か、ミミが力任せに突き出したハイヒールのかかと部分がオーウェンの怪我を負った方の脚を直撃した。オーウェンは、ひどく難しそうな古語と思われる言語で、何やら悪態らしき言葉を吐く。彼が痛みにひるんだすきに、ミミはオーウェンを突き飛ばし、ふたたびわたしにつかみかかった。何かが破れるすさまじい音がし、ミミが勝利の歓声をあげる。ブローチを奪い取ったのだ。

ミミはブローチを頭上に高々と掲げ、古いB級映画に出てくる狂った科学者のような高笑いをした。「ちょっと！」わたしはブローチを奪い返そうと飛び跳ねる。スカートのポケットから破れた裏地が無惨に垂れさがっているが、気にしている場合ではない。

「やっぱりあなただったのね！」ミミはブローチをわたしの届かない高さにあげたまま言う。

「思ったとおりだわ！　わたしは狂ってなんかない！　ブローチはやっぱりなくなってたのよ！」ミミはブローチを偽のブローチの横にとめると、タクシーを呼ぶため、車道の方へ向かった。

「行かせちゃだめだ！」オーウェンが言った。彼はまだ立ちあがれずにいる。手を貸しにいこうとすると、来るなという仕草をした。

わたしは急いでミミのところへ行き、隣に立った。このひどい身なりでタクシーを近寄らせないためだが、ミミはいま〈月の目〉の魔力を享受できるので、効果のほどはわからない。

「あっちへ行きなさい！」ミミは言った。声に〈月の目〉のパワーがみなぎっている。

「いやよ」わたしは朗らかに言った。「ここにいたいの」

ミミはこちらを向いて、わたしの目をじっと見据えた。「ブローチが戻ったから、もうあなたに用はないの。だから、さっさと消えなさい」ひとことひとこと強調するように言う。

「え、なに？　よく聞こえないわ」

オーウェンが足を引きずりながらやってきた。「彼女をこの通りから離そう」耳もとでささやく。オーウェンの方を見ると、かすかに笑みを浮かべている。何か考えがあるらしい。

「ねえ、ミミ」彼女の方に一歩近づいて言う。「あなたの下で働くのがどんなに大変だったか、話したことあったかしら」

つま先がくっつかんばかりになると、ミミはしぶしぶ一歩後ろにさがった。「離れなさいったら」そう言いながら、胸のブローチを触る。

オーウェンがわたしの後ろを回って縁石の下に立ち、そのまま歩道にあがった。ミミはしかたなくさらに一歩さがる。「あまりいい上司ではなかったそうだね」オーウェンは言った。

ミミはあとずさりしながら必死にブローチをこする。そうすればブローチから精霊が出てきて、助けてくれるとでも思っているように。「離れなさいって言ってるでしょ」

「ブローチがパワーをくれるなんて気のせいだって言ったでしょう?」ああ、楽しい。「あなたの妄想よ。あなたはちっとも変わってないわ。相変わらず弱い人間なのよ」

「違う、違うわ!」あとずさりする足がもつれ、あやうく転びそうになる。「わたしから離れなさい！　これは命令よ！」ミミは金切り声で叫んだ。こちらに従う様子がないことがわかると、彼女はきびすを返し、さっきわたしたちが出てきた公園の入口の方へ走りだした。

「見失うな」オーウェンは足を引きずりながらスピードをあげる。わたしはオーウェンの腕を肩にのせて彼を支えると、ふたりして二人三脚のようなかっこうでミミのあとを追った。

「何か考えがあるんでしょ?」走りながら訊く。「わかってると思うけど、ブローチを奪われたわ。ブローチを取り戻すのが任務だったのに。七合目に逆戻りよ」

「七合目?」

「とりあえず、だれがもっていて、その人がどこにいるかはわかってるから、まるっきり振り出しに戻ったわけじゃないっていう意味。とにかく、問題はブローチがいまわたしたちの手にないってことよ！」

オーウェンの肺活量はわたしのそれよりはるかに大きいようだ。彼は走りながら、息を切らすこともなく、自分の考えを説明した。「ぼくらはどちらも〈結び目《ノット》〉の保護を受けられない。この状態では、いずれだれかにブローチを奪われていただろう。でも、彼女は〈結び目《ノット》〉に守ってもらえる。彼女からブローチを奪えるのは、ぼくらだけだ。だから、清教徒《ピューリタン》や、石に近づくと問題を起こすような権力主義者たちを近寄らせないようにしつつ、しばらくの間、彼女にもたせておくんだ。そして、箱が届いたら、彼女からブローチを取り返し、ただちに箱にしまって安全を確保する」

「なるほど、名案だわ。でも、清教徒《ピューリタン》に近づけないようにするなら、走らせる方向が間違ってない？」

オーウェンは腕をわたしの肩からはずす。「彼女の前に回って、街の方に追い立てるんだ。公園の住人たちがいっせいにひざまずいたら、彼女、相当つけあがるだろうな」

「そりゃあもう、手がつけられなくなるわね」

わたしは全速力でミミを追い越し、彼女の前に立ちふさがった。公園内の乱闘の音が聞こえる。せっかく離れたのに、ずいぶん近くまで戻ってきてしまった。彼らはまもなく〈月の目〉の接近を感知し、捜しにくるだろう。所有者が替わったことに気づくには、多少時間がかかるはず。彼らはまず、わたしを追いかけるだろう。わたしが自分の身を守っているすきに、ミミに逃げられてしまう可能性もある。

幸い、ミミは公園に入る気などまったくなかったようだ。彼女は美術館の方向に進んでいる。あとは、できるだけはやく危険地帯を通過するよう急がせればいいだけだ。幸い、それも難しいことではなかった。わたしがブローチを取り返そうとして追いかけていると思っているミミは、ハイヒールとタイトなロングドレスに足を取られそうになりながら懸命に小走りしている。

「ついてこないでよ！」彼女は怒鳴った。「ブローチは渡さないわよ！」

「あなたについていってるんじゃないわ。たまたまアップタウンに向かってるだけ」いらつくミミを見ながら、にやにやしそうになるのをぐっとこらえる。

後ろから電話で話すオーウェンの声が聞こえた。「サム、空からの援護を頼む」まもなく、頭上の空気がかすかに動くのを感じた。

間に合ってよかった。目を見張るような盛装の集団が、美術館からこちらに向かってくる。権力欲にかられたガラの招待客たちが、ブローチに引かれてやってきたのだ。このままでは盛装した暴徒たちに襲われる。アカデミー賞の授賞式で暴動が起きたら、まさにこんな感じに違いない。

「あら、見て。ゲストのみんながわたしを迎えにきてくれたわ！」ミミが言った。「わたしって本当に愛されてるのね」

あの連中をブローチに近づけたら大変なことになる。「サム！」わたしは叫んだ。

「任せときな、お嬢」サムはそう言うと、仲間に指示する。「ロッキー！　ロロ！　おまえたちは客の集団を頼む」それから、わたしに向かって言った。「彼女を別の場所へ行かせるぞ」

わたしはミミの腕をつかむと、近くの横断歩道へ引っ張っていく。歩行者用の信号が青に変わった瞬間、サムが空から急降下して言った。「よう、姉さん！」

ミミは耳をつんざくような悲鳴をあげ、道路に走り出た。オーウェンとわたしはすぐにあとを追う。サムも空からついてくる。反対側の歩道にたどりついて、後ろを振り返ると、清教徒《ピューリタン》たちが公園から出てきたところだった。ガラの客たちは交差点の手前まで来ている。信号が変わり、車が走りはじめると、わたしたちは近くの角を曲がった。

「見られたかしら」オーウェンに訊く。

「うちの連中が覆い《ヴェール》をかけた」サムが言った。「美術館から出てきたやつらには一瞬見られたかもしれんが、その後どこへ行ったかまではわからないだろう。狂信者たちは何も見てないはずだ」

「でも、彼らは石を感知できる」オーウェンが言った。「いずれぼくらを見つけるだろう」

「でも、わたしたちの姿が見えないなら、その分時間もかかると思うわ」そうであることを心から祈る。いまは、それが唯一の希望だ。

それにしても、ミミはずいぶん長く走り続けている。タイトなドレスを着てハイヒールをはいているというのに。そう言えば、彼女はスピンクラス（ステーショナリーバイクを使った有酸素運動のクラス）を一度も休んだことがなかった。意外に、すごいスタミナの持ち主なのかもしれない。わたしはすでに息があがっているし、怪我をしているオーウェンはわたし以上に遅れがちだ。サムだけが、軽々と彼女の頭上をついていっている。考えてみれば、これも彼女の持久力に関係していそうだ。わたしだって、もしサムのことを知らなくて、ガーゴイルに追いかけられれば、気を失うまで走り続けるだろう。

幸いこの辺りは、夜間、比較的静かなエリアだ。基本的に住宅街で、一階にクリニックの入ったしゃれたアパートメントビルが立ち並ぶ。人通りはほとんどない。〈月の目〉が近くを通ることでアパートの住人たちが影響を受けたとしても、エレベーターで一階までおりて通りに出てくるころには、わたしたちはとっくに走り去っている。ありがたいことに、ミミは走るのに夢中で、大声で助けを呼ぶという選択肢を忘れているようだ。

マディソン・アベニューに近づいてきたところで、ミミの足が遅くなった。高級ブティックのウインドウディスプレーに気を取られているようだ。もし店が開いていたら、間違いなくなかに入って、欲しいものをすべてよこせと命じていただろう。ミミは目を大きく見開き、アイスクリーム屋で三十一種類のアイスクリームを食い入るように見つめる子どもよろしく、よだれを流さんばかりにウインドウにへばりついている。

立ち止まって息をつけることが、ものすごくありがたい。追いかけるのも、追いかけられるのも、きついという意味では同じだ。心臓と肺と筋肉にかかる負担は変わらない。ミミがウインドウショッピングをしている間、サムは近くの木の枝にとまり、オーウェンとわたしは少し離れて彼女を見張った。ミミはわたしたちがいることをすっかり忘れてしまったかのようだ。

一方で、この小休止は追っ手にも追いつく時間を与えることになった。足音が近づいてくる。歩道の細い木の陰に身を隠すと、まもなくロッドと祖母が走ってきた。清教徒《ピューリタン》たちの姿は見えない。

オーウェンがミミから目を離さないようサムに身ぶりで合図する。わたしたちは木の陰から出て、ロッドと祖母のもとへ行った。「清教徒《ピューリタン》たちは？」オーウェンが小声で訊く。

「混乱してる。きょろきょろしながらあちこち歩き回ってるよ」ロッドが言った。

「ガラの客たちはどうしただろう」

「あてもなくただうろうろしてるよ。しばらくはあんな感じだろう。自分たちが何を捜してるのかわかってないんだから」ロッドはふと顔をしかめて、わたしを見つめた。「ブローチをもってないね。どうしたの？」

わたしは肩越しに後ろを指さす。「彼女に奪い返されたわ」

「くそっ、そうなると、ぼくらができることはあまりなさそうだな」

「あたしがもう一回言ってきかせようか」祖母が言う。

「いえ、大丈夫です」オーウェンが急いで言った。「見張っている必要はありますが、しばらく彼女にもたせておいた方がいいと思います」

「彼女はいわば、ブローチの運び屋なの」わたしは説明する。「彼女には魔力が効くから、わたしたち以外、ブローチを奪うことはできないわ。それに、彼女がもっていれば、わたしたちが攻撃されることもない。ちなみに、これって本当にいい気分転換よ」

「準備ができ次第、ブローチを取り返します」オーウェンが言った。「それまでなんとか、彼女を騒ぎにつながりそうなものから遠ざけるようにすればいいんです」

ロッドがうなずく。「なるほど。たしかにいいアイデアかもしれない」

「最初からこういう作戦だったって言いたいところだけど」わたしは言った。「実は、ミミにブローチを奪われて思いついた苦肉の策なの」

「よう」ミミを脅かさないよう街路樹に身をひそめたまま、サムが小さな声で言った。「やっこさん、動きだしたぜ」

目の前のウインドウの眺めに飽きたらしく、ミミは別のウインドウへと移動する。わたしたちは、警戒心の強い野生動物を追跡するワイルドライフの専門家のように、一定の距離を保ちながら彼女についていく。

突然、サムを見たわけでもないのに、ミミが悲鳴をあげた。マディソン・アベニューとの交差点まで来たところで、公園でわたしたちを襲った清教徒《ピューリタン》の残党と衝突したのだ。ミミの元子分がグループの先頭中央に、その横にアブない教授がいる。先回りして待ち伏せるために、並行する隣の通り《ストリート》を通ってきたに違いない。

ミミはいま両方のブローチを胸につけているので、彼女のそばについて、こちらがもっているふりをすることはできない。こうなったら、ミミがいつものミミらしさを維持して、連中を寄せつけないでくれることを祈るのみだ。

「あなたのことは正式に解雇したはずよ！」ミミは元子分に向かって言った。「仲間を引き連れてわたしをストーキングするなんて、逆恨みもはなはだしいわ。働いた分はちゃんと時給で払います。でも、再雇用する気はまったくないから、あきらめなさい」

「仕事が欲しいわけじゃない」元子分は言った。「欲しいのはそのブローチだ」

ミミは両手を腰に置く。「いい加減にしなさいよ！　なんなの、あなたたち。路上強盗でもしようっていうの？」

元子分はミミが〈結び目《ノット》〉の防護作用を知らない可能性に賭けたらしく、彼女に銃を向けた。どうやら、ＭＳＩのガーゴイルたちは、すべての銃を奪えたわけではなかったようだ。「そのとおりだ」彼は言った。「さあ、ブローチをよこせ。さもないと撃つぞ」

わたしは息をのんだ。どうしよう。介入すべきだろうか。清教徒《ピューリタン》にブローチを渡すことだけは、なんとしても避けたい。彼らに比べたら、ミミなどただのヒステリックな支配魔にすぎない。

ミミの〈月の目〉に対する執着は思った以上に強いようだ。彼女は胸のブローチを手でつかむと、かぶりを振ってあとずさりする。「いや、これはわたしのよ。あなたなんかに渡さないわ。絶対にいやよ！」声が次第に大きくなり、最後は金切り声の叫びになった。

「ブローチのためなら死んでもいいというわけか」元子分は不気味な笑みを浮かべる。

ミミはあごをくいとあげ、元子分を見おろした。「撃ちたいなら、撃てばいいわ」

ブローチの特性を知りながら銃を撃ったのは、大きな間違いだった。発砲の瞬間からのことは、すべてがスローモーションで起こっているかのように思えた。銃声と同時にミミが悲鳴をあげて身をかがめる。もちろん、銃弾の方がはるかにはやいから、それで避けられるわけではない。弾はミミに向かってまっすぐ飛んでいき、彼女まであと三センチというところで、防弾ガラスにでも当たったかのように跳ね返った。跳ね返った弾が清教徒《ピューリタン》のひとりに当たるという、粋なおまけがついた。

ミミはブローチを握ったまま、口をぽかんと開けて突っ立っている。銃弾を受けた清教徒《ピューリタン》が歩道に倒れ、仲間たちが数人、彼に駆け寄る。「わたし、弾を跳ね返したわ……」ミミは呆然として言った。「やっぱりそうなのね。ブローチがわたしを強くしてるんだわ。このブローチがわたしの命を救ったのよ！」彼女は元子分の方を向いた。「さあ、奪えるものなら奪ってみなさい。だれもわたしに手出しはできないわ」

元子分は完全に墓穴を掘った。表情から、彼自身もそれを悟ったことがわかる。彼らが最初からミミにブローチをもたせる計画だったのかどうかはわからないが、もしそうだとしたら、完全な人選ミスだ。彼女の強情さを考えれば、この先、石の魔力を本当の意味で利用できる人物にブローチを引き渡すとは思えないし、かといって、自分でパワーを行使するには器が小さすぎる。せいぜいまわりの人に威張り散らすのが関の山だ。ブローチを手に入れたことでミミが変わったとすれば、体が防弾仕様になったくらいだ。

夜も更けてきた。ここは夜遊びで知られるエリアではないけれど、いまわたしたちがいるのは大通りで、しかもこの辺りはふだん発砲事件が発生するような場所ではない。銃声を聞いて人々が集まってきた。ほとんどの人は首を伸ばして様子をうかがっているだけだが、何人かに例のぎらぎらした目つきが見られる。わたしはオーウェンをひじでつついた。「彼女をどこかに移動させなきゃ」

そう言っているそばから、ひとりの男がミミのブローチめがけて飛びかかった。ミミは男を払い飛ばすと、野次馬に向かって言った。「妙な考えは起こさないことね！　さあ、そこをどいてちょうだい。わたしは家に帰って休むの。今日はもう本当に疲れたわ」

数人の清教徒《ピューリタン》を含むほとんどの人が、彼女に道を空けた。ミミは彼らの空けたスペースをさっそうと抜けていく。ところが、ミミが通り過ぎると、人々はぞろぞろと彼女のあとに続いてマディソン・アベニューを歩きはじめた。集団のなかに夜会服で盛装した人たちもいるが、ガラのゲストなのかどうかはわからない。

「まずいわ」わたしはつぶやく。人々に囲まれたままミミからブローチを取り返せば、もとの状況に逆戻りだ。彼らはブローチを奪おうと、いっせいにわたしたちを襲ってくるだろう。なんとかミミをひとりにする必要がある。

「ロッド、さっきの時間の魔術、もう一度できるか?」オーウェンが訊いた。

「ああ、たぶん。でも、長くは無理だ。それに、そのあとは、おれ、使いものにならなくなるぞ」

「わかった。合図するまで待ってくれ。ミミを連れてスタートを切りやすい位置に移動する。サム、ロッドの魔術が解けたら、覆い《ヴェール》を頼む。あとは、この魔術に対してもブローチの免疫力が有効であることを祈ろう。ミミがフリーズしては意味がないからね」

オーウェンとわたしは集団をかき分けてミミに追いつき、さりげなく彼女の両側を歩く。ブローチがミミの手に渡ったいま、清教徒《ピューリタン》はわたしたちにまったく興味を示さない。まあ、それも、ミミを拉致されたことに気づくまでのことだろうけれど。

ミミの両サイドを固めると、オーウェンはロッドに合図を出した。その直後、すべてが静止した。わたしたちは抵抗するミミの腕をつかんで車道におり、止まっている車の間を縫って走る。魔術は、わたしたちが通りの反対側に到達する直前に解けた。車がいっせいに走りだす。車はミミにぶつからないので、わたしたちは彼女を盾にしながら進んだ。甲高いブレーキ音やタイヤの摩擦音が辺りに鳴り響き、何度かひやりとする瞬間もあったが、ミミはまったくの無傷だ。マディソン・アベニューを渡り切ると、そのまま東西方向の通り《ストリート》に入り、ミミをしっかりつかんだまま さらに走る。

「ケイティ、いったいなんのつもり?」わたしに気づくだけの冷静さを取り戻すと、ミミは言った。

「あなたを救出したの。さっきの連中はすごく危険よ」

「でも、やつらはわたしに危害を加えることはできないわ。銃弾が跳ね返ったのを見たでしょ?」

「彼ら、あなたのブローチを奪おうとしたのよ」

「奪えっこないわ。だれもわたしに手出しはできないんだから。とにかく、わたしは家に帰りたいの。家に帰れば安全だわ。助けてもらう必要なんてなかったのよ」

「そうかもしれないけど、あのストーカー連中にあなたが住んでる場所を知られてもいいの?」

これはなかなかいい指摘だったようだ。ミミは愕然として目を見開く。「それは困るわ! 絶対いや。でも、うちのドアマンは優秀よ。彼なら連中をなかに入れないわ」

「でも、あなたみたいに弾を跳ね返すことはできないでしょ? あなたのフィアンセだってそうじゃない？」

「たしかにそうね……」

ミミが従順でいられる時間はごく短い。石の影響下にあればなおのことだ。パーク・アベニューに到達しないうちに、ミミはわたしたちを追い払おうとしはじめた。「あなたの助けはもういらないわ」力任せに腕を引き抜いて言う。「わたしは不死身なんだから。どうせすきを見てブローチを奪い返すつもりなんでしょ？　この際はっきり言っておくけど、あなたには似合わないわ、ケイティ」

「ええ、たぶんね。わたしには悪趣味すぎるもの」そう言って、ふたたびミミの腕をつかもうとしたら、彼女はすでにいなかった。見ると、タクシーを拾いに縁石の方へ向かっている。わたしのみごとな切り返しは聞いていなかったらしい。

タクシーが一台、いちばん遠くの車線から道路を斜めに突っ切ってきて、彼女の前に停車した。あちこちでクラクションが鳴り、少なくとも一件、接触事故が発生した。わたしたちはミミが車に乗り込む寸前になんとか追いつく。いまのミミには、わたしたちを振り切って発車するよう運転手に命じることもできる。そうなったらおしまいだ。「このタクシーはやめた方がいいわ」わたしは急いで言った。

「どうしてよ」

「彼がどんな運転をするか見たでしょ？　この車に乗ったら命の保証はないわ」

「平気よ、わたしは不死身なんだから！」

「銃弾に対してはそうかもしれないけど、交通事故に巻き込まれたら、たとえ命が助かっても、外見がひどく損なわれてしまうリスクはあるわ」

われながらうまいところを突いたようだ。ミミはタクシーから離れ、車は走り去った。車道では、接触事故を起こした車の運転手たちが言い合いを始めていたが、ふいにそのうちのひとりが、例の目つきになって、車を道路の真ん中に放置したままミミのところにやってきた。

「何か用?」ミミは言った。「事故はわたしのせいじゃないわ。文句なら、無謀な運転をしたあの間抜けなタクシーに言ってちょうだい。わたしが呼んだのはもっと近くにいたタクシーなんだから」

そうこうしているうちに、〝近くにいたタクシー〟の運転手もこちらにやってきて、先に来ていた男に向かって怒鳴りはじめた。「弁償してもらうからな! あんな割り込み方をしやがって!」

男が怒鳴り返して言い合いが始まると、ミミが叫んだ。「いい加減にしなさい! 邪魔よ、さっさとそこをどいて!」タクシーの運転手はすぐに従ったが、もうひとりの男はミミの方に向き直った。ミミがぎゃっと声をあげて、一目散に逃げだしたのも無理はない。男の目つきは心底気味が悪かった。

もう走るのはうんざりだが、力を振り絞ってあとを追う。オーウェンはわたし以上に体が重そうだ。脚が相当に痛いのだろう。ミミを追いかけるわたしの後ろを遅れがちについてくる。

次の交差点で、わたしたちを追いかけてきたロッドと祖母に行き合った。「彼女を追って!」

わたしは言った。よかった、とりあえずひと息つける。

サムが急降下してミミを脅かし、比較的交通量の少ない東西に走る通り《ストリート》へ彼女を追い立てる。ところが、ミミはいっきに一ブロックを駆け抜けると、そのままパーク・アベニューに飛び出し、車道を突っ切りはじめた。〈結び目《ノット》〉のおかげで、車はすべてぎりぎりのところで彼女をかわしている。祖母が杖をあげて車の流れを止め、ロッドといっしょにあとを追う。彼女が魔法を使ったのか、それとも小さな老婦人の特権を使ったのかは定かでない。もっとも、ここはニューヨークだ。彼女といえども、車を止めるには魔法が必要だったに違いない。

一方、オーウェンとわたしにそんな奥の手はない。わたしたちにできるのは、渡り切るまで祖母の魔術が持続するのを祈りながら、彼らのあとに続くことだけだ。残念ながら、魔術は持続しなかった。中央分離帯の手前に来たところで、ふたたび車が走りだした。わたしたちは、信号が変わるまで、そこで待つしかなかった。

「彼女の家って、この近くじゃなかったわよね」オーウェンに訊く。

「たしか、ここより数ブロック南だったと思う」

「じゃあ、彼女、家に向かってないわ」信号が変わるやいなや、わたしたちは急いでパーク・アベニューを渡り切り、そのまま横方向の通り《ストリート》へ入った。前方でミミとロッドと祖母が角を曲がるのが見えて、必死に走るスピードをあげる。

ブローチは権力と身の安全だけでなく、驚異的な持久力も彼女に与えているようだ。スピンクラスにどれだけ通ったとしても、九センチのハイヒールでこのペースを維持できるはずはない。

ようやくロッドと祖母に追いつき、ひと息つかせてくれたことにお礼を言おうとしたとき、祖母がいきなり杖を突き出して、わたしの前をふさいだ。「ちょっと待った、これはあたしのだよ」祖母の目がぎらりと光るのを見て、胃がきゅっと縮む。

わたしが言葉を発する前に、ロッドが祖母に食ってかかった。「ちょっと待てよ、あれはおれのだ。ここまで彼女がやつらに捕まらずにこられたのは、おれの魔術のおかげなんだから」

「おまえに使いこなせるわけないだろう。あたしなら賢く使う。おまえがもったって、女をたらし込むのに使うのがおちだよ」

ふたりが言い合っているうちに、ミミの姿はみるみる小さくなっていく。「サム、彼女を逃すな！」オーウェンが叫ぶ。オーウェンとわたしは、口論する祖母とロッドの横をそっとすり抜け、ミミを追って走りだした。これで魔法が使えるメンバーは全滅だ。ブローチのそばで正気でいられる魔力のないわたしたちだけが、頼みの綱となったわけだ。

ミミとの距離はすでに大きく開いていて、やがて彼女の姿を見失った。「ミミ？　大丈夫？」呼んでみたが、返事はない。「サム、彼女が見える？」こちらも返事はなかった。

オーウェンがわたしに追いついてきて言った。「彼女どこへ行った？」

「わからない。サムがついてると思うんだけど」

わたしたちは、ミミが隠れていないか、建物の玄関口をチェックしながら歩き続ける。結局、その通りに彼女の姿はなかった。やがてレキシントン・アベニューに出た。ここはさらに交通量が多い。今度こそタクシーを拾われてしまったかもしれない。

「逃げられたみたいね」わたしは言った。

「サムが追ってるはずだ。彼をまくのは簡単じゃない」

「とりあえず、サムから連絡があるまで、わたしたちがむやみに走っても意味はないわね」

「ああ、たしかに」わたしたちは立ち止まった。ふたりとも肩で息をしている。

「脚はどう?」

「もうほとんど何も感じないよ」

「うそをついているか、脚がものすごく深刻な状態になってるかの、どっちかってことね」

「いまは痛みを感じてる余裕はないってことだよ」

何かベンチのようなものでもあればいいのだが、一方で、いったん腰をおろしたら二度と立ちあがれないような気もする。わたしたちは立ったままお互いの体に寄りかかり、サムからの連絡を待った。

ようやくオーウェンの携帯電話が鳴った。オーウェンが電話を受けると、受話器からサムの声が聞こえた。「残念だが、見失った」

18

思わず近くの壁を拳《こぶし》でたたきたくなった。あんなに苦労してやっと手に入れ、文字どおり身を挺《てい》して守ってきたブローチを、ここにきてまた失ってしまうなんて。

「捜索を続けてくれ、サム」オーウェンは電話に向かって言った。「まだそんなに遠くへは行ってないはずだ。彼女がいるところにはたいてい混乱が起こってる。それが目印だ」電話を切ると、オーウェンはため息をついた。「彼女にブローチをもたせるっていうのは、結局、あまりいいアイデアじゃなかったかもしれないな」

「でも、おかげで、わたしたち、しばらくだれにも攻撃されてないわ」

「たしかにそうだね」

わたしたちは少しの間、その場に立っていた。ふたりとも少し揺れている。体が休みたいと訴えているのだ。「わたしたちも、捜した方がいいわね」やがてわたしは言った。

ミミの存在を示すサインを捜して歩きだす。車道では、通常以上の数の接触事故が起きていた。おそらく、ミミがあらたにタクシーを止めたか、道路を横断したかしたのだろう。後者だった場合のために、一応、わたしたちも通りを渡る。それほど歩かないうちに、近くのコーヒーショップから大きな怒鳴り声が聞こえてきた。だれかが口論しているようだ。

オーウェンとわたしは顔を見合わせる。「ひょっとして……」わたしは言った。

オーウェンは肩をすくめる。「見るだけ見てみよう」

店のなかに入ると、ミミが店内を牛耳っていた。コーヒー用のミルクが頼んだ種類と違うと言って、ウエイトレスを叱りつけている。そして、ほかの客たちが、それぞれの味方について喧々囂々《けんけんごうごう》とやり合っていた。

「大当たり」わたしはささやく。「で、どうする？」

「もうすぐ箱も出来上がるはずだから、とりあえずここで様子を見ながら待とう。彼女が店から出ようとすれば、絶対ぼくらの前を通らなくちゃならない。おなかは空いてる？」

「ええ、死にそうなくらい」そのとおりだと言わんばかりに、おなかが鳴る。走ったり戦ったりの繰り返しで、遅いランチを取ったのが、はるか遠い昔のことのように思える。

わたしたちは出口にいちばん近いテーブルに座り、オーウェンがふたり分のコーヒーとパイを注文した。ウエイトレスはいぶかしげにわたしたちを見る。深夜、この店に集うほかの客たちと比べて、自分たちが――オーウェンの脚の血にさえ目を向けなければ――際立ってみすぼらしいとは思わないが、信用に足る模範的な市民という感じでないのもたしかだ。オーウェンが代金を差し引いても十分なチップが残るだけのお金をテーブルに置くと、ウエイトレスは安心したように立ち去った。

食器の割れる音がして、わたしは思わず首をすくめる。ミミがウエイトレスのもってきたものを乱暴に押し返したらしい。「すみません、すみません」ウエイトレスはひれ伏すようにあとずさりする。数人の学生たちがミミのまわりに集まり、彼女の命じるままに動いている。ミミの後ろに立って、髪の毛についた木の葉や小枝を取っている者もいれば、テーブルの下にひざまずいて、足を拭いている者もいる。

「究極の権力を手にしたっていうのに、それをウエイトレスや学生たちをこき使うのに使ってるわ」わたしは頭を振りながら言った。

ウエイトレスがわたしたちのコーヒーをもってきた。オーウェンはひと口ゆっくりと飲む。蛍光灯のせいかもしれないが、血の気のない、ほとんど灰色と言っていいような、ひどい顔色をしている。「あのてのパワーを手に入れたら、きみならどうする?」オーウェンは訊いた。

コーヒーをすすりながら考える。「さあ、どうするだろう。あの石は本人の希望というより、基本的な性格の方を引き出すような気がするわ。ミミだって、こんな情けない使い方をするつもりはなかったと思う。ニューヨークの社交界を支配して、二十一世紀のアスター夫人（一九〇二ー二〇〇七。ニューヨーク社交界の花形であり、大富豪の慈善家）にでもなりたかったはずだわ。わたしなら、そうね、たぶん地下鉄で席を譲ってもらうとか、ドアを押さえててもらうとか、結局、そういうみみっちい使い方をしちゃうんじゃないかしら」

「みみっちくなんかないよ。こういうパワーを、人を礼儀正しくさせるためだけに使うなんて、すごくいいじゃないか」

「でも、それってつまり、わたしにはとうてい世界を支配することなんかできないってことだわ」大げさにため息をついてみせる。

「世界を支配するってことを、みんな過大評価してるよ。支配者になったら、休暇なんかいっさいなくなるよ」

わたしは笑った。「休暇が何か、わかって言ってる?」

オーウェンは苦笑いする。「以前、古代の秘密言語の辞書の翻訳で、その言葉の意味を訳したことはあるよ」

ウエイトレスがパイをもってきた。かぶりつかないようにするのに、ありったけの意志力を要した。「あなただったらどんなふうに使う?」三口ほど食べてから訊く。そうしないと、いっきに平らげてしまいそうだったというのもある。

「自分をほっといてくれるよう世間に命令するかな」

だれかが咳込んでいる。見ると、隣のテーブルの男性だ。どこかで見たような気がするが、思い出せない。もっとも、どんなコーヒーショップにも必ずひとりはいそうなタイプの客だから、そんな気がするだけかもしれない。顔を真っ赤にして激しく咳込んでいるので、ウエイトレスを呼び、彼に水をもっていくよう頼んだ。

ミミの方を見ると、立ちあがってドアの方へ歩きだそうとしていた。店にとっては迷惑だろうが、彼女を外へ出すわけにはいかない。彼女がふたたび通りに出れば、もっと面倒なことになる。

わたしはオーウェンにささやいた。「ここはわたしに任せて。ただし、過剰反応しないでね」

「過剰反応?」オーウェンが聞き返そうとしたとき、ミミがテーブルの横を通り過ぎた。わたしたちに気づきさえしない。

ミミの注意を引くのは、彼女の下で働く間に身につけたすべてのサバイバルスキルに反することだが、わたしはあえて言った。「あら、ハーイ、ミミ！」ミミは立ち止まると、振り返ってわたしをにらみつけた。彼女のごますり集団がテーブルを取り囲み、脅すようにわたしたちを見おろす。わたしは身震いしそうになるのをなんとかこらえて、朗らかな口調を維持した。「こんなところで会うなんて意外ね。あなたが予約のいらない店に来ることがあるなんて、知らなかったわ」

「わたしをつけ回してるのね！」ミミは言った。

「そうだ、彼女をつけ回してるんだろう！」彼女のグルーピーたちが声を合わせる。

「パイを食べにきただけよ」フォークで証拠を指し示しながら言う。「あなたとはなんの関係もないわ」

「もう我慢も限界よ。あなたは解雇されたの。これ以上わたしにつきまとわないで」

「解雇されたんじゃないわ。もっといい仕事が見つかったから、自ら辞めたのよ。それに、今夜はあなたに雇われてあの会場にいたわけじゃないわ」

「わたしのブローチを盗むためにいたんでしょ？　わかってるわ。あいにく二度と渡す気はないから、あきらめなさい」ミミは、わたしの高校のブラスバンドの顧問を大満足させそうな切れのいいターンをすると、グルーピーたちについてくるよう合図し、出口に向かって歩きだした。

わたしはオーウェンに座ったままでいるよう身ぶりで指示すると、急いで立ちあがり、ドアの前に立ちはだかった。「まだ話は終わってないわ」頬がゆるみそうになるのを懸命にこらえる。かつてスタッフミーティングで夢想したシナリオが、いま現実のものとなっているのだ。

ミミとわたしは鼻をつき合わせてにらみ合った。グルーピーたちがミミの後ろに集まる。

「このわたしと何を話そうって言うの？　あなたはわたしの足をさんざん引っ張った、ただの無能なアシスタントじゃない」

ミミを苛立たせるつもりが、自分の頬がかっと熱くなるのを感じた。「あなたの足を引っ張った？」思わず声が大きくなる。わたしは時間稼ぎをしてるだけ——自分にそう言い聞かせる。彼女の言うことにいちいち反応しちゃだめ。「あの部署がなんとか機能していられたのは、わたしがいたからだわ。わたしが辞めて、だれも尻ぬぐいをしてくれなくなったものだから、あなたはお金持ちのフィアンセを見つけるしかなくなったのよ。履歴書は立派だったのかもしれないけど、実際、仕事はまったくできないし、部下たちの扱いはひどいし、あなたの本当の姿が上にばれるのに、そう時間はかからなかったはずよ」ずっと言いたかったことをついに面と向かってぶちまけた興奮で、アドレナリンが体じゅうを駆け巡る。震えているのがばれないよう、ドアに背中をつけて体を支えた。

今度はミミの顔がみるみる赤くなっていく。「よくもそんな口のきき方ができるわね。わたしをだれだと思ってるの？」加勢するように、グルーピーたちがにじり寄る。運動場の隅で学校一意地悪な女子とその子分たちに囲まれるオタク少女になった気分だ。

「あ、な、た、が、だれか、言いましょうか」わたしがしていることは、先のとがった棒でわざわざ獰猛なヘビをつつくのに等しいけれど、怯えを見せるわけにはいかない。「あなたはわたしが出会ったなかで最悪の上司よ。怒ると文字どおりの鬼に変身する人もいたけど、それ以下だわ。彼の場合、少なくとも変身は自分の意志ではどうにもならないことだったもの」

ミミの顔に悪意に満ちた笑みが浮かび、わたしは身構えた。この表情を見るのははじめてではない。「田舎者が生意気なことを言うんじゃないわよ。名もない州立大学を出て田舎町の小さな店でちょっとばかり働いただけの人間が、大都市の一流企業で通用するとでも思ったの？仕事が見つかっただけでもラッキーだったと思いなさい」

唇の内側を噛んで、懸命に涙をこらえる。たしかに、仕、事、が、見、つ、か、っ、た、だけでもラ、ッ、キ、ー、だった。MSIの話が突然舞い込んでこなかったら、わたしはたぶんいまもミミの下で働いていただろう。実際、面接に行ったマンハッタンの雇用主のほとんどは、わたしの履歴を彼女と同じような目で見ていた。「すぐにもっといい仕事を見つけたわ」そう言い返したものの、若干声が震えていた。その仕事はわたしの履歴とはなんの関係もない。すべてはこの奇妙な特異体質のおかげだ。

「仕出し屋のふりをしながら宝石を盗むっていうのが、その仕事？」ミミは鼻で笑うと、グルーピーたちに向かって言った。「行きましょう。相手にしてもしょうがないわ。わたしは家に帰りたいの。あなたたち、ストーカー連中を追い払うなら、家までエスコートさせてあげてもいいわよ」

グルーピーたちはわたしを押しのけ、ミミとともに店を出ていった。わたしはすぐにあとを追い、ミミの前に回り込んで行く手をふさいだ。「まだ話は終わってないわ」息を切らしながら言う。オーウェンと数人の客が——さっき咳込んでいた男性もいる——店から出てきた。わたしはオーウェンに向かって大丈夫だというようにうなずくと、ミミの方に向き直った。時間を稼がなくてはならない。でも、あとどのくらい？　箱はまだできないの？

「手紙でも書いてちょうだい」ミミはそう言って、わたしの横をすり抜ける。

わたしは急いで彼女の腕をつかんだ。「話は終わってないって言ったでしょう？」グルーピーたちがわたしを取り囲み、ミミから引き離す。

オーウェンが間に入ってきた。彼に魔力がなくてよかった。この表情からすると、もし魔法が使えたら、グルーピーたちの多くはカエルよりもっとひどいものになっていただろう。「彼女から手を離せ」オーウェンは言った。魔力がなくても、凄みのきいた声と目つきだけで、彼らを引き下がらせるには十分だった。

「これはもはや暴力行為よ。すでにブローチを盗んでるから、窃盗罪と暴行罪だわ！」ミミはそう叫ぶと、横にいるグルーピーに命令する。「警察を呼んで！」グルーピーはすぐさま携帯電話を取り出し、番号を押しはじめた。

「ブローチの運び屋としての効力は完全に切れたようだね」オーウェンはつぶやく。

異論はないが、取り巻きの学生たちに囲まれている状態で、どうやって彼女からブローチを取り返せばいいだろう。しかも、通りかかった人たちが次々と取り巻きに加わっている。唯一の救いは、いまのところ皆、ミミの支配下に落ちるだけで、自分のために石を奪おうとする者がいないことだ。

どうやら、警察に電話したグルーピーは、緊急事態であることを納得してもらえずにいるようだ。酔っぱらいのけんかか何かだと思われているのだろう。よかった、警察に介入されるのだけは絶対に避けたい。ミミは電話に向かって必死に歯切れの悪い説明を繰り返しているグルーピーを横目でにらむと、一歩前に出て、わたしの体をぐいと押した。「さっさと行った方が身のためよ」

わたしはめいっぱい背筋を伸ばして――それでもミミより十センチ近く低い――言った。

「どうして？　わたしにはこの歩道を歩く正当な権利があるわ」

グルーピーたちがまわりを完全に包囲した。ミミがブローチの力で彼らを思いどおりにできるかぎり、わたしたちが無傷でここから抜け出すのは難しいだろう。グルーピーのひとりがミミをまねて、わたしをぐいと押した。すかさずオーウェンが間に入る。すると、ミミが彼の腕をつかんで、乱暴に押しのけた。「ちょっと、暴力行為を働いてるのはあなたの方じゃない」

わたしは抗議する。

「この女は泥棒よ！　彼女を捕まえて！」ミミは取り巻きたちに向かって叫んだ。

こうなったら最後の隠し球を使うしかない。ミミのアシスタントだったとき、わたしはこのことをずっと口外しなかった。言いふらしたところで、自分がゴシップ好きの軽薄な人間に見えるだけで、ミミにはなんの痛手にもならないだろうと思ったからだ。でも、世界の運命がかかっているとなれば、どんな手を使ってでも彼女を動揺させる必要がある。「そもそもあなたがあのポジションに採用されて、部下たちの助けがなくちゃ何もできなかったにもかかわらずクビにならずにすんだのは、上司と寝てたからだってこと、フィアンセは知ってるのかしら。ちなみに、あなたは当時、別の人と婚約中だったわよね。いまのフィアンセはいい人そうだわ。だれか本当のことを教えてあげた方がいいんじゃないかしら」

　動揺させるのが目的だったわけだが、結果はそれ以上だった。ミミは最上級の〝邪悪なミミ〟に変身した。顔からこぼれ落ちんばかりに見開いた目は真っ赤に充血し、いまにも肌が緑色に変わって、口から牙が生えてきそうだ。「お黙り！」ミミは金切り声で叫んだ。彼女は目にも止まらぬはやさで手をあげると、わたしの頬を思いきり平手打ちした。殴られて星が見えるというのは、言葉のあやだとずっと思っていたが、本当に星が見えて、耳鳴りがした。星が赤いもやに変わり――これも言葉のあやだと思っていた（激怒することを〝赤いもやが見える〟と言う）――わたしはやり返すために右手をあげる。ミミに手首をつかまれると、反射的に左手で拳をつくり、腕を後ろに引いてから、彼女のあごめがけて力いっぱい突き出した。ミミは手首をつかんだまま後ろにのけぞり、わたしもろとも歩道の上にひっくり返った。

　ふと見ると、ブローチが目の前にある。でも、どっちが本物？　わたしには本物と偽物の違いを感じることができない。とりあえず両方つかんで、ミミのぼろぼろのイブニングドレスから引きちぎった。ふたつのブローチを破れていない方のポケットに突っ込み、ミミの手を振りほどく。

オーウェンが群がるグルーピーを押しのけて、わたしを立ちあがらせた。「急ごう」ブローチがミミの手を離れたいま、グルーピーたちは集中力が切れたようで、走りだすわたしたちを止めようとはしなかった。ミミはややもうろうとしながらも、すでに起きあがりはじめている。まもなく背後で彼女の怒り狂った叫び声が聞こえた。

「地下鉄がいいわ！」わたしは交差点の向こうに見えるMのサインを指さした。「彼女、地下鉄のなかへは絶対追ってこないわ。たぶん乗り方を知らないいんじゃないかしら。っていうか、あの階段がどこへ続いているのかすら、知らないかもしれないわね」

「でも、地下鉄には人がたくさんいるよ」

「いまはそんなこと気にしていられないわ。とにかく、ミミから離れることが先決よ。それには地下鉄がいちばんはやいわ」

改札を素通りさせてくれる魔法使いがいっしょにいないので、わたしたちはそれぞれハンドバッグとポケットのなかをかき回し、メトロカードを取り出した。ホームに出ると同時に、ちょうどダウンタウン行きの電車が入ってきた。わたしたちはそのままいちばん近くの車両に飛び乗る。ドアが閉まりはじめるのを見て、わたしはほっと安堵のため息をついた。

ところが、閉まりかけたドアに手が差し込まれ、そのままむりやり押し開くと、ミミが乗り込んできた。車内は混雑していて、彼女はこちらに気づいていない。電車が動きはじめる。わたしたちは車両のいちばん端へ移動し、ドア付近に集まる乗客のなかにまぎれ込んだ。電車が次の駅のホームに入ったとき、ミミがついにわたしたちに気づいた。ドアが開くやいなや、わたしたちは電車をおり、ホームを走って別の車両の前まで行くと、ぎりぎりまで待って、ドアが閉まる寸前に飛び乗った。

乗客たちがいぶかしげにこちらを見ている。見あげると、頭上に〈不審なものを見かけたら、係員にお知らせください〉というサインがあった。いまのわたしたちはたしかに、係員に知らせた方がよさそうな〝不審なもの〟の類《たぐい》に入るかもしれない。「ふう、もう二度とあそこのパーティのケータリングをするのはごめんだわ」わたしは大きな声でそう言いながら、近くの座席に座った。「最後はもう収拾のつかない状態だったもの」

オーウェンは片方の眉をあげて、わたしの隣に腰をおろす。いまのところ問題はなさそうだ。だれもブローチに引き寄せられてはこない。この時間に地下鉄に乗っているような人は、皆、疲れきっていて、権力を求めるような気力は残っていないのかもしれない。

「このまま会社まで行けるかしら」小声でオーウェンに訊く。

「彼女があきらめると思う？」オーウェンが小声で聞き返す。

「それはないわね」

次の駅でもミミは現れず、無事ピンチを切り抜けたかと思ったが、やはりそう簡単にはいかなかった。

最初の兆候は、大きなハンドバッグに入れられた超小型犬のくぐもった鳴き声だった。妙に興奮してほえている。それだけなら特に問題はなかったのだが、その声で、母親の肩にもたれて眠っていた小さな男の子が目を覚まし、いまやすっかり見慣れた例の目つきでわたしを見つめた。男の子は母親の腕をすり抜けると、わたしの前まで来て言った。「それ、ちょうだい！」

「ジェイコブ！」母親が叱る。「戻ってきなさい」

「それ、ぼくの！」ジェイコブはべたべたした小さな手をわたしの方に伸ばす。座ったまま体を引いて縮こまっていると、幸い、母親がやってきて男の子の腕をつかみ、むりやり引っ張っていった。

ほかに危なそうな人はいないか、車内を見回す。スウェットパーカーを着たちょっと恐そうな三人連れの若者がいるが、彼らはわたしの方をまったく見ていない。犬の飼い主はイヤホンから流れる音楽に合わせて体を揺すっていて、犬が吠えていることにすら気づいていない。車両の隅では、ティーンエージャーのカップルが自分たち以外はまったく目に入らない様子でいちゃついている。

車両の向こう端に警官が座っているのに気づいて、緊張が高まる。ふだんなら車内に警官がいるとほっとするのだが、権威的な立場で武器を所持する人が〈月の目〉の影響下に落ちたらどうなるか、考えただけでぞっとする。しかも、わたしはいま、ハンドバッグのなかに銃を隠しもっている。いまのところ、警官の方に石に反応するような様子はない。わたしに負けないくらい疲れているように見えるだけだ。ハードな勤務をようやく終えて、権力などどうでもいい気分なのかもしれない。

この車両内で最も無害そうなのが、わたしたちと同じ側に座っている老婦人だ。祖母がときどき自分を有利にするために演じるタイプの、いかにも脆《もろ》そうな小柄な老女で、座ったまま居眠りをしている。サポートタイツが足首の辺りでたるんでいて、その足の間にひもで編んだ手さげ袋が置いてある。隣には、耳のまわりだけまばらに白髪の残った同じくらい年配の男性が座っている。

突然、老婦人がはっとして目を覚ました。乗り過ごしたことに気づいたのかと思ったら、彼女はぎらぎらした冷たい視線をわたしの方に向けた。老女は金属製の杖を支えにゆっくり立ちあがると、よろよろとこちらに向かってくる。そして、なんの警告もなく、いきなり杖を振りあげて、わたしの肩に振りおろした。

「痛っ！」わたしは声をあげる。オーウェンが間に入ろうと身を乗り出したが、わたしは彼を押し戻した。オーウェンが老女に手をあげるところをだれかに見られたら、またいらぬ誤解を生みかねない。

老女はふたたび杖を振りあげた。すると、スウェットパーカー三人組のひとりが飛んできて、杖をがっちりつかんだ。「よう、ばあさん、何してんだよ」そして、老婦人の横に座っていた男性に向かって言う。「あんたんとこのばあさんだろ、なんとかしたらどうだよ」

老女は杖を取り返そうともがいている。オーウェンとわたしはもみ合いを避けて、座ったまま横にずれた。老女はついに大声で叫びはじめた。

警官が立ちあがって、こっちにやってくる。「どうしたんだ」

「このばあさんが、いきなりあの人をたたきはじめたんだ」若者はわたしを指さして言った。

打たれた肩をさすっていると、警官がこちらを向いた。その目におなじみの閃光《せんこう》が走るのを見て、思わず天を仰ぐ。警官は銃に手をかけながらやってくる。わたしはどうしていいかわからずオーウェンの手をつかんだ。警官に暴力を振るったかどで逮捕されたら、彼が超常的パワーの影響下にあったことを主張したところで、認めてもらえるはずもない。

駅が近づいてきて、電車が速度を落とし、警官は一瞬、バランスを崩した。電車が止まるやいなや、オーウェンはすばやく立ちあがり、わたしを引っ張って飛ぶように電車をおりた。駅の構内を走りながら後ろを振り返ってみたが、警官の姿は見当たらない。あの老婦人については、心配するまでもないだろう。

「大丈夫みたい」わたしはオーウェンに言った。「ここは?」

「グランドセントラルだ。止まらないで。まわりに人がいるかぎり、大丈夫だとは言えない」

「ここはマンハッタンよ。どこへ行っても人はいるわ」

「考えがあるんだ」

「考え?」オーウェンは鉄道のターミナルへつながる出口へと向かっている。彼の〝考え〟について、一抹の不安がよぎる。

「ここのトンネルのことを、ぼく以上に知ってる人がいる?」

「トンネルで働いている人たちは?」

「まあね。でも、彼らだってすべてのトンネルを把握《はあく》してるわけじゃない。それに、ぼくには二、三、奥の手もあるしね」

わたしは立ち止まり、足を踏ん張った。「何をする気なのかなんとなくわかってきたけど、いいアイデアとは思えないわ。トンネルにはドラゴンがいるのよ！」

「もういないよ。すべて保護区に送ったんだから。トンネルは隠れるのに最適な場所だよ。箱ができるまで、そこにいればいい」

「本当にすべてのドラゴンを送ったの？　一頭も残ってないって言いきれる？」

「そう言われると、保証はできないけど、でも、ぼくが知ってる子たちはすべて確認できてる」

「だから心配なのよ。あなたの知らないドラゴンがいた場合、それは野生のままということになるわ。そして、あなたにはいま、野生のドラゴンを飼いならす魔力はないのよ」

背後でだれかが叫んだ。「ブローチを返しなさい！」

おそるおそる振り返る。深夜の駅のまばらな利用客の間を縫ってミミがこちらに向かってくる——道理の通じない狂った生き物の目をして。「こういうホラー映画、観たことがあるわ」そうつぶやくと、オーウェンに促され、改札口に向かって走りだす。抵抗するのはやめた。いるかいないか定かでないドラゴンに怯える方が、権力欲に狂った元上司に捕まるよりまだましだ。

地下鉄を出て、鉄道のターミナルに入った。ミミは相変わらず追いかけてくる。コンコースを走り抜け、フードコートにおりて、別の階段からふたたび上階にあがり、反対側の階段からまた下へおりる。この時間はターミナルも比較的人が少なく、電車の本数も減っている。ミミの姿が一瞬見えなくなったところで、メトロ・ノース（ニューヨーク市とコネチカット州の各地を結ぶ郊外列車）のひとけのないホームをいっきに駆け抜けた。

魔法で姿を隠すことができないので、駅員に見つからないかと緊張したが、無事ホームの端までたどりつき、そこから下へ飛び降りる。線路を踏まないよう注意しながらトンネルの奥へと進み、壁に隙間のできている場所まで行く。隙間は大きな洞窟状の空洞へと続いている。ミミが追ってくる気配はない。わたしはほっと胸をなでおろし、オーウェンのあとに続いて隙間を抜け、真っ暗な空間に入った。

「本当にドラゴンは大丈夫?」オーウェンに訊く。ここはやけにドラゴンくさい。硫黄と炭化した木材のにおいがする。

オーウェンはわたしの質問には答えずに言った。「あの小さな懐中電灯はまだハンドバッグに入ってる?」

わたしはバッグに手を突っ込み、銃の重みをあえて無視しながら、手探りで懐中電灯を捜した。ようやく見つけて、スイッチを入れたが、巨大な暗闇のなかでは、あまり役には立たなかった。懐中電灯が放つ小さな光では、せいぜい足もとくらいしか照らせない。光が何かきらきらしたものに反射した。近づいていくと、現代的で、都会的で、きわめて独創的な宝の山が現れた。

地下鉄のトークン、壊れた携帯電話、ホイールキャップ、キーホルダー、反射板のついた道路工事用のフェンスなどが、無造作に積み重なっている。洞窟の奥の方にも、同じようなフェンスがあるようだ。一瞬、光が反射するのが見えた。

——と思ったら、ふいに、その光が動いた。そして、瞬きをした。

「どうやら一頭、移動し損ねたやつがいたみたいだな」オーウェンがあとずさりしながら言う。

「それって、手なずけてないやつ？」わたしの狼狽したささやき声が、洞窟の壁にこだまする。

「そんな感じだ」

わたしたちは瞬きする目からそっと離れ、トンネルにつながる壁の隙間の方へ退却しはじめる。ドラゴンは動かなかった。わたしたちに気づかなかったのかもしれない。

そのとき、背後で金切り声が聞こえた。「ケイティ！　ブローチを返しなさい！」

わたしたちは固まった。ミミとドラゴン、どちらがより危険だろう。〈月の目〉の魔力で完全におかしくなっているミミは、ブローチを手に入れるためなら文字どおり手段を選ばないだろう。一方、ドラゴンは巨大で、鋭い牙があって、炎を噴く。まさに、究極の選択だ。

19

わたしはミミに見つからないよう懐中電灯を消した。でも、彼女は石の魔力に引き寄せられている。足音はどんどん近づいてくる。「走れ！」オーウェンがわたしの腕を引っ張った。ドラゴンのいる方に。正気とは思えない判断だが、彼の力と体重に引っ張られて、いっしょに走らざるを得ない。洞窟の奥で炎があがった。思わず立ち止まるわたしを、オーウェンはなおも引っ張り続ける。

ドラゴンは目覚めたばかりなのか、動きが鈍い。わたしたちはドラゴンの横をすばやく走り抜けた。ミミがすぐあとに続く。彼女の手がついにわたしの襟の後ろをつかみ、ものすごい力で引っ張った。もう一方の手がポケットを捜してわたしのスカートをまさぐる。わたしはその手をたたき、みぞおちにひじ打ちを食らわせた。そのまま急いで逃げようとしたが、今度はミミのヘッドロックにつかまった。肺に残った最後の息を絞り出すようにしてオーウェンの名を叫ぶ。その直後、すさまじい耳鳴りがした。

気がつくと、呼吸ができるようになっていた。体は依然としてしっかり押さえ込まれたままだ。必死にもがくと、耳もとで優しい声が聞こえた。「ケイティ、ぼくだよ、大丈夫だ」体をつかんでいるのがオーウェンだとわかり、へなへなと彼に寄りかかる。そのとき、ものすごいうなり声が聞こえた。今度は耳鳴りではない。

見ると、ドラゴンがこちらに向かって突進してくる。ドラゴンの噴く炎で洞窟内が照らされ、さらに多くの光り物コレクションがあらわになった。「この子、絶対、あなたの群れの子じゃないわね」わたしはオーウェンの手を引っ張って走りはじめる。

ミミはようやくドラゴンに気づいたらしく、ものすごい悲鳴をあげている。「静かに！ ドラゴンが怒るわ」わたしはミミに向かって叫んだ。でまかせだが、とりあえず彼女を黙らせたい。叫ぶのに夢中で、わたしを襲うのを忘れているのは、助かるけれど——。

「ドラゴンよ！ ドラゴンがいるわ！ ドラゴンって架空の動物のはずでしょ!?」ミミは金切り声で叫んでいる。

ところが、ブローチに対する欲望はドラゴンに対する恐怖をもしのぐらしく、ミミはいきなりわたしに飛びかかり、ポケットをまさぐりはじめた。オーウェンが彼女の肩をつかんで、押しのける。ミミは宝の山の上に尻もちをついた。わたしたちは手をつなぎ、ミミとドラゴンの両方から逃げるべく走りだす。

「いい考えがある。ええと、どこだったかな。たしかこの辺のはずなんだけど……」オーウェンは懐中電灯の小さな光で暗闇を探る。ミミに襲われたときに落としたのを拾っておいてくれたようだ。何をするつもりなのかよくわからないが、彼の〝いい考え〟に望みを託してついていく。

「あった！」オーウェンはついにそう言うと、懐中電灯を消し、わたしをしゃがませ、壁の方へ押した。壁に小さな開口部があるのがわかり、わたしはそこを這ってくぐり抜ける。向こう側に待つものが、こちら側のそれよりましであることを祈りながら……。

壁の向こう側も同じくらい真っ暗だったが、硫黄のにおいはしないので、こちらはドラゴン・フリーということだろう。それだけでも大幅な改善だ。それに、ミミ・フリーでもある――少なくとも、いまのところは。オーウェンが懐中電灯を消した理由がわかった。ミミにこの出口を知られたくなかったのだ。

「彼女を置き去りにするの？」穴をくぐってこちら側に来たオーウェンに言う。

「きみを殺そうとしたんだよ！」

「そうだけど、でも、あっちにはドラゴンがいるのよ？」

「ああ、わかってる。ドラゴンにはもうしわけないけど、この際しかたがない。ブローチを無事、収納箱に入れたら、ドラゴンを助けに戻ってこよう。とにかく、ブローチがきみの手にあるかぎり、彼女は攻撃をやめないよ。さあ、行こう」オーウェンは懐中電灯をつけて歩きだす。わたしは、しかたなくあとに続いた。

ミミを気の毒に思うなんて考えもしなかった。ドラゴンの餌食になってしかるべき人間がいるとすれば、ミミこそまさにそうだ。「あのふたり、きっと話がはずむでしょうね」なんとか冗談を言ってみる。「似たもの同士だもの。友達づくりや人づき合いについて、いろいろアドバイスし合えるんじゃないかしら」軽口をたたいても、後ろめたさは消えない。

「これは、ぼくの決断だ」オーウェンはきっぱりと言った。

これはより大きな善のため——そう自分に言い聞かせる。いざとなれば、オーウェンですら置き去りにしなければならないのだから。「出口はわかるの？」話題を変えるために訊いた。

「たぶんわかると思う」

「たぶん？」

「迷ったとしても、いずれだれかがブローチに引き寄せられてきて、ぼくらを見つけるよ」

「なんだかよけいに不安になったわ」

壁の前まで来た。そこにも小さな開口部があって、這ってくぐり抜けると、鉄道のトンネルに出た。幸い、ここも硫黄のにおいはしない。つい何度も後ろを振り返ってしまう。ミミが追ってくることが恐いのか、追ってこないことが恐いのか、自分でもよくわからない。

やがて、前方に光が見えた。こちらに向かってくる電車のライトではない。無人のプラットホームだ。「やった、出られたわ！」思わずオーウェンに抱きつく。

オーウェンの携帯電話が鳴った。突然の音に、ふたりともびくりとする。魔法でパワーアップされた彼の電話は、本当にどこでもつながるようだ。オーウェンは懐中電灯をわたしに渡すと、ポケットから電話を取り出した。電話の向こうの声は聞こえないし、会話をするオーウェンの顔もよく見えないけれど、話の断片をつなぎ合わせた感じでは、どうやらついに箱が出来上がったようだ。「グランドセントラルステーションにいます。はい、いまのところ大丈夫です」オーウェンは言った。「でも急いでください。〝大丈夫〟はたいてい長続きしませんし、ぼくら自身もかなり限界にきています」

電話をポケットに戻し、オーウェンは言った。「箱はいまこっちに向かっている。もう少しで終わるよ。少なくとも、今日のところは……」オーウェンはわたしの肩に腕を回す。わたしはほっとして彼に寄りかかった。

ホームの端にたどりつき、オーウェンが上にあがるのを手伝う。彼はいまや、大きく足を引きずっていた。わたしたちは腕を組んでコンコースへの出口を目指す。ところが、柱のそばを通ろうとしたとき、突然、男が飛び出してきて、わたしからオーウェンを引きはがし、ホームの上に押し倒した。

必死に男の体を引っ張るのだが、男はオーウェンから離れない。「ケイティ、行くんだ！」オーウェンが叫ぶ。もう一度引っ張って、やはりだめだと判断すると、わたしはしぶしぶ出口に向かって走りだした――片手でブローチの入ったポケットを押さえながら。

先にスタートを切ったとはいえ、男性よりはやく走れる自信はないので、そのまま全力で走り続ける。ブローチがなくなったことに男が気づく前に、できるだけ距離をあけておきたい。出口にたどりつき、後ろを振り返る。追っ手の姿はない。権力への渇望を生み出し、人々を強烈に引き寄せる魔法のブローチが離れていくというのに、男の注意は依然としてオーウェンの方に向いている。彼のねらいはブローチではないということ？

わたしは躊躇《ちゅうちょ》した。最優先事項はブローチを守ることだ。でも、もし男がブローチをねらっているのでないとしたら、オーウェンを助けに戻るのは、必ずしも任務に反することではない。すでに一度、わたしはオーウェンを危険のなかに置き去りにしている。もう二度とあんなことはしたくない。

ひとつ大きく深呼吸し、勇気を奮い起こすと、全速力で引き返す。近くまで来ると、男がオーウェンに向かって怒鳴っているのが聞こえた。「うかつだった！　おまえがライバルを倒して〈月の目〉を独り占めするのは、わかりきっていたことだったのに！」わたしは全体重をかけて男に体当たりした。男はオーウェンの背中から転げ落ちる。うつぶせに倒れた男の腰にすかさずひざをついて、体を押さえ込む。

「行けと言ったのに……」オーウェンは上体を起こし、ウエストバンドから銃を引き抜いて、男に向けた。

「彼のねらいはブローチじゃないわ。あなたよ」

「だとしても、行くべきだった」

「これだけやられそうになってて、よく言うわ」

オーウェンはわたしを無視し、襲撃者に向かって言った。「弾は入ってる。妙なまねはするな。両手を見える位置に出して、ゆっくり起きあがれ。ケイティ、彼からおりて」

冷徹な刑事を演じるオーウェンのセクシーさに、思わずくらりときそうになりながら、ゆっくり男から離れる。男は両手をあげたまま上体を起こした。オーウェンを攻撃しているときは、特殊部隊の隊員かと思うほど強くて危険な感じだったが、こうしてあらためて見ると、ごく普通の男だ。

いや、むしろ、異常なほど普通だと言うべきか。以前はよく、わたしの容姿を描写すれば、この街の半数以上の人に当てはまるだろうから、たとえ銀行強盗を働いても逃げおおせるだろうと冗談を言ったものだが、この男に比べたら、わたしなどめちゃくちゃ個性的だと言っていい。彼はとにかく、特徴らしい特徴が何もなかった。中肉中背、茶色っぽい髪に茶色っぽい瞳。ごく平凡な顔立ちで、目を引くような傷もほくろも入れ墨もない。ベージュのトレンチコートの下に着たグレーのスーツは、光の加減によって、濃いグレーにも薄いグレーにも、黒にも紺にも見える。彼としばらく顔をつき合わせたあと、容疑者の列に彼を立たせてそこから選べと言われても、正解できる自信はない。

それなのに、どこかで会ったような気がするのはなぜだろう。

「やっぱりそうだったんだな」男は言った。銃を突きつけられている人の口調ではない。どこか誇らしげですらある。「たしかに、是が非でも〈月の目〉を手に入れるという姿勢は最初から一貫していた。おまえが究極の権力と支配力と防衛力を手に入れて何をする気なのかは、言われなくてもわかる」彼の平凡な顔には、感情を読み取れるような表情は浮かんでいない。まるで天気の話でもしているようだ。

男の指がわずかに動いた。「むだだよ」オーウェンはため息をつく。「ぼくが〈月の目〉を使って何かすると、どうして思う？」

「〈月の目〉を使ってやりたいことがあると自分で言ったじゃないか。それに、これだけ危ない目に遭いながらもあくまでブローチを手放そうとしないのが、何よりの証拠だ」

オーウェンは顔をしかめて頭を振った。「清教徒《ピューリタン》に彼らの陰謀の邪魔になるつもりはないと思わせようとしたことが、裏目に出たようだ。でも、それじゃあ、彼はあのとき公園にいたということ？　公園で彼を見た記憶はない。もっとも、あそこは暗かったし、大勢の人間や生き物たちがいたから、覚えていなくても不思議ではない。それでも、やはり、どこかで会ったような気がする。それも、ごく最近……。

　ふいに、男の無個性で表情のない顔が、憎しみをあらわにしてゆがんだ。目を細め、唇を真一文字に結ぶ。「〈月の目〉を使って何をする気だ」男は吐き捨てるように言った。

「悪の手に渡らないようにするだけだ」オーウェンは危機的状況でいつも見せる、落ち着き払った態度で言った。

「ついでに、魔法界の転覆をねらった邪悪な陰謀も阻止するつもりよ」こちらの結束力を示すために、わたしはオーウェンの横へ行って腰をおろした。座るのは優位性を誇示するのにふさわしい体勢とは言えないが、倒れるよりはましだ。いま立ちあがって走りだしたら、ふたりともそうなるような気がする。「あなた、清教徒《ピューリタン》の一味じゃないわね？」

「あんな狂信的な連中とはなんの関係もない」男は首を横に振って言った。

「じゃあ、いったいだれだ」オーウェンは訊いた。「なぜぼくを襲う」

「わたしの名は、ラファエル・マルドウィンだ」男はそこでオーウェンの反応を待つかのように黙る。オーウェンがまったく無反応でいると、ラファエルは顔を真っ赤にして怒鳴った。

「わたしを知らないのか？　この名前に聞き覚えがないと言うのか⁉」

　オーウェンは首を横に振った。「悪いけど、まったく思い出せないよ。今日はもう本当に大変な一日で……。何かヒントはないかな」

わたしも彼の名前にはまったく聞き覚えがない。でも、ようやく彼をどこで見たのか思い出した。「あなた、コーヒーショップにいた人でしょ！　隣のテーブルで咳込んでた人よ。わたしたちをつけている者がいるってサムが思ったのは、あなたのことだったんだわ。あなたはめくらまし《イリュージョン》を使っていて、サムがその魔力を感知したのよ」コーヒーショップ以外でも彼を見ているだろうか。でも、あれだけ追ったり追われたりで忙しければ、たとえ見ていたとしても、実際に襲ってきた相手でもないかぎり、いちいち顔を覚えてはいないだろう。〈クラブ21〉の前で見た男は彼だったのだろうか。顔はよく見えなかったが、コートはこんな感じだった。もっとも、よくあるごく普通のトレンチコートだから、根拠とするには少し弱いけれど。

「おまえたちを追うのは実に大変だった」男は言った。「ガードの者たちがいて、常に移動していたし、ほかにもおまえたちを追う連中がいた」

「そうよ。今日、わたしたちを追いかけようと思ったら、番号札を取って順番待ちをする必要があったわね」

「おまえは〈月の目〉を手に入れた。親と同じ道を歩むつもりでいるのは明らかだ。だが、そんなことはこのわたしが許さない」ラファエルは言った。

「ぼくは両親がだれかさえ知らなかったんだ」オーウェンはうんざりしたように言う。「父はぼくが生まれたことすら知らずに死んだはずだ。母は生まれた直後にぼくを手放した。ふたりとも、ぼくに影響を与える暇なんかなかったよ」

「だが、現にそうして、わたしに銃を向けているではないか」

オーウェンの銃が揺れる。彼にとって、この状況はジレンマだ。人に銃を突きつけながら、善に基づく純粋な動機を主張しても、あまり説得力はない。かといって、銃を捨てれば、なぜかひどく自分を憎んでいる狂人の前に丸腰で立つことになる。

オーウェンの躊躇に乗じて、ラファエルは両手を突き出し、呪文らしきものをつぶやいた。周囲の魔力が高まり、やがて彼の額に汗の玉が浮きはじめる。成果のないまま数分が経過したとき、ラファエルはついにあきらめて、オーウェンを見た。「どうやって抵抗している?」

「魔力がないんだ。まったくね。だから魔術は効かない。つまり、〈月の目〉はぼくにはなんの役にも立たないってことだよ。これで、自分のために手に入れたんじゃないと信じてくれるかい?」オーウェンはゆっくり銃を置くと、両手を広げてみせた。

「まやかしだ!」ラファエルはそう叫ぶなり、オーウェンに飛びかかって、むりやり立ちあがらせると、胸ぐらをつかんで激しく揺すった。ラファエルはオーウェンより頭半分背が高く、オーウェンほど疲れてもいなければ、ひどい怪我を負っているわけでもない。しかも、いかれている。どう考えても、彼の方が圧倒的に有利だ。下手したら、このまま素手でオーウェンを殺しかねない。

わたしは力を振り絞って立ちあがると、ハンドバッグから銃を取り出し、ラファエルの頭に向けた。「彼を放して!」口頭による命令は、狂気にかられた頭には入っていかないようだ。威嚇《いかく》発砲をしようかとも思ったが、弾が跳ね返ったら恐いし、警備員の注意を引いて駆けつけられても困る。わたしはラファエルに近づいて、彼の首の後ろに銃口を突きつけた。「彼を放しなさい」

今度は彼の注意を引くことができたが、残念ながら服従の方は得られなかった。ラファエルはオーウェンから片手だけ離して、その手を軽くひるがえした。すると、わたしの手のなかで銃がぐいと動いた。必死にグリップを握るのだが、銃はまるでわたしの手から逃げようとするかのように動き続ける。指の関節がみるみる白くなっていく。抵抗むなしく、銃はついにわたしの手をすり抜け、ラファエルの方へ飛んでいき、彼の手のなかに収まった。

「あー、もうっ！」自分には魔法はいっさい効かないと思っているから、手にもっているものには効くという発想がなかった。魔法の戦い《マジカルバトル》で武器が使われることがあまりないのは、そのためかもしれない。

ラファエルはオーウェンを近くの柱に乱暴に押しつけると、一方の手で彼に銃を突きつけ、もう一方の手でボディチェックを始めた。「〈月の目〉はどこだ。どこへやった」ラファエルは言う。

「彼はもってないわ。一度も手にしてさえいないわ」わたしは言った。「この諸悪の根源をだれにも渡さずにもっている権力欲の塊がいるとしたら、それはわたしであって、オーウェンじゃないわ。ちなみに、彼に渡す気は毛頭ないから、心配しなくていいわよ」

「そうだ。その点に関して、彼女は実に強情だ」わたしたち三人は、いっせいに声の主の方を向いた。清教徒《ピューリタン》たちだ。ブラッドハウンドのごとく、〈月の目〉の魔力を追跡してきたのだ。

アブない教授がグループの先頭に立っている。「すっかりむだ足を踏まされてしまった」彼は言った。「あの愚かな女から〈月の目〉を奪い返したようだな」

アブない教授は、ラファエルを無視して、わたしたちに近づいてきた。自分は〈月の目〉の影響を受けないと断言していたが、そばに来た彼の目には怪しげな輝きが見て取れた。「なるほど、やはりこのお嬢さんがもっているようだ。さあ、わたしによこしなさい。そうすれば、すべてがうまくいく」

「彼女に近づくな！」驚いたことに、ラファエルが鋭い口調で言った。彼はオーウェンを放し、わたしと清教徒《ピューリタン》の間に入る。オーウェンはすぐにわたしの横に来た。わたしたちは困惑した表情で顔を見合わせる。「おまえたちに〈月の目〉をもつ権利はない」ラファエルは言った。

「それはそちらも同じだ」アブない教授は言った。

「わたしは〈月の目〉を手に入れようとしているのではない」

「では、いったい〈月の目〉をどうしたいのです？」

「〈月の目〉になど興味はない。わたしはオーウェン・パーマーに裁きを受けさせたいだけだ」

「それなら、彼から〈月の目〉を遠ざけることは、あなたの利害にもかなったことではありませんか。彼自身がもっていなくても、ガールフレンドがもっていれば同じことだ。彼が渡せと言えば、彼女は従うに決まっている。そう思いませんか？」

彼らが言い合っている間に、オーウェンが耳もとでささやいた。「トンネルに戻って隠れるんだ。どの場所が安全かはわかってるね」

「頭のいかれた連中のもとにあなたを置いていく気はないわ」

「ブローチを守ることが最優先だってことで合意したじゃないか」

「まだそこまでせっぱ詰まった状況じゃないわ」わたしはがんとして足を踏ん張る。

「この連中にブローチを奪われたらまずい」オーウェンは言った。「さあ、行って。もうすぐ救援も来るはずだ」

「清教徒《ピューリタン》たちはどうせわたしを追ってくるわ。そして、あなたの方は自分を忌み嫌う男とふたりきりで残されることになる。あなたを置いていくことには、わたしたちのどちらにとってもメリットがないわ」

「ケイティ、行くんだ！」オーウェンの声が厳しくなる。

わたしは腕組みをして言った。「いやよ。わたしたちはいっしょにこれを乗り越えるの。それに、うまくすれば、彼ら同士でつぶし合ってくれるかもしれないじゃない」

わたしたちが口論しているすきに、いつの間にか清教徒《ピューリタン》のひとりがホームを大回りしてそばまで来ていて、わたしに飛びかかってきた。大声をあげて彼をかわすと、ラファエルが気づき、男に向かって魔術を放った。ラファエルはそのまま両手を高く掲げ、知らない言語で何やらつぶやきはじめる。「ぼくらのまわりに魔法除け《ワード》をかけてる」オーウェンが小声で言った。

「へえ、案外、それほど悪い人じゃないのかも。あなたを嫌ってることを除けば」

これでしばらく安全だと思ったら、そうはいかないようだった。肩越しにこちらを見たラファエルの目つきが、ふいに変わった。彼の目にはもともと、思い込みの激しい人に特有のぎらつきがあったが、そこにいま、例の不気味な光が加わっている。彼もまた〈月の目〉の餌食になってしまったようだ。この石はよくよく狂信者が好きらしい。ああ、それにしても、箱はまだなの？

今日はすべてが簡単にはいかない日のようで、箱が現れる気配はまったくない。ラファエルは反転すると、こちらに向かってきた。「それがあれば、世の中に正義をもたらすことができる」わたしを見つめながら、つぶやくように言う。

オーウェンとわたしはあとずさりする。「やっぱりさっき逃げておくべきだったかも」わたしは言った。「で、どうする？」

オーウェンが返事をする間もなく、ラファエルはものすごいはやさでわたしに飛びかかってきた。必死に足を蹴りあげ、パンチを繰り出すものの、効果はない。彼はわたしのポケットに手を突っ込み、ブローチを取り出すと、頭の上に高々と掲げた。

「ああ、また……もうかんべんして」

「残念ながら、彼は運び屋向きじゃないな」オーウェンがつぶやく。

ところが、ラファエルは手をおろすと、怪訝《けげん》な表情でブローチを見つめた。どうやら偽物の方を取ったらしい。彼が手もとを見つめているすきに、わたしたちは走りだした。

ラファエルはわたしたちが逃げたことに気づかなかったが、清教徒《ピューリタン》たちが気づいて、あとを追ってきた。ラファエルはブローチにチャネリングしようと必死になるあまり、魔法除け《ワード》の維持の方がおざなりになっているようだ。まもなく、オーウェンとわたしは清教徒《ピューリタン》たちに取り囲まれた。

「ケイティ、ぼくにブローチを渡して、ここから逃げるんだ」オーウェンが言った。

「気でも狂ったの？　そんなことしたら、彼らはあなたを殺しかねないわ。それに、それこそあのサイコの思うつぼじゃない。やっぱりわたしから〈月の目〉を奪ったって、得意になって豪語するわ」

ラファエルが苦痛に満ちた声をあげた。偽物に気づいたからかと思ったら、彼は両手で頭を抱えて言った。「なんてことだ！　わたしのなかに悪がひそんでいる！　このわたしが誘惑に負けるなんて！」ラファエルは偽のブローチをホームの上に投げ捨てた。ほとんどの清教徒《ピューリタン》が先を競うようにしてブローチに飛びついたが、アブない教授とほか数人はだまされなかった。彼らはわたしの腕をしっかりつかんだままだ。振りほどこうと必死にもがいてはみるのだが、オーウェンもわたしも手負いで疲れきっている。しかも、相手は権力欲に取り憑かれた狂人たちだ。

突然、腕が自由になった。はじめは気づかずに、そのまま数秒振り回してしまったが、ふと見ると、フリーズしている清教徒《ピューリタン》たちの後ろにラファエルが立っていて、両手を前に突き出し、何か唱えている。

「ありがとう！」わたしは肩で息をしながら言った。

「わたしは負けない！」ラファエルは言った。だれに向かってかはわからない。おそらく彼自身にだろう。汗で髪が湿り、表情はこわばっている。

でも、目には依然として例の光が宿ったままだ。何度か瞬きして振り払おうとするのだが、〈月の目〉の魔力はあまりに強かったようだ。ラファエルは腕をおろし、こちらに近づいてくる。オーウェンがわたしの腕をつかんだ。わたしたちはいっしょにあとずさりする。魔術が解け、清教徒《ピューリタン》たちも、こちらに迫ってくる。

ホームの端に近づいてきたとき、トンネルの奥の方からかすかに甲高い声が聞こえた。「わたしのブローチはどこ?」

清教徒《ピューリタン》たちがいっせいに襲いかかってきた。「トンネルに入るんだ!」叫ぶオーウェンに清《ピュ》教徒《ーリタン》たちが群がる。わたしが走りだすと、彼らはブローチが遠ざかるのをすぐに感知し、オーウェンを放してあとを追ってきた。

「待って! いい考えがある!」オーウェンがふたたび叫んだ。「ケイティ、こっちにブローチを投げてくれ!」

清教徒《ピューリタン》の腕のなかで身をよじりながら、わたしは怒鳴った。「その件についてはもう話し合ったはずよ!」

「石を破壊できるかもしれない!」彼の視線をたどると、線路の横の〈高電圧〉の表示が目に入った。彼が何を考えているのかすぐにわかった。マーリンの時代に高圧電気は存在しなかった。これならたしかに、〈月の目〉を破壊できるかもしれない。

でも、清教徒《ピューリタン》たちに腕をつかまれていて、ブローチを投げることができない。ひとりがついにわたしのポケットに手を入れた。そのとき、すぐそばで大きな破裂音がした。男たちの体がいっせいに離れ、わたしは突然自由の身になった。何が起こったのかはわからないが、確かめている暇はない。わたしはポケットからブローチを取り出すと、ホームの端まで走っていき、第三軌条の下に滑り込むよう、力いっぱい放った。兄たちのバッティング練習で、さんざんピッチャーをやらされた甲斐あってか、われながらみごとなコントロールだった。

ブローチが地面に落ちる寸前にオーウェンが叫んだ。「そこから離れろ！」

ブローチはレールの下で不気味に火花を散らしはじめる。邪魔する清教徒《ピューリタン》はもういない。わたしはホームの先端でくるりときびすを返す。ふと、ホームの縁に立つラファエルが目に入った。苦痛と嫌悪にゆがんだ顔で、じっと線路を見つめている。「わたしは悪だ。悪の手に落ちてしまった……」彼はあきらめに満ちた抑揚のない声で言った。

ラファエルが何をしようとしているのかは明らかだ。オーウェンも同じ結論に達したらしい。わたしたちは同時に彼に飛びつき、肩をつかんでホームの縁から引き離した。

その直後、ものすごい爆発が起こって、ホームが揺れた。爆風に飛ばされ、永遠とも思える時間、体が宙に浮く。地面に落ちた瞬間、衝撃で肺からすべての空気が押し出された。

ホームの上に横たわり、懸命に呼吸をしようとしていると、すぐそばに何かが落ちてきた。なんとか目の焦点を合わせる。ベルベットで内張りされた小さな木の箱が見えた。

それを最後に、すべてが暗闇に落ちた。

20

ここはどこだろう。寝心地が異様に悪い。でも、疲れすぎていて動けない。体じゅうの骨が、筋肉が、関節が痛む。たとえ雲の上に横になったとしてもつらいだろう。それなのに、わたしはいま、硬くて冷たいものの上に寝ている。もう少しましな場所に移りたいと思うのだが、脳の指令が体の方に伝わらない。指先をほんの少し動かすのが精いっぱいだ。このままもう少し休んでいれば、たぶん起きあがれるだろう。運がよければ、だれかがやってきて、わたしを運んでくれるかもしれない。この際、だれでもいい。どこか柔らかくて暖かい場所に運んで、しばらく放っておいてくれるなら……。

一方で、体じゅうに何かびりびりするような妙な感覚がある。まるでロックコンサートの会場で巨大スピーカーの横にでも寝ているような。でも、音楽らしきものは聞こえない。ただ、遠くからかすかなざわめきが聞こえてくるだけだ。人の声かもしれないし、特別にうるさい蛍光灯の音かもしれない。

やがて少しずつ、ざわめきが意味をもつ言葉に変わってきた。どうやら名前のようだ。それも……わたしの名前？　「ケイティ！　聞こえるか？」

「ほっといて。まだ早いわ」わたしはもごもごとつぶやき、寝返りを打ってまるくなろうとした。

すると、何かが肩をつかんだ。体の下にあるものと同じように硬くて冷たい。とても人間の手とは思えない。何か変だ。これはちゃんと見て確かめた方がいいレベルに変だ。目を開けるのがこんなに重労働だとは思わなかった。なんとか片目だけ半分開ける。はじめはすべてがぼんやりしていた。次第にピントが合ってくると、奇妙な顔がこちらを見おろしているのがわかった。この奇妙な顔には見覚えがある。そう思ったとたん、脳がさまざまな出来事をスクロールしはじめた――ビデオを早送りするように。やがて、見覚えのあるこの奇妙な顔がだれであるかを思い出した。「サム？」

「ひゅう～！　このまま目を覚まさないんじゃないかと思ったぜ、お嬢」ガーゴイルは言った。彼は腕と羽をわたしの肩の下に入れて、体を起こすのを手伝う。

わたしは鉄道のホームの上にいた。脳が超高速早回しによる今日の出来事の再生を終える。そうだ、ここはグランドセントラルステーションだ。「何が起こったの？」

「おれは直後に到着したんだが、どうやら、おまえさんたちふたり、〈月の目〉を破壊したようだ。相当大きな余波があったと見える」

こめかみをもむ。頭が割れるように痛い。「第三軌条の下にブローチを投げ込んだの。爆発が起こったはずだわ」

「ああ、かなり強烈な魔力の衝撃波があったようだ。ホームにいた連中はみんな気を失ってたぜ」

みんな？「オーウェン！」わたしは慌てて周囲を見回す。それほど遠くないところに、倒れたまま動かない人影がある。痛む体を必死に動かし、彼の方へ這っていく。

「大丈夫だ。あんたと同じように、気を失ってるだけだから」サムが言った。

サムの言葉をそのまま信じる気になれなくて、急いで脈を探す。ホームの蛍光灯に照らされたオーウェンは、ひどい姿をしていた。無精ひげの生えた顔は土色で、傷だらけで、あちこちに血がこびりついている。それでも、脈はしっかりしていた。すでにまぶたがぴくぴく動きはじめている。「オーウェン！」力なく垂れた彼の手を握って言う。「しっかりして」

オーウェンは目を閉じたまま言った。「破壊……できたのかな」

「サムは、できたって言ってる」

「線路の上に溶けた金があって、そのなかに砕けた石が残ってる」サムは言った。「魔力はまったく感じられない」

「よかった。とっさに思いついたことだったんだけど、うまくいったみたいだな」オーウェンは大儀そうに体を起こす。わたしは彼の背中に腕を回し、座ったまま互いに寄りかかった。疲労困憊で、これ以上動けない。車椅子で帰りの車まで連れていってほしいくらいだ。とても三歩以上歩ける自信はない。

目を閉じて、だれも襲ってこないことの幸せに浸る。そのまま眠りそうになったとき、オーウェンの声が聞こえた。「なんだ、それ」

見ると、オーウェンとわたしの間に小さな箱が落ちている。「これ、気を失う直前に落ちてきたやつだわ。わたしたちが待っていた例の箱じゃない？」

「ああ、届くのが一瞬遅かったようだ」サムが言った。「まあ、結局必要なかったようだけどな」

「あー、まいったわ、ほんと！」腹立たしげな声が聞こえて、わたしたちは顔をあげた。見ると、恐ろしいほどぼろぼろのミミがホームによじのぼってくる。「もう永久にトンネルから抜け出せないかと思ったわよ」片足しかハイヒールをはいておらず、ぎくしゃくと妙な歩き方になっている。ドレスは無惨に破れ、肌は煤《すす》で真っ黒で、髪の毛は暴風にあおられながら指を電球のソケットに突っ込んだような状態になっている。「わたしのブローチはどこ？　この辺りにあるはずよ。ブローチを目指して歩いてたら、自然にここまで来たんだけど、なんだか急にわからなくなったわ」

「どうやって出られたの？」わたしは訊いた。

「だから、いま言ったでしょ、ケイティ。ブローチを目指して歩いたのよ」これだけぼろぼろの状態でも、人を見下すような口調は健在だ。

「ドラゴンはどうしたの？」

ミミはため息をついて頭を振る。「ケイティ、何を言ってるの？　この世にドラゴンなんかいるわけないでしょ？　そんなことはいいから、ブローチはどこ？　フィアンセからのバースデープレゼントなんだから、早く返してちょうだい。いい加減にしないと、本当に警察を呼ぶわよ」

ふと見ると、すぐそばに偽のブローチが落ちていた。「はい、どうぞ」わたしはブローチを差し出す。「もう二度とつきまとわないから安心して」

ミミはぎくしゃくとこちらに歩いてくると、かがんでブローチを受け取り、ぼろぼろのドレスの胸もとにつけて、二度ほど大きく深呼吸する。そして、落胆したように顔をしかめた。

「なんか変だわ」ミミは言った。「パワーを感じない」

「パワーは最初からずっと、あなた自身のなかにあったのよ」なんだか『オズの魔法使い』の最後のくだりみたいだ。「あなたなら、宝石なんかなくたって十分悪……いえ、十分みんなを指揮することができるわ」

ミミは釈然としない顔で鼻にしわを寄せると、肩をすくめ、コンコースの方へ歩きだした。ぎくしゃくと上下する後ろ姿を見ながら、オーウェンが言った。「ドラゴンは大丈夫かな……」

「だれか魔力をもつ人に、様子を見にいってもらったらどうかしら。悪いけど、わたしはあそこに戻る気はないわ」そのとき、頭がようやく現状に追いついた。ミミが去って、少なくともひとり敵は減ったわけだが、清教徒《ピューリタン》たちやラファエルはどうしただろう。〈月の目〉が破壊されたとき、彼らはこのホームにいた。サムはさっき、みんな気を失っていると言ったけれど。

振り返ると、ちょうど清教徒《ピューリタン》たちが目を覚ましはじめたところだった。MSIのガーゴイルが彼らを取り囲んでいる。「彼らはどうなるの？」わたしはサムに訊いた。

「魔法戦争を引き起こそうとしたわけだから、法執行官の手にゆだねるべきだというのが、ボスの考えだ。〈月の目〉は自分の創造物だというのもあって、ボスとしてはやつらの処遇に口を出すつもりはないらしい。評議会《カウンシル》は例によって行動を起こすことに消極的だが、連中もたまには立場を明確にすべきだろう」

「彼はどうなる?」オーウェンが依然として倒れたままのラファエルを指さして言う。

「さあな。だれだ、あいつは」

「よくわからないけど、ぼくの両親と何か関係があったみたいだ。病院に連れていって、しばらく監視下に置いた方がいいかもしれないな。どうも自殺願望があるらしい。爆発直前に線路に身を投げようとしたのを、ぼくらがぎりぎりのところで阻止したんだ」

「そうか、わかった。うちの連中に対処するよう言っておく」サムは言った。

複数の破裂音が聞こえて、魔法界の法執行官たちがプラットホームの上に現れた。夏の間、さんざん彼らから逃げ回ったせいで、近くにいるとなんとなく落ち着かない――今回は一応こちらの味方だとわかってはいるのだけれど。彼らのリーダーがわたしたちのところにやってきた。「暴動行為があったという報告を受けたが――」彼はそう言って、いぶかしげにオーウェンの方を見る。

「向こうだ」サムが羽を伸ばして言った。「ここにいるふたりがやつらを止めなかったら、魔法界はめちゃくちゃになってたところだ」

リーダーの指示を受け、法執行官たちは意識が回復したばかりの清教徒《ピューリタン》たちを銀色のコードで縛り、彼らもろともホームから消えた。清教徒《ピューリタン》がいなくなって、わたしは大きなため息をついた。あの面々には、できればもう一生会いたくない。彼らが二度と妙な策謀で〝魔法界の浄化〟に乗り出さないことを祈る。

法執行官のリーダーはまだホームに残っている。「ほかに聞いておくべきことはあるかな？」彼は視線をオーウェンに据えたまま言った。

「マーリンが評議会《カウンシル》にすべて説明すると思います」オーウェンは言った。「ちなみに、ぼくは彼らの陰謀とはいっさい関係ありません。彼らのターゲットだったわけでもありません。〈月の目〉には一度も触れていませんし、破壊したのもぼくではありません。それから、部下の方に、二、三日ぼくをつけ回すのを休むよう言ってあげてください。おそらく家でずっと寝ていることになりますから」

法執行官は片方の眉をくいとあげたが、そのまま何も言わずに消えた。「ラファエルのこと言っておくべきだったかしら」わたしは言った。

「彼は特に何かしたわけじゃない」オーウェンは言った。「ぼくらを守ってくれた部分もあるし、できれば評議会《カウンシル》には突き出したくない。彼に必要なのは評議会《カウンシル》による拘束じゃなくて、治療だよ」

「治療と言えば、おまえさんたちのことも早く会社に連れていった方がよさそうだな」サムが言った。「いや、むしろ病院か。魔法の治療師《ヒーラー》じゃ役に立たないからな」

「その脚の傷、ちゃんと医者に診てもらった方がいいわ」オーウェンが反論する前に、わたしは言った。

ホームの入口付近が騒がしくなり、まもなく祖母が、アールとトール、そして、なんとなく見覚えがあるものの、だれだか思い出せない人を引き連れて、こちらにやってきた。祖母はわたしの前まで来ると、鋭い口調で言った。「まったくおまえって子は、あれほどあたしといっしょにいなきゃだめだって言ったのに、また勝手にいなくなったね！」文節ごとに、わたしをいちいち杖でつつく。

「だって、おばあちゃん《グラニー》、ブローチを奪おうとしたじゃない」わたしは言った。「だからしかたなかったのよ。それに、わたしは結局、無事だったわ。まあ、かなりくたくただけど、熱いお風呂に入って、頭痛薬を飲んで、少し眠れば回復するわ」

「ブローチは安全な場所にしまわれたようだね。もうパワーを感じないよ」祖母は言った。

「ブローチは破壊しました」オーウェンが言う。「もう二度と問題を起こすことはないでしょう。でも、念のために――」オーウェンが立ちあがろうとしたので、わたしは彼に手を貸そうと、痛みを押して立ちあがった。祖母の横にいた男性が、前に出て手を貸してくれる。オーウェンは彼を見て顔をしかめた。オーウェンもわたし同様、見たことがあるような、ないような、妙な印象を彼から受けているに違いない。「ロッド」オーウェンは言った。「おまえ、そのめくらまし《イリュージョン》はもうやめるって言ってなかったっけ」

その直後、自分の言葉の意味するところに気づいたのか、彼の顔から残っていたわずかな血の気がいっきに引いた。少し遅れて、わたしも自分がロッドのハンサムな偽の顔を見ていることに気がついた。でも、わたしにめくらまし《イリュージョン》は見えないはず。オーウェンも、夏に魔力を失って以来、ずっと見えていなかった。

「オーウェン？」ロッドがささやく。

ロッドの声はオーウェンの耳に入っていないようだ。オーウェンは片手を前に差し出す。すると、手のひらに小さな光の球が現れた。「〈月の目〉が破壊されたときの衝撃が何かしたらしい」オーウェンは震える声で言った。

「ああ、たしかに、あれだけ強烈な魔法の衝撃波を受ければ、システムが再起動しても不思議じゃねえな」サムが言う。

自分に起こったことがなんなのか、恐くて訊けない。ロッドのめくらまし《イリュージョン》が見えるということは、魔法に対する免疫を失ったということだ。衝撃波はわたしを普通の——魔法使いでもなく、免疫者《イミューン》でもない、本当の意味で普通の人間に変えてしまったらしい。結局、わたしは営業部にとどまることになりそうだ——わたしの魔法に関わる資質がなんであっても特に関係のないいまの職場に。疲れすぎていて泣くことすらできないのがせめてもの救いだ。でなければ、この場に泣き崩れて、みんなに恥ずかしい姿をさらしていただろう。

一年前、自分の身に何か普通じゃないことが起こったときには、隠さずにきちんと報告することがいかに重要かということを、痛い思いをして学んだ。たとえそれが、どんなに認めたくない事実だとしても。オーウェンが突然の魔力の復活を冷静に受け止めはじめたようなので、わたしは軽く咳払いをして言った。「わたしもロッドのめくらまし《イリュージョン》が見えるわ」

オーウェンはすぐに魔力のチェックを中断し、そばに来てわたしの手を取った。「本当？」

「ええ」努めて毅然と答える。「以前、薬が免疫を奪ったときみたいな感じ」軽く肩をすくめ、苦笑いをしてみせる。「警備部に異動するアイデアはあきらめなくちゃだめね。ノ、ノーマルな人間じゃ、大して使えないもの」

「まだ決めるのは早いよ」オーウェンは言った。「魔力と免疫の境界はすごく微妙なんだ。爆発でぼくの魔力が戻ったんなら……」オーウェンはわたしの手をぎゅっと握る。「これから少しの間、意識を集中してほしい。まず、両手をこうして――」彼はわたしの手をひっくり返し、手のひらを上に向けた。「手が温かくなるのを想像するんだ。きみの手はどんどん温かくなって、やがて光りだす」わたしは目を閉じ、言われたとおりにする。「そうだ」目が覚めたときから体のなかに感じていたあのびりびりとした痺《しび》れがぐっと強まった。「そうだ」オーウェンは静かに言った。「じゃあ、その光を宙に浮かせて」頭のなかでその様子をイメージし、ゆっくりと目を開ける。

小さな淡い光の球が顔の前に浮かんでいる。「これ、わたしがやったの？」声が裏返る。オーウェンはわたしの手をぎゅっと握った。「そうだよ」

「なるほどね、あたしはこのために来たってことだ」祖母が納得顔でうなずく。「おまえがちゃんと適応できるよう、あたしがそばでしっかり見ててやるよ。兄貴のようになったら大変だからね。魔力の使い方を覚えはじめたときに、あたしがちゃんと指導してやれてたら、あの子もあんなばかなことはしなかっただろうよ」

「これって、つまり、わたしには魔力があるってこと？」

「どうやらそんな感じだね」オーウェンが答える。

「この先ずっと？」

「それはまだわからない。少し調べてみる必要がある」オーウェンにとってそれは、〝チョコレートケーキを食べる必要がある〟と言っているのに等しい。すでに目がきらきらしている。

オーウェンはわたしの手を握ったまま、ホームの縁まで歩いていくと、振り返って祖母に訊いた。「その杖は木製ですか？」

「木製だよ。先にはゴムもついてる」祖母はそう言って杖を差し出す。

オーウェンは杖を使ってブローチの残骸を引き寄せると、ひざをついて手を伸ばした。指が触れた瞬間、ほんの少し体が揺らいだ。「まだ若干パワーが残存しているようだ。でも、じかに触れないかぎり、影響はないと思う」オーウェンは言った。「でも、念には念を入れた方がいい。だれかその箱を取ってくれるかな」

ロッドが収納箱をもっていくと、オーウェンはブローチの残骸を箱に入れ、蓋をした。彼が片手を箱の上にかざすと、箱全体が光った。光はすぐに消え、箱はなんのへんてつもない普通の木箱になった。

「魔力はないと言ったじゃないか！」だれかの声が聞こえて振り向くと、ラファエルが愕然とした顔でオーウェンを見ていた。知らないうちに意識を取り戻していたようだ。

「さっきまでは本当になかったんだ。ブローチが破壊されたときの衝撃で、もとに戻ったらしい」オーウェンは言った。「結果としてそうなったけど、これは本当に想定外のことだよ」

「なんだか、シェイクスピアの悲劇みたいな話ね」わたしは笑って言った。「起こってほしくないと常々恐れていたことが、それを未然に防ごうとしたことで、皮肉にもかえって現実になってしまうの。もしあなたがオーウェンに手出しをしなかったら、彼はあのまま箱にブローチを収めて、魔力を取り戻すことはなかったかもしれない。そもそも、わたしたちが衝撃波をまともに受けたのも、あなたの命を助けようとしたからだし」

「死なせてくれたらよかったんだ」ラファエルはうなだれて言った。「わたしは結局、ただの弱い人間だった。あのくだらない連中と同じように、〈月の目〉の誘惑に屈し、権力を求めてしまった」

わたしは彼の横へ行って、肩をたたいた。「完璧な人なんていないわ。相手は〈月の目〉よ。あれに抵抗できる人なんて、果たしてこの世にいるのかしら。うちの祖母でさえ、わたしからブローチを奪おうとしたんだから」

「強者《つわもの》で通ってるこのあたしがね」祖母は言った。「さ、あんたもおいで」ラファエルを杖で軽くつつく。「おいしいものをおなかいっぱい食べれば、どんなこともましに見えるようになるよ」

「とりあえず、全員いったん会社に戻ってくれ」サムが言った。「車を呼んである。そろそろ到着してるはずだ」

「わしはここでお別れだ」トールがそう言って、ぺこりと頭をさげた。「仕事の代金は回収したし、ブローチも悪の手からきっちり守り通した。わしの仕事は完了だ」わたしたちは、皆、にやにやしながら顔を見合わせた。トールはブローチを守ることにはほとんど関わっていない。

それどころか、ブローチを奪おうとしてオーウェンに怪我まで負わせている。でも、この場でけちをつけるのは粋ではない。トールは祖母の手を取る。「あなたのようなご婦人のそばで戦えたのは、実に光栄なことでした」そう言うと、コンコースの方へ去っていった。

ロッドがラファエルのそばにつき、わたしたちは歩きだした。すると、背後でだれかの咳払いが聞こえた。振り返ると、アールが所在なげに立っている。「おたくの会社、臨時募集なんかしてないよね」彼は言った。「上司を攻撃した以上、クビは確実だと思うんだ。まあ、それ以前に、スパイとしてコートに潜入してたこと自体、ばれてるだろうけど」

「何かしら融通できるんじゃないかな」オーウェンが言った。「いっしょに来いよ。マーリンもきみと話したがると思う」オーウェンはそこでいったん言葉を切ると、にっこりした。「むしろ、きみの話を聞きたがるんじゃないかな。シルヴェスターが何をやってたのか、詳しい情報が欲しいはずだよ」

疲労困憊で自分の身に起こったことについてきちんと考えられないのは、かえってよかったかもしれない。そうでなければ、クリスマスの朝、新しい電子機器のおもちゃを説明書なしでもらった子どものようになっていただろう。あらたに手にしたパワーで何かやってみたいのに、何をどうすればいいのか皆目わからないという状態に。

はっきりしているのは、これから先、やるべきことが山のようにあるということだ。一方で、オーウェンの魔力の復活が、彼にとってどういう意味をもつのかは、よくわからない。人々は彼にいっそう警戒のまなざしを向けるだろうし、『蜻蛉《かげろう》の古写本』の研究は中断しなければならない。でも、それについて考えるのは、明日の朝、いや、来週でいい。すでに日付が変わって金曜日だし、わたしたちには休息が必要だ。さすがのオーウェンも、この週末はしっかり休むだろう。

ああ、祖母が来ていなければ……。オーウェンが緊急の課題を抱えていなくて、しかも会社から半強制的に休養を求められるようなことは、本当に久しぶりだ。ふたりとも疲れすぎていて、いっしょにどこかへ出かけたりはできないだろうけど、家でのんびりふたりだけの時間を過ごすには、またとない機会だ。迎えの車に向かいながら、オーウェンと視線を交わす。彼も同じことを思っているらしい。オーウェンがわたしの指に自分の指をからませてきた。つないだ手から温かい刺激が駆けのぼってくる。

互いの魔力を接触させるとこんなことができるのだとしたら、今後への期待もついふくらむというものだ。とりあえず、祖母がニューヨークを発つまでは、すべてお預けになりそうだけれど——。

訳者あとがき

あのペアが帰ってきた！　先の大マジカルバトルから約三カ月、オーウェンは念願だった古文書の研究に没頭し、ケイティは営業部のマーケティング部長に復帰している。悪党は倒れ、魔法界には平穏な日常が戻っているが、しかし、すべての問題が解決したわけではない。出生の秘密が明らかになったオーウェンは、依然として魔法界では微妙な立場にあり、当局から密かに監視されている模様。一方、ケイティには新たな悩みが生まれていた。

ＭＳＩにヘッドハントされてこのかた、次々に起こる事件に対処するため、持ち場以外の場所に駆り出されることが多かった彼女。ようやく腰を据えて〝本来の業務〟に打ち込める状態になったら、皮肉にも、自分の役割とアイデンティティに疑問を感じるようになってしまった。わたしが本当にやりたい仕事はなんなのだろう……。職場が一般企業であっても、魔法の会社であっても、働く女性の悩みはあまり変わらないようだ。

そんな折、ケイティは魔法の使えないオーウェンとともに、恐ろしい魔力をもつブローチ捜しに奔走することになる。そこに奇妙な道連れが次々と加わり、なんともとんちんかんな珍道中が始まる。メンバーのなかでもひときわ強烈なのが、ケイティの祖母、グラニーことミセス・ブリジット・キャラハンだ。『コブの怪しい魔法使い』で主役を食う活躍（？）を見せ、多くのファンを獲得した彼女だが、今回はその強者《つわもの》ぶりにさらに磨きがかかっている。いや、むしろ、ようやく本領を発揮できる舞台が巡ってきただけかもしれない。

久しぶりの登場といえば、もうひとり忘れてならないのがミミだ。こちらも相変わらずのドラゴンレディぶりで、期待を裏切らない。ケイティは、思い出すだけでも震えがくるという、この恐れてやまない過去の亡霊と真っ向から（かなり荒っぽい手法で）対決するはめになる。しかし、これによってはからずもキャリアコンプレックスの呪縛から解き放たれるきっかけをつかむのだから、人生わからない。

文字どおり飛んで走って、どたばたとめまぐるしく展開した長い長い一日（そう、本作はたった一日の物語なのだ）は、しかし、本当に大変な事態へのプレリュードにすぎなかった。初お目見えのエルフロードは、今回、あまり見せ場がなかったが、次作でついに彼の突拍子もない陰謀が本格始動し、魔法界は前代未聞のピンチに見舞われることになる。魔力を取り戻したオーウェンと、あらたにパワーを得たケイティが、仲間たちとともにこれに立ち向かうのだが、エルフロードの壮大なトラップが彼らを待ち受ける。ケイティの力にも何かいわくがあるようだ。

今回、ノンマジカルペアとしてなんとか危機を回避したふたりが、また新たな武器と弱点をもつコンビとなって奮闘する次作は、エルフたちをフィーチャーした奇想天外な物語になるようだ。果たしてエルフロードの企みとは？　もちろん、これまで魔力ゼロの人生を生きてきたケイティがどうパワーと向き合うのか、そして、グラニーのコーチぶり（！）にも注目したい。

検　印
廃　止

訳者紹介　キャロル大学（米国）卒業。主な訳書に，スウェンドソン『ニューヨークの魔法使い』『赤い靴の誘惑』『おせっかいなゴッドマザー』『コブの怪しい魔法使い』『スーパーヒーローの秘密』，スタフォード『すべてがちょうどよいところ』，マイケルズ『猫へ…』，ル・ゲレ『匂いの魔力』がある。

㈱魔法製作所
魔法無用の
マジカルミッション

2012年9月14日　初版
2018年11月9日　3版

著　者　シャンナ・スウェンドソン

訳　者　今《いま》　泉《いずみ》　敦《あつ》　子《こ》

発行所　（株）東京創元社
代表者　長谷川晋一

162-0814/東京都新宿区新小川町1-5
電　話　03・3268・8231-営業部
　　　　03・3268・8204-編集部
URL　http://www.tsogen.co.jp
振　替　00160-9-1565
工友会印刷・本間製本

ISBN978-4-488-50307-9　C0197